Renée Rosen

Après une enfance passée dans l'Ohio, Renée Rosen est diplômée de l'American University de Washington. Elle est l'auteure de plusieurs fictions historiques dont *Park Avenue Summer*, son premier roman à être traduit en France (Belfond, 2020 ; Pocket 2021). *L'Âge d'or* a paru en 2022 chez le même éditeur.

L'ÂGE D'OR

ÉGALEMENT CHEZ POCKET

PARK AVENUE SUMMER
L'ÂGE D'OR

RENÉE ROSEN

L'ÂGE D'OR

Traduit de l'anglais (États-Unis)
par Élisabeth Peellaert

belfond

Titre original :
THE SOCIAL GRACES
publié par Berkley,
une marque de Penguin Random House LLC, New York

Ce livre est une œuvre de fiction. Les allusions à des personnes réelles, des événements, des établissements, des organisations ou des lieux ont seulement pour but de donner à cette fiction un caractère réel et authentique. Les autres noms, personnages, lieux, et événements décrits ici sont le fruit de l'imagination de l'auteur ou utilisés fictivement.

#lisez! engagé
Pour plus d'information :
www.lisez.com
Imprimé sur du papier issu de forêts gérées durablement.

ISBN : 978-2-266-33218-7
Dépôt légal : mars 2023

Pour ma famille, avec mon affection

« Adresse une prière à Dieu. Elle te viendra en aide. »

Alva VANDERBILT

ARBRE GÉNÉALOGIQUE DE LA FAMILLE ASTOR

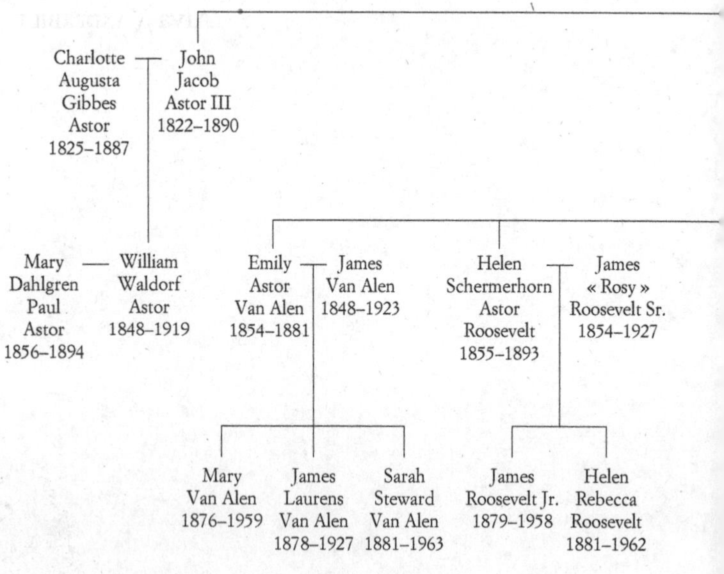

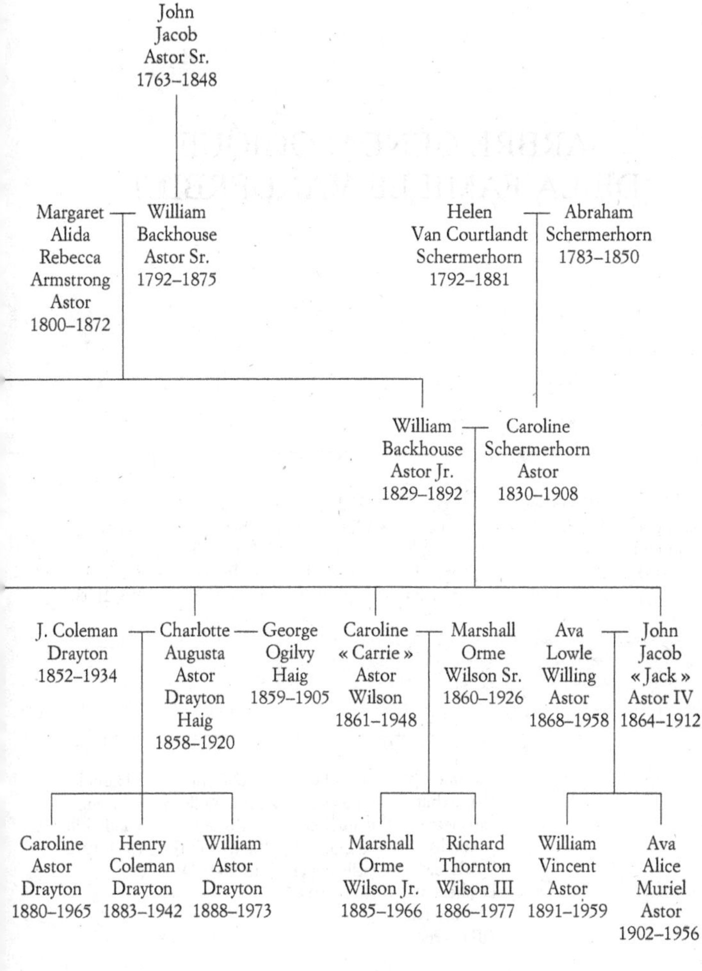
John Jacob Astor Sr. 1763–1848
Margaret Alida Rebecca Armstrong Astor 1800–1872
William Backhouse Astor Sr. 1792–1875
Helen Van Courtlandt Schermerhorn 1792–1881
Abraham Schermerhorn 1783–1850
William Backhouse Astor Jr. 1829–1892
Caroline Schermerhorn Astor 1830–1908
J. Coleman Drayton 1852–1934
Charlotte Augusta Astor Drayton Haig 1858–1920
George Ogilvy Haig 1859–1905
Caroline « Carrie » Astor Wilson 1861–1948
Marshall Orme Wilson Sr. 1860–1926
Ava Lowle Willing Astor 1868–1958
John Jacob « Jack » Astor IV 1864–1912
Caroline Astor Drayton 1880–1965
Henry Coleman Drayton 1883–1942
William Astor Drayton 1888–1973
Marshall Orme Wilson Jr. 1885–1966
Richard Thornton Wilson III 1886–1977
William Vincent Astor 1891–1959
Ava Alice Muriel Astor 1902–1956

ARBRE GÉNÉALOGIQUE DE LA FAMILLE VANDERBILT

Alice Claypoole Vanderbilt 1845–1934 — Cornelius Vanderbilt II 1843–1899

Margaret Louisa Vanderbilt Shepard 1845–1924

William « Willie K. » Kissam Vanderbilt 1849–1920 — Alva Smith Vanderbilt Belmont 1853–1933 — Olivier Hazard Perry Belmont 1858–1908

Consuelo Vanderbilt Spencer-Churchill Balsan, Duchess of Marlborough 1877–1964 — Charles Spencer-Churchill, 9th Duke of Marlborough 1871–1934

William « Little Willie » Kissam Vanderbilt II 1878–1944

Harold Stirling Vanderbilt 1884–1970

Sophia Johnson Vanderbilt 1795–1868 — Cornelius « Commodore » Vanderbilt 1794–1877 — Frank Armstrong Vanderbilt 1839–1885

- William Henry « Billy » Vanderbilt 1821–1885 — Maria Louisa Kissam Vanderbilt 1821–1896
  - Emily Thorn Vanderbilt Sloane White 1852–1946
  - Florence Adele Vanderbilt Twombly 1854–1952
  - Frederick William Vanderbilt 1856–1938
  - Eliza Osgood Vanderbilt Webb 1860–1936
  - George Washington Vanderbilt II 1862–1914
- Cornelius Jeremiah Vanderbilt 1830–1882

PROLOGUE

La société

New York, 1876

On nous appelle le beau sexe. Un terme qui nous flatte autant qu'il nous irrite. Gracieuses. Délicates. Fragiles. Prenez n'importe quel homme, mettez-lui un corset aux lacets tellement serrés qu'il en perd dix centimètres de tour de taille, et il s'évanouira dès la première inspiration. Est-il aussi besoin de parler de l'accouchement ? *Le beau sexe, franchement ?*

Nous sommes les femmes et les filles d'hommes riches, mais nos fortunes familiales sont de fraîche date. Il y a une ou deux générations, vous auriez trouvé nos mères et nos grands-mères assises devant un poêle à bois en train de repriser des chaussettes ou de tricoter des couvertures en laine. Pour la plupart, nos pères et nos grands-pères travaillaient dur, dans des entreprises honnêtes – même si certains, après la guerre de Sécession, ont *peut-être* tiré avantage de la situation.

On les appelle des profiteurs de guerre, mais nous, nous préférons dire qu'ils ont su flairer les bonnes affaires.

Nous sommes les nouveaux riches. L'argent neuf, l'ennemi des vieilles familles new-yorkaises, ces insupportables mais non moins enviables snobs baptisés les « Knickerbockers ».

Pour nous hisser à la hauteur des anciens riches, nous réglons nos calendriers sur les leurs, qui tournent autour de deux saisons : l'hiver et Newport. L'hiver se déroule à Manhattan et ne dure que douze semaines. Les festivités commencent en novembre. Nos jeunes débutantes sont alors exhibées dans l'espoir de leur trouver des maris. Les hommes en quête d'épouses se fichent de savoir si nous parlons cinq langues couramment. Certains préfèrent même les femmes qui n'en parlent aucune. Que nous ayons été éduquées en France, que nous sachions jouer de la harpe et du piano, que nous ayons appris la danse, rien ne les impressionne. Ne comptent pour ces messieurs que la taille de nos dots, la longueur de nos cous de cygne et nos yeux de biche auxquels le jus de belladone donne plus de profondeur. Dieu soit loué, dès la première valse, les larmes et les picotements s'apaisent et *généralement* notre vision redevient normale.

Celles d'entre nous qui sont mariées se sentent soulagées et peut-être un peu fières. On ne nous trouvera pas derrière des bureaux en acajou ou dans les conseils d'administration de grosses sociétés, mais nous exerçons des pouvoirs d'un autre genre. Des pouvoirs sociaux. C'est notre or. Notre monnaie d'échange pour obtenir des invitations plus prestigieuses, un statut plus élevé, une influence plus large.

Quand vous accédez à l'argent, on ne vous dit pas que la richesse exige une période d'accoutumance. La journée d'une femme fortunée suit un certain rythme, ponctuée par des habitudes strictes qui ne laissent aucune place à l'improvisation ou à l'erreur. Nous savons que tout se fait de manière appropriée – nous disons bien *tout*. Depuis nos toilettes jusqu'à notre posture assise, ce que nous mangeons et comment, et jusqu'à la façon de saluer un homme dans la rue. C'est le prix à payer pour conserver notre influence.

Mais, rassurez-vous, nous jouissons de tout le confort rêvé. Domestiques en livrées, garde-robes aux armoires remplies de haute couture française méticuleusement organisées par nos femmes de chambre, dont les tâches incluent l'entretien des plumes d'autruche et autres oiseaux qui ornent nos chapeaux Reboux. Nos placards en cèdre renferment les housses destinées à protéger les perles et les tissus délicats de nos robes de bal, toujours garnies du papier de soie et des coussins odorants avec lesquels on les a emballées avant de les envoyer de Paris pour qu'elles nous parviennent sans le moindre faux pli.

Naturellement, aucune de ces pièces de toilette, pas même une paire de gants en chevreau, ne nous appartient vraiment. Elles sont la propriété de nos maris. Comme nous. Nous tirons parti du plaisir de ces hommes. Si vous saviez jusqu'à quel point ! Nous nous jetons dans l'arène. Nous nous régalons de soupers de neuf plats et dansons jusqu'à l'aube, nous tournoyons encore quand nous rentrons, ou peut-être est-ce la chambre qui tournoie à cause du champagne. Nos agendas mondains sont remplis. Le jour, nous allons déjeuner, prendre le thé et écouter des récitals, le soir nous nous rendons à des dîners et à des bals. Et bien sûr, le soir le plus important de la semaine est toujours le lundi.

Le lundi, nous allons à l'Opéra, parées de nos plus beaux atours, au bras de nos maris, pères ou peut-être prétendants, accompagnées alors d'un chaperon au visage sévère pour veiller à ce que les mains ne se touchent pas et pour éviter tout dévergondage.

Dans la neige saupoudrée de poussière de charbon et de suie, nous nous dirigeons vers nos calèches et partons pour l'Académie de musique. Les portes s'ouvrent à huit heures et demie et nous arrivons précisément dix minutes après. L'orchestre joue déjà l'ouverture, mais peu importe. Nous ne sommes pas là pour la musique. Grands dieux, non ! La plupart d'entre nous n'ont aucun goût particulier pour l'opéra, et pourtant nous nous y rendons fidèlement parce que c'est ce que la bonne société se doit de faire. Être là, être vues, jouer le jeu. Et nous voulons jouer. Nous voulons gagner. Un jour.

Nous avons des fauteuils à l'orchestre, là où s'installent tous ceux qui peuvent payer ce billet. Au premier coup d'œil, le rouge et l'or de la salle paraissent l'essence même de la splendeur. Au second, on remarque les tapis usés, le plâtre fissuré et la peinture écaillée. Il y a quatre mille places dans la salle et, soyez-en sûrs, à la fin du deuxième acte toutes seront occupées, à temps pour l'arrivée de l'hôtesse la plus honorée de l'Académie. Dans une chorégraphie rondement menée sur un crescendo orchestral, elle pénètre dans sa loge tapissée de velours située au balcon, loin au-dessus de nous. Au même moment, nous nous tournons vers elle comme les fleurs vers le soleil.

C'est elle – Caroline Webster Schermerhorn Astor. Mrs Astor.

Nos ancêtres se morfondaient encore en Europe, quand les siens parcouraient déjà ces rues – les premiers colons hollandais débarqués à New York. Cela fait de Mrs Astor une Knickerbocker, la dynastie royale américaine.

Nous attendons toujours l'entracte avec impatience, les fesses endolories par les vieux ressorts des fauteuils. Tandis que le beau monde patiente devant les portes de la loge de Mrs Astor pour présenter ses hommages à la reine, nous nous bousculons dans le foyer pour nous dégourdir les jambes et nous mêler aux conversations. Créatures d'habitudes, nous aurons les mêmes que le lundi précédent et que le lundi d'avant. Penelope Easton dira que si c'était du Wagner, nous serions encore en plein deuxième acte et Mamie Fish nous dira que son instrument préféré est le peigne. Il n'y a jamais aucune surprise.

Mais ce soir, juste après que Faust a séduit Marguerite au troisième acte, nos faces-à-main se lèvent d'un seul mouvement. En face, bruissante dans sa robe en lamé or bordée de tulle argent, se tient Alva Smith. Non, pardonnez-nous, Alva *Vanderbilt*. La nouvelle Mrs Vanderbilt, accompagnée de son charmant mari. Ses cheveux roux flamboyants sont couronnés d'une tiare et elle porte un épais sautoir de perles qui aurait appartenu à Catherine de Russie. Elle est également parée d'un devant de corsage en diamants, de boucles d'oreilles étincelantes et d'une demi-douzaine de bracelets autour de ses gants fins. Si on cherche un exemple de toilette trop habillée pour l'Opéra, c'en est un tout trouvé.

Jugeant la représentation plus passionnante, presque tous les yeux se dirigent vers la scène. Ceux d'entre nous qui regardent encore Alva Vanderbilt assistent alors – pendant quelques secondes – à la chose la plus extravagante qui soit. Elle se tourne vers le balcon où trône Mrs Astor, pose son regard sur la Grande Dame. Et sourit. Soudain, les cymbales retentissent, les tambours tonnent : un court instant nous redoutons le courroux de Mrs Astor. Puis vient le tour des flûtes et des violons que rejoignent les autres instruments, et notre attention se porte de nouveau sur la scène. Nous voilà prêtes pour le dernier acte.

Ce n'est que bien plus tard, tandis que la lune descend derrière les nuages et que les ombres de l'aurore se répandent à travers nos fenêtres donnant sur la Cinquième Avenue, que nous le pressentons. Un glissement infinitésimal s'est produit. C'est le début de quelque chose. Mais nous ne savons pas encore quelle est cette *chose*.

LES SAISONS

1876-1878

1

Caroline

Newport

Caroline prit le temps d'encaisser la nouvelle, mais ce ne fut pas long. Une migraine sourdait déjà derrière son œil gauche, et la douleur, en s'accentuant, se diffusait dans sa poitrine. Ou plus exactement, dans son cœur. Elle regarda de nouveau l'écriture d'Augusta : *Ton mari a été vu avec…* En bonne chrétienne, sa belle-sœur pensait sans doute bien faire. Mais pourquoi s'étonner ? En vérité, il n'y avait pas de quoi. Le mari de Caroline agissait selon son bon plaisir, avec qui il voulait, tandis qu'elle endurait et souffrait en serrant les dents. Avait-elle un autre choix ? Caroline déchira la lettre en deux, puis en quatre, puis en huit et ainsi de suite, réduisant l'infidélité de William à l'état de confettis.

Laissant là les bouts de papier, elle sortit sur la terrasse de sa chambre, au-dessus des falaises et de l'océan. Les doigts sur la balustrade en marbre, elle était baignée de soleil. D'immenses vagues s'écrasaient sur la plage, se brisaient sur les rochers où l'eau aspirait de nouveau leur sillage d'écume. La marée montait et au moment où les vagues, au plus haut, atteignaient leur pleine puissance, Caroline, elle aussi, sentit une houle se soulever en elle. Il n'y avait pas si longtemps, les aventures de William la dévastaient, la plongeant dans une affliction telle qu'elle ne quittait plus son lit pendant des jours. Et pourtant, elle était là, toujours debout. Oui, sa tête palpitait et son cœur saignait, mais elle ne s'effondrait pas. Ce n'était pas la première fois. Ce ne serait pas la dernière.

La sagesse, l'unique compensation de l'âge, était la contrepartie des fines rides autour de ses yeux et de sa bouche. Telle une vague qui enfle, atteint son sommet puis retombe, Caroline Astor se trouvait, à quarante-cinq ans, au point médian de sa vie. Elle avait passé tant d'années à brider son énergie et aujourd'hui, enfin, sa détermination atteignait son apogée. Combien de temps parviendrait-elle à s'y maintenir avant que tout s'écroule ? Impossible à dire. Elle ne voulait pas penser à ce qui viendrait ensuite, le jour où elle cesserait de compter, d'être indispensable. La chose était inéluctable. Cela arrivait à tous, tôt ou tard. Les plus âgés, qu'on devrait vénérer, dont on devrait estimer le savoir et l'expérience, étaient au contraire repoussés dans les marges, l'oubli et l'invisibilité par ceux qui entraient en scène. Mais pour le moment Caroline était à son apogée. Désormais exempte de doutes, elle n'avait pas à s'excuser d'être ce qu'elle était. Si seulement elle pouvait arrêter le cours du temps, prolonger cet instant indéfiniment.

Oui, William avait une réputation de séducteur, et si Augusta avait eu vent de ses dernières frasques, c'est que d'autres parlaient déjà. Le qu'en-dira-t-on, voilà ce que Caroline détestait plus que tout. Elle imaginait les commères en promenade sur Bellevue Avenue : *Sans son pedigree, il ne l'aurait jamais épousée.*

William Backhouse Astor Jr était resté bel homme. Certes, son crâne commençait à se dégarnir, mais il avait de grands yeux marron et cette ravissante moustache en fer à cheval qui mettait en valeur sa fossette au menton. Caroline le savait, ayant hérité la mâchoire carrée et le nez proéminent de son grand-père, elle n'était pas une beauté, mais ces dames du monde ignoraient une chose : peu importait le nombre de femmes qui attiraient William, le nombre de celles avec qui il entamait une liaison, c'était vers elle qu'il revenait. Chaque fois. Toujours.

Elle entendit des bruits de pas, se retourna, et trouva Emily debout dans sa chambre. Elle semblait hésitante, un peu nerveuse. Elle sursauta à cause d'un bruit dans le couloir et Caroline en oublia sa migraine et tout ce qui l'avait provoquée.

— Qu'y a-t-il ? Qu'est-ce qui ne va pas ?

— Rien, dit Emily en portant les doigts à son collier.

Elle en palpait chaque péridot et chaque émeraude. Elle comptait les pierres dans sa tête, devina Caroline. Certaines personnes appréhendaient le monde par les mots ou les couleurs, peut-être les sons ou la musique. Pour Emily, c'étaient les chiffres. Devant une roue, elle s'intéressait au nombre de rayons. Un bouquet se comprenait par le nombre de fleurs, parfois le nombre de pétales. Avant son deuxième anniversaire elle savait compter jusqu'à cinq – en levant un doigt après l'autre. Les chiffres ne mentaient pas, ne changeaient pas. Leur caractère absolu la rassurait toujours.

— Je voudrais te parler du *clambake*[1], dit Emily, tandis que ses épaules remontaient sur une profonde inspiration, comme si elle rassemblait son courage. Je souhaiterais vivement envoyer une invitation à Mr James Van Alen.

— Je vois.

La migraine revenait. Caroline s'arrêta devant un cabinet de curiosités et déplaça quelques objets en bronze en réfléchissant à sa réponse. Emily, son aînée, avait vingt-deux ans, et Caroline était impatiente de la voir mariée, du moins tant qu'elle n'épousait pas James Van Alen.

— J'aimerais l'inviter, répéta Emily.

— Ma foi…

Caroline reposa la figurine. En s'interposant, elle risquait de précipiter Emily dans les bras du jeune homme.

— Je crois que nous pourrions *tout à fait* compter un invité de plus.

— Et…

— Et ?

— Je… je voudrais que Mr James Van Alen soit assis à notre table.

Emily hocha la tête – *Voilà, c'est dit* – et recommença à palper son collier.

---

1. Sur les côtes de Nouvelle-Angleterre, repas festif traditionnel où l'on déguste des fruits de mer cuits longuement sur la braise dans le sable, sous une couche d'algues, et parfois accompagnés de légumes. (*N.d.T.*)

Caroline, fort contrariée, laissa néanmoins échapper un rire :

— Oh, je crains que *cela* ne soit pas du tout convenable. Faire asseoir Mr Van Alen à notre table serait très mal interprété. Tout le monde pensera que tu as déjà donné ta promesse.

— Mais *j'ai* donné ma promesse, Maman.

— Oh, il ne faut pas que ta grand-mère entende une chose pareille. Elle en aurait une crise cardiaque.

Rien que d'y penser, le propre cœur de Caroline cessa de battre. James Van Alen n'était absolument pas fait pour Emily, tout comme Horace Wellsby n'avait pas été fait pour Caroline alors jeune fille. À cette époque, sa mère lui avait interdit de le voir, point final. Pas de protestation, pas de questions. S'opposer à la volonté de sa mère eût été comme désobéir à la loi. Mais Emily n'était pas aussi conciliante et Caroline l'imaginait sans peine retrouvant Van Alen en cachette, lui écrivant des lettres d'amour en secret. Caroline ne voulait pas acculer Emily au mensonge. Mais, en premier lieu, elle ne voulait pas que sa fille songe même à épouser Van Alen.

— Oh, Emily, soupira Caroline.

James Van Alen était veuf. Au lieu de pleurer sa femme, morte moins d'un an auparavant, il en courtisait une autre ! Elle aurait voulu lui dire que Van Alen n'appartenait pas à une bonne lignée. Qu'il avait beau être brigadier général, son père, James Van Alen Sr, avait lourdement investi dans le chemin de fer central de l'Illinois et exploitait ses ouvriers. Que James Van Alen Jr était l'objet de moqueries et qu'après une année d'études à Oxford, il était rentré aux États-Unis avec un accent anglais en toc et un faux monocle.

Elle aurait voulu lui dire tout cela, et plus encore. Au lieu de quoi, elle prit la main d'Emily et l'entraîna au bord du lit où elle s'assit avec elle.

— Ma chère enfant, ne sois pas si pressée. James Van Alen est un homme parmi d'autres, je t'assure.

— Oh, mais il est merveilleux. Il est beau et intelligent et bon.

— Ne te sous-estime pas, Emily. Tu possèdes beauté et rang social. Tu peux choisir parmi les meilleurs partis.

— Mais c'est lui que je veux.

— Je sais, c'est ce que tu penses maintenant, mais un certain nombre de célibataires de choix viendront à ce clambake. Je les ai invités spécialement pour toi.

— Ne pourrais-tu pas plutôt les présenter à Helen et Charlotte ?

— Pour tes sœurs, j'ai invité d'autres jeunes hommes.

— Et Carrie ? Elle a quinze ans. Elle a l'âge d'avoir un soupirant.

Caroline se mit debout, leva le menton d'Emily et plongea son regard dans le sien.

— Pour le moment, je me préoccupe surtout de toi. Je consens à inviter Mr Van Alen, à condition que tu ne le laisses pas monopoliser ton temps.

Emily était sur le point d'ajouter quelque chose lorsque Hade, le majordome de Caroline, l'interrompit en annonçant Ward McAllister.

— Maman, pourrons-nous finir cette conversation quand tu auras parlé avec Mr McAllister ?

— Je regrette, Emily, mais il est hors de question de faire asseoir James Van Alen à notre table.

Le front d'Emily se plissa, ses lèvres tremblèrent imperceptiblement. Elle était au bord des larmes et savait qu'il valait mieux les retenir devant Caroline. Comme sa mère avant elle, Caroline avait appris à ses filles à être fortes et condamnait le moindre signe de faiblesse. Emily passa devant elle en murmurant :

— Tu ne comprends pas…

Caroline lissa sa robe. Elle s'occuperait de sa migraine et de la déception de sa fille plus tard. Elle savait s'y prendre pour mettre les désagréments de côté quand il le fallait. Certains interprétaient ce trait comme de la froideur et de l'insensibilité alors qu'il s'agissait seulement d'être efficace et d'instaurer une hiérarchie dans ses pensées. Et donc, pour l'instant, elle était Mrs Astor et le monde attendait. Elle suivit Hade dans le grand escalier avec sa lenteur coutumière, comme si ses épaules portaient le poids de ses ancêtres hollandais.

Ward McAllister se trouvait dans le salon. C'était un homme de petite taille, trapu et bedonnant, à la barbiche négligée. Malgré son allure de lutin, il était devenu l'autorité absolue en matière de style et d'étiquette, l'expert en vin, nourriture et façon de recevoir. Ensemble, Ward et Caroline avaient organisé le monde et le dirigeaient plus ou moins comme les hommes, chez les Astor, dirigeaient leur empire immobilier.

Caroline avait fait la connaissance de Ward plusieurs années auparavant, alors qu'il était avocat. Et pas particulièrement brillant. Il venait de rentrer d'Angleterre et de France, pressé d'appliquer à l'Amérique ce qui se faisait là-bas en termes de règles sociales et de mode. Lors d'une garden-party à Newport, Caroline avait surpris le jeune Ward en train de vider son verre dans le parterre de fleurs de leur hôtesse.

— Vous n'aimez pas le champagne ou aidez-vous le jardinier ? lui avait-elle demandé.

— C'est le champagne, en effet. Là-dessus, on ne doit jamais lésiner sur la qualité.

Son horreur feinte l'avait amusée.

— Puis-je vous rappeler, dit-elle, sûre qu'il n'aurait pas fait mieux lui-même, que tout le monde n'a pas les moyens de ne pas lésiner ?

— Dans ce cas, il faut se les donner.

Et il écarquilla les yeux tout en jouant avec l'extrémité de sa moustache.

Des années plus tard, c'était chose faite – il en avait acquis les moyens en ayant épousé une femme riche. Malheureusement, peu après, la maladie l'avait clouée au lit et Ward s'était retrouvé seul à naviguer dans les divertissements mondains. William n'appréciait guère Ward et, par plaisanterie, le qualifiait d'inverti. *Tout ce qu'il fait, c'est passer la journée au milieu des poules à discuter de centres de table et de pas de danse.*

— Pardonnez mon intrusion, dit Ward en se levant, sa canne à la main. Mais nous sommes au beau milieu d'une crise.

— Oh ?

Caroline soupçonna une petite excitation dans son inquiétude. Elle savait que son ami n'aimait rien tant que de se trouver en pleine tempête sociale.

— Mamie Fish organise un *fish fry*[1].

---

1. Assortiment de poissons frits traditionnellement servis dans le nord des États-Unis, accompagnés de maïs, de salade de chou, de pommes de terre, etc. (*N.d.T.*)

— Eh bien, en ce qui me concerne, c'est un poisson de trop.

Caroline balaya ce désagrément d'un revers de la main. Mamie Fish, c'était de l'argent neuf et Caroline ne lui voyait aucune utilité, pas plus qu'aux autres nouveaux riches.

— Mais ce que vous ne savez pas, dit Ward dont les boutons de gilet semblaient près d'éclater tant il respirait fort, c'est qu'elle l'organise *exprès* le même soir que votre clambake.

— Vraiment ?

Caroline voyait ce contretemps mineur plutôt d'un bon œil. Il lui donnait du grain à moudre et le simple fait de remédier à *quoi que ce soit* l'assurait de son impression d'être aux commandes. Elle ne pouvait peut-être rien faire pour la dernière liaison en date de son mari ou pour le mauvais goût d'Emily en matière d'hommes, mais le monde l'adulait encore et Mrs Stuyvesant Fish n'était pas près de changer cela.

— N'est-ce pas, dit Ward, répétant son expression favorite, c'est que le fish fry de Mamie, on ne parle que de ça.

— Sérieusement ?

Caroline traversa la pièce pour redresser un calla qui penchait trop à gauche dans son vase de Delft bleu. Elle en était contrariée depuis son arrivée.

— On dit qu'elle fait venir un orchestre de chambre !

— Hmmmm.

Caroline s'immobilisa, la main sur la tige.

— Un simple orchestre de chambre ? (Elle repositionna le lys dans le vase.) Nous aurons un orchestre symphonique.

— Un orchestre symphonique ? fit Ward en écarquillant les yeux.

Caroline saisit la cordelette et sonna Maria de Baril, sa secrétaire, qui apparut aussitôt, comme si elle attendait derrière la porte. C'était une femme menue aux yeux très noirs et au teint bistre. Elle portait toujours des quantités de perles autour du cou.

— Maria, il va y avoir quelques changements pour notre clambake.

— Très bien, Madame.

Elle sortit un crayon, un petit carnet relié en cuir et se prépara pour la dictée.

— Envoyez un message à l'Académie de musique. Dites-leur que je demande que l'orchestre joue pour mes invités avec Christine Nilsson.

Ward lui adressa un signe de tête admiratif et elle lui répondit par un regard – *Vous vous attendiez à quoi ?* Elle siégeait au conseil d'administration de l'Opéra – comme Ward – et était très liée à miss Nilsson, la grande soprano suédoise.

— Ensuite, dit-elle à Maria, informez le cuisinier que nous ajoutons quelques plats au menu.

Elle en fit le compte sur ses doigts :

— Croquettes de homard, *truite à la meunière* et *crevettes au beurre blanc*. Au lieu du riesling, nous servirons un chassagne-montrachet, et veillez à faire mettre au frais une caisse supplémentaire de Moët & Chandon 1860.

Cette fois, Ward lui adressa un regard complice et cependant impressionné, interloqué devant tant d'audace. C'était cela, son pouvoir. Ce qui faisait d'elle Mrs Astor. S'agissant de réceptions, aucune hôtesse, et certainement pas Mamie Fish, ne pouvait rivaliser avec

Caroline. Elle avait la science des détails. Sans effort, elle était capable de concocter un menu français des plus exquis accompagné des vins parfaits. Elle veillait à tout, depuis la manière de dresser la table jusqu'aux fleurs.

— Y aura-t-il autre chose ? demanda Maria en terminant de prendre ses notes.

— Oui. Faites en sorte que Mrs Stuyvesant Fish reçoive une invitation.

— Vous invitez Mamie ?

Effaré, Ward s'inclina sur sa canne :

— Stuyvesant Fish est une fortune des chemins de fer. Si vous invitez Mamie, vous ne pourrez plus revenir en arrière. Vous lui ouvrez officiellement les portes du monde.

— Mieux vaut l'avoir *dans* le monde qu'en dehors. Je n'ai pas envie d'engager l'orchestre symphonique de l'Opéra et leur première soprano chaque fois que Mamie décide d'organiser une soirée.

2

Alva

Le premier fish fry annuel de Mrs Stuyvesant Fish est annulé jusqu'à nouvel avis. Assise à la table du petit salon, Alva examina la calligraphie fleurie, l'encre en relief sur l'épais vélin, puis le retourna comme si elle allait trouver une explication au dos. Sa seule invitation intéressante de la saison de Newport venait d'être décommandée.

Elle laissa tomber le carton, repoussa sa chaise et remonta un long couloir tapissé de portraits, trois générations de Vanderbilt aux visages sévères, moustachus et encadrés de favoris. Selon Alva, Willie K., dont le buste était accroché au bout, était le plus beau d'entre eux, peut-être l'homme le plus beau qu'elle eût jamais vu.

La première fois que son regard s'était posé sur lui, de loin, sur le terrain du Polo Club de Westchester, elle ignorait totalement qui il était. Le jeu était une nouveauté aux États-Unis, elle n'avait jamais assisté à un tournoi, ne comprenait pas vraiment en quoi il consistait, mais peu importait. L'homme, athlétique, aux cheveux bruns bouclés, l'avait captivée en chargeant sur la pelouse, son maillet frappant la balle en bois et l'envoyant entre les buts. Il y avait eu des cris de joie dans les gradins et Alva s'était levée, non pour applaudir mais pour mieux le voir. Après avoir supplié son amie Consuelo Yznaga – la seule amie d'enfance qui lui restait – de les présenter l'un à l'autre, elle l'avait trouvé encore plus beau de près. L'exactitude de l'expression *les contraires s'attirent* n'avait pas tardé à se vérifier. Elle était intense, il était léger. Elle était pauvre, il était riche. Consuelo avait lâché en passant que le grand-père de Willie, le Commodore, était multimillionnaire.

Alva continua à parcourir le chalet Vanderbilt – l'une des trois propriétés que possédait la famille – où elle et Willie résidaient pour la saison. Ce qualificatif de chalet lui semblait ridicule. Un chalet de dix-neuf chambres ! Chacune décorée des diverses nuances de vert forêt, jaune pâle et bruns doux déjà présentes dans leurs maisons de ville. Pendant un moment, elle se perdit dans l'admiration des boiseries en amarante du salon, du lustre en verre florentin de l'immense salle à manger, des incrustations en nacre sur la rampe de l'escalier. L'air marin et le soleil pénétraient à flots par les grandes portes-fenêtres, et répandaient une lumière dorée jusque dans le salon à l'autre bout du hall. Elle s'immobilisa, prit appui sur une colonne cannelée, et songea une nouvelle fois à toutes les réceptions de Newport auxquelles elle n'avait pas été invitée, y compris le clambake de Mrs Astor.

Rien de bien nouveau, et pourtant chaque fois elle ressentait un choc, comme après avoir touché une surface chargée d'électricité. Être l'épouse de William

Kissam Vanderbilt aurait, pensait-elle, remédié au problème, l'argent de cette famille l'aurait catapultée en haut de toutes les listes d'invités. Elle s'était trompée.

Willie K., ainsi qu'elle l'appelait affectueusement, se trouvait au stand de tir à l'arc avec James Van Alen. Il n'y avait personne, pas même un domestique. Pour Alva, le mode de vie des Vanderbilt était encore relativement nouveau, leurs goûts exorbitants – ils dépensaient pour un seul fauteuil plus que la plupart des familles pour vivre pendant une année. Ou plus longtemps. Elle calma aussitôt un élancement de culpabilité. Peu à peu, elle s'était glissée dans ce confort, s'abandonnant à ce bain d'opulence. Mais tout de même, c'était une bien grande maison pour eux deux et leurs domestiques. Quand elle était vide, les murs ne renvoyaient que le silence, et Alva ne supportait pas d'être livrée à elle-même. Enfant, déjà, elle réclamait un public – fût-il constitué d'une unique personne –, elle avait besoin que quelqu'un l'écoute ou s'intéresse à elle. Elle se sentait terriblement seule dans ce chalet sans Willie. Si seulement ses sœurs avaient changé d'avis, venant lui rendre visite au lieu de rester en ville. Newport, à les entendre, était trop riche pour elles.

Alva crut qu'il y avait quelqu'un en bas, mais ce n'était que la brise marine qui faisait claquer une porte. Elle regagna le petit salon et prit le journal déjà froissé par les hommes. Ôtant ses nouvelles chaussures en castorine, elle posa ses pieds nus sur le siège du fauteuil de Willie et commença à lire le *Newport Daily News* tout en triturant distraitement une mèche de ses cheveux roux. Une dame distinguée ne plongeait pas le nez dans le journal et ne triturait pas ses cheveux, mais elle avait besoin de se changer les idées.

Elle prit un toast copieusement tartiné de beurre et de confiture de framboises. La première bouchée provoqua une douleur fulgurante depuis sa mâchoire jusqu'à sa tempe. Elle recommençait à grincer des dents la nuit. Une ancienne habitude. Le matin, parfois, elle entendait claquer ses mâchoires dès qu'elle ouvrait la bouche. Mais les saveurs l'emportèrent sur la douleur. La confiture était si sucrée, le beurre si crémeux et le toast si aérien et croustillant – bien loin du pain dense et fade qu'elle et sa famille mangeaient à tous les repas pour se remplir l'estomac. Aujourd'hui encore, elle cherchait à éviter certaines nourritures : semoule de maïs, haricots, choux et pommes de terre. Ce qui avait constitué ses repas pendant six ans et conservait un arrière-goût de disette.

Avant de devenir Alva Vanderbilt, elle avait été Alva Smith, de Mobile, Alabama. Après la guerre de Sécession, elle avait alors seize ans, sa mère était morte et son père en moins d'un an avait dilapidé la fortune familiale, une fortune considérable quand on ne s'appelait pas Vanderbilt. Soudain pauvres, les Smith avaient vu le monde leur tourner le dos. Des gens qui se disaient leurs amis leur battaient froid ouvertement, rayaient leur nom de leurs listes d'invités aux barbecues et autres festivités. Les sœurs d'Alva, Armide, Jennie et Julia, avaient accepté ce rejet sans protester. Mais pas Alva. Alva avait contre-attaqué. Au parc, elle avait bousculé une fille qui s'était moquée d'elle et de sa robe démodée. Quand quelqu'un l'évitait dans la rue, elle criait son nom – *Oh, Mary Lou, je te vois – Salut ! Salut,*

Mary Lou. L'adversité la revigorait toujours, elle avait juré que les Smith retrouveraient un jour leur ancienne splendeur. Elle le devait à sa mère.

Alva entendit des bruits. Cette fois, ce n'était pas la porte de l'entrée, et elle reposa les pieds au sol, écarta le journal et se redressa. Willie et James Van Alen étaient de retour, arcs et carquois à la main. Willie avait les cheveux en bataille, son épi dressé sur sa tête et ses joues rougies par le soleil. Il plissait les paupières, ses pâles yeux bleus cherchant à s'adapter à la lumière de la pièce. Le coin de ses lèvres restait baissé mais elle voyait bien que ce que lui disait Van Alen le faisait sourire :

— … mon vieux, je t'ai battu à plate couture.

— Si tu le dis.

— Oh, quel mauvais perdant tu fais ! dit Van Alen en rajustant son monocle. Un éternel rabat-joie !

Alva sourit. Elle se rappelait combien elle avait été charmée, au début, par l'accent de Van Alen avant de découvrir qu'il était faux. Tout comme le monocle. Rien qu'un rond en verre. Après une année passée en Angleterre, il était devenu un Britannique myope. Mais elle ne lui en voulait pas. Les autres n'étaient pas mieux lotis. Alva elle-même avait la réputation de jouer à la Belle du Sud quand ça l'arrangeait ou, à l'inverse, à la dame sophistiquée, saupoudrant ses phrases de français.

— Tu sais que le fish fry est annulé, je suppose, dit Van Alen.

Alva prit le carton de Mamie et le lui présenta.

— Dommage que vous ne soyez pas invités au clambake de Mrs Astor.

— Tu as reçu une invitation, toi ?

Elle laissa tomber le carton en espérant ne pas avoir été grossière, mais les yeux écarquillés de Willie lui firent comprendre qu'elle était loin du compte. Van Alen, au moins, paraissait n'avoir rien remarqué.

— Oui. Je commence à plaire aux parents d'Emily, semble-t-il. Avec un peu de chance, je serai placé à leur table. Ce sera merveilleux.

— Oh, ne fais pas cette tête, chérie, dit Willie en se penchant pour l'embrasser sur la joue. De toute façon, tu détestes les palourdes.

Alva se mit debout, peut-être un peu trop soudainement.

— Si vous voulez bien m'excuser, dit-elle avec un sourire forcé, je crois que je vais aller nager.

Comme elle montait l'escalier en courant pour se changer, elle entendit Willie : « Je ne sais pas ce qu'elle a. Elle dit toujours que les palourdes sont trop caoutchouteuses. »

Dans la chambre, sa femme de chambre lui présenta trois costumes de bain en flanelle, avec leurs bas en laine et des chaussons d'extérieur. Elle en avait plus d'une douzaine accrochés dans son placard. À une époque, elle ne possédait même pas une douzaine de robes, alors des costumes de bain… Elle en choisit un rayé noir et gris. Ces costumes une fois mouillés et pesants l'empêchaient de nager, ce qui l'irritait au plus haut point. Les hommes n'avaient pas besoin de se couvrir autant. Ils pouvaient nager librement tandis qu'elle était condamnée à patauger.

Après avoir pris congé de Willie et de Van Alen, elle partit pour la plage. Alors qu'elle descendait la rue bordée d'arbres, elle passa devant un groupe de femmes qui bavardaient en se promenant tranquillement dans leurs somptueuses robes de jour, les épaules à l'abri sous leurs ombrelles. Alva ressentit une pointe de jalousie. Un après-midi entre amies. *À les voir, cela paraît si simple.* Il lui arrivait d'emboîter le pas à d'autres femmes Vanderbilt au cours de leurs promenades, de les écouter parler de leurs enfants, de membres de la famille inconnus d'elle, et des légendes entourant le Commodore. Il n'y avait aucune ouverture, pas la moindre brèche pour participer à la conversation, et elle se retrouvait encore plus seule en leur compagnie que livrée à elle-même.

Une fois au coin de Ruggles et de Bellevue, elle décida de prendre un raccourci et s'engagea dans le sentier qui descendait vers les falaises. Il était plus agréable de passer par Cliff Walk et, tandis qu'elle progressait, le sentier devenait plus sinueux, même un peu difficile par endroits, exigeant un pied sûr. Alva, qui avait un côté garçon manqué, aimait pêcher, jouer au golf et faire de la gymnastique tous les matins avec des clubs de jonglerie, elle adorait les défis. Elle posait ses pieds sur une pierre puis sur l'autre avec grâce et agilité en retenant son bonnet. La pulsation de l'océan, aussi régulière que des battements de cœur, lui emplissait les oreilles. Droit devant, dans le virage, elle voyait les rochers au loin, ces immenses dalles de schiste et de grès noirs. Elle regarda une mouette passer, une palourde dans le bec, qu'elle alla frapper contre le rocher pour l'ouvrir et en extraire la chair épaisse. Willie K. avait raison ; elle n'aimait pas les palourdes. Elle dut détourner les yeux et vit alors une jeune femme assise au bord d'un promontoire, les coudes sur les genoux, la tête entre les mains. Les larges rubans couleur lavande de son chapeau flottaient dans la brise. Elle semblait pleurer.

— Tout va bien là-haut ?

La femme leva la tête et Alva reconnut Emily Astor. Même de loin, et même alors qu'Emily sanglotait, Alva se répéta ce qu'elle se disait chaque fois qu'elle la voyait : *Seigneur, quelle jolie fille !* Comment pouvait-on avoir de si grands yeux sombres, un nez aussi droit et parfait et pareille bouche en bouton de rose ?

— S'il vous plaît, ne vous occupez pas de moi.

Emily enfouit sa tête entre ses bras, les épaules tremblantes.

Alva plissa les yeux pour les abriter du soleil.

— Attention en descendant.

— S'il vous plaît… s'il vous plaît, allez-vous-en.

— Bon, très bien. Très bien.

Alva se frappa les cuisses de ses mains et reprit sa marche en se demandant pourquoi elle s'était donné cette peine. James Van Alen les avait présentées l'une à l'autre à trois reprises et chaque fois, Emily avait dit : *Enchantée*, comme si leurs précédentes rencontres ne comptaient pas. Alva savait de qui elle tenait ça. Sa mère, la grande Mrs Astor, regardait toujours Alva comme si elle était transparente, comme si elle n'existait pas ou ne méritait pas qu'on s'attarde à remarquer sa présence.

À croire que partout où elle allait, Alva était en butte à une forme d'humiliation. D'aussi loin qu'elle s'en souvienne, le monde s'efforçait de la brider. Elle avait quatre ans quand son frère avait été emporté par la tuberculose. Il venait d'en avoir treize. Alva se rappelait son père sur le prie-Dieu, les épaules secouées de sanglots, pleurant au creux de ses bras, demandant à Dieu pourquoi il avait pris son fils et pas l'une de ses filles. Dévastée, elle avait quitté l'église en courant. Elle valait autant qu'un garçon et elle se fit le serment de le prouver à son père, au monde entier. Elle ne s'avouerait pas vaincue, n'accepterait pas d'être une créature de second ordre. Mais le monde n'était pas prêt pour Alva. Sa propre mère la punissait quand elle participait à des jeux de balle et de batte ou grimpait aux arbres. Jeune fille, elle ne pouvait se rendre aux bals de débutantes parce qu'elle était pauvre. Plus tard, il lui fut impossible d'aller à l'université ou d'étudier la politique ou l'architecture pour la seule raison qu'elle était une fille. Maintenant, elle ne pouvait pas aller au clambake de Mrs Astor, et pas parce qu'elle était une femme, pas parce qu'elle n'était pas assez riche, mais parce qu'elle n'était pas assez bien. Pas assez bien – tout se résumait à cette simple vérité.

Dans ces moments-là, Alva se demandait pourquoi elle désirait tant avoir une place dans la société. Mais, au fond, elle le savait. C'était la seule arène où les femmes n'avaient pas l'obligation de rendre de comptes aux hommes. Elles avaient créé un petit monde bien à elles, régi par ses propres lois, avec ses propres souveraines. C'était le seul domaine où elle pouvait espérer avoir son mot à dire sur quoi que ce soit. Pour obtenir le respect, pour obtenir le pouvoir, il lui fallait franchir les portes de la haute société.

Une mouette cria au-dessus de sa tête, lui transperçant les tympans. D'un coup de pied, Alva écarta une pierre de son chemin. Elle parvenait à un tournant dans le sentier quand elle aperçut un chapeau volant au-dessus de la falaise. Elle vit un ruban couleur lavande flotter au vent et comprit que c'était le chapeau d'Emily. Une seconde plus tard elle entendit un hurlement strident, plus animal qu'humain. Puis un autre cri. Alva revint en courant sur ses pas. Emily avait fait une chute de près de deux mètres et avait été arrêtée par un éperon rocheux. Il lui était impossible de remonter.

— Tout va bien, ne vous inquiétez pas, lui cria Alva. Restez où vous êtes. Ne bougez pas. J'arrive.

Le cœur d'Alva s'emballa tandis qu'elle avançait prudemment, sans perdre de vue Emily qui peinait à maintenir sa prise.

Une fois parvenue suffisamment près, Alva tendit la main à la jeune fille :

— Accrochez-vous à moi.

Mais en cherchant à l'attraper, Emily trébucha de nouveau, dérapa et s'agrippa à un autre bout de roche déchiquetée au-dessus d'un vide de quatre mètres. Alva ne put retenir un cri. Elle essaya d'attraper la main d'Emily, mais leurs doigts se touchaient sans s'accrocher. Elle sauta sur le rocher suivant, le cœur battant, et parvint à saisir le bras d'Emily. Celle-ci gonflait les joues sous l'effort immense qu'elle faisait pour tenir. Alva ne lâchait pas sa prise mais ses pieds commençaient à glisser.

— Au secours ! cria-t-elle, saisie de panique. À l'aide !

Mais il n'y avait personne d'autre qu'elles deux. Elle parvint à bloquer son pied entre des pierres et s'approcha un peu plus du bord. Ainsi ancrée, elle s'empara de l'autre bras d'Emily. De toutes ses forces, en respirant profondément, et malgré la douleur dans ses membres, elle réussit, centimètre par centimètre, à hisser Emily sur un rocher plat. Les deux femmes s'effondrèrent côte à côte, haletantes, en sueur. Emily tremblait, le visage souillé de sang et de terre. Ses gants en chevreau étaient en lambeaux, le bas et les côtés de sa robe déchirés. Sur son front, ses bras et ses jambes, des écorchures et des entailles saignaient. Alva elle-même commençait à sentir un goût de métal dans sa bouche. Elle avait dû se couper la lèvre. Elle essuya la sueur de son front et vit du sang de ses doigts. Ses paumes étaient marquées de stries profondes, incrustées de cailloux et de sable.

Elle n'aurait pu dire combien de temps elles avaient passé là, peinant à recouvrer leur souffle, incapables de bouger. Elles étaient maintenant en sécurité, mais Alva espérait encore que quelqu'un viendrait les aider. Il lui fallut un moment pour comprendre que la suite dépendait d'elle.

Ayant réussi à relever Emily et s'étant assurée qu'elle n'avait rien de cassé, elle lui demanda ce qu'elle était venue faire là.

— Vous ne savez pas qu'il y a eu des chutes mortelles sur Cliff Walk ?

Emily ne répondit pas. Alva ne réitéra pas sa question.

Ensemble, elles avancèrent d'un rocher à l'autre, Emily s'appuyant sur Alva. À chaque pas, celle-ci s'arrêtait et resserrait son étreinte sur sa hanche et son épaule. Il leur fallut une éternité pour parvenir au sentier goudronné. Emily était sortie de son mutisme – elle jacassait à présent –, parlant sans s'arrêter du clambake de sa mère, puis de James Van Alen avant de revenir au clambake. Alva s'arrêta et la considéra de telle façon qu'Emily se tut, bouche bée, les yeux écarquillés.

— Que se passe-t-il ? Qu'est-ce qui ne va pas ?

— Rien, sourit Alva en secouant la tête.

— Non, dites-moi. Que se passe-t-il ?

— C'est vous ! fit Alva en pointant le doigt sur elle, de plus en plus amusée.

— *Moi ?* Qu'est-ce que j'ai fait ? Dites-moi. Je vous en prie, dites-moi. J'ai dit quelque chose de drôle ? J'ai fait une bêtise ? Oh, que se passe-t-il ?

— *Ça*, ce que vous êtes en train de faire ! s'esclaffa Alva en se couvrant la bouche. Vous… vous parlez à tort et à travers.

Emily parut offensée.

— Je ne parle pas à tort et à travers.

— Oh, si, fit Alva, prise de fou rire. Pardonnez-moi… pardonnez-moi, dit-elle en essayant de reprendre sa respiration, c'est juste que je ne vous avais jamais imaginés, vous, les Astor, en train de *parler à tort et à travers*. Ça vous rend *presque* humains.

Emily appuya les doigts sur sa bouche et Alva fut certaine d'avoir blessé cette miss Astor si bien élevée. Mais soudain, les épaules d'Emily se soulevèrent et elle laissa échapper un rire aigu.

— Je suppose que vous avez aussi le hoquet, que vous ronflez et que vous faites toutes sortes d'autres choses déplacées.

À ces mots, Emily fut prise de fou rire. À présent, toutes les deux riaient si fort qu'Alva était pliée en deux, incapable de parler, la main sur le ventre, tout en retenant Emily.

— Oh, mon Dieu, ça suffit, fit Emily, qui essayait de se calmer et essuyait ses larmes. Oh, ça fait mal, arrêtez de me faire rire.

Quand elles se furent enfin apaisées, Emily devint grave et sombre.

— J'ai bien failli mourir, aujourd'hui, n'est-ce pas ?

— Mais ça n'a pas été le cas, dit Alva en ravalant la boule dans sa gorge.

— Vous m'avez sauvé la vie. Et vous auriez pu mourir aussi, dit-elle comme si elle venait de comprendre. (Elle prit les mains d'Alva.) Je ne l'oublierai jamais. Je suis sincère. Merci.

Alva ne savait jamais comment réagir quand on exprimait sa tendresse et son émotion. Elle lançait alors une plaisanterie ou changeait de sujet. Ses sœurs et Consuelo le lui reprochaient toujours. Ainsi que Willie. Cette fois, elle ne dit rien.

En silence, elle aida Emily à parcourir le sentier, veillant à ne pas trébucher et à empêcher la jeune fille de tomber. De son côté, Emily recommença à parler de James, de son désir de l'épouser, disant combien Alva était drôle et qu'elle ne se souvenait pas de la dernière fois qu'elle avait autant ri.

Alva écoutait à moitié, car une idée tout à fait merveilleuse était en train de germer dans son esprit. Cinquante mètres plus haut, elle avait pris conscience qu'une occasion en or venait de se présenter à elle. Elle tenait un prétexte pour faire la connaissance de Mrs Astor – et dans les circonstances les plus avantageuses. Alva allait raccompagner Emily et la rendre à sa mère saine et sauve. Mrs Astor lui serait tellement reconnaissante, tellement redevable de l'avoir sauvée, que sa froideur disparaîtrait, elle insisterait pour que celle qui avait arraché sa fille au danger vienne à son clambake et l'introduirait dans la société.

Elles étaient parvenues à l'intersection de Victoria Avenue et de Bellevue, lorsque Emily se tourna vers Alva :

— Merci. Pour tout.

Lâchant la main d'Alva, elle entreprit de s'éloigner en boitant.

— Attendez ! lança Alva en rattrapant Emily à l'instant où elle allait trébucher. Vous ne pouvez pas marcher avec cette cheville. Je vais vous aider à rentrer.

— Non, fit Emily en secouant la tête. Ça va aller. Mieux vaut que je rentre seule. Je vais y arriver.

— Allons donc. C'est à peine si vous pouvez poser le pied. Je vais vous aider à rentrer, nous expliquerons à votre mère ce qui est arrivé et…

— Non ! s'écria Emily. Maman ne doit pas savoir que j'étais sur Cliff Walk. Elle me l'a toujours interdit.

— Mais…

Alva hésita. Elle se creusait la tête, voulant à tout prix sauver son plan, trouver un autre moyen. Elle avait besoin de l'aide d'Emily. Elle ne pourrait pas venir plus tard frapper à la porte de Mrs Astor et lui dire : *Au fait, j'ai sauvé la vie de votre fille, alors invitez-moi à votre clambake et introduisez-moi dans le monde.* Alva serait sans doute en mesure, à un moment ou à un autre, de demander à Emily de la présenter, mais cela ne suffirait pas. Il lui serait facile de refuser. Non, il lui fallait un levier plus sûr qu'un simple *Enchantée.* Elle réfléchissait encore, quand Emily tenta d'avancer d'un pas et manqua tomber.

— Allez, fit Alva en la saisissant de nouveau. Vous ne pouvez pas continuer toute seule.

Emily baissa les yeux et, hochant la tête, laissa les rênes à Alva.

— Mais vous ne direz rien de tout ça à ma mère ? S'il vous plaît ? Promettez-le-moi.

Emily serra sa main libre.

— Je vous le demande. En amie.

Amie ? Confuse, Alva sentit une chaleur se répandre dans sa poitrine. Elle était désespérément seule, elle avait tant besoin d'une amie. Elle n'aurait jamais imaginé qu'Emily pût la considérer comme une égale. À sa grande surprise, Alva trouvait Emily fort aimable pour elle-même, et pas du tout parce qu'elle était la fille de Mrs Astor. Elle était différente, bien éloignée de la jeune fille qu'elle avait rencontrée à plusieurs reprises. Il y avait chez elle une douceur et une innocence qui l'attendrissaient. Et son rire était contagieux.

— S'il vous plaît ? demandait Emily, les yeux suppliants.

Il lui fallait prendre une décision. Elle pouvait saisir cette occasion pour entrer dans le monde ou se faire une nouvelle amie. Elle regarda Emily et hocha la tête.

— Ce sera notre secret. Je n'en dirai pas un mot.

3
La société

Dans l'air flottent de légères gouttelettes d'écume. Des cristaux de sel invisibles recouvrent toutes les surfaces de la ville, comme font les dorures tant appréciées des élites de Newport, insensibles, pour la plupart – y compris nous-mêmes –, à la lente corrosion qui s'opère en dessous.

Cependant, l'été, rien ne peut se comparer à Newport. Six semaines ponctuées chaque jour de soupers de six plats, de garden-parties, de thés et de déjeuners, de bals jusqu'à l'aube chaque nuit. La plupart d'entre nous ont au moins quatre-vingt-dix robes sous la main pour la saison.

L'après-midi, les hommes naviguent sur leurs Yachts ou jouent au tennis sur gazon pendant que nous, les dames, sortons prendre l'air. Nous profitons de la promenade journalière sur Bellevue Avenue pour exhiber nos plus belles robes et nos plus belles parures de jour. Nos ombrelles sont toujours ouvertes pour nous protéger du soleil, les taches de rousseur ou le hâle, jugés communs, doivent être évités à tout prix.

Les dames knickerbockers font leur propre parade quotidienne dans un défilé de calèches conduit naturellement par Mrs Astor. Aujourd'hui, à l'instant où elle passe, nous sommes pratiquement au garde-à-vous. À quoi bon ? Elle ne nous remarque jamais, avec nos corsets et nos jupons qui, dans la chaleur, nous revêtent d'une pesante seconde peau, et nos coiffures qui se fanent sous nos capelines à large bord.

Demain, après-demain et le jour suivant, nous serons là de nouveau, au même endroit. Tout sera identique, hormis nos toilettes.

4

Caroline

Caroline avait presque achevé sa promenade quotidienne en calèche sur Bellevue Avenue. Pour une fois, elle était accompagnée de Charlotte. Se pouvait-il que sa fille manifestât un intérêt soudain pour le monde ? À dix-huit ans, Charlotte préférait la voile et la chasse avec son père à tout ce qui pouvait ressembler à la vie mondaine.

Elle jeta un regard sur les doigts gantés de sa fille qui pianotaient avec impatience sur le pommeau de son ombrelle, comme si elle avait hâte d'en finir. Pourquoi donc lui avait-elle demandé de venir ? Pourquoi portait-elle l'une de ses plus jolies robes de jour, celle au col ouvert bordé de volants en satin ? Et pourquoi ses mèches blond clair étaient-elles remontées et bien en place sous son capuchon favori ? Caroline se concentra sur une mèche rebelle qui retombait sur son long cou.

Charlotte avait dû sentir son regard, car elle se tourna, pinça les lèvres et détourna les yeux. Même assise à ses côtés, la jeune fille était si difficile à saisir, à cerner.

Caroline voulut dire quelque chose, mais l'occasion était passée. Elle se laissa bercer par le rythme lent et régulier de la calèche, le claquement des sabots sur les pavés, le cliquetis des brides. Elle tourna la tête pour regarder au-dehors, respirant l'odeur de l'océan à laquelle se mêlait celle du crottin de cheval.

Alors que leur barouche prenait le virage, Caroline sentit une brusque secousse : un coupé à quatre roues venait de surgir. Conduit par une femme, il passa devant elles à toute vitesse, faisant hennir violemment et se cabrer leurs chevaux. Caroline et Charlotte furent ballottées sur le siège arrière, chapeaux et ombrelles projetés en l'air jusqu'à ce que le cocher eût enfin réussi à maîtriser les chevaux. Il arrêta la calèche, et avec elle la procession tout entière, puis descendit d'un bond pour venir voir si tout allait bien.

— Je vous demande pardon, dit-il, chapeau à la main, ses longs cheveux noirs sur les yeux. J'espère que vous n'avez rien.

— Tout va bien, Duncan, dit Charlotte en remontant son capuchon et en remettant de l'ordre dans sa coiffure. Merci.

— Les femmes, quand elles conduisent, marmonna-t-il.

Les femmes quand elles conduisent, en effet, songea Caroline en se rappelant l'époque où elle sortait elle-même sa propre calèche. Des années auparavant, elle aussi s'était plu à s'asseoir sur le banc, les joues fouettées par le vent, les brides de cuir serrées dans ses mains gantées, et à mener ses quatre chevaux à pleine vitesse. Les gens s'écartaient sur son passage et l'applaudissaient. À présent, bien sûr, prendre les rênes était hors de question pour elle, et tant d'autres choses, comme jouer au croquet ou au tennis sur gazon.

— Vous êtes sûres ? demanda Duncan. Personne n'est blessé ?

— Pas une égratignure, dit Charlotte. Vous avez retenu les chevaux à la perfection.

Elle lui adressa un grand sourire qu'il lui rendit en s'inclinant avant de remettre son chapeau et de remonter sur le banc.

Les morceaux du puzzle s'agencèrent aussitôt – Charlotte n'était pas le moins du monde intéressée par la société. *C'était le cocher !* Caroline sentit un poids lui écraser la poitrine.

— Qu'est-ce que c'est que ça ? demanda-t-elle à sa fille tandis que la calèche repartait.

— Quoi donc ?

— Ce petit échange entre toi et le cocher ?

— Qui ? Duncan ? fit Charlotte comme s'il avait pu s'agir de quelqu'un d'autre. Il est terriblement beau, n'est-ce pas ? Helen le pense aussi et pourtant elle est follement amoureuse de Rosy.

— Assez, Charlotte. Ta conduite est totalement déplacée.

Elle allait ajouter quelque chose mais son attention fut attirée par deux femmes sur le trottoir, tout près des buis qui bordaient la propriété des Astor. Elles marchaient avec difficulté, appuyées l'une sur l'autre, comme désarticulées, la rousse légèrement plus grande que la brune. Elles n'avaient ni gants ni chapeaux, et pas même une ombrelle pour se protéger du soleil. La rousse était en costume de bain. Des intruses sans doute, songea Caroline, des femmes d'ici qui s'étaient aventurées jusqu'à Bellevue, mais en regardant de plus près, elle eut l'impression que la femme en robe lui rappelait quelqu'un. Cette robe, elle la connaissait. Elle leva les yeux. Cette femme, elle la connaissait ! Elle commença à perdre son sang-froid, sa mâchoire se décrocha.

Voyant son expression, Charlotte tourna la tête.

— Qu'est-ce… que… oh, mon Dieu ! s'écria-elle. C'est *Emily* ? Qu'est-ce qui lui arrive ? Qui est avec elle ?

La confusion céda la place à l'inquiétude quand Caroline comprit qu'Emily était blessée. La calèche s'engagea dans la longue allée juste au moment où sa fille et l'autre femme parvenaient, vacillantes, sous le portique.

— Emily ! cria Caroline.

Elle n'attendit pas que Duncan l'aide à descendre. Son ourlet se prit dans le marchepied et, cherchant à se dégager pour se précipiter vers sa fille, elle entendit le tissu se déchirer.

— Seigneur, mon enfant, tu vas bien ? Qu'est-il arrivé ?

— Elle est tombée, dit la rousse avec un léger accent du Sud. Et toute seule, si vous pouvez le croire !

Elle termina sur un petit rire, comme s'il n'y avait rien de grave.

— Tu boites !

La voix de Caroline monta d'un cran. *Elle a besoin de sa mère, maintenant, pas de vous*, se dit-elle en prenant la place de la rousse.

— Tu as quelque chose de cassé ?

— Elle s'est fait bien mal, c'est tout, dit la rousse avec un geste de protection exagéré, presque possessif, à l'égard d'Emily qui n'avait toujours pas ouvert la bouche.

Caroline vit la grosse bosse sur son front, tournant déjà au violet, le filet de sang séché sur son sourcil. Du bout des doigts, elle écarta les cheveux de son visage. Elle semblait effrayée, secouée.

— Charlotte, lança-t-elle par-dessus son épaule à son autre fille restée dans la calèche, va chercher Hade ! Qu'il envoie le médecin !

— Je crois qu'un peu de repos suffira.

Quelqu'un vous a-t-il posé une question ? voulut demander Caroline, mais elle remarqua que la femme avait elle aussi des égratignures et des bleus au visage, moins graves cependant que ceux d'Emily. Elle ne semblait pas souffrir d'autres blessures et suggérait quelque chose comme un bain de sels d'Epsom. Caroline aurait préféré qu'elle cesse de se mêler de ça. Elle voulait juste prendre soin d'Emily. Tout ce bavardage – elle ne s'entendait plus penser !

— Charlotte, cria-t-elle de nouveau. *Que se passait-il avec Charlotte – elle restait là, à parler avec le cocher.* Cours chercher Hade. Qu'il fasse venir le docteur tout de suite. Charlotte ?

— Au fait, je m'appelle Alva, dit la rousse, la main tendue. Alva Vanderbilt. C'est un plaisir de faire enfin votre connaissance, Mrs Astor.

Caroline ne saisit pas le prénom, mais Vanderbilt était un nom qu'elle connaissait. Et tout dans cette famille Vanderbilt lui déplaisait. Cornelius Vanderbilt, le patriarche que tout le monde appelait le Commodore, était célèbre pour ses pratiques commerciales immorales et ses manières déplorables : il grugeait ses concurrents, mangeait la bouche ouverte, se curait les dents à table. Il avait fait fortune dans les chemins de fer, et Caroline n'avait aucun respect pour l'argent des chemins de fer. Pour elle, on ne faisait pas fortune, on la recevait en héritage, comme elle-même avait hérité d'une belle somme et de surcroît fait un mariage d'argent. Caroline n'éprouvait pas la moindre reconnaissance à l'égard du grand-père de William, le défunt John Jacob Astor, qui avait, lui, *fait* fortune – comme trappeur, rien de moins – et dont les pratiques commerciales implacables et les manières méprisables rivalisaient avec celles du Commodore. La seule différence entre Astor et Vanderbilt, elle le savait, c'était que John Jacob Astor avait bénéficié d'une longueur d'avance, une vingtaine d'années, avant que Cornelius Vanderbilt ne se lance dans les affaires. Caroline préférait ignorer cette similitude et veillait à ne jamais évoquer les humbles débuts des Astor.

La Vanderbilt continuait à parler :

— … pardonnez-moi (elle tirait sur son haut en flanelle), j'étais partie me baigner et…

— Je vous prie de m'excuser, je voudrais ramener Emily à la maison.

— Naturellement, naturellement, dit Alva en se rapprochant pour soutenir Emily de l'autre côté. Je vais vous aider…

— Ce ne sera pas nécessaire, je vous assure.

La Vanderbilt recula, mais seulement quand Hade apparut avec Charlotte sur ses talons.

— Ravie d'avoir fait votre connaissance, dit Alva tandis que Hade portait Emily à l'intérieur.

Parvenue sur le seuil, Caroline se retourna et regarda par-dessus son épaule.

— Charlotte, tu viens ?

Mais Charlotte était repartie en direction de la calèche et du cocher.

Le jour du clambake, Caroline soigna particulièrement sa toilette, consciente que le feu de tous les regards serait dirigé vers elle. Et sa famille. Emily avait bien passé de la poudre sur ses mystérieuses égratignures au front, mais le soleil, impitoyable, trahissait sa tentative de camouflage. *Et oh, quel pain bénit pour les cancans.* Dieu merci, personne ne savait que Charlotte n'avait d'yeux que pour le cocher. *Seigneur, ils en feraient leurs choux gras !* Oui, les autres dames souriraient en rampant devant Caroline, mais dès qu'elle aurait le dos tourné, elles commenceraient à parler de ses filles et à spéculer sur leurs mariages.

Étrange, songea-t-elle, que personne ne se soit jamais interrogé sur ses relations avec Ward McAllister qui l'avait accompagnée à d'innombrables engagements sociaux. Là-dessus, nul ne disait mot. Mais si on voyait William parler à une autre femme sur le terrain de polo ou au Yacht Club, c'était scandaleux.

Oh, qu'ils parlent donc ! Caroline ne pouvait pas les empêcher de jaser, même si son amour-propre en souffrait, mais elle avait gardé intacte sa force d'âme. Elle encaisserait et ensuite, un peu plus tard, après avoir accueilli ses invités hypocrites, elle irait parcourir le jardin au bras de William et ferait taire les rumeurs.

Il lui fallait maintenant trouver une réponse plausible aux questions qu'on pourrait lui poser quant au visage d'Emily.

Caroline entendit le bruit de pas lourd et traînant annonçant l'arrivée de sa mère, qui ouvrit la porte de son cabinet de toilette.

— C'est *ça* que tu vas porter ce soir ? dit celle-ci.

Caroline s'examina dans la glace : le décolleté souligné d'un ruban de soie, les nœuds de satin le long du corsage, la tournure plongeante couleur violette.

— Dois-je te rappeler, Lina, qu'une dame vraiment distinguée ne porte jamais de tenue dernier cri ?

— Ce n'est pas comme si je portais du Worth, Maman.

— Dieu soit loué ! Ses modèles sont décidément vulgaires.

Elle prit sa canne dans sa main droite. La mère de Caroline – Helen Van Courtlandt White Schermerhorn – était restée, à quatre-vingt-trois ans, une femme d'une grande classe. Jadis d'un noir de jais, ses cheveux étaient maintenant neigeux, et si le visage était sillonné de rides, les yeux avaient conservé leur éclat bleu glacier et rien ne leur échappait.

— Ne te crois pas obligée de rivaliser avec les parvenus, Lina. C'est en dessous de toi, dit-elle en prenant une savonnette enveloppée de papier de soie lavande. Je déteste la façon dont les gens se laissent influencer par les nouveaux riches.

Elle respira le savon, fit une grimace et le reposa.

— Je pensais que Mr McAllister et toi saviez vous prémunir contre ce genre de chose.

— Nous faisons tout notre possible, Maman, mais les temps changent et…

Caroline fut réduite au silence par le soupir exaspéré de sa mère. Un féroce face-à-face s'ensuivit, de ceux que Caroline perdait invariablement. Elle se détourna et s'affaira à accrocher ses boucles d'oreilles.

Elle était coriace, mais ne faisait pas le poids face à sa mère, qui avait tiré sa force de l'adversité. Deux de ses trois filles encore en vie étaient malades et le plus souvent alitées. Il restait Caroline – Lina comme on l'appelait. Survivre ne suffisait pas ; Lina avait toujours eu le devoir de prospérer. Sa mère avait placé tous ses espoirs en elle et, quand l'occasion s'était présentée pour Caroline de régner sur la haute société, c'est elle qui l'avait exhortée à le faire. « Tu dois nous protéger contre les assauts des nouveaux riches, lui avait-elle dit un jour en frappant le sol de sa canne. Tu as un héritage et une lignée, ainsi que les moyens. » *Tap-tap-tap.* « Tu dois prendre les rênes et en finir avec ces imposteurs. » *Tap-tap-tap.* « Nos traditions sont destinées à insuffler raffinement et convenances et il n'y a aucun exemple à retirer chez ce tas… »

C'était là un sermon maternel datant de 1872, juste avant que Ward McAllister soit venu la voir pour lui présenter sa propre stratégie de préservation de la haute société.

— Ces femmes avec leurs tiares et leurs couronnes, ces hommes avec leurs gros cigares et leurs cannes incrustées de pierres, avait-il lancé avec dégoût. Ils puent l'acier trempé et l'argent des chemins de fer. Ils espèrent s'acheter une place dans la bonne société et il est de notre devoir de les en empêcher.

— Et comment comptez-vous vous y prendre ? avait demandé Caroline, quelque peu surprise par son ton véhément.

Eh bien, justement, il avait une idée. Comme le pratiquait la noblesse britannique, il voulait faire coopter les membres de ladite société par leurs pairs.

— Pour m'aider à organiser ce nouveau cénacle, je vais avoir besoin d'une hôtesse du plus haut rang, comme vous.

Caroline se garda d'avoir l'air flattée.

— Pourquoi moi ?

— La question est plutôt, pourquoi *pas* vous ? Je ne vois aucune autre hôtesse possédant autant de goût et de raffinement.

— Vous voulez dire que vous ne voyez aucune autre hôtesse qui possède son propre argent.

Il avait eu un rire penaud :

— Ma foi, cela vous donne peut-être un avantage.

À la différence d'autres hôtesses, Caroline avait, à la mort de son père, hérité d'une fortune propre. Elle ne dépendait pas de son mari, n'était pas tenue de lui présenter un registre de ses dépenses domestiques ou personnelles. Une telle autonomie était sans précédent pour une femme et la distinguait de toutes les autres dames de la société dont elle était, de ce fait et pour plaire à sa mère, devenue la reine.

Depuis lors, Caroline et Ward passaient de longues heures au salon à examiner les listes d'invités et les placements à table, à déterminer quel service de porcelaine et quelle argenterie utiliser. Un débat sur le choix des vins pouvait durer plus d'une heure. Pour Ward, la société était une affaire très sérieuse et, avec le temps,

Caroline en était venue à croire que tout cela avait de l'importance. De son côté, William jugeait ce sujet frivole. Bien plus tard, Caroline avait songé que son mari aurait peut-être espéré la voir manifester un peu d'intérêt pour ses passe-temps ou ses engouements – la voile, les chevaux... Il lui proposait toujours de l'accompagner quand elle avait déjà quelque chose de prévu, un déjeuner, une réunion, un bal ou une représentation à l'Opéra. Le moment était toujours mal choisi et elle se demandait parfois s'il ne l'invitait pas précisément parce qu'il savait qu'elle n'était pas libre.

Il ne lui était jamais venu à l'esprit que son mari jugeait blessante sa préférence pour la compagnie des autres, en particulier celle de Ward McAllister. Ni que son orgueil pût souffrir de savoir que sa femme avait un calendrier plus rempli que le sien. Caroline n'y songeait jamais parce qu'à ses yeux la société était essentielle. Pour la première fois de sa vie, elle faisait quelque chose dont sa mère pouvait se montrer fière. Pour la première fois, on la respectait ; son importance et sa valeur ne provenaient pas de son rôle de mère et d'épouse. Cette affaire de société était désormais profondément enracinée en elle, au point, croyait-elle, que si cela cessait d'exister, ou même cessait de compter, elle aussi, à son tour, ne compterait plus.

— Eh bien, dit sa mère, je vois que cette conversation ne nous mène nulle part. Je serai en bas, au salon.

Même après son départ sa voix résonnait encore avec une telle force dans la tête de Caroline qu'elle en perdit son assurance. Elle retira ses boucles d'oreilles et les jeta sur la coiffeuse, étonnée que sa mère n'ait pas trouvé à dire qu'elle les trouvait ostentatoires pour une femme de son rang.

Peu après, elle se dirigea vers sa penderie où était accrochée une robe bleue toute simple, sans rubans ni volants.

Elle sonna sa femme de chambre pour qu'elle vienne l'aider à se changer.

5

Alva

Tandis que James Van Alen et tous ceux qui comptaient s'apprêtaient pour le clambake de Mrs Astor, Alva se préparait à aller dîner chez les parents de Willie. En tant que nouvelle venue dans la famille Vanderbilt, elle se sentait encore une intruse. Elle ne comprenait pas leur mode de vie. Elle ne parvenait ni à définir ni à cerner ce quelque chose de *très Vanderbilt* dont ils se glorifiaient. Elle ne comprenait pas toujours leurs plaisanteries, elle ne percevait pas la logique qui les faisait passer d'un sujet à l'autre. Il lui arrivait de penser qu'ils parlaient un autre langage qu'elle.

Devant sa penderie, Alva fit face à un dilemme – quelle toilette porter ? Comment choisir parmi ces robes incrustées d'opales, de perles et de diamants, les rubans en satin et en soie, les volants en dentelle délicate, les broderies en fils d'argent et d'or ? Comment se débrouillait-elle autrefois avec les quelques robes qu'elle raccommodait ? Au simple rappel de ce temps-là surgit une pensée terrifiante : *Et si tout cela disparaissait ?*

Alva avait beau savoir que les Vanderbilt étaient l'une des familles les plus riches du pays, ses vieilles peurs ne la quittaient pas. Parce qu'elle avait déjà vu s'envoler la fortune d'un homme, elle n'écartait pas la possibilité que pareille chose se reproduise. C'est pourquoi elle prélevait toujours quelques billets de sa rente qu'elle remisait dans un carton à chapeau caché au fond de sa penderie. Pour le cas où.

Ces craintes expliquaient sans doute qu'Alva ne garde jamais le meilleur pour la fin. Elle redoutait que le moindre atermoiement ne lui coûtât ce que précisément elle attendait. Elle refusait de différer son plaisir, fût-ce d'une seconde. Elle désirait le meilleur et ne songeait jamais, pour l'obtenir, à accepter d'abord quelque chose d'inférieur ou de médiocre. Elle voulait son bonheur tout de suite et ne comprenait pas pourquoi ses sœurs s'astreignaient à avaler des légumes insipides, de la viande sèche et du riz pâteux pour jouir du dessert. Elle, elle volait le gâteau, le pudding, les tartes, malgré les conséquences qu'elle aurait à subir pour les avoir mangés avant le dîner.

— Alva ? lança Willie d'en bas. Dépêche-toi, chérie, il ne faut pas être en retard.

— J'ai terminé, dit-elle, cherchant toujours, s'arrêtant devant la toilette qu'elle avait eu l'intention de porter pour le fish fry de Mamie, celle qu'elle aurait portée au clambake de Mrs Astor si elle y avait été invitée.

Alva sortit la robe et la plaça à hauteur du menton, en se demandant si le col montait assez haut et si les manches étaient assez longues pour camoufler ce qui restait de bleus et d'égratignures. Dieu soit loué, celui qu'elle avait au visage était passé du violet au jaune et ne se voyait plus, surtout sous un peu de poudre. Mais ses muscles et ses articulations protestaient encore au moindre mouvement bien qu'une semaine se fût écoulée.

En vérité, la blessure la plus vive – celle qui refusait de guérir – était l'attitude de Mrs Astor à son égard ce jour-là. Même si, pour sa défense, celle-ci n'avait pas compris qu'Emily était allée sur Cliff Walk, qu'elle serait peut-être morte si Alva ne s'était pas trouvée là. Mrs Astor ignorait tout, mais elle s'était conduite avec Alva comme elle l'aurait fait face à un livreur venu déposer un paquet. Et naturellement, Emily avait eu trop peur de sa mère pour parler. Deux jours plus tard, James Van Alen était passé lui remettre un message d'Emily. Celle-ci voulait la remercier de nouveau et espérait la voir bientôt. Rien à propos de sa mère, rien à propos du clambake.

Alva se plaça devant la glace et examina la croûte qui s'était formée sur son bras. Elle s'était défendue de la gratter, et cela s'était révélé plus difficile que de tenir la promesse faite à Emily.

Certes, elle ne manquait pas de défauts – elle n'était pas un ange –, mais une promesse était une promesse. Jamais Mrs Astor ne saurait qu'Alva avait sauvé la vie de sa fille. Mais cela signifiait pour Alva trouver un autre moyen d'attirer l'attention de la Grande Dame.

6
Caroline

L'orchestre se préparait, les musiciens accordaient violons, altos et autres instruments. En robe de faille de soie ivoire, Christine Nilsson, un peu plus loin, pratiquait ses gammes. *Ah-ha-ha-ha-ha-ah-ah.* Le premier valet de pied, vêtu d'une élégante livrée verte – et spécialement engagé pour la soirée –, posté à l'entrée, se préparait à examiner les cartons avant d'introduire chaque invité. Un deuxième valet de pied, également en livrée, se tenait sur le côté, avec pour mission d'accrocher des fleurs blanches au revers de ces messieurs. Soixante tables rondes entourées de chaises dorées étaient disposées dans le jardin au-dessus des falaises. Chacune décorée d'une nappe en damas blanc aux ourlets agités par la brise et de serviettes maintenues en place par des ronds en or quatorze carats en forme de chérubins. À chaque place, un assortiment de couverts en argent flanquait une assiette en porcelaine et au milieu se dressaient une douzaine de roses rouges American Beauty. C'était une fleur introduite dans le pays par Caroline et, à 2 dollars la tige, ces roses représentaient un luxe inouï. Rares étaient les hôtesses en mesure de convaincre leur mari de la nécessité d'une telle dépense.

D'ordinaire, les réceptions de Caroline ne commençaient pas avant onze heures du soir, mais son clambake, prévu à cinq heures, devait précéder un souper servi à huit heures puis un bal qui se prolongerait jusqu'à l'aube, avec deux buffets, un premier à minuit et un second à six heures du matin.

Même à cette heure, la chaleur était difficilement supportable. Caroline se tenait à l'entrée du jardin aux côtés de Ward McAllister pour accueillir ses invités. C'était au tour de son beau-frère de se présenter.

John Jacob Astor III s'avança. Il arborait d'épais favoris et sa moustache déjà grisonnante contrastait avec ses cheveux brun foncé. Il prit ses mains dans les siennes. « Caroline », fut tout ce qu'il dit.

Elle n'attendait rien de plus. Sa réponse fut simplement : « John. »

Sa belle-sœur, Augusta, arriva ensuite. Elle avait un visage carré, en forme de boîte, mais de beaux yeux bleus qui attiraient les regards.

— La lettre… commença Augusta, la bouche tordue, avec une expression de pitié, passant le reste sous silence. J'ai prié pour toi. Et aussi pour William.

Sa voix trahissait cependant une certaine satisfaction, peut-être un certain plaisir à avoir écrit cette lettre. Caroline pinça les lèvres et leva le menton, en pensant à l'Augusta qui jadis aimait la chasse et les armes à feu avant de tout abandonner pour la Bible. Combien de fois avait-elle forcé Waldorf, son fils, à se mettre à genoux pour le punir d'avoir chanté ou joué à chat dans le monte-charge un dimanche, avec ses cousins ?

Puis ce fut au tour de Waldorf, maintenant un jeune homme séduisant, doté d'une ambition politique et qui, à moins de trente ans, visait le Sénat des États-Unis.

— Tante Lina, dit-il en lui donnant un baiser de pure forme sur la joue avant de s'éloigner, aussi dédaigneux que ses parents.

Caroline se tourna vers ses autres invités, heureuse de voir tout le monde s'amuser, admirer la vue sur les falaises, les femmes qui ôtaient joyeusement leurs gants pour mordre dans une palourde ou une crevette avant de les renfiler, les hommes qui retenaient leurs canotiers en jouant au bilboquet ou au croquet. De jeunes dames allaient et venaient, leur carnet de bal au poignet, et inscrivaient les noms des jeunes hommes à qui elles avaient promis une danse.

Après avoir accueilli un si grand nombre d'invités, Caroline espérait que William viendrait la rejoindre dans le jardin, mais il n'était visible nulle part. Elle se retrouva donc aux côtés de Ward McAllister et de Mamie Fry – rien de moins. Elle voulait cependant garder cette dernière à l'œil, consciente qu'elle nourrissait l'espoir de s'élever dans la société et de prendre sa place. Caroline ne se sentait pas pour autant menacée. Pour cela, il faudrait une femme bien plus habile et plus puissante.

Elle l'observa avec beaucoup de curiosité. Mamie portait une robe si lourdement incrustée de diamants et de perles qu'elle semblait marcher avec peine. Le bord de son chapeau était assez large pour répandre aussi son ombre sur Caroline et Ward. Rien que de très prévisible de la part d'une parvenue, mais ce soir, elle notait que les élégantes portaient des toilettes tout aussi ornées. Partout où elle posait les yeux, elle voyait scintiller les pierres sous les rayons du soleil. On ne jurait plus que par Worth. Aujourd'hui, chez les femmes du monde, les pierreries et les breloques devenaient aussi incontournables que leurs cartes de visite.

Caroline baissa les yeux sur sa robe et regretta de s'être changée. Pour une fois, sa mère avait eu tort. Oui, la roue tournait, et Caroline était partagée entre deux mondes : celui de sa mère et le sien. Et elle devait s'avouer qu'elle ne savait pas comment faire avec son monde. Au sommet de la haute société, elle avait été si occupée à préserver l'étiquette et les traditions du passé qu'il ne lui était pas venu à l'esprit de s'ouvrir à une certaine modernité. Dans son rôle, elle affichait bon nombre de points forts et de talents, mais l'esprit d'innovation était absent. Elle se voyait souvent comme une femme devant une toile vierge, sans imagination et sans le moindre sens artistique. N'ayant aucune vision claire de l'avenir, elle n'avait certes pas envisagé que les femmes s'habilleraient un jour de façon si excentrique. Et si *elle aussi* était apparue aujourd'hui en robe de chez Worth ? *Eh bien quoi ?* Elle aurait peut-être fait souffler un vent frais, révélé à ses invités un aspect plus léger de sa personnalité. Sa mère, évidemment, n'aurait trouvé aucune toilette à son goût et avec toutes les rumeurs sur son mariage, le moment aurait été bien choisi pour briller.

Un groupe de messieurs en costumes de lin et canotiers jouaient au badminton. Parmi eux, le mari de Mamie, Stuyvesant Fish, avait failli heurter August

Belmont. Ils continuaient tous les deux à donner des coups de raquette et manquaient leurs volants. Eh bien, Mamie trouvait cela très drôle. *Et, oh, ce rire !* Les gens se tournèrent pour voir d'où provenait un tel *bruit*.

Exaspérée, Caroline s'excusa et se dirigea vers l'escalier de pierre qui surplombait son jardin. En cherchant William du regard, elle vit son cadet, Jack, prendre des canapés sur le plateau d'un valet de pied. L'appétit du garçon était insatiable. À douze ans à peine, il mangeait comme un homme. Et dire que de tous ses enfants, il avait été le plus chétif à la naissance, ne pesant guère plus de deux kilos et demi. Elle se reprochait parfois d'avoir voulu le faire grossir, mais le docteur lui assurait qu'il était en pleine croissance. Pourtant, Caroline s'inquiétait et elle appela la gouvernante.

— Empêchez Jack d'engloutir tous ces hors-d'œuvre. Il va se rendre malade à manger comme ça.

La gouvernante courut réprimander Jack qui avait fait main basse sur une dernière crevette avant qu'on l'en empêche.

Caroline ne voyait toujours pas William. Elle ne l'avait plus aperçu depuis que les invités avaient commencé à arriver, ce qui était mauvais signe. Elle craignait qu'il ne soit hébété par l'alcool et que les gens parlent de sa liaison. La seule manière de faire taire les rumeurs était qu'ils se présentent ensemble, unis, tout sourire.

Elle entra dans la maison pour le chercher, passa devant son majordome qui trônait devant le grand foyer.

— Mr Astor est dans la bibliothèque avec miss Charlotte, dit Hade sans lui laisser le temps de poser la question.

Et en effet, elle l'y trouva, installé dans son fauteuil de cuir, non loin d'un verre de whisky. Charlotte et lui jouaient aux cartes.

De tous ses enfants, Charlotte était la préférée de William. Il ne le cachait pas. Il l'appelait Charlie et, à la différence des autres, il lui avait appris à pêcher, à jouer au golf, à tirer et à nettoyer un fusil. À maints égards, elle était pour lui davantage un fils que ne l'était Jack.

— Qui gagne ? fit Caroline en refermant la porte coulissante derrière elle.

— On est à égalité, répondit William.

— Plus pour longtemps.

Charlotte abattit le roi de pique, et voilà. Fin de partie.

— Heureusement qu'on ne jouait pas au poker, dit William. Elle m'aurait lessivé.

— Oh, un poker ! fit Charlotte tout excitée. Si on y jouait ?

— Oh non. Non, dit Caroline. Au cas où tu ne l'aurais pas remarqué, nous recevons des invités et toi, jeune dame, tu devrais être dehors. Toi aussi, ajouta-t-elle à l'adresse de William.

— Oh, Maman, je suis vraiment obligée ? Ces gens sont tellement ennuyeux.

— Charlotte.

— Je suis du même avis que Charlie. *On est vraiment obligés ?* s'esclaffa William en ramassant les cartes.

En vérité, Caroline aurait aimé rester et jouer une ou deux parties avec eux, s'épargner la banalité des conversations, l'échange de platitudes, l'adoration tout autant que la curiosité.

— Oui, vous êtes *obligés* de participer à la réception. Tous les deux.

— Bien, dit Charlotte, je vais peut-être d'abord me rendre aux écuries voir ce que Duncan…

— Charlotte !

— Oh, Maman ! dit sa fille en éclatant de rire. Sois sans crainte, je plaisantais. Je ne ferais *jamais* une chose pareille.

Elle se leva d'un mouvement théâtral, les paumes levées :

— Regarde, je retourne à la réception, tu vois ? J'y vais.

Quand elle fut partie, Caroline se tourna vers William qui hurlait de rire en la désignant du doigt.

— Tu aurais dû voir ta tête !

— Tu ne devrais pas l'encourager. Elle devient un peu trop familière avec ce cocher. Ça ne me plaît pas.

Elle remarqua, non sans une certaine irritation, que quelqu'un n'avait pas remis un livre à sa place sur l'étagère. *Est-ce si difficile de les aligner par taille ?* pensa-t-elle en traversant la pièce pour y remédier, tandis que la musique de l'orchestre filtrait du dehors.

— Qu'attends-tu ? Tu devrais rejoindre nos invités.

— Ce sont tes amis, répondit son mari en reposant les cartes. Et puis, je doute que quiconque remarque mon absence.

— Tu as promis, tu te rappelles ?

Caroline s'apprêtait à ajouter quelque chose quand la porte coulissante s'ouvrit et laissa apparaître James Van Alen. Derrière lui, hors d'haleine comme s'il l'avait pourchassé dans le couloir, Hade s'excusa de les interrompre.

William rassura le majordome d'un geste de la main et Caroline se prépara mentalement à ce qui allait suivre. Une seule raison pouvait expliquer la présence de Van Alen auprès de William et elle n'avait aucune envie d'assister à cela.

— Messieurs, je vous laisse à vos affaires.

— Non, tu restes ici, gronda William.

Naturellement, dans ce genre de circonstance, il tenait à ce qu'elle soit à ses côtés. De toute évidence, William devinait ce qui allait se passer. Le dégoût à l'égard de James Van Alen était bien l'une des rares choses qu'ils partageaient. Et William la blâmait sûrement de l'avoir invité au clambake. À cet instant précis, elle s'en blâmait elle-même. Dans une rare manifestation d'obéissance, Caroline se laissa tomber dans un fauteuil près de la fenêtre.

— Pardonnez-moi, dit Van Alen en ajustant son monocle, J'espérais vous parler, monsieur.

— Je suis occupé, dit William en vidant son verre.

— Mais il s'agit d'un sujet de la plus haute importance.

William soupira. C'était un homme d'esprit aux traits féroces et il venait d'avoir *cette* étincelle dans l'œil. Alen, Cardine le savait, ne tarderait pas à regretter d'avoir franchi le seuil de la bibliothèque.

— Eh bien, dans ce cas… (William fit signe au majordome et lui tendit son verre.) Et un autre pour Mr Van Alen.

Celui-ci leva la main :

— Ah, mais je ne bois pas…

— Ne me dites pas que vous n'aimez pas le whisky, fit William, incrédule.

Parmi les nombreux défauts de Van Alen, Caroline et William le savaient, ne figurait pas la boisson.

— Ah oui, dit Van Alen, dissimulant mal sa nervosité. Du whisky. Grande idée.

— Oh, Hade, laissez la bouteille, fit William en donnant son verre à Van Alen.

Quand le majordome fut parti, il leva le sien :

— À votre santé, jeune homme.

Van Alen se força à boire une gorgée.

— Ce n'est pas du thé, vous savez. Si vous devez boire, *buvez*.

William fit tinter son verre contre celui de Van Alen. Le jeune homme prit une bonne lampée et grimaça.

— À la bonne heure, fit William, en verve – *le meilleur whisky qu'il ait jamais goûté* –, et d'encourager Van Alen à boire encore.

— Eh bien, Mr Astor, Mrs Astor, glissa enfin celui-ci en leur adressant un léger hochement de tête. Je désirais vous parler de mes intentions à l'égard de votre…

— Excellentes, je n'en doute pas. Permettez-moi de vous resservir, dit William en prenant la bouteille.

— Non, non, merci, vraiment, fit Van Alen en couvrant le verre de sa main gantée.

— Ne dites pas de bêtises.

William écarta la main de Van Alen et remplit son verre.

— Merci, monsieur. (Il but une autre gorgée.) La raison pour laquelle je souhaitais vous parler est…

— Ah, voilà un homme qui savait apprécier un bon whisky, l'interrompit William en lui indiquant la photographie de son grand-père posée sur le manteau de la cheminée. John Jacob Astor, ajouta-t-il avec une bouffée d'orgueil. Oui, monsieur, il appréciait le whisky.

— Il me semble l'avoir entendu dire à Emily, fit James avec un petit sourire. Et, à propos d'Emily, je voulais vous demander… Oh, mon Dieu !

William lui remplissait de nouveau son verre et lui faisait signe de le vider, à quoi il se plia avec réticence.

— Que disais-je, reprit-il en ajustant son monocle. Je vois beaucoup votre fille et ma foi…

Il marqua un temps d'arrêt et, pour se donner du courage, reprit une gorgée.

— Ma foi… eh bien, voyez-vous…

Il commençait à perdre pied, à se répéter :

— Mr Astor, j'ai beaucoup d'affection pour la jeune fille. Beaucoup, *beaucoup* d'affection pour elle. Je dirais même qu'il s'agit d'autre chose que d'affection et…

— Dites-moi, le coupa William, comment va le général ?

— Le général ?

Les yeux de Van Alen s'agrandirent si largement qu'il faillit perdre son monocle.

— Oui, oui. Votre père, le général. Comment va-t-il ?

William méprisait le général Van Alen.

— Mon père va très bien.

Van Alen glissa deux doigts à l'intérieur de son col pour le desserrer avant de boire une autre longue gorgée. Caroline observa que l'alcool descendait plus facilement.

— Et j'attire votre attention sur le fait que j'hériterai d'une petite fortune. Plus d'un million, ainsi que…

Van Alen s'interrompit, comme s'il avait perdu le fil de ses pensées. Il porta son verre mouillé de condensation à son front.

— Il fait très chaud tout à coup, non ?

— *Chaud ?* fit William avec une moue condescendante. Non, je ne trouve pas du tout. Je me sens très à l'aise. (Il se tourna vers Caroline.) Chérie ? Tu trouves qu'il fait chaud ?

Van Alen ôta ses gants et s'en servit pour essuyer la transpiration sur son front.

— J'ai t-t-tout à coup trrrès chaud.

— Peut-être devrions-nous reprendre cette conversation une autre fois ? suggéra William. Vous me semblez avoir un verre dans le nez.

— Nooon, non, mmmonsieur, pas du tout, protesta Van Alen d'une voix traînante avant de lâcher le morceau. Bon sang, c'est de l'amour. Che vous achure, je n'aime personne autant que votre fille, monsssssieur et je suis venu vous demander sa main.

— Je vous demande pardon, dit William en se penchant en avant. Je ne suis pas sûr d'avoir bien compris.

— J… j'ai dit que j'étais venu demander votre main en mariage.

William se carra dans son fauteuil avec un sourire narquois.

— Je suis déjà pris, j'en ai peur.

Van Alen secoua la tête :

— Nooon, noon, noooon. Ce que je voulais dire, c'est…

— Je sais ce que vous vouliez dire et je ne vous accorderai ni *ma* main ni celle de ma fille.

— Mais, cher monsieur, je…

— Vous êtes, cher monsieur, un âne. Et je me fiche de l'héritage des millions de votre père. Les Astor et les Van Alen ne se mélangent pas. Je ne laisserai jamais ma fille se marier dans une famille qui ne pense qu'à l'argent.

William sonna le majordome.

— Hade ? Hade, faites-le sortir.

Van Alen marmonna quelque chose tandis que Hade l'aidait à se lever et l'entraînait avec lui.

— Eh bien, dit William en se frottant les mains triomphalement, voilà qui fut réjouissant.

— Bien joué, mon cher, fit Caroline. Mais ton travail n'est pas terminé. On va servir le souper. Et toi, tu *vas* te joindre à nous.

Les invités prenaient place au son de l'orchestre. Dès que le soleil commença à descendre, on alluma les bougies sur les tables, et les petites flammes illuminèrent le jardin.

Caroline et sa famille, ainsi que Ward McAllister, occupaient la table d'honneur. Elle avait conscience que sa mère l'observait, tout comme elle-même observait ses propres enfants. Ses filles, ravissantes, avaient hérité les beaux yeux de William. Les deux aînées, Emily et Helen, n'avaient qu'un an de différence et se ressemblaient tant – la même chevelure sombre, les mêmes yeux expressifs, le même visage angélique – qu'on les prenait souvent pour des jumelles. Ce soir, Carrie, sa cadette, avait remonté ses cheveux comme ses sœurs aînées, dévoilant son cou de cygne. C'était la première fois qu'elle se coiffait ainsi et Caroline ressentit une pointe de tristesse à la voir grandir si vite.

Plusieurs conversations privées avaient lieu en même temps et Caroline, qui participait aux unes ou aux autres, n'en saisissait que des fragments çà et là : son mari, qui partageait un rire complice avec Charlotte, Jack, qui demandait quel était le plat principal, sa mère, qui exprimait l'horreur que lui inspirait Victoria Aarden, une femme célibataire qui s'était coiffée d'une tiare. À l'autre bout de la table, elle entendit Helen dire quelque chose à propos de Rosy.

— Ah, il s'appelle *Rosy* maintenant ? la taquina Caroline. Mr Roosevelt manifeste un grand intérêt pour toi depuis quelque temps.

— Plus que d'habitude, sourit Helen, baissant les yeux, le rose aux joues.

C'était bien Helen, cette façon de minimiser pour ne pas faire de peine à Emily. Tout le monde appréciait Rosy, quand nul n'appréciait James Van Alen. De toutes ses filles, Helen, l'arbitre des conflits, était la plus aimable, la plus susceptible de se priver d'une poupée de bois ou d'une friandise pour réconcilier Charlotte et Carrie. Ou Charlotte et Emily. Même Charlotte et Jack. Charlotte était toujours au centre de tout.

Caroline se tourna vers Emily, qui n'avait rien dit à propos de Rosy. Ni de rien d'autre, d'ailleurs. Elle était nerveuse et ses regards furetaient partout. Peut-être calculait-elle le nombre de canotiers ou de plumes roses qui ornaient les chapeaux des dames tout en cherchant James Van Alen. Savait-elle qu'il avait demandé sa main ?

Un valet de pied revêtu de la livrée des Astor remit à chacun un menu gravé avec la liste des huit plats. La mère de Caroline haussa un sourcil comme pour dire : *Est-ce bien nécessaire ?* Et son sourcil remonta encore quand on servit l'entrée de caviar et d'huîtres.

— Le service *à la russe* est plus élégant que le service *à la française*.

Caroline la connaissait assez pour deviner que c'était loin d'être un compliment. Elle prit une gorgée de champagne et se prépara à l'assaut :

— Servir un plat après l'autre plutôt que tout disposer en même temps sur la table est très européen, ajouta sa mère. Naturellement, c'est aussi plus théâtral. Dis-moi, Lina, combien de valets de pied en livrée supplémentaires as-tu engagés rien que pour ça ?

— Je te l'ai dit, Maman. (Caroline regarda Mamie Fish, en face d'elle, occupée à soulever la chair d'une huître avec sa fourchette à poisson.) J'ai fait comme il fallait. (Elle reposa son verre.) Je suppose que tu n'aimes pas non plus les cadeaux.

— Rien à reprocher aux bouquets et aux dentelles, dit sa mère avec un grand geste de la main, si tu éprouves le besoin d'impressionner tes invités avec ces objets coûteux, loin de moi l'idée d'objecter quoi que ce soit.

Caroline serra les dents, s'obligeant à rester calme. Il y avait trop d'yeux fixés sur elle autour de la table.

Le souper progressa, un plat après l'autre. Quand les valets servirent le punch à la romaine, William repoussa sa coupe et Jack s'en empara, plongeant sa cuillère dans la meringue avant que Caroline ait eu le temps de l'en empêcher. William se tapota les lèvres et jeta sa serviette sur la table avant de se tourner vers Caroline avec un sourire ironique :

— Puis-je disposer maintenant ?

Elle avait envie de refuser, mais il ne lui demandait pas la permission. Il s'était déjà levé, s'éloignait, et il n'y avait aucun moyen de l'en blâmer avec grâce. Elle dut se résoudre à le laisser partir sans trahir le moindre signe de déconvenue. Il était à peine rentré dans la maison qu'elle vit se profiler une situation beaucoup plus délicate.

James Van Alen avait réussi à rejoindre la réception. Sous ses yeux horrifiés, il traversa le jardin en titubant. Interdite, Caroline se leva aussitôt pour aller vers lui.

Son neveu, quittant sa table, saisit Van Alen par ses revers et lui cria :

— Reprenez-vous, mon vieux !

— S'il te plaît, Waldorf, dit Caroline, parvenue à leur hauteur. Cela suffit, merci. Les gens nous regardent. Inutile d'attirer davantage l'attention.

Mais naturellement, il était déjà trop tard. Ses invités les regardaient en terminant leur compote de cerises comme s'ils assistaient à une partie du spectacle prévu pour la soirée.

Emily était venue rejoindre Caroline.

— James ? Oh, James, que…

Elle s'interrompit et leva la main sur sa poitrine.

— Tu as bu ?

— Ouais, ouais, j'ai… j'ai bu, bredouilla James, qui éructait, baissait la tête, vacillait, perdait l'équilibre. Je suis trrrrès fatigué.

Il venait de heurter l'une des tables. Aussitôt les invités abandonnèrent leurs chaises. Un valet se saisit de lui et l'éloigna, pendant que Waldorf retenait Emily. Celle-ci se dégagea et courut vers la maison. En se forçant à sourire, Caroline lui emboîta le pas et la trouva dans la bibliothèque, où elle bravait son père :

— Tu sais que Van Alen ne boit pas. Tu l'as ridiculisé devant tout le monde.

— Ma chère, James Van Alen n'a pas besoin de mon aide pour ce genre de chose.

— Tu ne comprends pas, il veut m'épouser, et moi je veux l'épouser. Je serai sa femme.

— Moi vivant, jamais !

Sur ces mots, les yeux d'Emily s'embuèrent, son indignation vacilla. Elle se couvrit le visage et sanglota dans ses mains. Bien qu'elle détestât voir sa fille souffrir ainsi, Caroline se sentit soulagée, assurée de ne plus revoir James Van Alen.

7
Alva

Ce soir-là, quand Alva arriva au bras de Willie K. chez les Vanderbilt, son beau-père, Billy, les poussa presque de force dans le salon.

— Ah, les voilà enfin !

De toute évidence, Willie tenait sa beauté de sa mère, Louisa Kissam. Son père, lui, était un homme trapu aux favoris en bataille qui grattèrent les joues d'Alva quand il l'embrassa. Les Vanderbilt étaient au complet, y compris le Commodore, un homme aux épaules voûtées et aux cheveux blancs duveteux, venu accompagné de sa seconde épouse, baptisée Frank, du nom du meilleur ami de son père. De quarante ans sa cadette, elle avait aussi vingt ans de moins que certaines de ses belles-filles. Elle était également la cousine au second degré du Commodore, ce à quoi personne ne trouvait à redire, puisqu'il avait, en premières noces, épousé sa cousine germaine.

Quand un valet vint servir les apéritifs, le Commodore prit un verre et refusa la serviette d'un revers de la main.

— Pffft, dit-il en regardant de travers le verre à sherry. Quelles idioties !

Peu lui importaient la société ou les bonnes manières. Le grand-père de Willie avait grandi sans le sou à Staten Island et travaillé seize à dix-huit heures par jour pour lancer son affaire de ferries. L'étiquette, à cette époque, on s'en passait. Il siffla son sherry en deux lampées.

Billy leva son verre à son fils aîné, Cornelius II. Tous deux parlaient d'une nouvelle ligne de chemin de fer qui, une fois achevée, rapporterait un autre million à la famille. Alva dressa l'oreille. *Un autre million.* Elle ne s'habituait toujours pas à les entendre jeter dans la conversation des sommes aussi astronomiques. Il eût été généreux de donner un peu de cet argent à une cause, mais le Commodore n'était guère enclin à la philanthropie. Il répétait souvent : *Que les autres fassent comme j'ai fait, ils n'auront pas besoin de venir quémander.*

Alva, tout en feignant de ne pas écouter les conversations entre hommes, formait avec les sœurs de Willie, Margaret et Florence, un cercle autour d'Alice, la femme de Cornelius. Alice Vanderbilt avait dix ans de plus qu'Alva. Bien que la mère de Willie soit vivante et en bonne santé, Alice se considérait comme la matriarche du clan. Elle avait un visage intéressant, long et délicat, le front auréolé de boucles serrées. Ses yeux étroits semblaient toujours plissés. Les autres femmes l'écoutaient avec attention évoquer ses deux jeunes fils, Bill et Neily qui, selon elle, jouaient déjà à construire leur propre chemin de fer miniature.

— Ils ont sûrement ça dans le sang, dit Alva.

— De toute évidence, fit Alice en la regardant comme si elle avait proféré quelque chose d'incongru et obscène.

Alva réfléchissait à sa réponse quand un personnage peu reluisant fit irruption dans la pièce. Elle songea d'abord à un intrus venu leur faire les poches et s'emparer des bijoux des femmes. Mais les autres ne manifestaient aucune inquiétude. Un livreur, peut-être, ou un domestique sans sa livrée ? Elle était loin du compte. L'homme, décharné, vêtu d'un costume élimé, était Cornelius Jeremiah Vanderbilt, que tous appelaient Jeremiah.

— Nous n'avons pas été présentés, dit-il à Alva quelques instants plus tard, quand il eut salué tous les autres. Dites-moi, quels sont vos liens avec tout ça ?

Il fit un geste en direction des autres.

— Je suis la femme de Willie. Et vous ?

— Moi, ma bonne dame, répondit-il avec une révérence pompeuse, je suis le fils du Commodore, le mouton noir.

— Je ne savais pas que le Commodore avait un autre fils.

— Et *moi*, je ne savais pas que Willie avait une *femme*.

— Grands dieux ! s'écria Alva, avec une inquiétude feinte. Sommes-nous venus au bon dîner ?

Jeremiah rejeta la tête en arrière, porta la main à sa poitrine et éclata de rire. Il avait de longs doigts fins, excepté deux de sa main droite, légèrement tordus, noueux. Quand ses longs cils battaient, ils frottaient contre les cheveux qui retombaient sur ses yeux bleu acier. Au-delà de la barbe, Alva reconnaissait maintenant un air de famille : Jeremiah ressemblait davantage au Commodore que son frère Willy.

— Eh bien, où étiez-vous caché ? demanda-t-elle. Et pourquoi n'êtes-vous pas venu à notre mariage ?

— Je n'ai pas été invité. Je vous l'ai dit, je suis le mouton noir.

Il semblait fier de ce titre, qui le distinguait des autres. Le valet lui présenta le plateau. Jeremiah prit deux verres et en tendit un à Alva.

— Ce ne sera pas une partie de plaisir ce soir. Billy ne me supporte pas. Alice non plus. Méfiez-vous d'elle. Elle ne vous aime pas du tout, je le devine déjà.

— Merci de me prévenir.

— Eh bien, dit-il d'un ton de conspirateur, nous, les intrus, nous devons nous serrer les coudes.

Alva leva son verre et un sourcil. Peu lui importait l'opinion des Vanderbilt, Jeremiah lui plaisait. Elle avait senti une complicité immédiate avec lui. Plus tard, elle apprendrait qu'on ne pouvait pas entièrement lui reprocher d'être le mouton noir de la famille. Jeremiah était né épileptique et après sa première crise, le Commodore l'avait placé dans une institution. Une fois sorti, Jeremiah s'était pris de passion pour le jeu et d'autres vices. Mais cela remontait à plusieurs années. À en croire Willie, désormais, il se conduisait bien et il était rentré dans les bonnes grâces du Commodore.

Vingt minutes plus tard, le dîner fut servi et tous prirent la direction de la salle à manger, où ils s'installèrent autour de la table ronde en palissandre et acajou ornée de bronze. Deux valets de pied apportèrent une série de plats et de soupières énormes avec leurs chapon, bar et agneau dont les arômes se mélangeaient, ce qui n'était pas forcément du meilleur goût. Alva avait perdu l'appétit car ils s'étaient mis à parler du clambake de Mrs Astor. Elle aurait tout donné pour y être ce soir-là plutôt qu'ici.

— Il y aurait l'orchestre symphonique de l'académie de New York ? dit la mère de Willie.

— Je voudrais bien savoir ce que ça va leur coûter, fit Cornelius en rentrant sa serviette dans son col.

— À propos de l'Académie de musique, remarqua Alice, avec un peu de chance, nous pourrons acheter une loge à l'Opéra la saison prochaine. J'espère obtenir un rendez-vous avec le directeur à notre retour à New York.

Les autres trouvèrent la nouvelle excellente. L'Académie de musique, l'Opéra de la ville, était au fondement même de l'existence knickerbocker. Alva ne dit rien. Alice, elle le savait, s'était vu refuser ce rendez-vous au cours des trois saisons passées. Pourquoi croyait-elle que les choses changeraient cette année ? L'expression du visage de Jeremiah montrait qu'il pensait la même chose.

Alva examina de plus près les membres de sa famille élargie. Les gens réunis autour de la table représentaient une richesse qui dépassait l'entendement. Plus grande encore que celle des Astor. Le Commodore, âgé de quatre-vingt-deux ans et qui commençait à perdre la tête et la vue, valait des millions. À sa mort, ceux-ci seraient divisés comme une galette et distribués, morceau par morceau, à ses treize enfants et à leurs descendants. La plus grosse part, naturellement, irait à son fils aîné, Billy.

Elle observa la table de nouveau. Alva savait exactement à quoi s'en tenir. Oui, les Vanderbilt possédaient une fortune colossale, mais tout l'argent du monde ne pouvait acheter la seule chose qui leur faisait défaut : l'éducation. Il ne lui échappait pas que Billy se servait de sa fourchette à huîtres pour piquer dans sa salade, que Jeremiah laissait tomber des miettes dans sa barbe, que Cornelius posait les coudes sur la table et que le Commodore mangeait la bouche ouverte.

Si les manières et le degré de sophistication s'amélioraient légèrement à chaque génération, les Vanderbilt n'avaient pas assez évolué pour le grand monde. À dire vrai, ils n'avaient pas assez évolué pour Alva non plus. De toute évidence, pour que les portes de la haute société s'ouvrent à eux, il lui faudrait prendre les choses en main.

8

Caroline

Moi vivant, jamais ! Le lendemain du clambake, ces mots revinrent à l'esprit de William Backhouse Astor Jr. Caroline passait devant le jardin d'hiver lorsque son mari reçut un visiteur très inhabituel, un homme compassé, à la carrure imposante et à l'allure protocolaire. Hade annonça George Pendergrass, le témoin du général Van Alen.

— Le *témoin* de Van Alen ? s'esclaffa William en se tournant vers Caroline que la curiosité avait poussée à s'asseoir près de lui.

Cérémonieux, Pendergrass tendit à William une enveloppe cachetée :

— Le général Van Alen m'a demandé de vous remettre cette lettre personnellement.

Nul ne dit mot. Le murmure de l'eau dans la fontaine d'Apollon en marbre se fit soudain plus sonore.

— Très bien, répondit William. Vous avez remis la lettre et maintenant, veuillez m'excuser, mais je n'ai pas de temps à perdre avec cette bêtise.

Il lui montra la porte.

— J'ai reçu instruction d'attendre que vous ayez lu la lettre du général, dit Pendergrass, immobile et stoïque, les mains croisées dans le dos.

— Parfaitement ridicule, fit William avec un geste de la main. Je ne reçois aucun ordre. Surtout pas chez moi, et certainement pas de la part de Van Alen.

— Dans ce cas, monsieur… (Pendergrass reprit l'enveloppe des mains de William.)… mes instructions précisent que je dois vous la lire si vous refusez de le faire vous-même.

Décachetant la lettre, il s'éclaircit la gorge et commença :

Monsieur,

Ayant appris les événements malheureux qui se sont déroulés chez vous hier, jeudi, le 10 août, je suis gravement offensé. Vous n'avez pas seulement humilié et insulté mon fils, mais vous avez sali l'honneur de ma famille. J'exige de vous une rétractation immédiate et des excuses devant mon fils et devant chacune des personnes présentes. De surcroît, j'exige que vous accordiez à miss Emily la permission d'épouser mon fils, James Van Alen Jr. Au cas où toutes mes demandes ci-dessus, accompagnées d'une lettre d'excuses officielle, n'étaient pas satisfaites dans les prochaines vingt-quatre heures, je serais contraint de vous provoquer en duel aux pistolets Colt. Le jour et le lieu seront…

— Assez ! hurla William, obligeant Pendergrass à reculer d'un demi-pas.

Un duel ? Caroline secoua la tête. Quelle présomption !

— Je refuse de perdre mon temps à écouter un mot de plus, dit William en regardant Pendergrass. Vous direz au général Van Alen qu'il est aussi pompeux que son fils.

Il arracha la lettre des mains de Pendergrass, la roula en boule et la lui rendit.

— Voici ses excuses. Ce qu'il choisira d'en faire ne me regarde pas. Cependant, s'il manque d'idées, je peux lui suggérer un excellent endroit où il peut les fourrer.

Caroline écouta son mari lancer des insanités au général Van Alen, et quand son style devint trop épicé, elle se retira, doutant que quiconque remarquerait son absence. Accompagnée des vitupérations de William, dont l'écho rebondissait entre les murs, elle monta voir Emily, qui n'avait pas quitté sa chambre depuis le clambake.

Elle frappa à la porte sans recevoir de réponse. Actionna la poignée et fut surprise de voir la porte s'ouvrir. Elle trouva Emily étendue sur le côté, face au mur. Comme elle ne bougeait pas, Caroline crut d'abord qu'elle dormait. Mais Emily tendit le cou et roula sur le dos.

— Je n'ai plus entendu parler de James depuis le clambake. C'est fini. Je l'ai perdu. Pour de bon.

— Chhhhh.

Caroline s'assit au bord du lit, passa les mains sur le couvre-lit tandis que l'ultimatum du général Van Alen résonnait dans sa tête. Elle ne parvenait pas à s'en débarrasser.

— C'est comme si une part de moi était morte, dit Emily. C'est si douloureux. Parfois, je ne peux plus respirer.

— Le premier chagrin d'amour est celui qui fait le plus mal, dit Caroline. Mais tu verras… (Emily roula de nouveau sur le côté.) Ton cœur va guérir et deviendra plus fort qu'avant. Je te le promets. Le cœur résiste à tout. Plus il se brise, plus il devient fort.

— Je ne veux pas parler de ça pour le moment. S'il te plaît, laisse-moi.

Mais Caroline ne savait pas laisser *quoi que ce soit.* Ce n'était pas dans sa nature. C'était une femme d'action, d'organisation – celle qui aplanissait les difficultés, qui, aux yeux de ses enfants, possédait des pouvoirs quasi magiques. Mais cette fois, elle était désemparée.

Personne ne vous apprend à être une mère, pensa-t-elle en se levant du lit. On vous apprend tout le reste, à dresser une table, danser le cotillon, parler français, mais on ne vous prodigue aucune leçon sur la manière d'élever des enfants. Au contraire de sa mère, et bien qu'entourée de nurses et de gouvernantes, Caroline s'était toujours intéressée à l'éducation des siens. Elle leur avait donné le bain, les avait changés, leur avait lu des histoires. Elle avait appris sur le tas et Emily, étant sa première-née, avait largement pâti de ses erreurs. Avec Van Alen, Caroline redoutait d'être sur le point d'en commettre une nouvelle.

Elle alla dans sa chambre et, adossée à la porte, embrassa la pièce du regard : elle aimait bien s'installer à son bureau, qu'Alfred Emmanuel Louis Beurdeley avait dessiné pour elle à Paris. Sa correspondance ayant pris du retard, elle se dit qu'écrire quelques lettres lui changerait les idées. Elle saisit une feuille de vélin épais, blanc crème, gravé à son nom, trempa sa plume dans un des encriers en cristal sur le plateau d'argent, et commença une lettre à l'intention de Matilda Browning, une cousine au second degré à qui elle avait demandé conseil pour l'entrée de sa fille dans le monde. Elle se relut, mais ne fut pas satisfaite de son écriture. Le C de *Chère* n'était pas aligné avec le C de *Cousine* ou le M de *Matilda*. Elle déchira la lettre et recommença mais, à peine arrivée à la moitié, elle la déchira aussi.

Caroline renonça et alla s'installer dans le fauteuil club d'où elle jouissait d'une vue magnifique sur les falaises et la mer. D'habitude, le bruit des vagues l'apaisait, mais pas ce jour-là. La tête dans les mains, elle s'interrogea : *Que dois-je faire ? Qu'ai-je mal fait ?*

En vérité, Helen était la seule de ses filles qui semblait heureuse de suivre les traces de sa mère et de prendre sa place dans le monde, alors que Charlotte… eh bien, Charlotte était une rebelle. Indocile de nature, elle manifestait de l'intérêt pour tout ce que sa mère rejetait. Et puis, il y avait Carrie. Sa plus jeune fille adorait le dessin et la peinture, elle faisait le portrait de ses sœurs, de son frère – de quiconque voulait bien poser assez longtemps pour elle. Et elle ne manquait pas de talent…

Caroline ne pouvait que constater l'évidence : ses filles s'affirmaient, développaient leurs propres centres d'intérêt et leurs propres passions, mais elle ne savait pas comment lâcher prise et les laisser suivre leur chemin. Elle essayait de toutes ses forces de les garder dans son giron, de les empêcher de s'égarer en territoire inconnu, mais la bataille lui semblait perdue.

Sa seule certitude, c'était qu'elle ne voulait pas agir comme sa mère. Caroline se crispait dès qu'elle se surprenait à dire à ses filles : *As-tu fait quelque chose à tes cheveux ?* En d'autres termes, peu importait quoi, elle n'approuvait pas. Ou : *Pourquoi ? Parce que je le dis*. Ou encore : *Les épaules en arrière, jeune dame* et : *Je t'ai pourtant dit…*

Mais ce n'était pas le moment de s'attarder là-dessus. Elle s'inquiétait horriblement pour Emily et, quant au duel, cette perspective la terrifiait. Refuser de s'excuser comme l'exigeait le général Van Alen signifiait pour William relever le défi. À l'idée d'un duel entre son mari et Van Alen, une boule se formait dans son estomac. Van Alen était un tireur d'élite. Un duel avec lui équivalait à une sentence de mort.

On frappa à la porte et Hade apparut avec une carafe et un verre à whisky en forme de tulipe sur un plateau d'argent.

— J'ai pensé qu'un peu de sherry serait approprié, Madame.

Hade était entré chez Caroline à peine quelques années plus tôt. Il avait remplacé son précédent majordome, emporté dans son sommeil. Hautement recommandé aux Astor, il s'était révélé un gentleman dévoué à son service. D'âge moyen, il avait déjà quelques mèches grises dans sa chevelure foncée. Il était grand, élancé, avec une voix de baryton riche et profonde. L'une des principales qualités de Hade, en dehors du fait que les enfants l'adoraient, était son étonnante capacité à anticiper le moindre besoin de Caroline, que ce soit remettre une bûche dans l'âtre ou lui apporter une tasse de thé – ou, comme aujourd'hui, quelque chose de plus fort.

Caroline ne buvait jamais l'après-midi, mais ce jour-là elle fit une exception et fut reconnaissante à Hade de lui laisser la carafe. Elle but une petite gorgée et laissa la chaleur se répandre dans sa poitrine. Ayant terminé un premier verre, elle songea à en prendre un autre. Emily gardait toujours la chambre, Helen et Charlotte étaient à la plage, Carrie faisait des croquis de sa grand-mère dans la véranda et Jack était sorti marcher au grand air avec sa gouvernante, qui lui avait promis des biscuits en échange d'un peu d'exercice. Caroline se servit un deuxième verre et le but tout en répétant ses arguments. Une fois prête, elle vida son verre, posa la carafe sur le côté et se mit en quête de William.

Elle le trouva dans la salle de billard, assis au bord du divan, entouré de ses trophées nautiques. Il laçait les souliers blancs à semelles de caoutchouc qu'il portait toujours sur son voilier.

Son cœur se serra :

— Tu pars en mer ?

— Oui, pourquoi pas ?

— Justement aujourd'hui ?

Elle se tenait sur le seuil, les doigts crispés sur le chambranle, les yeux fixés sur les boules de billard éparpillées sur la table.

— Et que voudrais-tu que je fasse ? Rester assis là, à ronger mon frein en attendant qu'Emily descende ? Elle sortira de sa chambre quand elle l'aura décidé.

Emily ? Elle s'inquiétait plutôt pour lui. Son estomac se noua de nouveau.

— William, il faut absolument que tu restes ici et que tu écrives cette lettre d'excuses à…

— Je n'en ferai rien.

Exactement ce qu'elle redoutait ; il était trop orgueilleux pour reculer. Elle se dirigea vers un fauteuil, se percha sur le bord et s'efforça de trouver un moyen de le convaincre. Elle voulait dire qu'elle se faisait du souci pour lui, que ses enfants avaient besoin de lui, qu'*elle* avait besoin de lui. Elle voulait dire qu'elle l'aimait, au lieu de quoi elle déclara :

— Tu ne sais pas ce que tu fais. Van Alen est un général. Tes mains tremblent à moins de tenir un verre. À dix, tu seras mort.

William se leva, traversa la pièce, s'arrêta devant la fenêtre, le dos tourné comme s'il s'intéressait à quelque chose au-dehors. Mais elle voyait son reflet dans la vitre, son visage crispé. Il était ébranlé. Elle avait raison, tous les deux le savaient.

— Tu m'as entendue, William ? Tu ne peux pas livrer ce duel.

— Il le faut.

Sans se retourner, il ajouta :

— Préfères-tu que je m'excuse, que je bénisse ce mariage grotesque et que je laisse ma fille épouser un homme qui sera une véritable honte pour la famille ? C'est cela que tu veux ?

Caroline quitta son fauteuil, s'approcha de son mari et posa sa main sur la sienne :

— Oui, répondit-elle simplement.

Et c'est ainsi que sa fille, miss Emily Astor, devint la fiancée de Mr James Van Alen Jr.

9
La société

New York

D'un salon à l'autre, on ne parle plus que de ça : le mariage Astor. Ou plus exactement, on se demande : pourquoi diable Emily Astor épouse-t-elle James Van Alen ? Aujourd'hui, les dames à la mode – des débutantes, sans une once du pedigree d'Emily Astor – épousent des ducs, des comtes, des vicomtes, des barons, des hommes qui ont un *authentique* accent anglais !

Alice Heine est maintenant duchesse de Richelieu ; Jennie Jerome lady Randolph Churchill. Consuleo Yznaga vient de se fiancer au vicomte Mandeville et la semaine dernière seulement, nous avons appris que Minnie Stevens s'était fiancée au capitaine Arthur Paget, dont le grand-père est le premier marquis d'Anglesey. Bientôt nous l'appellerons lady Paget. Comment est-il possible, quand tout le monde épouse des nobles, que la fille aînée de Mrs Astor épouse quelqu'un qui *n'est même pas* un Knickerbocker et qui *est* un Van Alen ? Inouï.

Déjà, une foule de détails sur ce mariage commencent à percer. Ophelia a entendu dire que le président Grant et le Premier ministre britannique comptent parmi les invités. Le menu est passé de six à neuf plats. La décoration florale devrait être si élaborée que son fleuriste habituel ne pourra à lui seul s'acquitter de la commande, de sorte que Mrs Astor s'est adressée à la fois à Howard Fleishman et à Klunder, Hodgson, Wadley & Smythe. De toute évidence, elle a décidé, pour la réception, d'aller au-delà de ce qu'elle considère comme ses critères absolus et, au cours des deux semaines à venir, nous consulterons tous notre courrier avec fébrilité, dans l'espoir de recevoir l'invitation tant convoitée à ce qu'on appelle déjà *le mariage de la décennie.*

10
Caroline

Si William consultait une nouvelle fois sa montre, s'il l'ouvrait et la refermait encore d'un coup sec, Caroline allait hurler. Elle qui ne criait jamais. Au lieu de quoi elle attendit et compta jusqu'à dix. Dans moins de vingt-quatre heures, leur fille allait se marier, et William venait d'annoncer qu'il ne mènerait pas Emily à l'autel. Il ne parlait pas sérieusement, Caroline le savait, mais il aimait l'effet produit et se donnait ainsi l'impression fausse de contrôler la situation.

— Pourquoi ne pas confier la tâche à Waldorf ? dit-il. *Clac. Clic.* Il est candidat au Sénat. Voilà qui devrait les impressionner tous.

— Waldorf n'est pas son père.

— Oh, je t'en prie, Lina. Tu ne trompes personne. (Il posa sa montre.) Tu peux inviter tous les présidents, les ducs et les duchesses, tu peux même inviter la fichue reine d'Angleterre, cela ne changera rien.

Certes, cela ne changerait rien à la situation, mais cela offrirait un tableau éblouissant en mesure de détourner l'attention des cancans. Caroline avait scrupuleusement mis au point la liste des invités, une liste ultra-exclusive – elle avait même rayé plusieurs noms proposés par les futurs époux. Comme elle l'avait expliqué à Emily, il n'y aurait tout simplement pas la place pour certains des amis d'amis de James, comme le jeune Vanderbilt et son impétueuse femme.

— Je te le répète, Lina, dit William en reprenant sa montre, tout le monde sait que ce mariage est une farce.

— C'est peut-être une farce, mais il t'a sauvé la vie, et maintenant je vais sauver la réputation d'Emily. Et peu m'importe le nombre de dignitaires nécessaires pour cela !

— Mais tu…

— Tu *vas* mener ta fille à l'autel demain. Et tu *vas* jouer le rôle de l'heureux père. Car autrement, tu ne feras qu'alimenter les ragots.

— Tu ne peux *pas* faire cesser les ragots.

William remua les bras jusqu'à ce qu'une douleur s'imprime sur son visage et que ses mouvements deviennent moins vigoureux. Elle savait que son épaule le faisait souffrir. À dix-huit ans, son cheval l'avait désarçonné et il se l'était démise. Depuis quelques années, les jours froids ou humides, les nuits où il dormait dans une mauvaise position, elle se rappelait à lui.

Elle le massa avec un liniment. Il s'abandonna à ses mains pendant un moment puis s'écarta.

Changeant de ton, il adopta un accent anglais :

— Van Alen est sûrement en train de cracher sur ses souliers pour les faire briller, morbleu ! s'esclaffa-t-il.

Pas elle.

— Allez, Lina. Tu me trouvais toujours drôle quand j'imitais ce bouffon.

— Ce *bouffon* sera bientôt un membre de notre famille.

— Ce mariage est une imposture, dit-il, revenant à son argument précédent et reprenant sa montre.

Il marmonna quelque chose et soupira :

— Je ne resterai pas pour la réception, je te le dis tout de suite... *Clac. Clic.* Je pars en mer et...

Elle l'avait laissé dire, de la même façon qu'elle tolérait les crises de nerfs de Jack quand on lui refusait une deuxième tarte aux fruits ou un autre biscuit au chocolat. Elle s'était attendue à ce que William tape du pied.

— Eh bien, fit-elle en ôtant une bouloche sur son revers, si tu n'as rien de plus à dire, je suggère que tu ailles dormir. Demain est un grand jour.

Elle se tourna vers la porte. La discussion était terminée. Elle avait décidé pour lui. Il conduirait sa fille à l'autel et il assisterait également à la réception. Il n'avait pas son mot à dire. Elle régnait sur la haute société de New York, mais cela ne voulait pas dire qu'il en était le roi. Et il le savait. Légalement, en tant qu'épouse, elle n'avait peut-être aucun droit, mais elle disposait d'autres moyens. Si elle le voulait, elle pouvait lui fermer la porte de tous les clubs, y compris le Yacht Club. Elle pouvait faire en sorte de l'empêcher de s'asseoir à une table de poker, de chasser au renard ou de participer à des courses d'attelage. Bien sûr, elle n'aurait jamais fait une chose pareille car, Dieu lui vienne en aide, elle l'aimait toujours.

Caroline, quand elle avait épousé William, n'était pas une toute jeune femme. Avant leur rencontre, son cœur appartenait à Horace Wellsby, le fils de l'avocat de son père. Un jour que Mr Wellsby recevait celui-ci dans son cabinet, Horace lui avait souri et elle y avait pensé pendant toute une semaine. Après un mois de cour discrète, il avait trouvé le courage de l'embrasser. Son premier baiser. Elle avait vingt ans.

Caroline n'avait pu contenir son excitation et ce jour-là, à son retour, elle avait lâché : « Oh, Maman, je crois que je suis amoureuse. »

Sa mère avait semblé contente, comme pour dire : *Il était temps.* Posant son tambour à broder sur ses genoux, elle avait demandé à en savoir davantage.

— Qui est-ce ? Est-ce que nous connaissons sa famille ?

— Je le connais depuis un certain temps. C'est Horace. Horace Wellsby. Le fils de Mr Wellsby.

Le visage de sa mère s'affaissa, changeant du tout au tout.

— Oh, Lina, dit-elle en secouant la tête. Le fils de l'avocat ? Non, non, non.

Elle posa le tambour sur le guéridon.

— Il faut que cela cesse. Immédiatement. Tu ne dois plus revoir ce garçon. Tu comprends ?

Caroline comprenait. Elle comprenait parce qu'elle n'avait jamais désobéi à sa mère ou contesté sa parole. Elle ne revit donc plus jamais Horace. S'opposer aux désirs de sa mère eût été sacrilège.

Deux ans s'étaient écoulés depuis ce premier et unique baiser. Caroline commençait à craindre que ce ne fût le dernier et redoutait de finir vieille fille lorsque soudain William Backhouse Astor Jr était entré dans sa vie.

Sa mère avait tout arrangé. Elle avait invité William et ses parents à dîner. Si William n'avait que deux ans de plus que Caroline, il paraissait beaucoup plus mûr. Un seul regard à sa moustache, à ses larges épaules, et la jeune femme fut terrifiée. C'était un homme, alors qu'Horace n'était qu'un jeune homme. *À quoi pensait Maman ?* Jamais il ne s'intéresserait à quelqu'un comme elle. William, qui rentrait d'un séjour de deux ans à l'étranger, les régala d'histoires de voyages. Caroline prononça à peine deux mots de tout le repas.

Après le dîner, ils allèrent s'asseoir ensemble dans le salon. Caroline avait peur de se trouver seule avec lui et n'osait pas le regarder dans les yeux.

— Nos mères ont tout manigancé, vous savez, dit-il d'un ton de conspirateur.

Caroline gardait les yeux baissés sur ses mains.

— Je sais. Je suis désolée.

— Désolée ? s'esclaffa-t-il en rejetant la tête en arrière. Pas moi.

— S'il vous plaît, ne vous moquez pas de moi, dit-elle sans oser croiser son regard.

— Savez-vous quel est votre problème ? Vous ne vous voyez pas comme les autres vous voient.

Exactement. C'était ce qu'elle craignait. Elle connaissait son attribut le plus attrayant : son ascendance hollandaise.

— Vous êtes une fille intéressante, Caroline Webster Schermerhorn. Très différente des autres, je vous l'accorde. Mais vous avez quelque chose… (Il lui prit la main.) Quelque chose de spécial.

Elle le regarda, sans trop savoir quoi dire. Et sentit son visage s'empourprer.

Il lui proposa de la revoir, qu'ils passent un peu plus de temps ensemble, afin de faire mieux connaissance. S'ils avaient eu un chaperon, Caroline ne s'en souvenait plus. Elle ne se souvenait que de lui – William Backhouse Astor Jr. La première fois qu'il l'embrassa, eh bien, elle comprit que le baiser échangé avec Horace ne comptait pas. William l'avait fait fondre sur-le-champ.

Ils se marièrent, et neuf mois plus tard Caroline donna naissance à Emily. La déception de William d'avoir engendré une fille ne passa pas inaperçue. Surtout pour Caroline, qui eut le sentiment d'avoir échoué. Un an après, Helen naquit et, au cours des six années suivantes, deux autres filles, Charlotte puis Carrie, vinrent au monde. Chacune d'elles avec sa propre personnalité.

William n'avait pas renoncé à avoir un héritier mâle. Peut-être était-ce la raison pour laquelle il était attiré par Charlotte. Sa *Charlie* n'était pas comme les autres. Elle ne pleurait pas, elle ne demandait pas qu'on la prenne dans les bras et qu'on la cajole. Non, quand elle tombait, elle se relevait aussitôt, plus déterminée que jamais.

Comme les filles grandissaient et avaient moins besoin de Caroline, celle-ci se trouva de plus en plus accaparée par la société, organisa des dîners et des bals. Elle était occupée, presque trop occupée pour se rendre compte de la tournure que prenait son mariage.

C'est alors que William commença à passer plus de temps sur son bateau ou en compagnie de ses chevaux. Elle soupçonnait qu'il y avait une autre femme – ou même plusieurs – mais écarta cette idée jusqu'au jour où elle en eut la preuve. Les traces de parfum et de rouge sur le mouchoir de son mari l'attestaient. Caroline fut dévastée, elle était certaine qu'il s'était éloigné d'elle à cause de l'embonpoint accumulé au cours de ses grossesses. Pendant trois mois, elle suivit un régime draconien afin de retrouver une taille de cinquante-cinq centimètres. William gardait néanmoins ses distances. Elle était furieuse, mais elle avait le cœur brisé. Chaque fois qu'il rentrait tard, ou à l'aube, Caroline restait éveillée, allait regarder par la fenêtre en espérant le voir arriver. Et quand il était enfin de retour, ivre et impénitent, Caroline agissait comme elle avait toujours vu sa mère le faire quand *son* mari la trompait : elle regardait ailleurs.

Un soir, alors qu'elle avait la conviction d'avoir perdu l'amour de William, celui-ci décida de ne pas sortir après le dîner et, un peu plus tard, vint la retrouver dans sa chambre. Ce fut cette nuit-là que John « Jack » Jacob Astor IV fut conçu. Un fils, enfin.

Ce fut aussi la dernière fois que William franchit le seuil de sa chambre.

11

Alva

On était au mois de novembre, déjà une nouvelle saison commençait. L'espoir qu'avait eu Alva de se rapprocher de Mrs Astor après le sauvetage sur Cliff Walk avait fondu : elle et Willie K. n'avaient pas été invités au mariage d'Emily. Elle s'était fait faire une robe pour l'occasion, elle avait acheté un cadeau – une paire de vases vénitiens en émail ayant appartenu à un vicomte du XVIIIe siècle. Devant Alice et les autres Vanderbilt, elle avait affirmé qu'elle irait au mariage et se mêlerait au beau monde de Mrs Astor. Ce rejet l'avait mortifiée.

Et puis, par chance, une chance qui se transforma en malchance, Alva aperçut un jour Mrs Astor chez Tiffany & Company sur Union Square. La Grande Dame se trouvait au comptoir, où elle examinait des broches en diamants que l'employé avait étalées devant elle sur un plateau de velours noir. Alva s'approcha tandis que la sélection se précisait.

— J'hésite entre ces deux-là, l'entendit-elle dire.

Alva se rapprocha encore. L'une des broches était une adorable améthyste ovale incrustée dans une couronne de lauriers ouvragée en diamants jaunes taillés en rose, et sa rivale un groupe de saphirs d'un bleu intense incrustés dans un motif de fleur en diamants.

— Elles sont toutes deux ravissantes, dit l'employé. Je ne doute pas que Mrs Van Alen sera enchantée d'avoir l'une ou l'autre.

Mrs Van Alen ? Emily ? C'était pour Emily ?

— Je ne parviens pas à décider laquelle lui irait le mieux, déplora Mrs Astor.

C'est alors qu'Alva prit la parole.

— Si je puis me permettre, je n'ai pas pu m'empêcher d'entendre…

Elle sentit Mrs Astor se crisper à côté d'elle. *Tais-toi, Alva. Ne dis pas un mot de plus. Tais-toi, tais-toi, ne…*

— … avec le teint de Mrs Van Alen, je pense que l'améthyste lui siérait mieux.

— Dans ce cas, dit Mrs Astor en s'adressant à l'employé, je prendrai les saphirs.

Malgré son dépit, quelques semaines plus tard, Alva décida que le moment était venu de rendre visite à Mrs Astor. Oui, certaines règles régissaient ce genre de chose, mais selon elle, les règles étaient faites pour qu'on les transgresse. Il était d'usage de faire déposer sa carte à l'avance et d'attendre – parfois jusqu'à une semaine – la réponse de Mrs Astor, mais elle s'y refusait. Comme le voulait l'étiquette, elle l'avait déjà fait, à trois reprises. Elle n'attendrait pas plus longtemps. Sa carte ne deviendrait pas l'une parmi les centaines d'autres qui ne recevraient jamais l'approbation de

Mrs Astor. En toute occasion, Alva n'était jamais restée passive, alors pourquoi cette fois ?

Elle jeta un dernier regard dans le miroir. Elle avait décidé de porter sa robe vert pâle au corsage brodé de perles d'émeraude et le sautoir de perles ayant appartenu, au dire de Willie, à Catherine de Russie. Ces perles et son manteau de vison produiraient l'effet désiré.

La première neige de l'année tombait. Quand le cocher de la famille vint avec le landau, de légers flocons saupoudraient déjà les deux chevaux noirs, dont les naseaux laissaient échapper des jets de vapeur. Le cocher déplia le marchepied et l'aida à monter. Alva, qui avait autrefois usé ses semelles en marchant à travers la ville – qui avait pris des omnibus combles parmi des hommes aux bottillons couverts de boue et à l'haleine rance, des femmes aux vêtements usés avec des enfants sur les genoux –, s'étonnait encore de disposer d'un attelage et d'un cocher. Comme la voiture s'ébranlait, elle glissa ses mains gantées à l'intérieur de son manchon doublé de soie.

Il était deux heures et il était déjà tombé une bonne dizaine de centimètres de neige. Cela ne semblait pas près de cesser. Le cocher évitait les plaques de verglas et suivait les sillons laissés par les attelages qui les précédaient sur la Cinquième Avenue. Dessinant un hublot sur la fenêtre embuée, Alva regardait, émerveillée, cette ville qui semblait grandir vers le ciel autant que s'étirer vers l'horizon. Ces immeubles, leur stature et leur intangibilité la transportaient d'admiration. Elle imaginait ce qu'on devait ressentir quand on parvenait à créer quelque chose d'aussi massif, d'aussi immuable, quelque chose à quoi on pouvait donner son nom.

Parvenue à la Trente-Quatrième Rue, Alva vit une maison de ville de trois étages sans intérêt particulier. *C'est donc ici qu'habite la reine ?* Elle s'était attendue à quelque chose de plus grandiose et nota que c'était un peu plus petit que la maison de son beau-frère, John Astor III, son voisin immédiat. Et bien sûr, la demeure d'Alexander T. Stewart bâtie en face les écrasait toutes les deux.

Avant de l'aider à descendre, le cocher proposa d'aller déposer sa carte pour elle. Alva le remercia, même si c'était hautement inhabituel, elle voulait rencontrer la Grande Dame en personne, la regarder dans les yeux et la conquérir. Elle ne dirait pas un mot du sauvetage d'Emily, pas un mot de l'incident chez Tiffany & Company. Non, Alva brillerait auprès de Mrs Astor comme n'importe quelle dame de la haute société. Elle lui ferait miroiter ce qu'elle pourrait apporter au monde et lui démontrerait que les fortunes du chemin de fer n'étaient pas *toutes* mauvaises.

Alva s'avança et laissa son cocher tirer la corde de la sonnette avant de le renvoyer dans le landau. Serrant sa carte de visite, elle répéta les mots qu'elle avait préparés : *Oh, Mrs Astor, quelle merveilleuse maison... Il est dommage que nous n'ayons pas encore été présentées comme il se doit...* La porte ne tarda pas à s'ouvrir et Alva se trouva nez à nez avec le majordome de Mrs Astor, un homme de haute taille, mince, au visage solennel et aux paupières lourdes qui lui donnaient l'air endormi. Il s'inclina respectueusement et, sans un mot, tendit un plateau d'argent.

— Est-elle chez elle ? demanda Alva avec un sourire en posant sa carte dessus.

Les yeux du majordome étincelèrent, en contraste avec son attitude guindée :

— Je… Je vous demande pardon ?

— Mrs Astor est-elle chez elle ? Je voudrais lui parler.

Alva ne savait pas s'il avait été déstabilisé par sa familiarité ou son accent du Sud – qu'elle avait exagéré. Elle lui adressa ce sourire qui lui avait ouvert tant de portes par le passé et s'apprêta à franchir le seuil, mais le majordome lui bloqua aussitôt l'entrée :

— Je regrette, mais Mrs Astor ne reçoit pas ce genre de visite.

Il s'inclina encore, lui souhaita le bonjour et referma la porte.

Stupéfaite, Alva regarda fixement la corde comme si elle espérait qu'il revienne lui ouvrir. À travers les fenêtres en vitrail, elle le vit disparaître dans un long couloir obscur. On l'avait congédiée. Le majordome l'avait congédiée. Au bord des larmes, elle se força à descendre les marches et regagna sa calèche, les épaules droites et la tête haute.

— Emmenez-moi chez Mrs Yznaga, dit-elle quand le cocher l'aida à monter.

Elle fourra ses mains dans le manchon et serra les poings. Elle avait besoin des conseils de Consuelo. Heureusement, son amie était rentrée à New York pour préparer son mariage avec George Victor Drogo Montagu, vicomte Mandeville, futur duc de Manchester. À ce mariage, au moins, elle avait été invitée.

Heureusement, aucune de ces formalités sociales ridicules ne comptait pour Consuelo.

Elles s'étaient rencontrées, jeunes filles, à Newport. Le père de Consuleo était un riche planteur de canne à sucre cubain et celui d'Alva avait dirigé une importante plantation de coton. Les deux jeunes filles avaient grandi dans le Sud, Consuelo en Louisiane, Alva en Alabama, et passaient l'été à Newport. Après que la famille d'Alva avait tout perdu, Consuelo seule lui était restée fidèle.

Parvenue chez les Yznaga, elle trouva Consuelo dans la salle de musique avec son banjo, instrument qui l'accompagnait pratiquement partout. Alva avait vu son amie en jouer au cours de garden-parties et de dîners ; Consuelo avait un tel charme que tout le monde l'applaudissait et l'encourageait à jouer encore. Chaque soir, elle plongeait le bout de ses doigts dans le beurre pour qu'ils ne se couvrent pas de cals.

Alva lança son manchon et son chapeau à travers la pièce et tira ses gants avec les dents avant de raconter ce qui s'était passé avec le majordome de Mrs Astor.

Consuleo pinça quelques accords :

— À quoi est-ce que tu t'attendais ? Tu devrais pourtant le savoir, Alva. Cette petite démarche t'a sans doute fait plus de tort que de bien. Tu ne peux pas forcer les gens – surtout pas Mrs Astor.

— Et toi non plus, on dirait.

— Tu as toujours été une terreur, s'esclaffa Consuleo. Quand nous étions petites, tu étais prête à n'importe quoi pour parvenir à tes fins.

— Et ça marchait, n'est-ce pas ?

— C'était autrefois. Nous sommes maintenant, dit Consuelo en appuyant son propos d'un accord en *do* majeur. La société ne cédera pas. Je te préviens. Et tu dois cesser de suivre Mrs Astor dans les magasins.

— Je ne la suivais pas. Je me suis simplement trouvée là.

— Et tu aurais dû faire preuve de bon sens et te taire.

— Ma foi, j'en ai jusque-là de la *société*. Je ne fais jamais les choses comme il faut.

En riant, Consuelo posa son banjo puis remit de l'ordre dans ses épaisses boucles brunes.

— Ce n'est pas drôle ! Oh, mon Dieu, aidez-moi, dit Alva d'une voix théâtrale en appuyant le dos de ses mains sur son front comme si elle allait s'évanouir. Comment ai-je osé sonner à la porte de la grande Mrs Astor ? Au moins ai-je attendu jusqu'à deux heures.

Alva connaissait la règle selon laquelle il était grossier de rendre visite à quelqu'un avant deux heures, et plus encore de rester après quatre heures.

— Je crois que la pire offense a été de demander à son majordome si tu pouvais lui parler.

— Pitié, mon Dieu ! Je ne savais pas qu'il était si mal vu de demander à être reçue par la toute-puissante Caroline Astor.

— Là, tu fais ta mauvaise tête. Et vraiment, tu ne dois pas parler ainsi de Mrs Astor. C'est une femme de pouvoir et, que cela te plaise ou non, elle est la seule à même de t'ouvrir les portes de la haute société de New York.

— Mais elle est trop vieux jeu. Trop rigide. Et puis elle est froide comme une pierre.

— Allons, Alva.

— Bon, très bien.

Elle leva les paumes. Consuelo s'approcha et lui prit le visage entre ses mains.

— Calme-toi. Tu es une femme très intelligente, tu trouveras une solution. Si Mrs Astor se met en travers de ton chemin, peut-être faut-il essayer un autre moyen.

— Par exemple ?

— Je ne sais pas. (Ses mains retombèrent et elle haussa les épaules.) Peut-être l'Académie de musique.

— J'ai déjà essayé d'acheter une loge. Ils n'ont même pas voulu me rencontrer pour en discuter.

— Eh bien, essaie encore. Je te connais depuis très longtemps, tu n'es pas de celles qui abandonnent. Tu as toujours obtenu ce que tu désirais, y compris Willie Vanderbilt. Si tu le veux vraiment, ni Mrs Astor ni l'Académie de musique ne pourront te barrer la route.

12
Caroline

Sur le point de commencer un nouveau livre, Caroline venait de s'installer dans son fauteuil Herter Brothers favori devant un feu crépitant, près de la baie vitrée du premier étage. C'était une belle journée d'automne, l'air était vif et les érables, qui avaient perdu presque toutes leurs feuilles depuis plusieurs semaines, lui offraient à travers les branches une vue dégagée sur la Cinquième Avenue.

Elle n'avait pas encore ouvert le volume posé sur ses genoux lorsqu'elle vit par la fenêtre leur calèche s'arrêter devant l'entrée. Le cocher bondit de son banc, ouvrit la portière et Charlotte en sortit. Elle sourit, s'appuyant sur lui tandis qu'il lui entourait la taille, la soulevait comme une ballerine, et que ses pieds faisaient des jetés contre le bord de son manteau. Ils riaient, le soleil faisait scintiller les boutons de cuivre de son uniforme.

Caroline se leva et écarta les voilages pour les observer. Le sang lui battait dans la tête. Elle demeura clouée sur place, jusqu'à ce que Charlotte soit rentrée.

Dès qu'elle l'entendit monter l'escalier, Caroline lui barra le chemin sur le palier.

— Puis-je te parler, jeune dame ?

Caroline, elle le savait, devait dire quelque chose à sa fille, mais elle n'y était guère préparée. Elle réfléchissait encore quand Charlotte prit les devants :

— Je t'ai vue nous regarder tout à l'heure, dit-elle, visiblement contente, comme si elle avait fait exprès de jouer cette comédie pour Caroline.

Charlotte narguait-elle Duncan Briar ou sa mère ? Impossible à dire.

— C'est un homme très intéressant. Tu t'en rendrais compte si seulement tu te donnais la peine de mieux le connaître.

— Je n'ai pas besoin de mieux le connaître. Et toi non plus. Pour l'amour du ciel, Charlotte, c'est un cocher ! Tu ne monteras plus dans cette calèche sans chaperon. Tu as compris ?

Mon Dieu, elle croyait entendre sa mère. N'avait-elle pas agi de la même façon quand elle avait su pour Horace Wellsby ?

Charlotte eut un sourire méprisant :

— Sois sans crainte, Maman, je ne vais pas l'épouser.

— Tu ne crois pas si bien dire.

Charlotte croisa les bras sur sa poitrine.

— Autre chose ? fit-elle, ses doigts tambourinant sur la manche de sa robe. J'ai promis à Papa de le battre aux échecs.

Caroline, décontenancée, secoua la tête et, d'un geste, congédia Charlotte.

À quelques heures de là, Duncan Briar se tenait devant Caroline dans son boudoir, tête baissée, écrasant son chapeau entre ses doigts crispés. Il avait apporté l'odeur des chevaux et des écuries.

Caroline posa sa tasse de thé et croisa les mains sur ses genoux.

— Je regrette, mais nous n'aurons plus besoin de vos services.

Il leva brusquement la tête, éberlué. Il avait des cheveux bruns hirsutes, des yeux bleus, la mâchoire forte.

— S'il s'agit de la réparation de la roue du…

— Je vous assure que cela n'a aucun rapport.

— Dans ce cas, puis-je savoir pourquoi vous me renvoyez ?

Il posait sur elle un regard candide, comme s'il n'avait pas la moindre idée de la réponse. Caroline réfléchit un moment, soupesant ses mots. Mieux valait en dire le moins possible.

— Je serai heureuse de vous fournir une recommandation pour votre prochain patron.

Comme Duncan s'inclinait et la remerciait, Caroline ressentit une pointe de culpabilité. Après tout, c'était un excellent cocher, un employé loyal, mais elle devait l'éloigner de Charlotte.

Plus tard dans l'après-midi, Caroline trouva Charlotte dans sa chambre, blottie au creux de la petite niche installée dans le bow-window. Sur le coussin, près de ses pieds déchaussés, un magazine gisait à l'envers.

— Tu n'avais pas besoin de le renvoyer, dit-elle en regardant par la fenêtre et en s'essuyant les yeux du dos de la main.

Elle savait donc déjà. Peut-être Carrie ou Jack le lui avaient-ils dit.

— Je l'ai fait pour ton bien.

Charlotte prit le magazine et se mit à le feuilleter. Ses yeux luisaient et Caroline devina qu'elle ravalait d'autres larmes.

— Il n'a rien fait de mal. Si tu veux punir quelqu'un, c'est moi, pas lui.

Caroline ne cherchait pas à punir Charlotte. Elle avait simplement voulu éloigner la tentation.

— J'essaie seulement de te protéger.

— De me protéger ! dit sa fille d'un ton amer en jetant le magazine. Je n'ai pas besoin qu'on me protège.

Caroline jugea préférable de ne pas insister. Si elle s'en allait maintenant sans rien ajouter, les choses mijoteraient sans exploser. Comme elle se tournait pour sortir de la pièce, elle vit les chaussures de sa fille dans un coin, couvertes de boue, quelques brins de paille collés aux semelles. De toute évidence, elle était allée aux écuries voir Duncan une dernière fois.

13
Alva

New York, 1877

Les mois passaient et rien ne changeait. Consuelo voyageait en Europe avec son futur mari et, hormis les quelques dîners auxquels étaient également invités Emily et James Van Alen, Alva se sentait abandonnée. C'est ainsi qu'elle se trouva entraînée dans l'orbite de Jeremiah Vanderbilt, le seul qui semblait en mesure de la comprendre. Ils étaient devenus très bons amis. Il venait lui rendre visite chez elle, ou elle allait chez lui, une modeste maison de grès rouge décorée de façon tout aussi modeste.

— Pour un Vanderbilt, vous ne savez vraiment pas comment dépenser votre argent, avait-elle observé quand il l'avait invitée la première fois.

Il avait pris une cigarette en riant.

— Avez-vous remarqué, avait-elle ajouté, que l'intérieur de *toutes* les maisons Vanderbilt se ressemble ? Partout cet horrible vert mousse.

— Ma foi, vous savez ce qu'on dit : avoir de l'argent ne signifie pas avoir du goût.

Il avait ri de nouveau.

— Je vous l'accorde.

Il gratta une allumette et là, sur son beau visage penché vers la flamme, elle crut discerner une pointe de folie mais aussi une étincelle de génie. Il avait un humour étrange et manquait d'à-propos, cependant, quand il ne lançait ni piques ni sarcasmes, il pouvait se révéler d'une gravité et d'une sensibilité profondes. Il savait quand et comment la faire rire, quand se taire et compatir. C'est ce qu'il avait fait quand elle lui avait raconté ses déboires répétés auprès de Mrs Astor.

Plus ils passaient de temps ensemble, plus elle s'émerveillait de sa singularité. C'était un authentique original qui avait ses idées propres et se moquait du jugement des autres.

Alva se rappelait sa première rencontre avec le compagnon de Jeremiah, George Terry, un homme de petite taille, râblé, avec un beau visage et de grandes lunettes rondes, qu'il avait ôtées au moment de lui être présenté, comme pour mieux la voir.

— Vous êtes donc Alva, avait-il dit en lui serrant la main. Vous êtes une très bonne amie de Jeremiah et il a besoin d'une très bonne amie telle que vous.

Elle avait été touchée par ces mots. Il ne lui était pas venu à l'esprit que la vie pouvait présenter de sérieuses difficultés pour quelqu'un comme Jeremiah.

— Je n'ai pas honte, lui confia-t-il un jour, de but en blanc.

Ils descendaient la Septième Avenue. Jeremiah aimait marcher. Cela lui permettait de faire le vide dans sa tête et il jurait que l'exercice tenait ses *absences*, comme il les appelait, à distance.

— George est mon meilleur ami. La personne que je préfère au monde.

— Je croyais que c'était *moi*, la personne que vous préfériez au monde, le taquina-t-elle.

— Après vous, bien sûr. (Il glissa un bras sous le sien.) Si nous avions un peu de bon sens, George et moi irions nous installer à Paris.

— Excellente idée ! Je viendrais vous rendre visite.

— Il faut de l'argent. Vous pensez peut-être que mon père serait ravi que – *pffuit* – je disparaisse. Mais non. Il me couperait les vivres une fois de plus. Je ne peux donc pas partir. Je suis coincé ici. Du moins pour l'instant, en attendant de pouvoir changer les choses.

En ce moment il collectionnait les pertes.

— Le Commodore… (Il secoua la tête en riant.) Franchement, comment peut-on se faire appeler « le Commodore » ? C'est ridicule. Ce type est un parfait imbécile. Et ne vous laissez pas berner par son numéro de vieillard. Méfiez-vous de lui, sérieusement. Il est calculateur, méchant. Savez-vous qu'il m'a un jour mis la main dans une presse à imprimer ?

Il lui montra sa main. Alva comprit alors pourquoi ses doigts étaient déformés.

— Et ce n'est rien comparé à ce que Billy me faisait. Il me pourchassait avec une clé à ergot. Il m'attrapait par le col et me traînait partout. Parlez-moi d'amour fraternel !

Alva pensa à ses propres sœurs. Elle aussi pourchassait Julia et Jennie à travers la maison armée d'une brosse à cheveux ou de la première chose qui lui tombait sous la main. Armide, l'aînée, n'avait jamais osé. Leurs querelles étaient toujours verbales.

— Parfois je me demande si le même sang coule dans nos veines, à Billy et moi, disait Jeremiah. Je ne pense pas comme un Vanderbilt.

— Eh bien, Dieu soit loué !

— Je peux vous donner un conseil ? Soyez prudente. Restez sur vos gardes. Les Vanderbilt sont sans pitié. Ils colonisent votre cerveau. Si vous les laissez faire, ils finissent par le déformer, et à la première occasion ils vous font passer pour fou.

Alva décida de suivre le conseil de Consuelo. Après plusieurs tentatives, elle obtint enfin un rendez-vous avec August Belmont, le directeur de l'Académie de musique.

Ce jour-là, il tombait une pluie torrentielle et continue, que le froid menaçait de changer en neige. L'Académie de musique se trouvait au coin de la Quatorzième Rue Est et d'Irving Place, dans une poche de Manhattan qui était autrefois un haut lieu de la bonne société new-yorkaise. Mais les choses avaient changé. Alva passa devant la marquise du Tony Pastor's, un théâtre de vaudeville grivois situé au sous-sol de Tammamy Hall, voisin de l'Opéra. Le trottoir grouillait de monde et elle dut se frayer un chemin entre des groupes de manifestants, hommes et femmes, qui brandissaient des pancartes sur lesquelles on pouvait lire : DES EMPLOIS POUR LES CHÔMEURS, NOUS LUTTERONS JUSQU'À LA VICTOIRE, DU TRAVAIL OU DES ÉMEUTES. Certaines lettres étaient floues, la peinture délavée par la pluie. En passant devant eux, elle vit sur les visages une colère et une détermination identiques. Fallait-il être au désespoir pour manifester par un jour aussi sinistre !

Après avoir secoué son parapluie juste devant la porte d'entrée, Alva se retrouva face à une jeune femme au menton pointu qui l'attendait à l'intérieur. Celle-ci, courtoise, un peu trop formelle, l'introduisit dans un bureau sombre et caverneux qui ouvrait sur le hall d'accueil.

— Mr Belmont sera là dans un moment, Mrs Vanderbilt.

Elle referma la porte avec un semblant de révérence.

Alva prit l'une des chaises en face du bureau, son parapluie accroché au bras. Une flaque se forma aussitôt sur le sol, et elle regretta de ne pas l'avoir laissé dans le hall. Elle rapprocha un peu sa chaise pour camoufler la flaque tandis qu'une autre, un peu plus petite, commençait à se former.

Au cours de son trajet en landau, Alva s'était souvenue de ce que Tessie Oelrich avait dit : Mr Belmont était juif – le seul juif, pour ce qu'elle en savait, à avoir pénétré la haute société. La perspective du rendez-vous la rendait nerveuse, mais quand Mr Belmont entra, tous ses sombres pressentiments s'évanouirent. August Belmont, un petit homme mince, rasé de près, aux tempes élégamment grisonnantes, n'aurait pas pu se montrer plus avenant. Il s'excusa de l'avoir fait attendre et lui offrit du thé et des biscuits.

— À présent, dites-moi : que puis-je faire pour vous, Mrs Vanderbilt ?

Il sourit, prit une gorgée de thé et ses lunettes glissèrent sur son nez.

— Tout d'abord, je tiens à vous remercier d'avoir trouvé le temps de m'accorder ce rendez-vous, dit-elle comme si elle venait à peine d'arriver du Sud profond.

— Le plaisir est pour moi, répondit-il en s'installant confortablement dans son fauteuil et en consultant sa montre de gousset. Mais j'ai un autre rendez-vous après celui-ci. Peut-être devrions-nous commencer.

— Très bien. J'ai souhaité vous rencontrer car je voudrais acheter une loge à l'Académie.

— Je vois.

Il hésita, reposa sa tasse et posa ses coudes sur la table :

— Nous apprécions beaucoup l'intérêt que vous nous témoignez, naturellement. Cependant, la question des loges se révèle assez compliquée.

— Comment cela, Mr Belmont ?

Elle sentait la corde se tendre. L'appréhension qu'elle avait éprouvée en venant la tenaillait de nouveau.

— Eh bien, tout d'abord, nos membres sont tous des passionnés d'opéra et…

— Je puis vous assurer que les Vanderbilt sont de grands passionnés de musique. De tous les arts, fit Alva en buvant son thé, la voix calme, courtoise, comme il faut.

— Je crains que ce ne soit pas tout.

Il remonta ses lunettes du bout du doigt.

— Les loges sont extrêmement rares. Lorsque l'une d'entre elles devient disponible, elle passe à la génération suivante. Mais, au-delà de cela, la possession d'une loge entraîne des obligations.

— Et de quelles obligations s'agit-il ?

Elle leva la tête, battit des cils.

— Comme elles sont de nature financière, cette conversation serait plus indiquée pour Mr Vanderbilt.

— Oh, soyez certain que je suis parfaitement capable de parler finances, surtout lorsqu'il s'agit de ma famille.

Elle vit que cette réponse l'avait désarçonné. *Bien.*

— S'il vous plaît, Mr Belmont, vous disiez ? Les obligations ?

Il s'éclaircit la gorge et remonta de nouveau ses lunettes.

— À dire vrai, la possession d'une loge entraîne des obligations financières *importantes*. Par exemple, même une loge en mezzanine, pouvant accueillir quatre personnes, commence à 400 dollars la saison. Et le prix monte à partir de là.

Il fit voleter ses mains, comme pour dire : *Cela explique tout.*

Elle savait reconnaître une rebuffade courtoise, mais elle n'en tint pas compte et reprit :

— Naturellement, je suis prête à payer le prix demandé. Et il va sans dire qu'une loge au balcon serait le plus souhaitable.

— Ma foi, s'esclaffa Mr Belmont, laissant entendre qu'elle avait perdu la raison, celles-ci sont très chères. Elles commencent à 800 dollars la saison.

— Je paierai le double, repartit Alva avec un sourire.

— Je vous demande pardon ?

— Mr Belmont, sachez que je suis prête à payer beaucoup plus que votre prix.

Il s'éclaircit la gorge de nouveau :

— Je crains que ce ne soit pas aussi simple.

Alva posa sa tasse puis se pencha en avant et plongea son regard droit dans le sien.

— Il me semble que l'Académie pourrait voir d'un bon œil la contribution de la famille Vanderbilt. Je crois savoir qu'elle a des dettes.

Elle le regarda remuer dans son fauteuil. Elle continua :

— Selon l'article paru dans le *New York World*, il vous manque 50 000 dollars pour la saison. Le bâtiment est constamment en travaux. Le toit fuit, les murs et les plafonds s'écroulent, la chaudière est en panne. On dit qu'Adelina Patti a exigé 4 000 dollars pour son dernier spectacle. Christine Nilsson veut 4 500 dollars pour son prochain récital.

Belmont ôta ses lunettes.

— Vous êtes fort bien renseignée, Mrs Vanderbilt. Je suis impressionné, mais…

On frappa à la porte et la jeune dame de l'accueil passa la tête à l'intérieur.

— Mr Belmont, pardonnez-moi de vous interrompre, mais Mrs Astor arrive.

— Oh mon Dieu, elle est en avance.

Belmont bondit de sa chaise, ramassa la tasse d'Alva et l'assiette de biscuits qu'il remit à la femme.

— Je crains que nous ne soyons obligés de mettre un terme à notre rendez-vous.

— Eh bien, j'étais…

— Je vous en prie, Mrs Vanderbilt.

Avec une note de panique dans la voix, il ouvrit une autre porte qu'Alva n'avait pas remarquée.

— Mrs Astor est ici !

— Mais je…

Il s'approcha et la souleva de sa chaise.

Alva était stupéfaite. Il la congédiait, comme s'il redoutait d'être vu avec elle. Elle voulut prendre son parapluie, puis changea d'avis et le laissa accroché au bras du fauteuil.

— S'il vous plaît, vite…

Avec toute la dignité dont elle était capable, elle se dirigea vers la porte.

— J'espère que nous pourrons reprendre notre discussion plus tard…

— Empruntez l'escalier au bout du couloir, dit Belmont. Il conduit à l'arrière du théâtre.

Elle entendit la porte se fermer derrière elle et se retrouva dans un couloir humide aux murs encombrés de fresques représentant montagnes, balcons et jardins, de portants chargés de costumes, de fauteuils-trônes et autres accessoires. À son corps défendant, sa rage augmentant à chaque pas, elle prit l'escalier branlant. Mrs Astor était en avance – on aurait dû la faire attendre, le temps que leur rendez-vous se termine.

Dehors, elle s'arrêta sous une marquise ruisselante, compta jusqu'à cent, prit une profonde inspiration, et regagna à pied l'entrée du bâtiment où les manifestants grouillaient devant Tammamy Hall. Une autre profonde inspiration et elle traversa le hall à toute vitesse, passant devant la jeune dame au menton pointu qui chercha à l'arrêter.

— Attendez, Mrs Vanderbilt, attendez, vous ne pouvez pas. Mr Belmont est…

Alva était déjà entrée dans le bureau de Belmont.

Il blêmit et sa mâchoire se décrocha. Mrs Astor était assise à côté de lui sur un canapé en velours, devant une théière et une assiette de biscuits tout frais posées sur la table.

— Mrs Astor, quel plaisir de vous revoir.

Alva marqua une pause, attendit un signe de reconnaissance. Rien.

— Je suis Alva, Alva Vanderbilt – l'amie d'Emily.

Si Mrs Astor avait gardé d'elle le moindre souvenir – c'était maintenant leur deuxième rencontre –, elle n'en laissa rien paraître. Alva resta imperturbable. Elle comptait bien achever sa discussion avec Mr Belmont, en présence de Mrs Astor s'il le fallait. Elle plaiderait sa cause auprès de la Grande Dame, elle rappellerait les problèmes financiers de l'Académie et proposerait une solution : une loge qu'elle serait heureuse de payer au prix fort.

— Mrs Vanderbilt, s'il vous plaît…

Mr Belmont s'interrompit, à court de mots.

— Oh, je vous prie de m'excuser. J'ai oublié les bonnes manières en même temps que mon parapluie.

— Je vous demande pardon, dit Mr Belmont à Mrs Astor qui n'avait pas prononcé un seul mot.

Son parapluie à la main, Alva s'apprêtait à se lancer dans son discours mais, sans lui laisser le temps de commencer, Mr Belmont la mit dehors.

Cela fut si rapide qu'Alva, sans savoir comment, se retrouva derrière la porte d'où elle entendit la réaction de Mrs Astor :

— Mais que vient-elle donc faire ici ? Où que j'aille, elle est là. Et ses manières ne valent pas mieux que celles du Commodore. Je vous le dis clairement, les Vanderbilt ne sont pas les bienvenus à l'Académie de musique.

Alva resserra les doigts sur son parapluie. Son cœur cognait dans sa poitrine. Elle venait de perdre toutes ses chances d'obtenir un jour une loge à l'Opéra.

14

La société

C'est ainsi qu'Alva Vanderbilt est venue chez nous. À défaut de mieux. En vérité, c'est lady Paget – connue autrefois sous le nom de Minnie Stevens et qui à présent, outre son titre, ploie sous le poids de ses bijoux – qui a introduit Alva dans notre cercle. Parmi les plus populaires d'entre nous, il y a Kate Strong, surnommée Puss à cause de son goût pour les félins. Elle a la blondeur de Boucle d'or et arbore toujours une broche en diamants en forme de chat. Notre petit groupe compte également Mrs Cavendish – Peggy pour ses amies –, une hôtesse charmante qui se donne d'autant plus de mal qu'elle souffre d'un bégaiement prononcé. Son amie la plus ancienne et la plus chère est Lydia. Elle est romantique et adore les livres de Jane Austen et des sœurs Brontë. Il y a aussi Tessie Oelrich, Mamie, bien sûr, ainsi que Penelope, Ophelia, Fanny et Cettie. Ensemble, nous formons le rang inférieur des dames de la bonne société. On nous met dans le même sac et on nous appelle les femmes des barons voleurs, nous qui sommes mariées à John Pierpont Morgan, Jay Gould ou John Rockefeller.

Alva devrait nous être reconnaissante de l'avoir accueillie, mais il ne nous échappe pas que notre amitié représente pour elle un lot de consolation. Alors que nous l'invitons à nos dîners et à nos déjeuners, elle en fait rarement autant. Lady Paget dit qu'Alva trouve sa maison trop modeste. Nous ne sommes guère convaincues, mais nous comprenons sa réticence. Certaines d'entre nous n'ont pas envie non plus d'être *l'une d'entre nous*.

Cet après-midi, nous sommes réunies dans le salon de Cettie Rockefeller, installées en demi-cercle, le dos uniformément à vingt centimètres du dossier canné des chaises Louis XV, une assiette de canapés en porcelaine Coalport sur les genoux. À une exception près : au lieu de son assiette, Puss a pris sur ses genoux Mr Fritzy, un chat persan très bien éduqué, qui se laisse tranquillement caresser les oreilles.

Aujourd'hui, comme la plupart du temps, la conversation commence par un rappel des derniers dîners, bals, ballets. Il est entendu que la robe d'une telle était trop serrée, trop ornée, trop terne, trop quelque chose. Nous échangeons des cancans sur la fille d'une telle, son mari, la maîtresse du mari, et voilà qu'en un rien de temps la conversation glisse sur Ward McAllister et Mrs Astor.

Le seul nom de Mrs Astor suscite le courroux d'Alva. Nous échangeons des idées sur la manière de l'impressionner, mais Alva ne pense qu'au moyen de provoquer sa chute.

Elle suggère d'organiser un grand bal et d'inviter tout le monde, sauf Mrs Astor. Penelope lui explique que cela ne marchera jamais. Si on apprenait qu'elle cherche à exclure Mrs Astor, personne ne viendrait, de peur d'être rayé à jamais de sa liste d'invités. Nous savons toutes ce qui est arrivé quand Mamie a voulu organiser un fish fry le même soir que son clambake. Mais Tessie fait observer que la tentative de Mamie a réussi à lui ouvrir les portes de la haute société.

— Eh bien, je ne veux pas passer par la porte de service. Quand j'entrerai dans le monde, ce sera par la grande porte.

Alva est décidément plus hautaine que d'habitude. Nous soupçonnons l'héritage d'y être pour quelque chose. Au début de l'année, le 4 janvier, le Commodore est décédé. Il avait quatre-vingt-deux ans et pesait 100 millions. Dès le lendemain des obsèques, ils ont ouvert son testament, trop impatients de savoir ce qu'il leur léguait. L'essentiel de ses biens, quelque 75 millions, serait allé au beau-père d'Alva, Billy, et le reste aurait été divisé entre ses héritiers mâles.

Quelques semaines plus tard, le changement est déjà sensible chez Alva. Elle a toujours su s'habiller mais il faut la voir maintenant, malgré sa grossesse. Même si son ventre s'est arrondi, elle ne craint pas de porter des rouges ou des orange vifs qui jurent avec la couleur de ses cheveux. Elle sait pourtant, ou du moins devrait savoir, que pour Mrs Astor les nouveaux millions de son mari ne changeront rien.

Que cela lui plaise ou non, la voilà coincée avec nous, et nous avec elle.

15
Alva

Deux millions. Cela changeait tout. Alva savait que son mari était riche, mais cette somme allait au-delà de ce qu'elle pouvait imaginer. C'était une véritable fortune. Elle ne parvenait pas à chasser de son esprit cette incroyable quantité de dollars. Savoir qu'elle pouvait obtenir tout ce que son cœur désirait lui donnait un sentiment d'ivresse. Rien, quel qu'en soit le prix, ne lui était plus inaccessible.

Sans avoir levé le petit doigt pour contribuer à l'immense fortune de son mari, elle avait le sentiment que celle-ci lui appartenait, comme si elle l'avait gagnée. Et dans les faits, Willie ne l'avait pas gagnée non plus. Elle s'était promis de faire preuve de générosité, de charité, mais elle hésitait encore lorsqu'une occasion se présentait – fût-ce pour la plus noble des causes. De crainte qu'il n'en reste pas assez pour elle et Willie. Il y avait tant de choses dont ils avaient besoin, qu'ils avaient envie de posséder ou simplement qu'il leur fallait posséder.

Tout en s'efforçant de le dissimuler, Alva n'était pas peu fière. Elle jouissait désormais d'un avantage sur Mamie, Tessie, Penelope, Puss et les autres. Elle avait presque pitié d'elles. *Presque*. Celui dont elle avait vraiment pitié, c'était Jeremiah, qui n'avait reçu que 200 000 dollars. *Que 200 000 dollars – tu t'entends, Alva ?* Elle en connaissait qui, avec cet argent, auraient vécu confortablement le reste de leur vie. Mais pas un Vanderbilt, certainement pas un Vanderbilt, pas même Jeremiah Vanderbilt.

Plutôt que de s'appesantir là-dessus, elle préféra se concentrer sur le fait que Willie K. et elle prenaient du galon. À la lecture du testament, Alva était enceinte de plusieurs mois et ils avaient aussitôt décidé de faire construire une maison, une grande maison, qu'elle pourrait décorer selon ses goûts. Il était temps.

Près de deux mois après la mort du Commodore, le 2 mars 1877, Alva donna naissance à leur premier enfant. Quand la sage-femme lui remit le bébé dans les bras, Alva resta sans voix. La petite fille était d'une beauté exquise, avec les cheveux noirs de Willie K. et ses yeux bleus à elle. Les joues baignées de larmes, stupéfaite, elle était émerveillée à l'idée que cette enfant provenait de sa chair. Elle avait créé cette petite fille qui désormais lui appartenait. Pour toujours.

Au même instant, le minuscule visage se chiffonna, devint tout rouge et les larmes jaillirent, la poitrine se souleva. Alva se figea :

— Qu'est-ce qu'elle a ?

— Oh, rien de grave. Elle a faim, dit la sage-femme.

Celle-ci avait conseillé d'engager une nourrice, mais Alva s'y était opposée, elle voulait nourrir son enfant elle-même, comme l'avait fait sa mère avec elle.

La sage-femme mit le bébé sur sa poitrine, mais quand la bouche du nourrisson se referma sur son sein, ses mouvements de succion ne furent pas assez puissants. Il ne se passa rien. Son lait ne coulait pas. Elle n'avait rien à lui donner. Cette nouvelle vie dépendait d'elle et déjà, elle n'était pas à la hauteur. Elle se vit incapable de la nourrir – la fonction essentielle d'une mère. Alva eut peur. Elle n'était pas prête. Elle n'y arriverait jamais toute seule. Cédant à la panique, elle se mit à sangloter et la sage-femme vint lui reprendre le bébé.

— Ce n'est pas grave. Si ça ne marche pas, nous ferons venir une nourrice.

Mais le bébé pleurait toujours et Alva aussi. Elle ne pouvait pas s'en empêcher. Elle voulait désespérément que sa mère soit là, vivante, pour lui montrer comment faire. Elle ne voulait ni d'Alice ni de Louisa pour lui expliquer ses erreurs, pour instiller en elle le doute et critiquer ses moindres gestes. Ses sœurs, qui étaient allées visiter une vieille tante à Mobile, étaient encore en chemin. Aucune d'entre elles n'était mariée, comment auraient-elles su quoi faire ? Consuelo se trouvait en Europe, Emily était déjà bien occupée avec son propre bébé et il ne lui restait donc pour seul ami que Jeremiah, qui ne pourrait lui être d'aucune aide dans ces circonstances. Jamais Alva n'avait ressenti une telle solitude. Inconsolable, elle ne pouvait plus cesser de pleurer. Ses tempes battaient. Son corps était meurtri.

Épuisée, elle finit par s'endormir, emportée dans une succession de rêves agités. À son réveil, le lendemain matin, elle trouva Willie K. dormant à poings fermés dans le fauteuil à côté de son lit, les cheveux et les vêtements en bataille, le menton et les joues bleuis par la barbe naissante. Elle craignit qu'il ne se réveille tout courbatu. La domestique expliqua qu'il avait passé la nuit là, décidé à veiller sur « ses deux filles ».

En le regardant dormir, Alva comprit qu'en réalité elle n'était pas seule. Il y avait Willie K. et il y avait son bébé. Une famille bien à elle. Pourquoi une vérité aussi criante ne s'était-elle pas imposée auparavant, elle l'ignorait, mais cette fois, quand sa petite fille pleura, Alva ne céda pas à la panique. Elle savait ce dont sa fille avait besoin. Lorsque la nurse plaça l'enfant dans ses bras, ce fut la sensation la plus naturelle et la plus vraie qu'elle eût jamais éprouvée. La bouche minuscule s'accrocha à son sein et aussitôt elle sentit sa puissance revenir.

À cet instant, Alva eut conscience que tout – *tout* – avait changé. Elle posait sur le monde un regard de mère, une sorte de double regard, un œil sur l'avenir de sa fille, l'autre sur le sien. Les cartes étant désormais rebattues, elle révisait ses priorités. Soudain, sa quête du grand monde lui parut superficielle, mais un objectif absolument essentiel pour sa fille. Alva se fit le serment de ne ménager aucun effort pour que sa fille soit reçue dans les plus grandes familles, dans la meilleure société. Baissant le regard sur l'enfant lovée dans ses bras, sur les yeux qui la contemplaient en toute innocence, elle se jura que sa fille ne connaîtrait jamais l'ostracisme dont elle avait souffert depuis ses seize ans.

Willie s'éveilla peu après qu'elle eut fini de nourrir le bébé.

— Tu fais le paon.

Elle montra du doigt l'épi qu'elle trouvait charmant, juste au sommet de son crâne. Il se dressait tout droit, comme chaque matin. La première fois qu'elle l'avait vu, elle avait ri en disant qu'il ressemblait à un paon.

En lui rendant son sourire, il posa la main sur ses cheveux pour les aplatir, puis lui demanda comment elle allait et s'il pouvait prendre le petit paquet dans ses bras.

— Petit paquet, fit Alva avec un sourire en donnant le bébé à Willie. On ne peut pas l'appeler comme ça. Que penses-tu de Consuelo ?

— Vraiment ? Comme ton amie ? J'avais plutôt pensé à Louisa, comme ma mère.

— Mais c'est Consuelo qui nous a présentés. Et nous étions d'accord pour qu'elle soit la marraine de notre bébé.

Il en fut décidé ainsi. La dernière héritière Vanderbilt en date porterait ce curieux prénom et Alva, jeune mère et épouse d'un homme lesté de deux millions de dollars supplémentaires, allait poursuivre sa conquête de la haute société avec une vigueur et une application désormais décuplées. Elle se ferait ouvrir les portes du grand monde, pas seulement pour elle et les Vanderbilt, mais surtout pour sa fille.

Plus tard ce matin-là, quand Willie se fut lavé, rasé et changé, il retourna dans la chambre d'Alva, posa un baiser sur le sommet de son crâne et annonça qu'il devait se rendre à une réunion dans la maison de son père.

— Maintenant ? Mais…

— Je suis désolé. Tu m'excuseras auprès de tes sœurs. Je ne peux rien faire. Urgence familiale. Tout le monde doit être présent – Cornelius, George, Fred, Mère – tout le monde. Je serai de retour le plus tôt possible.

Après son départ, Alva s'assit dans son lit, le dos calé contre les oreillers. Le bébé dormait dans son berceau près de son lit. Alva aurait bien voulu se reposer elle aussi, mais elle se demandait, avec curiosité et non sans une certaine irritation, ce que pouvait bien signifier cette urgence familiale. Que pouvait-il y avoir pour eux de plus important que de venir voir la dernière-née des Vanderbilt ?

Elle n'avait jamais compris sa belle-famille. C'étaient des gens froids. À l'opposé de ses sœurs, qui avaient pris le train de nuit pour venir faire la connaissance du bébé et, à peine arrivées, avaient fait cercle autour de la petite Consuelo, la prenant chacune à son tour dans les bras, roucoulant, s'émerveillant devant ses petits doigts et ses petits orteils. Jenny trouvait qu'elle ressemblait à Willie. Julia, que c'était « Alva tout craché ».

Armide, ses cheveux noirs coiffés en un chignon légèrement de travers, ne partageait pas leur avis.

— C'est le portrait de Maman.

Maman. Un soupir. Un élan de fierté, une vague de nostalgie. Tous les ans, les sœurs se rendaient sur sa tombe pour l'anniversaire de sa mort. Quant à Alva, la tombe voisine, celle de leur père, lui importait peu. Elle n'aurait jamais fait le moindre détour pour s'incliner devant elle.

— Comment Maman s'est-elle débrouillée avec nous toutes ? dit-elle rêveusement en regardant Consuelo blottie dans les bras de Jenny. Quatre filles.

— Elle avait de l'aide, dit Julia en posant le pied sur le cadre du berceau.

— Oh, Julia, attention ! fit Alva.

Julia retira son pied et leva les paumes en l'air :

— Ça va si je touche cette chaise ?

— Oh, arrête, Julia, je suis désolée, mais c'est un berceau de grand prix. Il a été importé d'Afrique. Il est très rare.

— Oh, il est très *rare* ? railla Julia.

— Toi, Alva, tu accaparais toute son attention, dit Armide, changeant de sujet pour faire retomber la tension.

— Ce n'est pas vrai, commença à protester Alva.

Mais elle était à court d'arguments, et ses sœurs éclatèrent de rire. Dès son plus jeune âge, Alva s'était mis dans la tête que les règles et les conventions auxquelles tout le monde se pliait ne s'appliquaient pas à elle. Elle obéissait aux siennes propres, toujours prête à en payer les conséquences.

— Tu avais le don de manipuler et de tyranniser tout le monde, dit Jennie.

— C'est à cause de ses pouces, dit Julia en s'adressant aux autres comme si Alva n'était pas là.

— C'est vrai, elle a les pouces crochus, dit Armide.

— Oh, non ! rétorqua Alva. C'est une histoire de grand-mère.

— Montre-les, dit Jennie.

Prenant les devants, elle leva les pouces, imitée par Julia et Armide – tous parfaitement droits.

— Alva ? fit Jennie. Allez, à ton tour.

Alva riait déjà avant de lever les pouces – crochus en effet, et recourbés vers l'extérieur.

— Ça ne prouve rien !

Elle riait tellement qu'elle poussa un grognement.

— Tu te rappelles ce que tu as fait à Miss Naisy sur la plage ? demanda Armide.

— La gouvernante ?

Alva secoua la tête. Elle se souvenait pourtant du jour où Miss Naisy avait défendu à Alva d'aller nager. Au mépris de l'interdiction et pour son plus grand plaisir, elle s'était échappée en courant et avait plongé dans l'eau tout habillée. Sa mère l'avait fouettée, mais pas une seconde Alva n'avait regretté son incartade.

— Et tu ne torturais pas ta préceptrice ? demanda Jennie.

— Je ne la *torturais* pas, allons, je n'étais pas méchante à ce point ! Je l'ai peut-être poussée une fois ou deux.

— Exactement ! Tu l'as même fait tomber par terre.

— C'est vrai, je ne l'aimais pas beaucoup, reconnut Alva avec un haussement d'épaules, et je n'avais pas envie de lire le livre qu'elle avait choisi. Elle a tout de suite donné son congé.

— Et tu as été fouettée pour ça ! dit Julia.

— Oui, mais je n'ai pas été obligée de lire le livre.

Alva avait répondu avec une pointe d'orgueil. Elle acceptait volontiers les punitions, du moment qu'elle obtenait gain de cause. Ce qu'elle ne supportait pas, c'était qu'on lui dicte sa conduite. Intrépide, elle faisait ce que bon lui semblait, jouait avec les règles jusqu'à les transgresser.

— Maman ne te quittait pas des yeux une seconde, dit Jennie en passant la petite Consuelo à Armide qui s'était installée dans le coin sur le fauteuil à bascule.

— Alva ne l'aurait pas permis, rit Julia en pliant les genoux pour regarder le bébé dans les bras de sa sœur. Il fallait toujours que tu monopolises son attention. *Toute* son attention. Et tu faisais n'importe quoi pour l'exaspérer. Tu préférais les coups de cravache à son indifférence.

Alva ne pouvait le nier. Toutes les trois se liguaient joyeusement contre elle, mais ça lui était égal. Elle prêtait le flanc à d'autres taquineries lorsque Consuelo laissa soudain échapper un cri vigoureux. Difficile de croire qu'une créature aussi minuscule puisse produire un son pareil, aussi aigu. L'attention se reporta aussitôt sur le bébé. Comme ses sœurs entouraient Consuelo plus étroitement, Alva se rendit compte que, pour la première fois, elle acceptait d'être au second plan. Fierté maternelle peut-être, mais sa fille était un prolongement d'elle-même. Alva comprit que, pour le reste de sa vie, Consuelo se tiendrait avec elle sur le devant de la scène.

À son retour, Willie K. monta et se laissa tomber sans un mot dans le fauteuil à côté du lit. Il était épuisé.

— L'*urgence* familiale a-t-elle été réglée ? demanda-t-elle en ajustant la petite couverture sous le menton de Consuelo.

— Pas vraiment, dit Willie en se passant les mains sur le visage. Oncle Jeremiah conteste le testament de Grand-Père.

— Peut-on le lui reprocher ?

Bien joué, Jeremiah, pensa-t-elle. *Bien joué*.

— Il est très têtu. Si on le soupçonnait d'être fou à lier, en voilà la preuve. Papa lui a même proposé 250 000 dollars de plus et il a refusé.

— Venant de ton père, c'est une insulte, et tu le sais très bien.

Elle s'entendit et songea : *Depuis quand 250 000 dollars sont une insulte ?* Les paroles de Jeremiah résonnaient dans sa tête. *Les Vanderbilt sont sans pitié. Ils colonisent votre cerveau. Si vous les laissez faire, ils finissent par le déformer…*

— La question n'est pas là. Mon oncle n'est pas un homme responsable. Il ne l'a jamais été. C'est pour son bien. Je sais que tu as beaucoup d'affection pour lui mais s'il te plaît, Alva, rends-nous service, cesse tes relations avec lui.

— Pffft !

Cela ne risquait pas d'arriver, et la requête en soi la rendait d'autant plus déterminée à voir Jeremiah dès qu'elle serait rétablie.

— Je suis sérieux, Alva. Il est dangereux, insista Willie en poussant un profond soupir et en regardant par terre. Oncle Jeremiah nous tient tous à sa merci. L'argent est bloqué jusqu'à ce que toute cette affaire soit résolue. On ne peut rien faire, sinon attendre. Et qui sait ce qu'il en restera alors et avec quoi nous allons nous retrouver.

Avec quoi nous allons nous retrouver ? En se tournant vers lui, Alva écarquilla les yeux.

— La maison attendra pour l'instant.

— Quoi ?

Elle était abasourdie. Elle pensait que la somme due à Jeremiah, quel qu'en soit le montant, viendrait directement de la poche de Billy. Il ne lui était pas venu à l'esprit que Jeremiah pût porter aussi atteinte à l'héritage de Willie. Elle comptait sur cet argent pour leur nouvelle maison, pour ouvrir aux Vanderbilt les portes de la haute société, préparer le terrain à son enfant et aux autres enfants à venir.

Pour elle également, *l'urgence familiale* venait de revêtir un sens nouveau, car celle-ci affectait désormais ses projets. Entravait l'avenir de sa fille. Elle se sentait partagée, et son soutien à Jeremiah commençait à s'effriter. Peut-être était-elle en train de devenir une Vanderbilt, en fin de compte.

16
Caroline

Les trilles de piano provenant de la salle de bal parvenaient à Caroline, tandis que le majordome des Pendleton la précédait dans le long couloir orné de portraits de famille et d'immenses tapisseries. Elle espérait faire une entrée discrète mais il était impossible qu'on ne la remarque pas. Elle attirait l'attention, transfigurait les lieux partout où elle pénétrait. Quand elle franchit le seuil de la salle de bal et que tous les regards se tournèrent vers elle, elle n'éprouva aucun étonnement. Pierre Marié, qui conduisait les figures, cessa d'appeler de nouvelles entrées et les danseurs s'immobilisèrent. La quinzaine de chaperons – dont Ward McAllister – assis autour de la salle se levèrent pour la saluer.

Tout le monde semblait heureux de sa présence, excepté peut-être ses filles. Charlotte et Carrie en perdirent leur élan, comme si elle leur avait rogné les ailes. Charlotte avait levé les yeux au ciel en la voyant entrer, et Carrie, les joues en feu, avait froncé les sourcils. Caroline en eut un coup au cœur.

Quand était-elle devenue leur ennemie ? Elle se souvenait de l'époque où ses filles se pressaient toujours autour d'elle, où elles se battaient pour se percher sur ses genoux, lui tenir la main, s'asseoir à ses côtés. À présent, elles se comportaient comme si elle n'existait pas. Ne comprenaient-elles pas qu'elle avait déjà perdu Emily à cause de James Van Alen ? Caroline regrettait maintenant de n'avoir pas agi énergiquement pour l'empêcher de courtiser sa fille. Certes, Helen était fiancée à Rosy Roosevelt et Duncan Briar ne représentait plus aucune menace pour Charlotte, mais elle ne pouvait pas leur laisser courir le risque d'épouser le mauvais prétendant.

— Je vous en prie, dit Caroline avec un geste de la main, continuez.

Mrs Pendleton lui offrit sa place, une espèce de trône à la Henry Williams en bois doré, tapissé de velours, avec d'adorables médaillons. Ward McAllister était assis à côté d'elle sur une chaise en noyer. On n'était que mercredi et elle avait déjà vu Ward trois fois cette semaine. Ils s'étaient rencontrés lundi pour les opéras de la saison prochaine à l'Académie, mardi après-midi il l'avait aidée à préparer le plan de table pour un prochain dîner en l'honneur d'Alexandre II et mardi soir ils avaient participé à un somptueux dîner chez un ami commun, Mr Frank Gray Griswold. On aurait pu en déduire qu'ils n'avaient plus grand-chose à se dire, mais Ward lui confiait déjà que Mrs Alva Vanderbilt répandait sur elle des rumeurs peu flatteuses.

— Quelle impudence. À l'entendre, vous êtes snob et grossière. Ma foi, je ne vous ai jamais vue être grossière, sinon pour répondre à une provocation.

— Eh bien, on peut dire que Mrs Vanderbilt m'a provoquée, dit Caroline, les yeux rivés sur ses filles.

Elle les regarda exécuter les différentes figures et les pas compliqués d'une valse. Naturellement, elle savait que celles-ci n'étaient pas seulement intéressées par ces figures de cotillon. La vraie raison de leur présence, celle pour laquelle elles avaient minutieusement choisi leur toilette du matin, c'était la présence des jeunes gens à la répétition.

— Eh bien, eh bien, dit Ward avec un chuchotement de conspirateur, voyez donc ça.

Il pencha la tête en direction de Charlotte, qui venait de laisser tomber son gant en regardant Peter Marié droit dans les yeux.

Caroline était abasourdie. Charlotte, qui n'était pas maladroite, n'avait pas laissé tomber son gant par accident, c'était un code pour une déclaration d'amour. Ses filles ne pouvaient sans doute pas imaginer qu'elle aussi, alors jeune débutante, envoyait des messages secrets à William Backhouse Astor Jr à l'autre bout de la salle en lâchant son gant, en tenant son éventail d'une certaine manière ou en tordant son mouchoir avec la certitude d'avoir berné ses chaperons. Mais Caroline connaissait toutes ces astuces, tous ces signaux cachés. Les temps avaient peut-être changé, mais pas la langue secrète de l'amour.

— Très bien, dit Peter Marié en frappant une fois dans ses mains. Excellent. Excellent. Reprenons. À vos places, tout le monde. À vos places !

Il se dirigea vers Charlotte, posa la main sur sa taille et lui murmura à l'oreille quelque chose qui la fit sourire.

Peter Marié flirtait-il avec sa fille ? Caroline observa qu'en dansant avec d'autres hommes, Charlotte ne l'avait pas quitté des yeux. Mr Marié était grand et svelte, avec des cheveux noirs, de beaux yeux noirs et un visage admirable. Mais il était trop vieux, et il s'était déjà fait une réputation de séducteur et de célibataire endurci.

Pendant ce temps, la plus jeune, Carrie, qui venait d'avoir seize ans et d'entrer dans le monde, virevoltait d'un partenaire à l'autre. Comme elle était intrépide et pleine d'assurance, sa benjamine ! Bien différente de son aînée. Débutante, Emily était terriblement hésitante et timide. Quand les autres filles dansaient joyeusement, sa précieuse Emily restait discrète, rentrant ses délicates épaules, fixant ses grands yeux marron sur ses pieds, comptant les pas. Caroline avait ressenti pour elle une tendresse particulière en se rappelant combien elle-même, à ses premiers bals, était intimidée et gauche. Tout cela flottait dans son esprit lorsqu'elle vit Carrie lancer des regards éperdus d'amour au jeune Reinhardt tout en dévoilant ses chevilles !

Caroline fut atterrée. Depuis quand ses filles étaient-elles devenues si passionnées ? Les autres jeunes dames parvenaient à se refréner. Mais pas ses filles. Elles suivaient leur cœur plutôt que la simple raison.

Quand elles furent rentrées, Caroline leur demanda de venir dans le salon. Elles s'installèrent côte à côte sur le canapé en satin, le dos droit, les mains sur les genoux. Hade apparut à temps pour apporter à Caroline une tasse de thé bienvenue et refaire du feu. Dans la pièce silencieuse, les demoiselles attendaient qu'elle prenne la parole, mais, sentant bien que son silence les torturait, Caroline n'était pas pressée. Certes, ses filles étaient accablées par leur position sociale, et plus que d'autres l'objet de tous les regards et de toutes les attentes. Mais c'était aussi la raison pour laquelle il leur fallait surveiller plus étroitement leur conduite. Surtout Charlotte. Caroline avait toujours deviné sa précocité, comme chez son père. Rien d'étonnant, s'ils étaient si complices. Elle en avait assez de la voir se donner en spectacle, d'abord avec ce cocher et maintenant avec le conducteur du cotillon, volant d'un homme inadéquat à un autre, telle une abeille butinant de fleur en fleur.

Tout en regardant Hade s'occuper du feu, Caroline but une gorgée de thé :

— Rappelez-vous, dit-elle enfin, que vous n'êtes pas les filles de n'importe qui. Vous êtes des Astor et vous devez vous comporter comme telles.

— Mais pourquoi es-tu venue aujourd'hui ? explosa Charlotte. Nous ne sommes pas des bébés, tu sais. Et les chaperons ne manquaient pas.

— Excuse-moi, jeune dame, ces chaperons ne sont pas ta mère et aucun d'entre eux ne vous dira ce que le monde pense de votre conduite.

— Ce que le *monde* pense, fit Charlotte en se levant et en tapant ses mains sur ses cuisses. C'est *tout* ce qui t'inquiète ?

— Allons, Charlotte, dit Carrie en la forçant à se rasseoir sur le canapé.

— Peter Marié est trop âgé pour toi, et puis tu connais sa réputation. Jamais il ne t'épousera.

— Parfait. Je n'ai pas envie de me marier.

— Ne dis pas de bêtises. Et tu dois savoir, jeune dame, que les gens commencent à jaser.

— Et alors ? dit Charlotte. Qu'ils jasent. Ça m'est égal.

— Eh bien, moi, ça ne m'est pas égal.

Caroline sentait monter la colère. Comme elle tremblait, elle tendit sa tasse à Hade, craignant de renverser le thé.

— Tu ne comprends pas ? dit Charlotte sans céder le moins du monde. Je me fiche de ce que pense la société. Toutes ces femmes perdent leur temps. Que font-elles toute la journée, à part se rendre visite, organiser des fêtes et attendre, le cœur battant, de recevoir les précieuses invitations de Mrs Astor ?

Caroline la regarda avec étonnement :

— Sincèrement, d'où vient cette sortie inqualifiable ?

— Oh, je suis désolée, Maman, fit Charlotte avec un rire mauvais. Nous aussi, nous devons nous incliner devant toi ? Nous sommes tes enfants, pas tes sujets. Et je n'ai pas peur de toi. Seigneur, tu terrorises même Papa. Tu terrorises tout le monde.

Caroline resta sans voix. Elle ferma les yeux et fit signe à ses filles de sortir.

Le nœud dans son estomac se resserra encore.

Une fois de plus, elle se sentait prise au piège entre le monde de sa mère et celui d'aujourd'hui. Ses filles allaient-elles vraiment trop loin ? En toute franchise, elle ne savait plus. Étaient-elles coquettes ? Caroline aurait agi de la même façon si elle avait eu leur beauté et leur assurance, elle n'aurait pas été entravée par la timidité et l'embarras. Elle avait des filles modernes, tournées vers l'avenir, déroutantes. Depuis peu, Charlotte parlait de son désir de nourrir les pauvres et Carrie voulait étudier l'art des grands maîtres. *Mais pour quoi faire ?* se demandait Caroline. Les pauvres auraient faim de nouveau et Carrie n'allait tout de même pas devenir peintre.

Elle entendit les pas de ses filles, leurs pieds tapant sur le sol, le grincement de la porte du salon et, quand elle rouvrit les yeux, il n'y avait plus qu'elle et Hade debout à ses côtés, la tasse entre les mains. Il avait assisté à quelques colères enfantines, à leurs emportements d'adolescentes, mais c'était la première fois qu'il voyait l'une d'elles répliquer avec insolence. Gênée, consciente de ne pouvoir faire comme s'il n'avait rien entendu, elle se tourna vers lui :

— Désolée de vous avoir imposé cette scène. Je ne sais pas quelle mouche a piqué Charlotte.

— Miss Charlotte est une jeune demoiselle parfois impétueuse.

Avec une imperceptible révérence, il rendit sa tasse à Caroline. Elle le regarda et hésita un instant :

— Hade ? Avez-vous peur de moi ?

Hade lui adressa un demi-sourire et répondit de sa voix profonde :

— J'éprouve pour vous un immense respect et j'admire votre force, mais non, Madame, je n'ai pas peur de vous.

Caroline but une gorgée de thé, s'interrogeant toujours.

— Hade ?

— Oui, Madame ?

Elle hésitait, car elle s'apprêtait à faire quelque chose qui ne lui était pas coutumier. D'habitude c'était à *elle* qu'on venait demander conseil et à présent c'était elle qui avait besoin d'aide :

— Me suis-je montrée trop dure envers elles, tout à l'heure ?

Elle le vit redresser les épaules et prendre une profonde inspiration, suggérant que lui aussi trouvait sans précédent cette craquelure dans son vernis formel. Peut-être même embarrassante. C'était la première fois qu'ils discutaient ensemble d'autre chose que des menus et des besoins domestiques.

— Vos filles, dit-il après un moment de réflexion, ont atteint un certain âge. Elles grandissent. Elles sont sujettes aux erreurs. C'est ainsi qu'on apprend, n'est-ce pas ? Mes propres filles, je m'en souviens, en ont fait quelques-unes en leur temps.

Filles ? Hade avait des enfants ? Caroline se rendit compte qu'elle ignorait tout de sa vie avant qu'il entre dans la sienne. Et Mrs Hade ? Il y avait eu – ou peut-être y avait-il encore – une épouse négligée. Elle n'avait jamais songé à Hade comme au mari de quelqu'un. Cela lui était tout bonnement impossible. Ç'aurait été comme penser à ce qu'il y avait sous la soutane d'un prêtre, ou à ce que ses parents avaient fait pour la concevoir. Elle ne pouvait pas imaginer Hade comme un homme. Il lui aurait fallu pour cela regarder d'un autre œil quelqu'un qui se résumait pour elle à un majordome.

— Moi-même, j'ai commis une ou deux bêtises au même âge, ajouta-t-il, ramenant Caroline au moment présent. Il faut parfois laisser nos enfants se tromper.

— Je vois.

Elle était un peu choquée. Elle comprenait que Hade, sans le faire ouvertement, venait de lui dire : *Oui, vous*

vous êtes montrée trop dure. Hormis son mari et, bien sûr, sa mère, Caroline était habituée à ce que tous partagent son avis, lui disent ce qu'elle désirait entendre ou ce qu'ils *croyaient* qu'elle désirait entendre. Tout le monde s'efforçait d'être dans ses bonnes grâces et de l'impressionner. Peut-être en effet avaient-ils tous peur d'elle. Mais pas Hade. Il y avait quelque chose d'étrangement rafraîchissant à s'entendre enfin dire la vérité. Oui, Charlotte avait exprimé ce qu'elle pensait, mue par la colère et l'irrespect, dans l'intention de la blesser. Mais Hade, calmement, venait d'oser laisser entendre qu'elle – Mrs Astor – avait eu tort.

Jusque-là, elle ne savait pas à quel point être traitée comme Caroline, comme *Lina*, lui manquait. Dans un monde où chacun voulait obtenir d'elle quelque chose, une présentation pour sa fille ou une invitation à ses bals, elle se demandait à qui elle pouvait se fier. Quels gestes envers elle étaient sincères. Lesquels étaient seulement destinés à se voir accorder une faveur. Surtout, elle se demandait qui l'aimait vraiment.

Elle avait besoin d'un ami, d'un ami véritable. Et Ward McAllister ne comptait pas. Certes, il la connaissait mieux que quiconque, certes, elle lui avouait et parfois lui jurait qu'il était le seul à la comprendre vraiment, mais Ward pouvait se montrer aussi peu estimable que les autres. Surtout ces derniers temps. À une certaine époque, ils avaient noué un partenariat à parts égales, décidés qu'ils étaient à protéger la société, mais il ne voyait plus en elle que Mrs Astor, pas Caroline, pas Lina. Sans elle, Ward le savait, l'arbitre autoproclamé de la haute société n'aurait rien à arbitrer. Et, pour le dire franchement, elle avait également besoin de lui pour l'aider à préserver ladite société. Ils s'appuyaient donc l'un sur l'autre, deux murs se rejoignant pour former un faîte. À moins de voir s'effondrer tout l'édifice, ils devaient continuer à agir ensemble.

— Y aura-t-il autre chose, Madame ?

Caroline préféra ne pas regarder Hade. Elle se sentait si exposée, si nerveuse, et elle s'était déjà rendue trop vulnérable. Tout ce qu'elle put faire fut de fermer les yeux et de le congédier d'un geste de la main. Pourtant, quand elle entendit la porte se refermer derrière lui, elle regretta de ne pas lui avoir demandé de rester.

17

Alva

New York, 1878

Après d'innombrables procès et réunions de famille, Jeremiah finit par reculer et signa un arrangement de 600 000 dollars – 200 000 en espèces et les 400 000 restants placés dans un trust contrôlé par Billy.

Fort de ses deux millions de dollars disponibles, Willie fit à Alva la surprise de rentrer un soir avec des plans pour leur nouvelle maison. Alva confia le bébé à la nurse et courut regarder par-dessus l'épaule de son mari les dessins qu'il déroulait sur le bureau de la bibliothèque.

— Tu vois ça, là ? dit-il en posant le doigt sur le coin supérieur droit. Ce sera la salle de bal, et là-bas, ce sera la salle à manger. Tu pourras y asseoir confortablement cinquante invités. Peut-être davantage.

Elle joignit les mains, tout excitée.

— Oh, Willie K. !

Enfin, elle aurait une maison où elle serait fière de recevoir, une maison qu'elle pourrait décorer à son goût. Un endroit où étinceler et éblouir – un atout de la plus grande importance si elle voulait prendre les rênes de la haute société. Elle fit le tour du bureau pour examiner les plans sous tous les angles possibles, et à chaque nouveau regard, son excitation grandissait.

Du moins, il en fut ainsi jusqu'à la semaine suivante, où elle fut conviée à un déjeuner dans la demeure palatiale de Cornelia Stewart, située à l'angle de la Trente-Quatrième Rue et de la Cinquième Avenue, face à la maison en grès rose des Astor. C'était la première fois qu'elle pénétrait chez Cornelia. Tandis que le majordome en livrée l'introduisait dans le salon, elle fut accueillie par l'hôtesse, une autre rousse, mais à la chevelure plus cuivrée que celle d'Alva. Elle portait une énorme broche en émeraude et un parfum floral puissant émanait de sa personne. Son défunt mari était le marchand de nouveautés Alexander T. Stewart. Son négoce prospérait toujours, très fréquenté par ces dames. Le manchon au bras d'Alva ce jour-là provenait de son magasin.

Alexander avait été riche, mais pas aussi riche que Willie et pourtant, *regardez un peu comment ils vivaient !* Alva était littéralement envoûtée. Tout en écoutant Cettie Rockefeller, elle admirait le marbre de Paros. Pendant qu'Ophelia Meade lui rapportait des cancans sur la dernière maîtresse de Mr Brandon, Alva prenait bonne note du mobilier en bois doré et des plafonds aux fresques exécutées par Mario Brigaldi, un célèbre peintre italien.

Plus tard, assise à une longue table, elle s'efforça de prêter attention aux conversations qui l'entouraient, de faire honneur à la soupe aux vermicelles, aux rissoles au homard, à l'agneau rôti et aux gâteaux napolitains. Elle admirait encore les splendeurs de la salle à manger lorsque la jalousie lui noua soudainement le creux de l'estomac. Les plans de sa future maison qui l'avaient tant réjouie lui paraissaient insipides.

Après le déjeuner, dans sa calèche qui descendait la Cinquième Avenue, Alva ne parvint pas à se débarrasser de l'atroce certitude que tout ce que son mari lui donnerait – outre son héritage – ne suffirait jamais. Tout comme elle jalousait autrefois quiconque avait une poupée de chiffon plus jolie, un chariot plus rapide, une robe plus chic, Alva, fidèle à elle-même, désirait posséder ce qu'il y avait de mieux, être ce qu'il y avait de mieux. Elle ne voulait pas seulement une maison *comme* celle des Stewart. Elle voulait une maison encore plus imposante, encore plus belle.

Jamais elle ne serait rassasiée. À peine obtenait-elle ce qu'elle convoitait que sa coupe débordait, qu'une trappe intérieure s'ouvrait, d'où tout s'échappait de nouveau, au profit du vide. Elle plaçait alors la barre plus haut. Son mari venait à peine d'hériter de deux millions qu'elle en demandait cinq de plus. De toute évidence, elle était condamnée à être malheureuse, insatisfaite. Ses appétits étaient insatiables, ses désirs trop vastes. Pour se sentir comblée un jour, il lui faudrait d'abord se contenter de moins, et encore exprimer de la gratitude pour ce qu'elle avait.

Alva retourna ces idées dans sa tête au cours des jours suivants. Après tout, qui était-elle pour nourrir des rêves aussi grandioses ? Pour exiger autant de la vie ? Elle s'était tellement vite habituée à la richesse des Vanderbilt – nourriture abondante, joyaux les plus rares, vêtements taillés dans les plus belles étoffes et créés par les couturiers les plus talentueux. Plus elle possédait, plus elle voulait posséder. Et tout ce luxe lui paraissait aller de soi. Elle s'était pourtant promis que cela n'arriverait jamais. Elle devait rentrer dans le droit chemin. Et au plus tôt.

Elle eut beau se répéter qu'une maison monumentale n'était pas le plus important, elle avait vu ce que la possession d'une magnifique demeure avait produit pour Cornelia Stewart. Avant sa construction, on la considérait comme une fille épatante – c'est-à-dire une fille de la pire espèce, vulgaire et tapageuse. Les Knickerbockers refusaient de lui ouvrir leurs portes. Mais tout avait changé avec la maison – cette maison qui réduisait à néant tous les projets d'Alva et de Willie K. pour la leur.

Il lui faudrait trouver une autre façon d'aller de l'avant, en s'appuyant sur ses propres mérites, sa propre force intérieure. Elle se dit qu'ainsi ce serait plus gratifiant. *Elle ne pouvait pas se tromper, n'est-ce pas ?*

Mais toute cette gymnastique mentale se délita un après-midi au cours d'une visite chez Jeremiah. Willie et le reste des Vanderbilt ne voulaient plus le voir, mais Alva n'avait pas renoncé à son amitié pour lui. Après tout, c'était un paria, comme elle.

Elle se présenta à l'hôtel Glenham, au coin de la Cinquième Avenue et de la Vingt-Deuxième Rue, où il vivait depuis un an après avoir vendu sa maison de ville pour payer ses avocats.

— Comment as-tu réussi à t'échapper ? demanda-t-il en la faisant entrer.

— J'ai dit à Willie que j'allais rendre visite à *un ami.*

— Oh, comme nous voilà discrets. Comme un mari et sa maîtresse. Mais en tout bien tout honneur !

Éclatant de rire, elle se débarrassa de son manteau et s'assit dans un fauteuil près d'une petite table à trois pieds placée dans le coin devant l'unique fenêtre. Un cendrier débordant et une demi-bouteille de whisky y côtoyaient deux verres.

— Trop tôt pour boire ? demanda-t-il.

— Qu'en penses-tu ?

— À la bonne heure ! dit-il en riant.

Il lui servit un whisky et pencha son verre vers le sien.

— À nous.

Ils commencèrent aussitôt à échanger des ragots à propos d'Alice et de Cornelius, de Billy et de Louisa. Quand il raconta que Billy dépensait trois millions de dollars pour construire deux maisons – une pour lui et une pour ses filles, Alva se redressa vivement :

— Margaret et Florence ? fit-elle, interloquée. Et nous ? Il n'a même pas *proposé* de nous aider pour notre nouvelle maison.

Voyant l'expression défaite de Jeremiah, elle se ressaisit et lui pressa la main.

— Pardonne-moi. Tu es la dernière personne auprès de qui je devrais me plaindre.

— Ma chère, je pourrais dénigrer avec toi ces pingres de Vanderbilt toute la sainte journée.

Il éclata de rire, comme s'il venait de dire quelque chose de très drôle. Riant de plus belle, il fut pris d'une violente quinte de toux et finit par éclater en sanglots.

— Que se passe-t-il ? Qu'est-ce qui ne va pas ?

Jeremiah s'excusa en séchant ses larmes.

— Je m'étonne d'avoir tenu aussi longtemps. J'ai pleuré toute la matinée, comme un bébé.

— Que t'arrive-t-il ?

Il plaça sa cigarette au coin de sa bouche et remplit son verre.

— Te souviens-tu des 400 000 dollars versés au trust ?

Elle hocha la tête, prête à affronter la suite.

— Eh bien, j'ai tenté de retirer de l'argent et il semble que, selon la volonté de Billy, je ne puisse pas toucher un seul cent. J'ai seulement le droit de désigner dans *mon* testament la personne à qui ira cet argent. Que penses-tu de ça, hein ?

Il rit alors que son visage était tordu par une grimace.

— Je vaux davantage mort que vivant, fit-il au bord des larmes. Je suis sans le sou. Eh bien… (Il haussa les épaules.) Pas *entièrement*, mais combien de temps vais-je pouvoir vivre avec les miettes qu'on m'accorde ?

— Écoute-moi…

Rapprochant son fauteuil, Alva avait pris les mains de Jeremiah dans les siennes.

— J'ai mis un peu d'argent de côté. Ce n'est pas beaucoup, mais si tu en as besoin un jour, viens me voir. Ce ne sont pas des paroles en l'air.

Il lui tapota la main.

— Et pourquoi ferais-tu cela pour moi ?

— Peut-être est-ce ma façon de me rebeller contre les tout-puissants Vanderbilt.

Le lendemain, Willie K. rentra de fort méchante humeur. Sans prêter attention au majordome, il posa vivement gants et chapeau haut de forme puis jeta sa canne vers le portemanteau dans le coin.

— Que se passe-t-il ? demanda Alva, qui lisait une histoire à Consuelo dans le salon.

Elle la laissa aux soins de la nurse et alla vers son mari.

— Qu'y a-t-il ? Qu'est-ce qui ne va pas ?

— Je n'ai jamais subi une telle humiliation, dit-il en prenant un flacon de bourbon. Je n'ai vraiment pas de chance.

— Qu'est-il arrivé ?

— James m'a invité à une partie de poker à l'Union Club.

Il se versa une généreuse rasade et en but une longue gorgée.

— Ces chacals ne m'ont même pas laissé franchir le seuil. Van Alen est accepté, il peut devenir membre du club, mais je n'ai, moi, même pas le droit d'entrer comme invité. J'en ai assez d'être traité comme un citoyen de seconde zone dans cette ville. (Il se passa la main dans les cheveux.) On pourrait penser qu'après tout ce temps, après l'héritage, j'aurais autant de valeur que les autres. Je suis plus riche que la plupart d'entre eux. (Il se servit un deuxième verre.) Ils avaient même accepté l'adhésion d'Alexander Stewart – il serait devenu membre s'il n'était pas mort subitement. Ils l'avaient accepté – un mercier ! mais pas un seul Vanderbilt…

Willie n'en avait pas fini, mais à peine avait-il prononcé le nom d'Alexander Stewart qu'Alva, en un éclair, revit la demeure de Cornelia. Cette maison qui leur avait ouvert certaines portes, y compris, semblait-il, celles de l'Union Club.

— Willie, dit-elle en le faisant asseoir sur le canapé. Une idée m'est venue, le moyen pour les Vanderbilt de se faire respecter et, bien sûr, admettre dans les clubs.

Il ruminait, l'écoutant à peine.

— Ils continuent à nous punir, tous, à cause de la conduite du Commodore. Pour eux, nous sommes des rustres, des moins-que-rien.

— Laisse-moi m'en occuper, veux-tu ?

— Il n'y a rien qu'on puisse faire.

Alva ne savait pas si *on* voulait dire quiconque, ou bien elle en particulier, *une femme*. Mais dans un cas comme dans l'autre, elle l'entendit comme un défi.

Après cela, Alva prit les choses en main et engagea l'architecte Richard Morris Hunt. Lors de leur premier rendez-vous, Hunt ajusta ses lunettes et examina le dessin qu'elle avait apporté, couvert de flèches pointant vers des endroits mentionnant *cheminée*, *arc-boutant*, *colonnes*, *autres colonnes*.

— Mrs Vanderbilt, avait gloussé Hunt, dont la moustache recouvrait entièrement la lèvre supérieure.

Ôtant ses lunettes, il s'était carré dans son fauteuil :

— Est-ce une maison que vous souhaitez construire ou un château ?

Peu de temps après ce premier rendez-vous, ayant découvert qu'elle était de nouveau enceinte, Alva n'avait pas été longue à convaincre Willie qu'il leur faudrait une maison plus grande que celle dont ils avaient commencé à échafauder les plans. Malgré sa fatigue et ses nausées matinales, elle aborda le projet avec Hunt, consciente de l'urgence, prenant à peine le temps de déjeuner sur un coin de son bureau tandis qu'ils fignolaient les détails.

À la fin du mois d'octobre 1878, Alva mit au monde un garçon, à qui on donna un nom plus traditionnel, William Kissam Vanderbilt II, mais qu'on surnomma dès le premier jour Little Willie.

Peu après sa naissance, les enfants étant confiés à leur nurse, Alva décida de montrer à Willie K. les plans de la nouvelle maison. Debout dans la salle à manger, elle les étala sur la table et posa une paire de bougeoirs sur les bords ourlés. Toute fière, elle présenta son château à la française. Elle avait tout choisi : les boiseries, les lancettes et les vitraux en rosace, les voûtes d'ogive, les colonnades et les flèches, jusqu'au moindre détail. Elle aspirait à faire construire quelque chose de réellement opulent, à une échelle encore jamais vue en Amérique.

Willie regarda les plans puis se tourna vers elle :

— Tu es devenue folle ?

— Tu disais toi-même que nous allions avoir besoin d'une maison plus grande. Surtout maintenant avec le bébé.

— Une maison plus grande, c'est une chose, mais là, c'est une monstruosité. Où pourrait-on d'ailleurs construire une maison pareille ?

— Richard a trouvé un terrain parfait. Juste sur la Cinquième Avenue. Un peu au-dessus des cinquantièmes rues.

Regardant de nouveau les plans, il se gratta la tête :

— Et combien coûte ce genre de chose ? Au moins deux millions.

— Plutôt autour de trois millions.

— Quoi ?

— Ou plus, ajouta-t-elle, souriant et battant des cils.

Willie la regarda, incrédule :

— C'est absurde. Tu sais très bien que je n'ai pas cet argent. Même avec mon héritage.

— Rien ne t'oblige à tout payer en une fois. D'après Hunt, il faut bien deux ans pour construire une maison comme celle-là. En cas de besoin, nous pouvons toujours demander un peu d'aide à ton père.

Il s'éloigna de la table et se laissa tomber dans un fauteuil, puis, les coudes sur les genoux, se prit la tête entre les mains.

— Oh, Willie, tu ne vois donc pas ?

Elle vint près de lui.

— Tu penses trop petit. Je ne parle pas seulement de la maison. Je parle de *tout*. Tu dois me faire confiance.

En souriant, il lui toucha la joue.

— Je te fais confiance. Tu le sais.

— Dans ce cas, laisse-moi construire cette maison. Laisse-moi le faire pour nous. Ensemble, toi et moi, nous serons les rois de New York.

18

Caroline

La calèche de Caroline s'arrêta devant la maison de sa mère sur la Vingt-Troisième Rue Ouest. Celle-ci avait déménagé de Lafayette Place & Great Jones Street plusieurs années auparavant et Caroline n'était que trop heureuse de ne plus remettre les pieds dans la maison de son enfance.

Petite, elle avait toujours vu sa mère soigner des enfants malades ou pleurer ceux qu'elle avait perdus. Caroline n'avait même jamais connu certains de ses frères et sœurs défunts. Il y avait eu Henry, mort avant son premier anniversaire ; Augustus, emporté par la grippe ; Archibald, écrasé par une calèche ; Elizabeth, morte pendant l'accouchement ; Cordelia, emportée par la tuberculose, et Catherine par une maladie mystérieuse et inconnue. Quand elle n'était pas enceinte, sa mère était en deuil, et il lui arrivait de porter un enfant tout en pleurant la perte d'un autre. De noires draperies à l'extérieur, des miroirs toujours recouverts de voiles, des horloges arrêtées à l'heure de la mort de chacun d'eux. C'était une maison funeste, oppressante, habitée par le chagrin. Les enfants du voisinage la disaient hantée.

La plupart du temps, Caroline était confiée à une nurse sévère qui l'envoyait chez les domestiques quand elle se conduisait mal. Mais c'était loin d'être une punition. Smithy, le majordome, lui donnait de la limonade et des biscuits. Les domestiques, Sissy et Abigail, l'appelaient Miss Lina et la gâtaient. Il lui arrivait de se rebeller contre sa gouvernante afin de se retrouver avec eux. Mais elle finit par s'ennuyer à les regarder travailler et parvint à convaincre Sissy et Abigail de la laisser les aider à plier le linge propre, à épousseter les meubles, à faire les lits. Une pile de draps parfaitement alignés remplissait Caroline du sentiment du devoir accompli. Rien, là-haut, dans son monde privilégié – certainement pas ses études ou ses leçons de musique –, ne produisait des résultats aussi immédiats et satisfaisants.

Et à présent, bien des années plus tard, Smithy, Sissy et Abigail travaillaient encore pour la mère de Caroline. Avec l'âge, il lui devenait difficile de se déplacer, de grimper dans une calèche et de s'en extraire, de monter et descendre les escaliers, aussi Caroline lui rendait-elle visite régulièrement. À son arrivée, ces mêmes fidèles domestiques qui avaient montré tant d'affection envers Miss Lina ne voyaient plus que Mrs Astor. Elle aurait voulu se jeter au cou de Smithy, désormais voûté et ridé comme du papier de soie froissé. Le voir la conduire dans le salon avec le formalisme réservé aux étrangers l'emplissait de tristesse.

Sa mère, installée dans un fauteuil à haut dossier, serrait dans sa main constellée de taches un mouchoir en dentelle. Sa canne était accrochée à l'accoudoir. Un domestique, que Caroline ne se rappelait pas avoir connu dans son enfance, vint servir le thé sur un plateau d'argent.

Quand il fut reparti, la mère de Caroline annonça qu'elle organisait une fête de fiançailles pour Helen et Mr Roosevelt.

— Étant sa grand-mère, c'est le moins que je puisse faire. Pour moi, le mariage d'Emily n'était même pas concevable. Seigneur, pourquoi ne l'as-tu pas empêché, je ne comprendrai jamais. (Elle agitait son mouchoir.) Tu aurais dû intervenir, te montrer plus ferme.

Caroline n'avait jamais parlé à sa mère du général Van Alen et du duel. Et, quoi qu'il en soit, Emily et James formaient un couple harmonieux. Avec bébé Mary, ils allaient à des pique-niques, des anniversaires, des spectacles de marionnettes et ainsi de suite. En vérité, elle n'avait jamais vu Emily aussi heureuse.

— Eh bien, au moins Helen a-t-elle fait le bon choix, dit sa mère. Elle a toujours été une fille raisonnable. Comme Carrie. Celle-là est d'une intelligence rare pour son âge. Maintenant il nous faut nous occuper de Charlotte.

— Oh, Charlotte, fit Caroline en secouant la tête. Elle ne montre aucun intérêt pour la société. Elle veut servir les pauvres et les nécessiteux.

— Que sait-elle des pauvres et des nécessiteux ? Il est temps pour elle de trouver un mari.

— Elle ne veut pas se marier.

— Elle ne veut pas se marier ?

Sa mère, incrédule, prit une profonde inspiration.

— Charlotte est une belle jeune femme mais elle ne peut pas se permettre d'attendre plus longtemps. Tu dois intervenir, ou bien elle finira vieille fille.

Caroline le savait, sa mère avait raison. Elle tourna la tête et regarda le manteau de la cheminée, couvert de photographies de son père et de ses frères et sœurs défunts.

— Et le jeune Drayton ? reprit sa mère.

— De Philadelphie ?

— Ne sont-ils pas amis ?

— Elle le *connaît*, mais de là à dire qu'ils sont amis…

— Il vient d'une bonne famille. La lignée Drayton est en argent massif.

— Mais Charlotte est têtue. Elle est aussi butée que son père et…

— Oh, Lina, cesse de te chercher des excuses. Tu ne peux pas laisser Charlotte décider de sa vie selon ses caprices. Il est temps pour elle de fonder une famille. D'occuper sa place dans la société. Pour l'amour du ciel, cette fois, il te faut absolument intervenir. C'est ton devoir de mère.

Le lendemain matin, Charlotte descendit prendre le petit déjeuner vêtue d'une vieille robe à l'ourlet et aux manches effilochés. Chaque fois qu'elle la mettait, Caroline lui demandait de la jeter, mais Charlotte la portait avec fierté. Depuis peu, elle refusait de s'habiller comme une Astor, afin de ne pas renvoyer l'image d'une jeune fille riche et gâtée – ce qu'elle était, en vérité. Elle voulait donner d'elle une image plus noble, une image de missionnaire, en particulier quand elle distribuait de la nourriture aux nécessiteux, quand elle participait à des rassemblements et à des manifestations pour le droit de vote des femmes – ces occasions où elle n'avait aucune chance de rencontrer des partis convenables.

Caroline tint sa langue et l'informa seulement qu'elle avait invité les Drayton à dîner la semaine suivante.

Charlotte ne dit rien. Elle se contenta d'observer son coquetier, sans comprendre, de toute évidence, que ce dîner la concernait, elle et son avenir.

— Je leur ai demandé de venir avec leur fils, Coleman.

— Oh, fit Charlotte en reposant sa cuillère. Coleman ?

Elle semblait vouloir dire : *Tu n'as rien pu trouver de mieux ?*

Carrie se tourna vers sa sœur aînée – quelque chose passa entre elles, quelque chose qui se dispensait de mots. Un langage qui n'appartenait qu'à elles, tout comme celui existant entre Emily et Helen.

Charlotte haussa un sourcil en réponse et repoussa son assiette, prétextant avoir perdu l'appétit.

Une semaine plus tard, les Drayton arrivèrent. Coleman, à vingt-six ans, ne constituait pas, aux yeux de Caroline, un mauvais parti : il était séduisant, avec sa mâchoire forte et ses yeux bleu pâle. Un peu nerveux, cependant, lissant sans cesse sa moustache ou les revers de sa veste. William, qui trouvait très irritante sa manière de gigoter en permanence, préféra rester dans son bureau jusqu'au dîner.

Caroline avait pris les devants, conseillant à Charlotte de ne pas aborder le suffrage féminin ainsi que ses autres causes, mais quelques observations lui échappèrent pendant la dégustation des huîtres Blue Point.

À sa grande surprise, Coleman avait aussitôt saisi la balle au bond :

— Ils blâment la crise bancaire de 1873, avait-il dit, avec force gesticulations de mains, à tel point qu'elle craignit qu'il ne renverse son verre de vin. Mais il leur faudrait d'abord réfléchir à ce qui a provoqué cette dépression.

— Tout à fait, répondit Charlotte. Tout remonte aux investissements spéculatifs sur le chemin de fer.

— Sans parler du déclin du marché de l'argent.

— Et des pertes immobilières dues au grand incendie de Chicago, ajouta Charlotte.

Coleman hocha la tête :

— Tout est tellement imbriqué…

Caroline ignorait si les connaissances de Charlotte l'impressionnaient ou si l'entendre discuter de ces sujets à table l'embarrassait. Mais il était clair que Coleman et elle ne seraient jamais à court de conversation et elle jugea les jeunes gens parfaitement assortis.

Le lendemain, à l'insu de Charlotte et de Coleman, Caroline avait organisé une réunion avec les Drayton afin d'évoquer l'avenir de leurs enfants. Les adultes s'accordèrent sur le fait qu'ils devaient se marier. Une semaine plus tard, l'avocat des Drayton, un de ces jeunes impatients dont on aurait pu croire qu'ils venaient à peine d'accrocher leur diplôme au mur, prit le train de Philadelphie à destination de New York armé d'un accord financier long de trois pages. La question était réglée.

Charlotte se trouvait dans sa chambre, où elle posait pour Carrie devant sa coiffeuse, la brosse flottant au-dessus de ses boucles blondes, ses yeux songeurs plongés dans le miroir. Assise par terre, Carrie s'appuyait contre le lit, genoux repliés, le carnet de croquis posé sur ses cuisses. Leur bavardage s'interrompit dès que Caroline apparut sur le seuil.

Elle regarda par-dessus l'épaule de Carrie :

— Tu as vraiment bien saisi son regard. En voilà un qu'on pourrait faire encadrer.

Carrie sourit et estompa le fusain pour souligner les pommettes de Charlotte.

— Carrie chérie, voudrais-tu me laisser un moment avec Charlotte ?

— Je ne peux pas rester ? Je ne dirai pas un mot.

— Non, tu ne peux pas. Et puis, tu ne devrais pas t'asseoir ainsi. C'est mauvais pour ton maintien.

Carrie réunit ses crayons et son carnet en promettant à sa sœur de revenir terminer le dessin. Dès qu'elle eut refermé la porte, Caroline annonça qu'elle avait de bonnes nouvelles : tout était arrangé avec les Drayton et elle espérait une demande avant la fin de la semaine.

— Quoi ?

Charlotte reposa la brosse et scruta Caroline dans le miroir. Elle semblait totalement prise au dépourvu.

— C'était *son* idée ou la tienne ? Coleman a-t-il seulement *envie* de m'épouser ?

Caroline entendit un bruit dans le couloir et pensa que Carrie collait son oreille à la porte.

— Pourquoi ferait-il sa demande, autrement ? Et toi, tu le trouves beau, n'est-ce pas ? Et très intelligent.

— Ma foi, oui, mais…

Elle paraissait désemparée.

— Ne devrions-nous pas faire mieux connaissance ? Et si nous ne nous appréciions pas pour finir ? Ne puis-je au moins *apprécier* l'homme que je suis censée épouser ? Et l'amour ? Quand je me marierai – si je me marie –, ce sera avec un homme que j'aimerai follement. Quelqu'un sans qui il me serait impossible de vivre.

— Et si cet homme que tu *aimeras follement* ne se présentait jamais ? Que ferais-tu ?

— Je resterais vieille fille. Cela me convient mieux que d'être vendue comme un meuble.

Caroline fronça les sourcils : tout cela était la faute de William. En chérissant Charlotte comme il l'avait fait, en lui accordant l'importance habituellement réservée aux garçons, il avait développé chez *sa Charlie* une certaine indépendance d'esprit. Elle croyait réellement avoir son mot à dire dans cette affaire. Elle le croyait, et il revenait maintenant à Caroline, sa mère, de la remettre à sa place.

— Ce n'est pas négociable, jeune dame. Tu as vingt ans. Il est temps pour toi de te marier. Jolie comme tu es, tu ne peux te permettre d'attendre plus longtemps.

Cette fois encore, Caroline s'entendait parler comme sa mère.

— Eh bien ?

— Eh bien quoi ? répondit Charlotte avec un regard froid. Tu ne vois donc pas… je veux être autre chose dans la vie que la femme de quelqu'un, la mère de quelqu'un. Peut-on me le reprocher ?

Caroline réfléchit un moment.

— Non, ma chérie, on ne peut pas te le reprocher. Pas du tout. Je crois qu'il est parfaitement légitime pour une femme – surtout pour une femme aussi ambitieuse que toi – d'exiger davantage. C'est pourquoi la société a une telle importance. Il te faut un engagement plus profond. Tu devrais pouvoir faire beaucoup de bien.

— La société ! s'esclaffa Charlotte. Comment la société pourrait-elle me suffire ?

— Parce que nous la *rendons* suffisante. C'est ce que ta grand-mère a fait, ainsi que moi et tes sœurs aînées.

— Mais la société est un mirage. Hormis une poignée de causes charitables, la société n'aide personne en dehors de notre cercle et, je suis désolée, cela ne me suffit pas.

— Mais c'est *tout* ce que nous avons.

Caroline sentait un poids lui écraser la poitrine. Elle pouvait certes comprendre que Charlotte désirât davantage. Elle-même avait désiré davantage. Mais il fallait regarder la réalité en face. Aux yeux de Caroline, toutes les manifestations auxquelles participait Charlotte, toutes les conférences auxquelles elle assistait n'étaient qu'une autre forme d'illusion, guère différente de ce que faisait Caroline en jouant son rôle dans la société. Elles étaient les deux faces de la même médaille : deux femmes cherchant à donner un sens à leur vie, quitte à l'inventer à partir de rien.

— Charlotte, plus vite tu accepteras les choses comme elles sont, plus vite tu cesseras de te cabrer contre tout, mieux tu te porteras. Cette demande en mariage est pour ton propre bien.

— Tu le penses vraiment, n'est-ce pas ?

— Je suis ta mère. Ne crois-tu pas que je sais ce qui est le mieux pour toi ? Que je veux te voir heureuse ?

Caroline vit se durcir le regard de Charlotte. L'air devint pesant et, quand il fut évident que sa fille n'allait pas répliquer, elle se sentit vaciller. Caroline se trouvait déstabilisée par ces grands yeux bleus rivés sur elle.

N'y tenant plus, elle brisa le silence.

— Eh bien ? Dois-je comprendre que tu acceptes la demande de Coleman ? Tu acceptes de l'épouser ?

L'expression de Charlotte ne changea pas :

— Il me semble que je n'ai pas le choix, n'est-ce pas ?

Une heure plus tard, en passant devant la chambre de Charlotte, Caroline entendit sa fille à l'intérieur pleurer devant Carrie.

Avant que les invités n'arrivent pour la réception de fiançailles d'Helen et de Rosy, la mère de Caroline insista pour prendre une photo de famille. Le photographe, un homme grand et mince, en gilet étroit et pantalon de tweed marron, installa son trépied puis entreprit de placer tout le monde dans le salon. Il fit asseoir la mère de Caroline devant avec Helen et Rosy à sa gauche, Caroline et William à sa droite. Il rapprocha Coleman Drayton de Van Alen puis Van Alen d'Emily, qui tenait bébé Mary dans ses bras. Il plaça Carrie à côté de sa tante Augusta et Jack au deuxième rang, à côté de son oncle John et de son cousin Waldorf.

Il s'immobilisa devant eux, un œil plissé, jugeant de l'effet comme s'il était l'objectif de l'appareil photo.

— Parfait, dit-il. Absolument parfait. Ne bougez plus.

Il courut vers son trépied et disparut sous son rideau noir.

— Tout le monde est prêt ? À trois…

— Pas si vite, dit la mère de Caroline en frappant le sol de sa canne pour attirer l'attention. Je ne voudrais pas soulever l'inquiétude, mais quelqu'un a-t-il vu Charlotte ?

On demanda au photographe d'attendre pendant que tout le monde se lançait dans différentes directions pour fouiller la maison. Coleman, aussi frénétique qu'à son habitude, commença à chercher derrière les rideaux, sous les tables, comme si sa future femme était une petite fille jouant à chat. Caroline et sa mère se partagèrent l'étage principal, cette dernière s'étant soulevée de son fauteuil au prix d'un gros effort. Elle ne lâcha pas Caroline au cours de son exploration de chambre en chambre, manifestant plus de vigueur que jamais depuis ces derniers mois.

— Charlotte ? Charlotte, où es-tu ? appela Caroline en quittant la salle de musique pour entrer dans le salon.

— Elle ne peut pas être bien loin, elle était avec toi quand tu es arrivée, marmonna sa mère. Comment peut-on perdre une enfant adulte ?

Caroline se tourna et vit Carrie près de la porte d'entrée, le doigt tendu :

— Elle est dehors.

Caroline ouvrit la porte en grand et trouva Charlotte en train d'attendre. À l'instant où elle l'appela, celle-ci s'élança dans la direction opposée. S'avançant sur le perron, Caroline la vit courir vers un homme qui remontait l'allée. Ce fut seulement lorsqu'il émergea de l'ombre d'un arbre qu'elle le reconnut. Duncan Briar.

Caroline se figea. Charlotte tourna la tête vers sa mère, sa sœur et sa grand-mère, et continua à courir dans sa direction.

— Charlotte ? cria la mère de Caroline. Charlotte, où vas-tu donc ? Lina, que se passe-t-il ? Charlotte ? Charlotte, reviens immédiatement.

Entendre sa mère prendre les choses en main, savoir qu'elle se tenait juste derrière elle et voyait tout eut pour effet de pousser Caroline à agir. Sous le feu de son regard, elle descendit précipitamment les marches. C'était le moment ou jamais d'assurer son autorité, de s'appuyer sur ses qualités de négociatrice et de diplomate. La voix de sa mère résonnait dans sa tête. *Sois déterminée, Lina. Ne te laisse pas ébranler. C'est pour son bien.*

— Que fais-tu donc, jeune dame ?

Charlotte s'immobilisa à quelques centimètres de Duncan.

— Je suis désolée, Maman, je n'épouserai pas Coleman.

— Allons, arrête ces bêtises.

Duncan eut pour Charlotte un geste protecteur :

— Mrs Astor, si vous permettez…

Caroline se tourna vers lui :

— Eh bien, non, je ne vous permets pas. Pour être franche, Mr Briar, si vous voulez bien, j'ai quelques mots à dire à ma fille. En privé.

— Il reste ici, dit Charlotte, en se blottissant contre lui. Ce que tu veux me dire, tu peux le dire devant Duncan.

— Parfait, à ta guise.

Caroline soupira, luttant pour garder une voix égale. Elle entendait le *clop-clop* des calèches qui venaient déposer leurs invités.

— J'avais espéré que tu serais plus raisonnable, plus mûre. Mais tu ne me laisses pas le choix. Si tu ne veux pas épouser Mr Drayton, il nous faudra prendre d'autres dispositions.

— Qu'est-ce que cela signifie ?

Charlotte serrait la main de Duncan. Caroline redoutait ce qu'elle s'apprêtait à dire, mais les mots étaient là – sa mère, elle aussi, était là.

— Puisque tu éprouves autant de sympathie pour les pauvres, peut-être seras-tu heureuse de rejoindre leurs rangs ?

Charlotte blêmit et lâcha la main de Duncan :

— Si tu n'épouses pas Coleman Drayton, tu ne pourras plus compter que sur toi-même. Tu n'auras pas un sou de ton héritage, et plus un sou à partir d'aujourd'hui. Et…

— Maman, comment peux-tu…

Caroline leva la main. Elle n'avait pas fini.

— Et si Mr Briar accepte de partir, de quitter New York, plus précisément, je ferai en sorte qu'il trouve un emploi ailleurs auprès d'une autre famille.

— Et si je refuse de partir ? demanda-t-il, naïvement chevaleresque.

— Je veillerai à ce qu'aucune famille de ce pays ne vous prenne à son service.

— Mais, Mrs Astor, je dois travailler.

— Peut-être pourrez-vous ramasser le crottin de cheval à 2 dollars par jour ?

— Maman ! Duncan n'y est pour rien.

— Je suppose que tu as parfaitement raison, néanmoins, Charlotte, il te faut prendre une décision importante. Tu peux choisir de vivre pauvre avec ton Mr Duncan ou d'épouser Mr Drayton.

— Mais, Maman, c'est du chantage !

— Oui.

— Comment peux-tu faire ça ? Ce n'est pas juste.

Caroline plongea son regard dans celui de sa fille :

— Je vais t'apprendre une chose, Charlotte. La vie n'est pas toujours juste.

CARNET MONDAIN

1880-1884

19

La société

New York, 1880

On l'appelle *Carnet mondain* mais nous, nous l'appelons par son vrai nom – commérages ! Et pour nous les commérages n'ont rien de nouveau. De toute éternité, nous chuchotons, jacassons et répandons les bruits les plus extravagants sur nos amies comme sur nos ennemies. Seulement voilà, les journalistes des quotidiens et des hebdomadaires font comme s'ils avaient inventé le concept et nous trouvent, semble-t-il, incroyablement fascinantes. Ils ne cessent jamais d'écrire sur nos allées et venues.

Ils rendent compte de tout, depuis les bals et les dîners auxquels nous sommes invitées jusqu'aux menus que nous servons, la décoration florale et, bien entendu, nos robes, qu'ils décrivent dans leurs moindres détails, sans oublier les doublures en soie brochée. Ils nous scrutent sous toutes les coutures et il s'avère qu'un valet ou une femme de chambre mécontents sont ravis de rapporter que le mari de Unetelle fréquente un bordel de Murray Hill, que la femme de Untel boit du cognac avant midi. Mais naturellement, les histoires les plus fascinantes proviennent de nul autre que Ward McAllister. C'est simple, il ne peut pas tenir sa langue.

Cet homme adore parler aux journalistes et il n'est pas toujours tendre. Après l'une des récentes féeries de lady Paget, il a confié à *Town Topics* que « le bœuf bourguignon – une fois qu'on avait réussi à le couper – était infect, et elle n'a pas rafraîchi les vins correctement ». La semaine précédente, il avait fustigé Penelope Easton dans *World* en disant : « Une hôtesse qui sert du saumon en hiver accompagné de n'importe quelle sauce porte gravement atteinte à sa réputation et à ses invités. » Récemment, le *New York Times* l'a également cité : « Une fois acceptée, une invitation à dîner devient une obligation sacrée. si vous mourez avant le soir prévu, votre exécuteur testamentaire est tenu de venir. »

Quand on nous épargne les paroles pontifiantes et pompeuses de Ward McAllister, on nous rebat les oreilles de la construction de la maison d'Alva Vanderbilt. Tenez, ce matin, en ouvrant le journal, on lit en une : LES VANDERBILT MÉTAMORPHOSENT LA CINQUIÈME AVENUE. Le *New York Times* qualifie l'entreprise d'« impressionnante ». Le *New York Herald* dit qu'elle promet d'être « immense ». Le *New York Enquirer* la signale comme une « splendeur et majesté en chantier ».

Depuis celle de la maison de marbre des Stewart, on n'a plus célébré aussi largement la construction d'une maison privée. Et à l'époque, pris d'une soudaine frénésie de construction, nous nous sommes tous à notre tour lancés dans des projets personnels. Les Knickerbockers ont jugé qu'il s'agissait là d'un étalage de richesse vulgaire. Ils se sont moqués de nous, répétant que nous allions nous ruiner à force de jouer à qui bâtirait toujours plus grand et plus cher. Mais ces mêmes Knickerbockers n'ont pas tardé à nous imiter.

Depuis que les Vanderbilt ont lancé les travaux, nous avons remarqué que les Brownfield ont ajouté des pignons à leur façade et que les Belmont et les Chew ont fait poser des colonnades, espérant ainsi rendre leurs maisons plus imposantes. On dit que Mrs Astor elle-même songe à apporter quelques retouches à la sienne.

Ils ne l'avoueront jamais, mais nous savons que les Knickerbockers cherchent à rivaliser avec nous, les nouveaux riches. C'est le monde à l'envers.

20
Caroline

Au début de la décennie, Caroline avait marié trois de ses quatre filles, elle était devenue plusieurs fois grand-mère et la naissance d'autres petits-enfants se préparait. On pouvait accorder cela aux femmes Astor – elles étaient sacrément fertiles.

Emily, qui avait une fille de quatre ans et un fils de deux ans, venait d'annoncer une nouvelle grossesse. Helen, mère d'un garçon d'un an, était de nouveau enceinte. Charlotte avait une fille âgée de trois mois. Si chacune disposait de nurses et de domestiques pour les aider en tout, bains et couches, Caroline les avait encouragées à s'occuper de leurs enfants comme elle-même l'avait fait auparavant. Sa famille toujours plus nombreuse exigeant plus de temps, elle passait ses matinées à aller de la maison de sa mère à celles de ses filles, rendant visite à toutes avant de se consacrer à sa correspondance et à ses autres engagements mondains.

Certaines matinées, comme aujourd'hui, ses filles mariées et leurs enfants se réunissaient chez Emily sur la Cinquième Avenue. En chemin, la calèche de Caroline passa devant le chantier de la future maison des Vanderbilt qui occupait un bloc entier. LA CINQUIÈME AVENUE DES VANDERBILT, selon la presse, et on eût dit qu'Alva s'apprêtait à prendre possession de la ville. Chaque fois que la calèche de Caroline se dirigeait vers le nord, elle voyait toujours plus d'échafaudages et de blocs de calcaire de Bedford. La rue était bouchée en permanence, encombrée par les chevaux qui transportaient du bois et d'autres matériaux ainsi que par les dizaines de tailleurs de pierre et de charpentiers qui s'affairaient partout. Au début, Caroline n'y avait vu qu'un inconvénient et un désagrément pour ceux qui remontaient vers le nord de la ville. *De toute manière, qui voudrait habiter si loin ?* pensait-elle en réalité. S'il n'y avait eu ses filles, pourquoi diable se serait-elle aventurée au-delà des quarantièmes rues.

À plusieurs reprises, elle avait aperçu Alva au milieu du chantier en train de diriger les ouvriers. *Alva*. Ce nom ne cessait de paraître dans les journaux, de revenir dans les conversations, et quelque chose chez elle, au-delà de cet aspect nouveau riche, l'horripilait. Alva Vanderbilt était une arriviste qui lui tapait sur les nerfs comme jamais Mamie Fish ou les autres ne l'avaient fait.

— J'aurais pu arriver plus tôt, dit Caroline à Emily en donnant au majordome son ombrelle et son chapeau. La circulation était épouvantable ce matin.

— Charlotte et Helen ne sont même pas encore là.

— Rien d'étonnant. Cette Alva Vanderbilt et ses ouvriers occupent toute la Cinquième Avenue.

— Allons, Maman, désapprouva joyeusement Emily en installant le petit James sur sa hanche tandis que

Mary ne la quittait pas d'une semelle. Tu ne manques jamais de blâmer Alva Vanderbilt.

— Il ne faut pas chercher loin pour la blâmer.

Caroline se sentait en droit de lancer quelques piques au sujet d'Alva, compte tenu de toutes les horreurs que celle-ci, disait-on, répandait sur elle, ne reculant devant aucune critique sur la situation de son couple ou la hauteur de ses perruques.

— Tu ne viendras donc pas au dîner que je donne le mois prochain ?

— Oh, Emily, ne me dis pas que tu invites les Vanderbilt.

— Il le faut bien. Tu sais que James et Willie sont très proches. Et puis, j'aime bien Alva.

— As-tu pensé à *tes* amis ? Tu le sais, Francine Bryce et Edith McVickar, sans parler des autres, ne dîneront jamais à la même table qu'Alva Vanderbilt.

— Tout se passera bien, Maman. J'ai organisé beaucoup de soirées avec les McVickar et les Vanderbilt.

— Il ne faut pas mélanger les gens. Peu m'importe si d'autres hôtesses le font, tu ne dois pas le faire, dit-elle en suivant Emily dans le petit salon.

Couvertures d'enfant, livres d'images et poupées en feuilles de maïs jonchaient le sol. Des papiers étaient éparpillés sur la table. Emily donna le petit James à Caroline et rangea un peu.

— J'étais en train d'aider James à faire ses comptes. Je viens de trouver une erreur de 27 dollars. En sa faveur.

— Eh bien, tu mérites ton salaire !

En riant, Caroline couvrait le petit James de baisers, encore contrariée cependant à l'idée que sa fille recevait cette Vanderbilt. Ce n'était pas convenable et, pour commencer, son mari n'aurait pas dû la laisser faire. Elle s'apprêtait à le dire à Emily quand Charlotte arriva.

Malgré sa répugnance à se marier – et en particulier à se marier avec Coleman –, elle paraissait plutôt heureuse. Carrie, la seule qui recueillait ses confidences, ne disait pas un mot à Caroline de ses récriminations. Elle ne savait pas si Duncan Briar lui manquait ou si elle en voulait à sa mère.

— Où est ma petite-fille chérie ? demanda celle-ci.

— Je l'ai laissée avec la nurse, je n'en pouvais plus de l'entendre pleurer. Je suis épuisée.

Charlotte se servit une tasse de café sur le buffet.

— Cette nurse n'est bonne à rien, dit-elle en allant s'asseoir avec les autres. Je suis restée réveillée toute la nuit avec le bébé. Elle a faim. Elle réclame. Elle a de nouveau faim. Je suis excédée – je ne sais plus quoi faire.

— Un jour, dit Emily en riant, juste après la naissance de Mary, j'étais tellement fatiguée que j'ai essayé de faire faire son rot à mon mari.

— Je me souviens de ces jours-là avec vous, mes enfants, sourit Caroline. J'ai l'impression qu'hier seulement Helen et Charlotte étaient dans leurs berceaux et toi, Emily, tu les regardais dormir, tu ne les quittais pas des yeux. Une fois plus grandes, Helen et toi vous vous teniez la main pour faire des rondes. Charlotte, tu essayais de rentrer, mais elles ne te laissaient pas faire.

— Il faut croire que certaines choses ne changent jamais, s'esclaffa Charlotte. Je n'arrive toujours pas à entrer dans leur ronde.

— Oh, elles te laissaient parfois jouer avec elles, dit Caroline en se rappelant ses trois filles sur leurs chevaux à bascule en train de disputer des courses imaginaires. Et puis Carrie est venue et vous l'avez toutes considérée comme une petite poupée. Vous vouliez la prendre dans vos bras, la bercer, lui lire des histoires.

Elles partageaient encore leurs souvenirs quand Helen fit brusquement irruption dans la pièce avant même d'être annoncée par le majordome. Elle poussait Tadd dans son petit landau qu'elle laissa près de la cheminée. La première pensée de Caroline fut qu'elle était enceinte de sept mois et qu'elle n'aurait pas dû s'agiter ainsi.

— Oh, Emily, je suis désolée. C'est horrible.

— Qu'est-ce qui est horrible ? demanda Emily, le visage blême.

— Tu n'as pas vu le *World* d'aujourd'hui ?

Helen fouilla dans le landau, en sortit un journal plié que Tadd avait mordillé puis le tendit à Emily.

À toute vitesse, celle-ci parcourut le journal de gauche à droite : UNE PARTIE DE POKER SE TERMINE PAR UN ESCLANDRE.

Deux phrases plus loin, Caroline porta la main à sa bouche. James Van Alen, ayant perdu gros lors d'une partie de poker, était devenu furieux et avait quitté l'Union Club avec fracas. Il devait encore 50 000 dollars à Mr Tennyson Livingston. À cause de ses dettes de jeu, continuait l'article, James se trouvait au bord de la faillite.

— Est-ce vrai ? demanda Caroline, abasourdie.

— Bien sûr que non.

Emily posa son fils et prit une profonde inspiration.

— James paiera. Mr Livingston aura ses 50 000 dollars.

— C'est donc vrai.

— Non, ce n'est pas vrai. Pas exactement.

— Eh bien, dit Charlotte en haussant les épaules, il joue beaucoup au poker.

— Il joue une fois par semaine au club, c'est tout.

Emily posa le journal et se mit à faire les cent pas.

— Oh, mon Dieu, comment faire ? Ils décrivent James comme un joueur impénitent, alors qu'il a toujours honoré ses dettes.

— Et tu as vu ce qu'on dit de toi, Maman ?

Helen prit le journal et se mit à lire :

— « Nous en sommes réduits à supposer que, cette fois, Mrs Astor ne pourra pas défendre la conduite scandaleuse de son gendre. »

Cette fois ? Certes, Caroline avait publiquement pris sa défense par le passé – elle avait prétendu ne pas remarquer son accent affecté, et précisé que sa myopie le contraignait à porter un monocle, car il ne trouvait pas de lunettes convenables. Après tout, c'était le mari d'Emily, et pour le bonheur de sa fille, elle n'hésitait pas à clamer à qui voulait l'entendre qu'elle avait un beau-fils merveilleux. *Mais pourquoi mêlent-ils mon nom à cette affaire ?* songea-t-elle en poursuivant sa lecture. La presse lui donnait constamment l'impression qu'elle était surveillée. Les gens savaient maintenant où elle habitait, et un après-midi elle avait même trouvé des inconnus en train de regarder par les fenêtres du rez-de-chaussée. Après cela, elle avait donné l'ordre de toujours tirer les rideaux. Et quand elle sortait en public, elle veillait à porter une voilette.

Emily appela la domestique et lui demanda d'emmener les enfants.

— Mon mari ne mérite pas cela, dit-elle une fois ceux-ci partis. Pourquoi les gens sont-ils si méchants ? Mon propre père ne lui a jamais accordé sa chance.

— Emily, dit Charlotte, quand tu l'as épousé, tu savais que Papa détestait James et…

— Oh, taisez-vous, dit Caroline. Votre père ne *déteste* pas James.

— La presse a décidé de le détruire, reprit Emily. C'est un homme sensible. Il va être anéanti.

— Tu dois intervenir, dit Helen en se tournant vers Caroline comme si celle-ci détenait des pouvoirs occultes.

Mais hélas, les journaux étaient trop puissants, même pour elle.

Caroline regarda ailleurs, feignant de s'intéresser à un portrait de famille accroché au mur. Combien de fois William et elle s'étaient-ils moqués de Van Alen ? Il lui arrivait de lancer des piques contre son gendre simplement pour partager quelque chose avec son époux. Au lieu de protéger sa fille, Caroline s'était montrée cruelle ; ses sarcasmes à l'encontre du mari d'Emily étaient impitoyables et parfois exagérés, visant à recoller les morceaux de son propre mariage. *Quelle mère fait ce genre de chose ?* Gagnée par la culpabilité, et malgré les réticences qu'elle nourrissait encore à l'égard de James et de tous les Van Alen, elle se promit, pour le bien de sa fille, de protéger son beau-fils de la presse.

— Ne prête aucune attention à cet article, dit-elle à Emily.

— Maman, dit Charlotte, tu es bien consciente qu'ils ne vont pas se limiter à un seul article. Ce n'est qu'un début. Je crains fort que les journaux ne se repaissent de cette histoire, et il n'y a rien que tu puisses faire, même toi, *Mrs Astor*.

Charlotte avait-elle raison ? Caroline ne pouvait s'y résoudre. Elle restait la femme la plus puissante de New York, celle qui avait toujours eu le pouvoir d'infléchir l'opinion publique. Désormais, les journaux représentaient un défi nouveau. Elle ne connaissait plus les règles du jeu, mais elle savait à qui s'adresser.

Le lendemain, elle fit demander à Ward McAllister de venir chez elle.

— Merci d'avoir répondu au pied levé, dit-elle quand Hade l'eut introduit dans la bibliothèque.

— C'est tout naturel, répondit Ward. Comme vous le savez, je me tiens toujours à votre disposition, ma Rose Mystique.

Ward portait des gants en chevreau couleur lavande, une violette assortie à sa boutonnière. Le col montant de sa chemise blanche se dressait fièrement. Comme tous les hommes du monde, il obéissait aux dernières tendances de la mode. Jack lui-même, presque adulte à présent, s'escrimait à suivre le style en vogue, mais ces pantalons dernier cri, étroits et dépourvus de plis, comme celui que Ward portait ce jour-là, ne lui seyaient guère. Malgré le handicap que représentait son poids, le garçon était incapable de juguler son appétit. Pauvre Jack, il avait besoin d'un marchepied pour grimper sur son cheval et chaque fois qu'il riait son ventre tremblotait.

— Avant que je n'oublie, dit Ward en prenant le fauteuil en face de Caroline. J'ai quelque chose de fort intéressant à vous dire. Vous ne croirez jamais ce qui vient d'arriver.

Elle sentit qu'il était nerveux avant même qu'il se relève d'un bond et passe sa canne d'une main à l'autre, tel un accessoire de théâtre.

— Je quittais le Club Knickerbocker ce matin, quand un journaliste du *Town Topics* s'est approché de moi.

Caroline ne dit mot. Le *Town Topics* devenait l'hebdomadaire le plus lu de la ville.

— D'après ce journaliste, je serais « une mine d'informations sur la haute société ».

— Il n'a pas tort, répondit-elle, nostalgique de l'époque où tous deux avaient mis au point le premier bal de la Société des patriarches, où ils soignaient son clambake annuel jusqu'au moindre détail.

Ensemble, ils avaient minutieusement établi la conduite à observer dans la bonne société. À présent, son cher ami et partenaire d'affaires n'avait de cesse de suivre la dernière mode et espérait voir son nom dans les carnets mondains. Il avait même, récemment, prêté son patronyme à une publicité pour le Pain à l'arsenic pour le teint du Dr James P. Campbell.

— Croyez-le ou non, le journaliste pense que je devrais écrire mes Mémoires.

— Vos Mémoires ?

Elle réprima une envie de rire.

— Eh oui ! Et ensuite, il a commencé à me poser des questions sur *vous*.

— Oh ?

Voilà qui lui déplaisait profondément.

— Il était très désireux de vous parler, mais naturellement, je lui ai expliqué que c'était impossible, que « Mrs Astor ne donne pas d'interviews. Elle protège son intimité, ai-je dit, c'est une femme rompue à l'élégance et au bon goût ».

Il s'interrompit avec un grand sourire. Caroline ne répondit pas. Ces manières serviles étaient détestables. Ward semblait attendre quelque chose en retour, comme tous ceux qui cherchaient à la flatter. Et elle qui croyait leur relation plus authentique, éloignée de toute flagornerie, quelle déception !

— J'ai bien précisé que « Mrs Astor ne parle jamais aux journalistes ».

C'était vrai. Si elle avait pu en décider autrement, son nom ne serait jamais apparu dans les journaux. La première fois, dans le *New York Times*, il s'agissait de l'annonce de son mariage. La deuxième fois, d'un long article à propos de son bal annuel et à treize reprises, on mentionnait Mrs William *Backhouse* Astor Jr. Chaque fois le deuxième nom de William, imprimé en noir et blanc, faisait naître des images de latrines. Ce jour-là, elle avait demandé à sa secrétaire particulière de commander de nouvelles cartes de visite en insistant sur le fait que les journalistes ne devaient plus, à son propos, employer que le nom de Mrs William B. Astor Jr.

— Et donc, dit Ward, pour quelle raison vouliez-vous me voir ?

Un court instant, Caroline avait oublié le motif de leur entretien.

— Eh bien, j'ai besoin de votre aide sur une question sensible.

Tout en prononçant ces paroles, elle se trouvait sotte de penser pouvoir se fier à lui. Autrefois, elle lui avait accordé une confiance absolue. Elle lui avait longuement parlé du mariage d'Emily et du duel. De Charlotte et de Coleman Drayton – d'autant plus que William ne voulait rien savoir de son futur gendre. Seul Ward lui avait assuré que, dans les deux cas, elle avait bien agi. Il avait toujours été là pour l'écouter et lui prodiguer ses conseils.

Mais cette fois, avec ces journalistes et ces carnets mondains, elle devait se montrer prudente. Non qu'elle crût Ward capable de la trahir intentionnellement, mais dès qu'il s'agissait de commérages, il ne se tenait plus. Dans ce cas précis, pourtant, il était sûrement le seul à pouvoir intervenir.

— Vous avez certainement lu l'article sur James Van Alen dans le *World* d'hier.

— Oh, en effet. C'est un incident très fâcheux, n'est-ce pas. Mais enfin, James Van Alen…

Il secoua la tête comme s'il n'y avait rien à ajouter.

— Emily est très affectée.

— Dites-moi en quoi je puis vous aider ? demanda Ward, le menton sur le pommeau de sa canne, l'air d'un jeune amoureux transi.

— Je voudrais que vous preniez contact avec l'un de vos amis journalistes, peut-être celui avec qui vous vous entreteniez ce matin, pour lui faire savoir que Mr James Van Alen est en pleine capacité financière. Il s'apprête d'ailleurs à faire une donation substantielle de 100 000 dollars à l'orphelinat de Francfort.

— Mon Dieu, je n'en avais aucune idée, s'écria McAllister en se levant, la main sur la poitrine. Vraiment ?

Naturellement, il n'en savait rien. C'était Caroline qui rédigeait le chèque. Elle se contenta de regarder Ward et ajouta :

— On se méprend beaucoup sur mon gendre. C'est un homme bien, un gentleman, et je m'adresse à vous parce que j'ai besoin de votre aide. Vous *devez* convaincre les journalistes de parler de la généreuse contribution de Mr Van Alen à l'orphelinat.

Ward hocha aussitôt la tête et resserra son nœud de cravate.

— Considérez que c'est chose faite, ma Rose Mystique. Chose faite.

21

Alva

Consuelo et le petit Willie venaient de partir avec leur gouvernante, et Willie K. s'était rendu aux écuries de son père pour voir l'un des nouveaux phaétons de Billy. Alva profitait du calme pour écrire à son amie Consuelo, qu'elle appelait maintenant Duchy – bien que son titre officiel fût vicomtesse Mandeville. Un jour elle serait duchesse de Manchester, et en attendant, c'était la seule façon d'éviter toute confusion entre les deux Consuelo de sa vie.

Une fois l'enveloppe cachetée, elle entendit sonner et quelques instants plus tard le majordome ouvrit la porte à Jeremiah, qui passa la tête dans l'entrebâillement avec un sourire espiègle :

— La voie est libre ?

Alva se leva d'un bond en riant et l'étreignit, comme de coutume à chacune de leurs retrouvailles – on aurait dit deux amis après une longue séparation –, quand bien même ils s'étaient quittés la veille. Il s'assit en face d'elle avec son café, servi dans une tasse en porcelaine de Minton, et prit le numéro de *Town Topics* sur la pile de journaux.

— Dites donc, fit-il en le dépliant devant lui. On parle très souvent d'une certaine personne dans la presse ces derniers temps.

— C'est quelque chose, n'est-ce pas ?

Elle sourit. Le hasard n'y était pour rien. Alva avait déployé de nombreux efforts pour que son nom apparaisse, en établissant des relations avec des journalistes, en faisant porter des bouteilles de champagne et des boîtes de cigares à ceux qui, elle le savait, rapporteraient sans faillir ses moindres faits et gestes.

— Doux Seigneur ! s'écria-t-il, estomaqué. Ils évoquent même votre dernière frénésie d'achats chez Stewart. Ce sont là des *nouvelles*, maintenant ?

— Oui, quand on dépense autant.

— Eh bien, ma chère.

Il posa le journal et en prit un autre.

— Où en sommes-nous avec la nouvelle maison ?

— Encore du retard, soupira-t-elle.

Les coudes sur la table, Alva mit la tête dans ses mains.

— J'ai vu l'architecte hier. D'après lui, il faudra encore trois ans. *Trois ans de plus*. Comment allons-nous faire d'ici là ? J'ai l'impression d'étouffer.

— Je sais ce qu'il vous faut, dit Jeremiah en posant le journal et en ôtant de ses mains une poussière imaginaire. Venez avec moi, je vais vous montrer quelque chose.

— Ce n'est pas le moment.

Elle se surprit à grincer des dents – ce qu'elle faisait généralement la nuit en dormant à poings fermés.

— Cela vous remontera le moral. Je vous le promets.

Peu enthousiaste, elle le suivit dehors. Au bout de l'allée, posé contre la grille, il y avait un vélocipède à grandes roues.

— Où l'avez-vous trouvé ? demanda Alva en posant la main sur la roue géante.

— Je l'ai gagné.

— Vous l'avez *gagné* ?

— Ce matin, expliqua Jeremiah en haussant les épaules, j'ai parié à un homme qu'une jeune dame dans le parc ne lui donnerait pas son nom.

— Y a-t-il quelque chose, rit Alva malgré sa mauvaise humeur, à propos de quoi vous ne jouez pas ?

— Venez, dit-il, debout sur le vélocipède, allons faire un tour.

— Savez-vous seulement vous servir de cette chose ?

— J'ai ça dans le sang.

Saisissant le guidon, il posa un pied sur une pédale et poussa le vélocipède en avant pour lui donner de l'élan. Ramenant l'autre jambe, il sauta sur la selle.

— Allez, cria-t-il, venez !

Elle regarda l'engin, stupéfaite :

— Comment ?

— Le repose-pieds. Grimpez et accrochez-vous.

Elle était intriguée, elle devait bien le reconnaître. Remontant sa robe, elle plaça un pied sur le repose-pieds puis les mains sur les épaules de Jeremiah. L'engin oscilla et Alva poussa un cri en s'accrochant de toutes ses forces. Il leur fallut un moment avant de trouver un équilibre et de s'éloigner. Jeremiah pédala jusqu'à la Cinquième Avenue. Alva perdit son chapeau dès la Quarante-Deuxième Rue. Il proposa de s'arrêter, mais elle voulait continuer.

— Vite ! Plus vite ! cria-t-elle.

Elle se dit qu'ils devaient offrir un fameux spectacle. Elle adorait sentir le vent souffler dans ses cheveux, lui piquer les yeux. Dans la rue, les gens les montraient du doigt en criant comme s'ils n'avaient jamais vu les chevilles ou le jupon d'une femme.

Jeremiah, hilare, lui lança par-dessus son épaule :

— Je meurs d'impatience de voir ce que les journaux vont dire de ça.

Quelques mois plus tard, l'Académie de musique annonça qu'ils mettaient en vente un rang supplémentaire de loges. Une fois de plus, Alva tenta de monnayer son sésame, mais malgré son offre extravagante de 30 000 dollars, le comité l'écarta. Elle savait qui gouvernait le vote : Ward McAllister, August Belmont et, naturellement, Mrs Astor. Mais les Vanderbilt n'étaient pas les seuls. Les Rockefeller, les Morgan et les Gould faisaient partie des vingt-trois familles à avoir eu le triste privilège d'essuyer un refus.

Dans son lit, les dents serrées, les yeux grands ouverts, Alva ruminait cette fin de non-recevoir. Elle n'y comprenait rien, d'autant que l'Académie, tout le monde le savait, manquait cruellement de fonds. Et les nouveaux riches avaient de l'argent – beaucoup d'argent. Si Mrs Astor et le comité les accueillaient, ils auraient de quoi reconstruire le bâtiment tout entier et faire plus encore. Elle tournait et retournait cette idée dans sa tête lorsque soudain – eurêka ! Elle se leva d'un bond. C'était tellement évident. Pourquoi n'y avait-elle pas pensé avant ?

Le lendemain, Alva rendit visite à son beau-père. Les murs de son bureau étaient décorés de têtes d'antilope, de mouflon et de cerf. Il avait une prédilection pour les sculptures en marbre, presque toutes d'hommes quasiment nus, muscles tendus, munis d'arcs et de flèches. Elle trouva Billy installé derrière une immense table en acajou flanquée de deux globes célestes en cuir sur pieds dorés. Derrière lui, une carte du pays avec l'ensemble des lignes de chemins de fer qu'il avait construites.

— J'ai une idée à vous soumettre.

Il ne dit rien, n'essaya pas de l'arrêter, et elle continua :

— Je crois que nous devrions demander à tous ceux d'entre nous à qui on refuse une loge à l'Académie de réunir l'argent pour construire un nouvel Opéra.

Billy se pencha en avant, croisa ses grosses mains charnues sur le bureau et déclara simplement :

— Alva.

Encore une de vos idées idiotes.

— Je parle très sérieusement.

— C'est un projet fort ambitieux, mais il n'en est pas question. Nos affaires ne consistent pas à bâtir des théâtres et des Opéras.

Elle poursuivit, nullement découragée :

— Réfléchissez. Voyez-le comme un investissement pour nous – pour *vous*, se corrigea-t-elle. Tout le monde sait que l'Académie tombe en ruine sous les yeux des Knickerbockers. Vous pourriez construire un théâtre qui les couvrirait de honte. Et dans un quartier de la ville bien plus à la mode.

Billy se carra dans son fauteuil et la contempla sans mot dire. Elle sentit chez lui une légère irritation. Le doigt posé sur la page d'un registre, il semblait impatient de se remettre au travail. Troublée par ce regard, elle détourna la tête et promena le sien sur les itinéraires du chemin de fer de New York Central, de Burlington et de Quincy. Quand elle se tourna de nouveau vers lui, il se lissait la moustache.

— C'est une entreprise fort ambitieuse.

— Pour quelqu'un d'autre peut-être. Mais certainement pas pour vous. Vous n'avez jamais hésité devant un projet d'envergure. Et pensez à ce que vous ferez pour New York. Vous, personnellement, tenez l'occasion d'enrichir le patrimoine culturel de cette ville. Combien d'hommes pourraient s'en prévaloir ?

Elle vit son œil s'allumer – elle avait visé juste. Billy se frotta les tempes.

— Je vais y réfléchir.

Oui, très bien. Elle venait de semer une graine et il ne lui restait plus qu'à attendre sa germination.

Pour finir, elle n'eut pas à attendre longtemps.

Une semaine plus tard, le 28 avril, Billy organisa une réunion en vue de discuter du projet avec les hommes d'affaires influents également écartés par l'Académie. Ils se retrouvèrent tous dans un salon privé du Delmonico's. Willie aurait préféré qu'Alva n'y assiste pas, mais elle avait insisté et fait le serment de ne pas ouvrir la bouche.

Billy présenta l'ébauche du projet que tous avaient déjà en tête. À l'autre bout de la table, assise avec les autres épouses, Alva gardait les mains croisées sur les genoux tandis que son beau-père continuait à planter le décor et quand il dit : « Vous savez tous que la vieille Académie tombe en ruine sous les yeux des Knickerbockers », il souleva une tempête de rires et Alva se sentit flattée de l'entendre reprendre ses mots.

Il reprit :

— Puisque les snobs nous ferment leurs portes, il est temps pour nous, les copurchics, de prendre le contrôle de la situation en bâtissant notre propre Opéra. Qui nous en empêcherait ? Nous en avons parfaitement les moyens.

— Personne ne dira le contraire, acquiesça Cornelius en prenant son petit verre de cognac.

— Je pose la question, lança John Pierpont Morgan. Est-ce le bon moment pour s'engager dans un nouveau chantier ?

Tout chez cet homme était colossal, jusqu'à son nez qu'Alva ne pouvait s'empêcher de fixer, un nez affreusement grêlé et décoloré.

— Il ne faut pas agir à la hâte.

Les hommes marquèrent leur approbation et, malgré la promesse faite à Willie, Alva ne put tenir sa langue plus longtemps.

— N'oubliez pas, dit-elle à Billy en jouant de tout son charme de femme du Sud. Vous rappelez-vous ce que vous disiez à propos de l'emplacement de l'Académie de musique, l'antichambre de Tammany Hall ?

Billy la regarda, perplexe. Il ne s'en souvenait pas, pour la bonne raison qu'ils n'avaient jamais eu cette conversation.

— Vous rappelez-vous ? reprit-elle, lui dictant ses arguments. Ils ont des piquets de grève et des anarchistes devant leurs portes. Les dames ne s'y sentent plus en sécurité. Sans parler des artistes.

Billy hocha la tête et poursuivit :

— À eux seuls, ces anarchistes sont une bonne raison d'entreprendre la construction d'un théâtre dans un quartier plus sûr et plus à la mode.

— Mais où ? demanda Jay Gould.

— Peut-être ce terrain dans le nord dont vous m'avez parlé, sur Broadway et la Trente-Neuvième Rue, suggéra Alva, comme si elle n'était pas allée en personne explorer les lieux.

La séance fut levée sans qu'aucune décision finale soit prise, mais les hommes convinrent de se retrouver la semaine suivante. Lors de leur deuxième réunion, Alva reprit sa place à côté de Cettie Rockefeller, Fanny Morgan et d'une poignée d'autres épouses.

— J'ai longuement réfléchi à cette proposition, dit Gould en lissant quelques poils blancs dans sa barbe autrement brun foncé. L'ouverture d'un nouvel Opéra sur Broadway et la Trente-Neuvième Rue me paraît tomber sous le sens.

— Et n'oubliez pas, ajouta Otto Kahn, que nous protégerons les dames des grévistes et de tout ce chaos devant Tammany Hall…

Alva les écouta énumérer les arguments qu'elle avait présentés la semaine précédente. Ils s'étaient approprié ses idées, exactement comme elle l'espérait. Ils n'auraient jamais pu accepter la proposition si elle était venue d'une femme, ils devaient se l'attribuer avant d'adopter le projet. Ce jour-là, quand on leva la séance, les vingt-deux hommes assis autour de la table avaient accepté d'investir chacun 50 000 dollars et nommé Billy président en exercice.

Alva n'en avait pas terminé. Le lendemain, elle retourna chez son beau-père et lui fit part de ses inquiétudes quant à la construction du nouvel Opéra.

— C'est juste que vous êtes bien trop occupé pour superviser les travaux, sans parler de la décoration. Je pourrais vous suggérer Willie, mais voyez-vous, il me laisse déjà m'occuper de tous les détails de notre nouvelle maison…

Elle le suivit jusqu'aux écuries, le foin et la paille crissant sous ses souliers tandis qu'elle évitait les tas de crottin. Billy possédait vingt-quatre voitures de différentes couleurs, certaines avec des soubassements bleus, d'autres rouges ou jaunes ; une voiture pour chaque occasion. Les phaétons réservés à ses escapades matinales pour assister au lever du soleil depuis la jetée. Les broughams pour les après-midi où il allait jouer aux cartes ou inspecter des voies de chemin de fer. Les victorias et les landaulets pour ses promenades en compagnie de Louisa.

— À en juger par mon travail sur la maison de la Cinquième Avenue, poursuivit-elle, je peux vous assurer que ce projet prendra beaucoup de temps. Et sera laborieux. J'ai passé des heures à choisir le bois, la pierre, le marbre des cheminées, et même les poignées de porte, à décider de l'épaisseur des vitres…

Elle évoquait délibérément les choses les plus triviales. Billy fit tourner une roue. Alva ne savait pas s'il l'écoutait. Elle le suivit quand il se dirigea vers les box des chevaux. Il en possédait seize. La tête d'un bai cerise apparut à l'une des fenêtres.

Elle s'attachait maintenant aux aspects esthétiques.

— L'intérieur, vous le savez, ne doit souffrir aucune faute de goût. Vous avez, j'en suis sûre, une idée précise du grand foyer, des escaliers, de la tapisserie, des fauteuils, et bien sûr du rideau de scène et des broderies.

Elle souriait, consciente qu'il n'avait pas un seul instant songé à ce genre de choses.

— Les hommes sont si occupés, je ne crois pas qu'ils aient l'expérience ou le temps nécessaires pour mener à bien un tel ouvrage.

Billy la regarda comme si tout cela lui donnait déjà la migraine. Elle attendit qu'il dise quelque chose.

— Vous le savez, poursuivit-elle comme il gardait le silence, je travaille avec Richard Hunt sur la maison de la Cinquième Avenue. Je pourrais lui en parler et…

— Inutile, dit-il en flattant le museau du cheval. Nous avons déjà confié l'Opéra à Josiah Cady.

— Oh.

Elle s'efforça de ne pas trahir sa déception. Elle passa de l'autre côté, espérant capter toute l'attention de Billy. Ils allaient déjà de l'avant, prenaient des décisions sans la consulter. Elle ne le tolérerait pas. Elle devait lui parler sans détour.

— J'ai une vision pour cet Opéra. Je vois exactement comment il doit être conçu. Je sais comment traiter avec l'architecte, les ouvriers, les maîtres d'œuvre et les maçons.

— Je n'en doute pas, Alva. Je n'en doute pas.

Il flattait le col du cheval.

— D'autres femmes aiment voir leurs mains couvertes de bijoux, mais, sachez-le, je préfère plonger les miennes dans le mortier.

— Très bien, s'esclaffa Billy. J'ai compris. J'ai compris.

— Je sais que je peux…

— Alva, détendez-vous. C'est entendu. Vous pouvez le faire. Vous vous en occuperez.

Il sourit :

— Allez-y. Sautez dedans à pieds joints.

Alva le remercia, mais elle ne voulait pas se réjouir avant d'avoir quitté les écuries et d'être sûre que Billy soit hors de portée de voix. Elle poussa alors un cri de joie qui fit s'envoler la nuée d'oiseaux perchés sur la barrière.

22
Caroline

New York, 1881

Tandis que sa femme de chambre boutonnait sa nouvelle robe noire, Caroline se tenait immobile. Sa mère était morte six semaines plus tôt, dans son sommeil, selon son souhait. Elle avait quatre-vingt-neuf ans.

Au début, Caroline n'avait ressenti ni chagrin atroce ni deuil tétanisant. Elle avait, à sa propre surprise, réussi à écarter toute émotion pour aussitôt mettre au point la veillée funèbre, orchestrer les obsèques, régler la succession, préparer sa maison pour les deux années de deuil. Elle avait organisé tout cela tambour battant, avec une parfaite maîtrise d'elle-même. C'était la plus jeune, mais elle avait pris les choses en main, convaincue que ses deux sœurs avaient déjà eu plus que leur part de deuils familiaux.

Tous les domestiques de sa mère avaient assisté aux obsèques. En rang, recueillis, tête baissée, certains parmi eux pleurant la perte d'une femme qu'ils avaient servie pendant presque toute une vie. Smithy lui-même devait approcher les quatre-vingt-dix ans. Abigail et Sissy n'étaient pas beaucoup plus jeunes. Les autres avaient été recrutés récemment, et Caroline ne connaissait même pas leur nom. Mais Smithy, Abigail et Sissy – qu'allaient-ils devenir ? Avaient-ils une famille chez qui s'installer ? Ils étaient bien trop vieux pour continuer à servir. Personne ne les prendrait. Tel était le problème que Caroline avait décidé de résoudre tandis qu'on mettait sa mère en terre.

Elle n'avait pas versé une seule larme jusqu'au jour où, une semaine après les obsèques, elle s'était retrouvée désœuvrée, sans plus rien à organiser ni à régler. Il était trois heures du matin. Elle avait les yeux brûlants et son esprit ne parvenait pas à trouver le calme. Elle céda, se leva et descendit lentement l'escalier. En approchant du salon, elle vit un rai de lumière sous la porte. Quand elle entra, Hade bondit de son fauteuil et lâcha son jeu de cartes. L'as de pique tomba, face visible, sur le tapis.

— Madame, pardonnez-moi.

Il était en robe de chambre et en chaussons, tout comme elle. Mais elle ne portait pas sa perruque. La seule pensée qui lui vint fut qu'il contemplait sa chevelure dégarnie. Mais peut-être était-il trop embarrassé pour remarquer quoi que ce soit.

Elle s'apprêtait à repartir quand il dit :

— Je buvais un peu de lait chaud en faisant une réussite. C'est apaisant pour l'esprit.

Il avait déjà ramassé les cartes tombées par terre.

— Puis-je vous en préparer une tasse ?

— Eh bien, oui, répondit-elle après un moment, abîmée dans ses pensées.

Pourquoi ne dormait-il pas à une heure pareille ? Bien sûr, lui aussi devait avoir ses propres soucis – ses filles peut-être, ou un ami dans le besoin ? Elle n'avait aucune idée de ce qui pouvait l'animer quand il ne lui accordait pas toute son attention. Elle en savait davantage sur les domestiques de sa mère que sur les siens et elle songea à Smithy, Abigail et Sissy. Smithy savait coudre un bouton plus vite et mieux qu'aucun tailleur de sa connaissance. Une fois en place, il y restait pour la vie. Abigail préparait les meilleurs muffins, aériens et moelleux. Sissy était une maniaque de la propreté.

— Hade, dit-elle à brûle-pourpoint, pensant à voix haute. J'aimerais prendre à mon service certains des domestiques de ma mère.

Il réfléchit un moment.

— Pour l'instant, Madame, nous sommes au complet.

— Je sais bien. Mais nous pouvons sans doute trouver de la place pour trois personnes.

— Si vous le souhaitez.

C'était difficile, bien sûr, mais c'était ce que sa mère aurait voulu.

— Oui. Dès que possible.

— Très bien.

Quand il sortit préparer le lait, Caroline prit le jeu de cartes et les rebattit, se demandant quand, pour la dernière fois, elle avait joué aux cartes.

À son retour, tenant un plateau de biscuits et un pot de lait fumant dans les mains, Hade, cheveux peignés, avait revêtu son uniforme. Peut-être même qu'il s'était rasé.

— Y aura-t-il autre chose ? demanda-t-il en posant une tasse devant elle.

— Jouez-vous au conquian ?

— Je vous demande pardon ?

— Au conquian ? Savez-vous y jouer ?

Il s'éclaircit la gorge :

— Euh, oui. Justement…

Elle lui tendit le paquet.

— Ni vous ni moi ne parvenons à dormir. Autant faire une partie ou deux.

— Très bien, Madame.

Il s'assit avec raideur puis, ayant ôté les huit, les neuf et les dix inutiles, il battit les cartes et les distribua. Le silence régnait, mais Caroline ne ressentait aucun malaise. Elle était heureuse de pouvoir s'absorber dans l'organisation de son jeu, de combiner ses cartes en séries et en ensembles. Elle piocha un sept de cœur qu'elle rangea avec son sept de pique et son sept de trèfle, ce qui lui permit de placer un premier jeu.

— À votre tour, dit-elle en sortant un trois de carreau.

— Merci, Madame, dit Hade de sa voix profonde, hochant la tête avec une sorte de révérence. Je crains de ne pas avoir l'utilité de celle-ci.

Piochant la carte du haut, il put placer une séquence et un jeu avant de se débarrasser du six de trèfle.

La première partie se termina à égalité et quand Hade gagna la deuxième, il fit mine de se lever de sa chaise.

— Je crains de vous avoir retenue plus tard que prévu. Je vous laisse vous retirer…

— La belle, fit-elle en haussant un sourcil.

Il se rassit.

— C'est à mon tour, je crois, dit-il avec l'ombre d'un sourire.

Au cours de la troisième partie – elle ne savait plus quand c'était arrivé –, Hade se détendit, abandonna les formalités et, cessant de voir en elle la personne qui l'employait, commença à la considérer comme une adversaire de jeu. Il posait sa carte avec beaucoup d'animation : « Haha ! » ou « Aaah ! ». Elle exprimait autant de passion : « Que dites-vous de ça ! » Ou, si une main n'allait pas dans le bon sens : « Ah, le coquin ! » Elle était alors emportée par le jeu au point d'en oublier qu'elle était assise en peignoir et chaussée de mules.

Quand elle défaussa le cinq de carreau, il s'en empara avec un sonore : « Oui ! Exactement ce dont j'avais besoin ! » Il plaça une séquence après l'autre, terminant sur un set victorieux qui le fit sourire jusqu'aux oreilles.

— Encore une partie, dit-il en poussant les cartes vers elle pour les rebattre.

— Cette fois, on mise tout !

— Tout ! fit Hade avec un grand éclat de rire. Je crains que vous n'ayez plus à perdre que moi.

Sa moustache frétillait et il se mit à rire de plus belle. C'était la première fois qu'elle l'entendait rire. De nouveau, elle fut frappée d'en savoir si peu sur cet homme et de voir combien cette relation était inégale.

Ils continuèrent à jouer jusqu'à ce qu'il n'y ait plus de biscuits et que le pot de lait soit vide. Quand l'horloge sonna six heures, ils se regardèrent, abasourdis.

— Mon Dieu ! dit Caroline.

Le jour ne tarderait pas à poindre.

— Pardonnez-moi, dit Hade, le rouge aux joues. Je crains d'avoir complètement perdu la notion du temps.

Aussitôt debout, il débarrassa les assiettes vides, les serviettes, les tasses et les soucoupes. La part de Hade qui s'était échappée au cours de leurs parties de cartes s'était de nouveau rangée. Il s'inclina et souleva le plateau pour l'emporter à la cuisine.

Quand il fut parti, et seulement alors, Caroline sentit quelque chose de glacé et de terrifiant fondre sur elle, quelque chose à quoi, elle le savait, elle n'allait pas pouvoir se dérober. Là, dans le silence de l'aube qui s'infiltrait entre les rideaux, la mort de sa mère la frappa de plein fouet. Elle éclata en sanglots convulsifs. Ce fut comme un orage, violent et bref.

Lorsqu'elle eut fini de pleurer, Caroline eut l'impression de n'avoir pas seulement versé des larmes. Quelque chose en elle s'était fendu, ouvert. Elle ressentait une légèreté inattendue, comme si elle venait de se libérer d'un immense fardeau. Caroline avait toujours su qu'elle ne prendrait jamais la place de ses frères et sœurs perdus, c'était pourtant, sa vie durant, ce qu'elle avait cherché à faire. Pas une seule décision, pas le moindre geste qui n'eût d'abord été évalué à l'aune du jugement de sa mère. Combien de sacrifices, combien de compromis Caroline ne lui avait-elle pas consentis ? Elle l'avait aimée, elle la regretterait, mais maintenant que sa mère n'était plus là, elle était enfin libre.

Cette pensée l'emplit aussitôt de culpabilité. Jamais elle n'avait été ainsi tiraillée, submergée par des émotions contradictoires. Il lui fallut six semaines encore de confusion avant de retrouver sa légèreté.

Un monde de possibles s'offrait à elle. Elle se tenait alors devant sa garde-robe remplie de toilettes en velours bleu foncé, gris, marron et noir. Aucune couleur claire – pas une seule –, et brusquement elle se rappela, enfant, n'avoir jamais vu sa mère qu'en deuil, vêtue de noir. Le goût de Caroline pour les couleurs foncées avait été une démonstration d'empathie.

Elle avait, par le passé, partagé l'idée qu'une vraie lady n'attirait pas les regards avec des tenues à la dernière mode. C'était là l'opinion de sa mère et, par conséquent, la sienne. Mais aujourd'hui, même les dames les plus honorables de la bonne société avaient un penchant pour les perles et les ornements et, comme ses filles le lui rappelaient souvent avec un ton de reproche : « La mode change, Maman. »

Elle décida de leur donner raison. Elle allait évoluer, mais dans certaines limites. Elle n'allait pas couvrir ses robes d'opales et de perles comme le faisaient Mamie Fish et Alva Vanderbilt, mais, quand elle aurait quitté le deuil, lors de son prochain voyage à Paris, elle irait consulter Charles Worth pour sa garde-robe. Son unique faiblesse, c'étaient les diamants. Il pourrait l'orner d'autant de diamants que bon lui semblerait, et compléter ainsi sa vaste collection de plastrons, de tiares, de colliers, de bracelets et de bagues – elle adorait ses bagues en diamants.

Avant même la mort de sa mère, quand elle ne parvenait pas à choisir une bague, il lui arrivait d'en porter jusqu'à trois ou quatre. Et pourquoi pas ? Personne, excepté sa mère, n'aurait osé dire que c'était une faute de goût, et d'ailleurs les autres femmes n'avaient pas tardé à l'imiter. Mrs August Belmont arborait une bague à chacun de ses doigts sur ses gants, ainsi que Mrs Bradley Martin. Désormais, Caroline porterait des bagues, des couleurs claires et ses robes seraient brodées de pierres. Au terme de son deuil, une femme nouvelle lui succéderait.

23
Caroline

En courant dans l'escalier, Caroline se sentit soulevée par une vague d'énergie et d'émotion qu'elle manifestait rarement aux yeux des autres. Sa mère était morte depuis deux mois, et maintenant Emily était sur le point d'accoucher. C'était une renaissance, l'affirmation de la vie. Caroline n'avait qu'une hâte, être auprès de sa fille.

Helen se trouvait déjà au chevet de sa sœur. La chevelure sombre d'Emily était rassemblée sur ses épaules en deux nattes parfaites, comme elle en portait petite fille. Sa femme de chambre entra, marchant à pas feutrés pour ne pas les déranger. Elle avait tiré les rideaux et tamisé les lampes avant d'attiser le feu en faisant jaillir des étincelles ambrées.

— Il n'y en a plus pour très longtemps, Mrs Astor, dit la sage-femme depuis le coin où elle pliait des serviettes et des linges.

C'était une rousse robuste qui avait mis au monde tous les petits-enfants de Caroline. Celle-ci se rappela soudain combien cette femme était loquace en attendant les naissances. Peut-être voyait-elle dans ces bavardages une agréable distraction.

— … je lui ai déjà fait sa toilette, je l'ai aidée à vider son intestin. Et sa vessie… dit-elle en préparant la solution de calomel.

Caroline remarqua le flacon de Lysol sur le bureau, placé à côté d'une motte de saindoux et d'un rasoir à manche.

— Le lit est prêt, poursuivit la sage-femme en repoussant les couvertures pour montrer l'endroit où elle avait placé un tapis de caoutchouc, fixé au matelas à l'aide d'épingles à nourrice. Les draps ont été mis dans le four. C'est la meilleure façon de les stériliser.

La sage-femme prit deux draps et les attacha aux colonnes du lit, tout près de la tête.

— Elle pourra s'y accrocher quand les contractions deviendront trop fortes.

Emily prit la main de Caroline et la serra, le visage inondé de sueur, haletante et gémissante.

— Ch… Calme-toi. Tu dois être…

Elle allait dire *forte*, mais elle se ravisa. C'était le mot que sa mère aurait prononcé.

Depuis la mort de celle-ci, Caroline avait reconsidéré bien des choses, notamment le mariage d'Emily. Tout le monde pouvait constater que James et elle étaient amoureux et avaient fondé une belle famille. Si elle s'était trompée au sujet de James Van Alen, peut-être s'était-elle également trompée sur d'autres sujets. Était-ce la fin du monde si Emily recevait une Vanderbilt à sa table, si Charlotte manifestait dans les rues et si Carrie avait envie de peindre des coupes de fruits ou tout ce qui voulait bien rester immobile assez longtemps ? Quel mal y aurait-il à leur lâcher un peu la bride, à laisser place à…

Emily poussa un cri, les veines de son cou se gonflèrent.

— Accrochez-vous, lui indiqua la sage-femme en posant les mains de la jeune femme sur les draps attachés aux colonnes. Ils sont là pour ça.

Il fallut encore trois heures et demie avant qu'Emily n'accouche d'une petite fille en pleine santé. Helen descendit annoncer la bonne nouvelle pendant que la sage-femme s'occupait du nouveau-né. Caroline ne savait pas si Emily dormait ou se reposait, trop fatiguée pour parler ou ouvrir les yeux. Sa peau était très pâle, d'un bleu presque opalescent.

— Rien d'autre à faire pour elle maintenant, dit la sage-femme en retirant les draps trempés de sang. Elle a seulement besoin de reprendre des forces. Et vous aussi, si vous me permettez, vous auriez bien besoin d'un peu de repos, Mrs Astor.

Elle était réticente à quitter Emily, mais la sage-femme avait raison, et elle se retira. Une fois dans le couloir, elle s'accorda un moment pour savourer le calme, soudain consciente du fait qu'elle était désormais six fois grand-mère. Pleine de gratitude, Caroline songea que Charlotte devait accoucher au printemps. Elle ferma les yeux un moment ; ils étaient secs et brûlants. Elle avait le cou raide et une migraine sourde. Elle était arrivée quand il faisait encore jour et maintenant les lampes brillaient, jetant des ombres dansantes sur les parquets. Depuis la fenêtre du couloir, elle vit que la nuit était tombée. L'horloge au pied des marches sonna dix fois. En se dirigeant vers l'escalier, elle entendit les autres parler dans le salon, les voix joyeuses, légères, animées par les réjouissances.

— Mrs Astor ? dit la femme de chambre qui se tenait devant la porte d'Emily.

Caroline pivota et se figea. Le regard de la domestique, sa pâleur lui envoyèrent comme un choc électrique. Elle eut soudain conscience qu'il manquait quelque chose. Les cris – le silence régnait. Le bébé ne pleurait pas. *Le bébé. Il s'était passé quelque chose avec le bébé.* Son cœur battait violemment. Elle ne savait pas comment elle était parvenue jusqu'à la chambre, mais à l'instant où elle atteignit la porte, elle entendit le nouveau-né pousser un cri plaintif. *Oh, Dieu soit loué.* Le bébé allait bien. Tout allait bien.

Mais quand elle ouvrit et pénétra dans la pièce, un nouveau vent de panique la souleva. Le bébé pleurait toujours mais il régnait là un grand calme. Un trop grand calme. Pourquoi l'air était-il soudain si lourd, si pesant, c'était comme de s'enfoncer dans des sables mouvants. La sage-femme tenait le bébé. La femme de chambre se tordit les mains et baissa la tête, mais Caroline eut le temps de voir son visage baigné de larmes. Les ténèbres l'engloutirent alors et les deux femmes s'estompèrent. Avant même que la sage-femme ait prononcé les mots, Caroline s'était précipitée au chevet de sa fille. Elle avait compris. Son bébé à elle, son Emily, était morte.

Son mari et ses filles eurent beau faire, Caroline refusa de s'éloigner du corps d'Emily. Trois jours durant, elle resta assise dans le salon aux rideaux tirés. Elle ne savait pas si c'était le jour ou la nuit, car on avait arrêté toutes les horloges de la maison à neuf heures cinquante-neuf, le moment exact de la mort d'Emily – comme sa propre mère l'avait fait après la mort de chacun de ses enfants. Avant la mise en bière, Caroline avait coupé une mèche de cheveux d'Emily pour la glisser dans un pendentif qu'elle porterait au cours des deux années de deuil.

Elle avait insisté pour que les obsèques aient lieu dans l'intimité. On dressa une liste d'invités triés sur le volet, et les faire-part furent remis en main propre. « Je ne veux pas que les obsèques de ma fille soient un spectacle. Un événement mondain pour les badauds. »

Pour le service religieux, William avait pris place à côté de Caroline, le visage sombre, fixant le vide devant lui. Elle était sûre que pour certains il paraissait froid et insensible. Elle aurait eu la même impression s'il n'avait pas laissé flotter sa paume au-dessus de sa main, la posant dessus une seconde ou deux avant de serrer brusquement le poing et de le porter à sa bouche. Comme s'il essayait d'enfermer tout son chagrin à l'intérieur de ce poing, terrifié à l'idée de l'exprimer. C'était un Astor. Chez les Astor, les hommes ne pleuraient pas, ne montraient pas leurs émotions, et il se débattait donc avec son chagrin de la seule manière qu'il connaissait. Après les obsèques, il monta à bord de son bateau, dans l'espoir que la mer et une quantité suffisante de whisky parviendraient à noyer sa douleur.

Chez Caroline, les draperies noires sur la porte qui témoignaient devant tous du deuil de la famille étaient déjà en place pour sa mère. Comment croire maintenant qu'elles étaient là aussi pour sa fille ? Au cours des jours suivants, Caroline put constater à quel point la mort d'Emily rejaillissait sur ses sœurs. Emily était morte en couches, et la terreur gagnait Charlotte, enceinte de six mois. Helen, ayant perdu sa sœur et sa meilleure amie, déclara à Caroline qu'elle ne voulait plus avoir d'enfants.

— J'en ai déjà parlé avec Rosy.

— Oh, chérie, il ne faut pas que…

Caroline ne put continuer. Elle devinait les pensées d'Helen. Il y avait toujours eu entre les deux sœurs ce lien invisible, ce qui arrivait à l'une affectait l'autre. Quand Emily attrapait un rhume, Helen était frappée à son tour. Quand l'une faisait un cauchemar, l'autre se réveillait en sursaut.

— Si c'est arrivé à Emily, cela m'arrivera à moi, j'en suis sûre. La Providence nous a donnés, à Rosy et moi, Tadd et la petite Helen. Nous ne pouvons pas prendre le risque d'avoir d'autres enfants.

Carrie elle-même était venue un soir chez Caroline, pieds nus, à pas feutrés, incapable de dormir, pour lui demander *comment* c'était arrivé, *pourquoi* c'était arrivé – questions auxquelles Caroline n'avait pas de réponse. Elle avait alors pris Carrie dans ses bras, en demandant à Dieu d'épargner cette fille-là, d'épargner Helen, Charlotte et aussi Jack.

Tous les miroirs de la maison étant voilés par respect pour la défunte, Caroline revêtait chaque jour, sans y penser, l'une de ses robes noires. Elle passait presque tout son temps seule dans la bibliothèque aux rideaux tirés, aux lampes tamisées, des bûches flambant dans la cheminée. À la voir, on aurait pu penser qu'elle s'absorbait dans le vide. En vérité, Caroline attendait un signe : le vacillement d'une lampe, un souffle d'air inexpliqué, une sensation sur la peau qui la ferait frissonner.

Elle attendait un signe d'Emily, pour preuve que sa fille conservait un lien étroit avec elle, qu'elles pouvaient encore communiquer, que sa merveilleuse enfant était en paix.

Le lourd gong de la porte d'entrée retentit. Une bûche craqua et envoya des étincelles au-dessus des chenets sur le sol de marbre, où elles s'éteignirent et moururent. Caroline entendit des pas dans le couloir et se rendit compte qu'elle pleurait. Aussitôt elle se ressaisit, serrant son mouchoir après s'être essuyé les yeux. Les pas s'approchèrent, si pesants qu'elle crut que c'était William. *Il est rentré ?* Son cœur se gonfla quand elle entendit les pas s'arrêter. La poignée tourna.

— Madame ? dit Hade en entrant dans la pièce et en posant un plateau sur la table devant elle. Je vous ai apporté des biscuits au chocolat et du thé.

En le regardant s'occuper du feu, elle se rendit compte qu'en dehors de ses enfants, il était la seule personne à qui elle parlait quotidiennement. Elle avait donné congé à sa secrétaire particulière, qui se trouvait en Europe pour six mois. Sa femme de chambre et le reste de son personnel, même Smithy, Abigail et Sissy, marchaient sur la pointe des pieds pour ne pas la déranger. Elle se sentait isolée et, bien que désireuse d'observer strictement les rituels, elle commençait à douter de la sagesse du deuil tel qu'il devait être observé. Être livrée à soi-même si longtemps ne pouvait être que néfaste.

— S'il faut distraire les endeuillés, les empêcher de penser, c'est bien pendant le deuil, dit-elle, sans se rendre compte qu'elle parlait à voix haute. Sans bals, sans dîners à préparer, sans opéras et sans ballets, il n'y a d'autre issue que de penser. (Elle secoua la tête.) Penser, penser peut s'avérer dangereux.

— Oui, dit Hade en lui servant le thé. Il vaut mieux garder l'esprit occupé autant que possible.

Il posa sa tasse sur une soucoupe et la lui tendit.

Quand il fut parti, Caroline toucha le pendentif qui renfermait les cheveux d'Emily. Elle le serra comme s'il possédait des pouvoirs magiques, dans l'espoir que son monde redevienne celui qu'il avait toujours été. L'absence de sa fille lui semblait avoir un caractère passager. Pas tout à fait réel. D'une minute à l'autre, elle s'attendait à la voir franchir la porte. *Comment se peut-il qu'elle soit partie pour toujours ?*

Hade, lui aussi, souffrait d'insomnie, et ce fut une bénédiction pour Caroline. Au cours de cette période de deuil, tous deux s'installaient souvent dans le salon et jouaient au conquian. Il leur arrivait parfois de s'asseoir dans la bibliothèque, leurs deux paires de pieds glissés dans des chaussons posés côte à côte sur le pouf en tapisserie placé entre leurs fauteuils à oreilles, tandis qu'il lui faisait la lecture à voix haute.

À un certain moment, elle s'était mise à l'appeler par son prénom, Thomas, plutôt que Hade, et à son tour il l'appelait maintenant Mrs Astor plutôt que Madame. Elle trouvait merveilleuse la voix de Thomas, riche et aux résonances profondes. Ils s'étaient découvert une passion commune pour les romans russes, et après avoir terminé *Guerre et Paix*, ils étaient passés à *Crime et Châtiment*.

Une nuit, bien que fatiguée et probablement au bord du sommeil, Caroline lutta pour ne pas s'endormir et, à minuit, avant de descendre, elle mit sa perruque et se rendit dans la bibliothèque. Elle attendit. Et attendit. Jamais il ne lui était venu à l'esprit que Thomas n'y serait pas. Elle se sentit stupide d'avoir ce besoin désespéré de sa compagnie, mais celle-ci avait été l'unique éclaircie de sa période de deuil.

Deuil. Ces mois écoulés lui avaient ouvert les yeux. Elle imaginait à présent ce que sa mère avait dû ressentir. Perdre un enfant, ce n'était pas naturel, ce n'était pas normal. Pour la première fois, elle comprenait pourquoi sa mère était comme elle était. Elle s'était accrochée aux rituels pour tenir. Caroline se l'expliquait seulement maintenant, parce que la mort d'Emily lui avait ôté tout sentiment de légèreté. Sa joie et sa liberté nouvelles ainsi que l'espoir qu'elle avait placé dans l'avenir étaient anéantis. Elle n'était pas prête au changement. Elle n'en voulait pas, elle ne savait plus quoi en faire. Ce qu'elle désirait désormais, c'était la stabilité. Que surtout rien ne change. Elle s'efforçait chaque jour de se cramponner à ce qui avait fait ses preuves, ce sur quoi elle pouvait compter.

Cette nuit-là, en attendant Thomas, Caroline pénétra dans le monde de sa mère et referma le couvercle.

24

Alva

New York, 1882

La mort d'Emily fut pour Alva un coup terrible. Non qu'Emily et elles eussent été très proches, rien de comparable à son amitié avec Duchy ou Jeremiah, mais c'était tout de même une amie. Et si jeune. Mère, épouse, sœur et fille. Avec tous ceux qu'elle avait perdus, depuis sa mère jusqu'au Commodore, elle avait eu le temps de se préparer, de rendre visite aux malades, de s'asseoir à leur chevet, de leur tenir la main et de faire ses adieux. Emily était partie si brutalement. Elle ne parvenait pas à surmonter le choc de sa mort, qui lui avait montré le caractère précieux et imprévisible de la vie, et qu'on ne pouvait rien considérer comme acquis, sans l'empêcher pourtant de continuer comme avant.

Elle avait voulu assister aux obsèques, mais naturellement, ni elle ni Willie n'avaient reçu d'invitation. Au lieu de quoi, ils avaient rendu à James une visite de condoléances au cours de laquelle, tous les trois autour d'un feu de cheminée, ils s'étaient remémoré les dîners partagés, les fêtes d'anniversaire des enfants, les baptêmes, les lendemains de Noël où tous les ans ils se réunissaient pour échanger des cadeaux et boire du vin chaud en riant d'une chose ou d'une autre. Le rire d'Emily – quand elle était lancée, rien ne pouvait plus l'arrêter et Alva s'était toujours prise au jeu. Oh, comme cela allait lui manquer. Étouffant ses sanglots, James avait dû retirer son monocle pour s'essuyer les yeux. Lorsque la nurse était venue avec le bébé pour le placer dans les bras de son père, Alva avait bien failli fondre en larmes à son tour.

Le lendemain, elle réunit assez de courage pour aller déposer sa carte chez Mrs Astor, après en avoir replié le coin droit en signe de sympathie. Elle n'attendait rien en retour, souhaitant seulement lui présenter ses respects, et pour une fois ne se sentit pas offusquée de ne recevoir ni réponse ni signe de gratitude.

Le temps passa, et si Mrs Astor gardait le deuil, Alva, comme tant d'autres hôtesses montantes, tirait parti de l'absence de la Grande Dame sur la scène mondaine. Elle était très occupée. Elle faisait des visites, se rendait à des thés ou à des déjeuners, et donnait des sommes exorbitantes aux institutions charitables d'autres dames de la bonne société. Mais surtout, elle ne cessait d'aller et venir d'un chantier à l'autre. Son influence, cependant, s'exerçait beaucoup moins sur celui du nouvel Opéra.

Dès le début, Mr Cady lui avait paru être la mauvaise personne pour sa construction, et elle avait vu juste. Lors des réunions auxquelles elle assistait, le conseil, et son beau-père en particulier, se contentait de l'amadouer quand elle exprimait ses craintes pour l'esthétique de la façade. Selon Alva, elle n'avait aucun style et la pierre ne convenait pas. Tous hochaient la tête sans rien décider pour remédier au problème. Si elle ne pouvait plus rien faire pour l'extérieur du bâtiment, elle avait bien l'intention de tout mettre en œuvre pour que l'intérieur soit à la hauteur de ses ambitions.

Court-circuitant les hommes, elle rencontra directement l'architecte au coin de Broadway et de la Trente-Neuvième Rue. Environnée de coups de marteau, elle marcha au côté de Mr Cady, passant devant les chevalets, les échelles hautes de trois étages, les blocs de marbre et les immenses poutres d'acier.

Elle retira de son sac un croquis qu'elle avait dessiné la veille au soir et lui tendit la feuille de papier.

— Voici ce que j'avais à l'esprit pour le plafond. Comme vous pouvez le voir, j'ai indiqué l'endroit où commence la fresque et la façon dont elle se prolonge jusqu'aux bords.

Il plissa les yeux, examinant le croquis.

— Soyez assurée que je demanderai à Mr Vanderbilt ce qu'il en pense.

— Mr Vanderbilt me fait confiance, sourit Alva.

— Je tiens tout de même à voir tout cela avec Mr Vanderbilt.

— Je comprends bien, mais je peux vous affirmer que c'est inutile.

En s'approchant de l'endroit où les coquilles encore vides deviendraient des loges, elle fronça les sourcils : elle avait envisagé quelque chose de beaucoup plus élaboré.

— Mr Cady ? Est-ce que Mrs Cady et vous aimez aller à l'Opéra ?

— Ma foi oui, répondit-il, embarrassé par sa question. Surtout Mrs Cady.

— Et je parie que Mrs Cady aime regarder le public autant que la scène.

— Je vous demande pardon ?

— Eh bien, comme vous le savez, et je suis sûre que Mrs Cady en conviendra, la magie de l'Opéra tient en partie au fait de pouvoir regarder les autres spectateurs. Nous voulons voir les robes, les bijoux. Tout ! Les loges doivent faire saillie, de telle sorte que nos hôtes les plus prestigieux soient aussi visibles que les chanteurs.

— Vous dites *faire saillie* ?

Elle eut un petit rire modeste.

— Est-ce à moi de vous expliquer comment construire une loge d'Opéra ? Je suis sûre que vous maîtrisez parfaitement la question.

— Mais, Mrs Vanderbilt, selon les plans…

— N'est-ce pas merveilleux qu'on puisse les changer ? À présent, parlons de la scène. Avez-vous noté ma remarque sur la distance à respecter entre la scène et la fosse d'orchestre ?

— Oui, mais…

— Ce sera divin, Mr Cady. Tout le monde chantera vos louanges et vous félicitera pour le travail extraordinaire que vous avez réalisé.

Elle s'avança d'un pas vers lui et lorsqu'elle ôta un bout de plâtre sur son revers, il recula d'un bond, comme si elle lui avait pincé les fesses.

Rougissant, l'architecte s'excusa et Alva continua seule. Elle parcourut les escaliers et les couloirs, de la poussière de plâtre et de marbre dans la bouche. Cela lui était égal. Elle se sentait plus à son aise sur un chantier que dans un de ses déjeuners mondains. Au moins, elle pouvait y mettre sa touche personnelle. Rien de plus facile. Transformer la société et tenter de convaincre les membres fondateurs de l'Opéra était une autre histoire.

Un soir du mois de novembre, les actionnaires se retrouvèrent pour élire les membres de leur comité directeur. La réunion eut lieu au Sherry's, un restaurant qui venait d'ouvrir au coin de la Trente-Huitième Rue et de la Sixième Avenue. Ils disposaient d'un salon privé, et Alva, sa belle-sœur Alice, Lucy Clews, Cettie Rockefeller et Helen Gould étaient reléguées dans le fond, sur des chaises dures, tandis que les hommes étaient assis autour de la table avec leurs verres de brandy.

— S'il n'y a pas d'autre urgence, dit Billy, les doigts croisés, pouvons-nous passer à l'élection des membres de notre comité ?

L'un après l'autre, divers gentlemen se levèrent et avancèrent les noms qu'ils jugeaient le mieux convenir. Cornelius proposa John Rockefeller, Jay Gould proposa Willie, un autre suggéra Henry Clews, et ainsi de suite. Quand Billy lança : « Tous ceux qui sont accord, levez la main », celle d'Alva jaillit, entraînant des soupirs et des rires nerveux.

— Alva, s'il te plaît, chuchota Alice. Baisse la main. Tu n'as pas le droit de vote. C'est réservé aux hommes.

Sa main retomba lourdement sur ses genoux, comme du plomb. Elles la croyaient sans doute plongée dans l'embarras, mais les moqueries et les rires attisaient plutôt sa colère. Parce qu'elle était une femme, personne n'aurait porté son choix sur elle. Elle n'espérait rien de tel, mais ils auraient pu lui accorder au moins une voix, compte tenu de son implication à chaque étape du chantier et du fait que la construction d'un nouvel Opéra était son idée. Les autres femmes, les mains sagement posées sur les genoux, étaient d'une docilité et d'une béatitude exaspérantes.

Un après-midi, Alva emmena Jennie et Julia voir l'avancée des travaux de la nouvelle maison. Armide était rentrée à Mobile. Ses sœurs restèrent trois bons mètres en arrière tandis qu'elle les entraînait devant les rangées de fardiers remplis de bois, de marbre et d'acier. L'air était chargé d'odeurs de sciure et de crottin de cheval. Il devait y avoir, en équilibre sur des échelles, cinquante charpentiers et vingt-cinq maçons occupés à sculpter le calcaire de Bedford pour obtenir l'illusion du château français qu'elle désirait recréer. Jamais elle n'avait vu autant de ciseaux et de maillets différents. Plusieurs ouvriers s'arrêtèrent de travailler pour soulever leur casquette et lui souhaiter le bonjour.

— Tout autour, dit-elle à ses sœurs, le toit sera décoré de cuivre. Et attendez de voir l'intérieur.

— Mais pourquoi une maison de cette taille ? demanda Julia, assez fort pour qu'Alva l'entende.

Jennie posa la main sur l'épaule de Julia :

— Doucement !

— Je regrette, mais je ne vois pas ce qui cloche avec la maison qu'elle a déjà, et qui est bien plus jolie que toutes celles où elle a habité jusqu'ici.

Alva se retourna et la fustigea du regard :

— Je suis là, Julia. Si tu as quelque chose à dire, dis-le-moi en face.

— Très bien, fit Julia en allant se planter devant elle, les poings sur les hanches. Je crois que tu deviens prétentieuse. L'argent de ton mari te monte à la tête. Parfois, Alva, je te regarde et je ne te reconnais plus.

— Allons, vous deux, s'interposa Jennie, un bras tendu pour les éloigner l'une de l'autre.

— Et je vais te dire autre chose, reprit Julia qui ne cédait pas, chose rare car la benjamine s'était toujours inclinée devant Alva. Autant d'argent, ça ne te rendra pas heureuse.

— C'est exactement la maison dont Maman rêvait pour moi, répliqua Alva.

— Si Maman était là, elle serait complètement dégoûtée par ta convoitise.

— C'est de la pure mesquinerie ! s'écria Alva. Tu es jalouse, tout simplement !

— Jalouse ! s'esclaffa Julia. Jalouse de quoi ? De toi et de tes amies bêcheuses ? De toi et de cette maison ridicule ? De quoi exactement suis-je jalouse ? Tu n'es toujours pas sur la liste de Mrs Astor. Tu en es toujours à regarder, de l'extérieur.

— Je suppose que tu partages son avis ? dit Alva en se tournant vers Jennie.

— Ne me fais pas dire ce que je n'ai pas dit, Alva. Je la trouve très belle. Si c'est la maison que tu veux, je pense qu'elle est parfaite.

— Bon, maintenant, je n'ai même plus envie de vous montrer l'intérieur.

— Ça me va très bien, dit Julia en croisant les bras. J'en ai déjà assez vu.

— Oh, arrêtez, vous deux ! fit Jennie, partagée entre ses sœurs. Si on entrait plutôt, pour finir la visite ?

Alva était encore piquée au vif par les critiques de Julia. Si sa propre sœur, qui ignorait superbement la haute société, avait appris qu'elle n'était toujours pas autorisée à entrer dans le cercle, c'est que tout le monde le savait. Elle ne leurrait personne.

25

Alva

Un matin glacé de décembre, Alva et Willie terminaient leur petit déjeuner quand Oliver Belmont fit son entrée. Les deux hommes avaient rendez-vous pour aller voir un cheval frison que Willie souhaitait acheter. Willie s'était récemment lié d'amitié avec Oliver, et Alva se demandait bien ce qu'il lui trouvait. Non seulement il était juif, une rareté dans les cercles qu'ils fréquentaient, mais son père, August Belmont, comptait parmi ceux qui avaient refusé leur admission à l'Académie de musique.

Oliver, âgé de vingt-quatre ans, en avait presque dix de moins que Willie et cinq de moins qu'Alva. Sans doute, avec l'âge, deviendrait-il séduisant, mais pour l'instant il avait un visage poupin, rond et sans l'ombre d'une moustache. Pourtant, malgré son petit mètre cinquante, il était parvenu à courtiser une impressionnante série de femmes du monde, dont la très belle Sara Swan Whiting. On les disait fiancés. Alva devait bien reconnaître qu'Oliver avait *quelque chose*, mais elle n'aurait su dire si elle le trouvait irritant ou intriguant. Dans un cas comme dans l'autre, Sara aussi avait dû voir en lui ce *quelque chose*. Aux yeux d'Alva, Sara était à même d'assagir n'importe quel homme, mais Oliver se conduisait comme s'il appartenait encore à l'Académie navale, courant partout, infatigable jusqu'aux premières lueurs de l'aube. Elle craignait qu'il n'exerce une mauvaise influence sur son mari qui, en sa présence, semblait changer de personnalité. Quand ils sortaient ensemble, il revenait souvent délesté de grosses sommes d'argent perdues au jeu, enveloppé de relents d'alcool et de parfum.

— Bonjour, bonjour, dit Oliver en buvant une gorgée du café de Willie. Panne d'oreiller.

Après cette explication sommaire, il prit un toast, y étala une épaisse couche de beurre et de confiture.

— J'ai dû partir sans prendre mon petit déjeuner.

Il leva son toast comme s'il levait un verre.

Alva eut un sourire poli.

— Eh bien allons-y, dit Willie, qui se levait et se couvrait de son chapeau melon.

— Vous ai-je déjà dit que je vous place au-dessus des autres ? fit Oliver en enfournant un morceau de toast dans sa bouche.

Il s'esclaffa :

— Mais bien sûr, quand on a ma taille, on est toujours en dessous des autres !

Il s'esclaffa derechef tandis que tous deux prenaient congé d'Alva. Cette ironie qu'il dirigeait contre lui-même – encore une chose qui lui déplaisait chez Oliver Belmont.

Quand ils furent partis, Alva but son café et, en triant son courrier, tomba sur une enveloppe adressée à son nom portant l'écriture familière de Duchy. Elle n'avait pas eu de nouvelles de son amie depuis des mois et ne comptait plus le nombre de lettres envoyées et restées sans réponse. Elle ouvrit l'enveloppe à l'aide d'un coupe-papier, déplia le feuillet et commença à lire.

Après les excuses habituelles pour n'avoir pas écrit plus tôt, elle félicitait Alva d'avoir réussi à faire sortir de terre le nouvel opéra.

À t'en croire, il semble que tous ces hommes te mangent dans la main. Ton beau-père se rend-il seulement compte que tu le déplaces comme un pion sur l'échiquier ? Tu as toujours été rusée. D'abord Billie Vanderbilt, maintenant, j'imagine, Mrs Astor...

Si seulement ! Elle n'avait toujours pas la moindre idée de la façon de s'y prendre pour conquérir cette femme. Elle poursuivit sa lecture et, parvenue au post-scriptum – *Je serai à New York la deuxième semaine de mars* –, Alva se sentit gagnée par l'excitation. Pas seulement parce qu'elle allait revoir son amie, mais aussi parce qu'une idée avait jailli dans son esprit. Un frisson la parcourut des pieds à la tête.

La vicomtesse venait à New York ! La vicomtesse venait la voir, *elle* ! Toutes – Puss, Tessie, Ophelia, Penelope, Lydia –, toutes voudraient la voir. Celles qui ne la connaissaient pas brûleraient de la rencontrer.

Le moment ne pouvait pas être mieux choisi. La nouvelle maison d'Alva serait terminée, et c'était l'occasion parfaite de créer l'événement. Qui refuserait d'assister à un bal avec la vicomtesse Mandeville ? Aucun des plans échafaudés pour se faire ouvrir, à elle et aux Vanderbilt, les portes de la haute société n'avait fonctionné. Mais, forte d'un nouvel atout, Alva avait trouvé un autre angle d'approche. Déjà, la roue tournait. Son amie disait vrai – elle *était* rusée. Si elle avait réussi à manipuler Billy, elle y parviendrait aussi avec Mrs Astor.

Enfin, grâce à la visite de Duchy et à sa nouvelle maison, Alva tenait le moyen d'appâter la haute société et de l'attirer jusqu'à elle.

26

La société

New York, 1883

À peine Alva nous annonce-t-elle pour le printemps un bal masqué en comparaison duquel celui de Mrs Astor ressemblera à une fête champêtre, que nous commençons à réfléchir aux costumes que nous allons porter. Nous prenons rendez-vous avec nos couturières et nos perruquières, nos joailliers et nos accessoiristes. Nous feuilletons les livres d'histoire, à la recherche de personnages du passé qui pourraient inspirer des costumes spectaculaires.

Tessie veut se déguiser en Elizabeth Ire, mais Mamie et lady Paget également. Pourquoi sommes-nous si nombreuses à vouloir être illégitimes *et* vierges, c'est un mystère pour nous autres. Penelope et son mari se déguiseront en George et Martha Washington ; Lydia et son mari en Incroyable et Merveilleuse, pieds nus, bagues aux orteils et tuniques grecques. Penelope s'étant arrogé le personnage de Jeanne d'Arc, Ophelia doit trouver un autre costume.

Ce sera, paraît-il, l'un des plus grands bals jamais donnés dans une maison privée et il aura pour invitée d'honneur la vicomtesse Mandeville, que nous connaissons déjà sous le nom de Consuelo Yznaga. Celles d'entre nous qui ont des filles savent que c'est une occasion en or pour la chasse aux maris.

— Eh bien, dit Mamie, il y a intérêt à ce que je sois invitée.

— Dans ce cas, dit Tessie, essaie de ne *pas* insulter Alva.

— Moi ? rétorque Mamie. Et toi donc ?

Leur échange nous permet de prendre un moment pour réfléchir à nos précédentes rencontres avec Alva. Pour quelques-unes d'entre nous, la jalousie pure et simple a remplacé la courtoisie la plus élémentaire. Certaines se sont montrées tout sauf affables. D'autres, comme Mamie, la snobent. Mais, de toute évidence, Alva est une femme redoutable en pleine ascension sociale, et il nous est fort utile de rester en bons termes avec elle.

Le bal masqué occupe nos pensées pendant des jours. Et puis, un matin d'hiver glacé de la première semaine de janvier, nous ouvrons le journal et tombons sur la manchette : PLUS DE CRÊPES DE DEUIL CHEZ LES ASTOR. Nous poursuivons notre lecture :

La période de deuil s'est officiellement achevée et les préparatifs du bal annuel de Mrs William B. Astor ont commencé. On nous fait savoir que les 400 invitations convoitées ont été portées ce matin en main propre...

27

Alva

Revenant à la manchette, elle relut tout l'article. Mrs Astor était de retour. Assise à sa table, Alva sentit son corps se raidir, sa mâchoire se contracter, son pouls s'accélérer.

Posant le journal, elle fouilla parmi les enveloppes que son majordome lui avait apportées le matin. Étrangement, elle espérait y trouver l'invitation de Mrs Astor. Mais bien sûr, elle n'y était pas.

Elle se hâta de s'habiller et fit préparer son landau. Malgré la neige, il ne faisait pas vraiment froid, les flocons fondaient en touchant le sol. Derrière la vitre, elle voyait les petits vendeurs assis à côté de piles de journaux humides.

Quand ils furent parvenus au Glenham Hotel, elle fit arrêter son cocher. Fort heureusement Jeremiah était chez lui. Il la fit entrer dans sa chambre à l'odeur de renfermé et de poussière, très élégant dans un long peignoir de satin qu'elle ne lui connaissait pas.

— Où as-tu trouvé ça ? demanda-t-elle, sceptique, en jetant sur le lit son chapeau et ses gants. Je croyais que tu ne jouais plus.

— Ne t'inquiète donc pas. Je suis en veine.

— J'ai déjà entendu ça.

Elle se tourna vers lui. Il n'était que midi, mais Jeremiah dégageait une légère odeur de whisky.

— Je récolte. *Beaucoup*, dit-il avec un grand geste de la main.

— N'oublie pas. Tes moyens sont limités à présent.

— J'allais rouler une cigarette. Tu veux fumer avec moi ?

Il prit du tabac dans une boîte bleue toute bosselée sur la commode et commença à lui raconter la partie de poker à laquelle il avait participé la veille.

— … j'avais un flush. Tout de suite après, incroyable, c'est mon tour de donner et – tu ne vas pas le croire – je me retrouve avec un full. Tu aurais dû me voir. J'étais…

Il s'interrompit et la regarda :

— Est-ce que tu m'écoutes ?

— Pardon, je suis d'une humeur massacrante, répondit-elle.

— Encore une dispute avec Willie ?

— Non, je n'ai pas eu *encore* une dispute avec Willie.

Ils se querellaient pourtant plus souvent depuis qu'il avait commencé à sortir avec Oliver Belmont, fraîchement divorcé de Sara Swan Whiting après une petite année de mariage. Il l'aurait abandonnée à Paris pour s'acoquiner avec une danseuse ou une chanteuse, elle ne savait plus.

— Ce n'est pas Willie, dit-elle en observant les gestes méticuleux avec lesquels Jeremiah saupoudrait le papier de tabac. C'est *cette* femme.

— Oh, mon Dieu ! dit-il en riant et en ajoutant une pincée de tabac. Je suppose que nous parlons de Mrs Astor ?

— Je suis furieuse. Je n'arrive pas à croire qu'elle ne m'ait pas invitée à son bal. Une fois de plus.

— Comment en es-tu aussi sûre ?

— Les invitations sont parties ce matin. Déposées en main propre.

— Aïe !

Il fit une grimace. Elle déplorait son manque d'efforts pour détendre l'atmosphère.

— Ma foi, dit-il en lui offrant la cigarette, je crois que tu as fait de ton mieux pour parvenir au sommet de la société, mais regardons les choses en face. (Il gratta une allumette.) La haute société te considérera toujours comme une parvenue.

Il s'interrompit tandis qu'Alva se penchait vers la flamme.

— N'oublie pas, tu ne dois pas inhaler.

Mais elle le faisait toujours. En toussant, elle expulsa un nuage de fumée.

— Tiens, dit-il en lui donnant un verre de whisky.

— Qu'essaies-tu de faire ? Tu veux me tuer ?

Elle le repoussa et toussa de plus belle, les larmes aux yeux.

— Une bonne rasade, dit-il en vidant le verre, n'a jamais tué personne.

Alva reprit contenance, toussa encore un peu et s'essuya les yeux.

— Cette femme m'a barré l'entrée de l'Académie de musique et…

— Et des bals des Patriarches, ajouta-t-il comme s'il était besoin de le lui rappeler.

Elle cogitait pendant qu'il préparait une autre cigarette pour lui, l'allumait et se carrait dans son fauteuil en soufflant un panache de fumée vers le plafond.

— Tu n'y peux rien, dit-il, croisant les jambes et laissant pendre sa mule de soie. Elle ne te laissera jamais entrer dans le monde, et tu le sais.

— C'est ce que tu penses. Tu ne sais pas de quoi les gens sont capables pour obtenir une invitation à ce bal.

28
Caroline

Moins de douze heures auparavant, la maison de Caroline était pleine à craquer : les quatre cents invités à son bal annuel bavardaient, dansaient, dînaient. La fête s'était prolongée tard dans la nuit, les derniers à partir étaient montés dans leurs calèches au point du jour.

Caroline, toujours au lit, eut la surprise de voir l'horloge marquer près de quatorze heures. Quand s'était-elle pour la dernière fois levée après midi ? Elle se réveillait toujours à huit heures trente, même quand les bals s'achevaient à l'aube. Elle comptait parmi ceux qui prétendaient n'avoir besoin que de quatre heures de sommeil, comme si c'était là un signe de force, d'endurance.

Mais en ce jour glacial de janvier, elle paressait, le corps raide, la tête palpitante. *Et puis à quoi bon s'habiller ?* De sa chambre, elle entendait les domestiques aller et venir, replacer les meubles, laver les sols. En bas, dans la cuisine, elle se les représentait en train de laver la vaisselle et les verres, d'essuyer, de ranger. Quelqu'un avait dû ôter les guirlandes et la décoration florale qu'on jetterait directement à la poubelle. *Dommage*. Mais elle détestait les fleurs fanées. Les pétales fripés la rendaient triste, et aujourd'hui plus encore que par le passé.

Autrefois, après ses bals, elle éprouvait toujours un sentiment de fierté, mais cette fois elle était déçue. Waldorf et sa femme étaient venus, comme s'ils lui accordaient une faveur. Ils avaient été parmi les premiers à partir, à trois heures du matin. Heureusement, personne n'avait eu le mauvais goût de lui demander où était William. Il ne venait que rarement à ses bals, et elle ne savait plus si c'était une douleur ou un soulagement. Il la dispensait ainsi de ses scènes alcoolisées. Elle se demandait pourtant où il était allé, avec qui, et s'il était bien rentré la veille au soir. Chassant ses sombres pensées, elle songea à Thomas, qui avait sûrement ordonné à son personnel de travailler dans le plus grand silence afin de ne pas la déranger. Il se montrait toujours protecteur. Elle regrettait que William ne soit pas davantage à son image. C'était vraiment pathétique ! Son majordome se souciait davantage d'elle que son mari !

Elle se concentrait sur William mais, elle le savait, ce n'était pas lui qui la tracassait. Le bal avait remporté le même succès que tous ceux qu'elle avait donnés ces dix dernières années. À une différence près, impossible à ignorer. Assise sous son portrait grandeur nature en haut de l'escalier où elle accueillait ses invités, elle s'était rendu compte que sa réception annuelle avait été éclipsée par l'attente du bal masqué qu'Alva Vanderbilt préparait pour la fin du mois de mars.

Caroline avait délibérément écarté Alva de sa liste d'invités, mais celle-ci avait tout de même réussi à imposer sa présence. Elle ne cessait de s'immiscer dans sa vie. Toute la nuit, Caroline avait entendu les gens évoquer avec passion le futur bal d'Alva Vanderbilt au Petit Château. Caroline se renfrogna. Personne ne donnait de nom à sa maison de ville. Cela ne se faisait pas.

L'événement aurait lieu d'ici à deux mois, et déjà c'était l'effervescence à cause de l'invitée d'honneur, la vicomtesse Mandeville. Caroline déplorait cette façon de marcher sur ses plates-bandes et jugeait très irritante l'obsession générale engendrée par le bal des Vanderbilt. Le *New York Times* l'avait qualifié de « bal le plus attendu de la saison ». Comme autrefois le bal de Caroline. Elle prit la décision de ne plus y penser. Elle régnait toujours sur la bonne société et n'avait pas l'intention de se rendre au bal masqué d'Alva.

Plus tard dans l'après-midi, elle s'installa à sa table de toilette, sa perruque noire à la Pompadour, qu'elle avait portée la veille, posée sur son support. En se regardant dans le miroir, elle constata combien sa chevelure avait blanchi et s'était éclaircie. Sa femme de chambre n'en avait pas parlé, mais au fil du temps, Caroline avait remarqué la tache pâle qui s'élargissait au sommet de son crâne, de la taille d'une pièce de monnaie. Au début, ses chapeaux et ses capuches parvenaient à la camoufler, mais pour finir, la perruque s'était révélée l'unique remède. Ou plutôt, les perruques, car à présent un placard séparé abritait les coiffures différentes dans diverses nuances de châtain et de brun. La fragilité des cheveux de Caroline, la nécessité des perruques, c'était un sujet qu'elle et sa femme de chambre n'évoquaient jamais.

Du bout des doigts, elle caressa le sommet de son crâne de jour en jour plus dégarni. Quand elle en eut assez, elle prit sa perruque et la posa sur sa tête à l'instant où Carrie ouvrait la porte. À son reflet dans la glace, Caroline devina qu'il était arrivé quelque chose.

— Mon Dieu, ma fille… que se passe-t-il ? Tu es malade ?

Carrie rentrait les épaules. Caroline se leva, alla vers sa fille et posa la main sur son front pour voir si elle avait de la fièvre. Carrie venait de rentrer de sa leçon de danse, où elle s'entraînait au quadrille en vue du bal des Vanderbilt, justement. Elle et ses amis voulaient présenter un hommage au roi de Prusse, Frédéric le Grand. Caroline posa de nouveau la main sur son front.

— Tu n'as pas de fièvre.

— Je ne suis pas malade.

— Qu'y a-t-il alors ?

— À la répétition, toutes les filles parlaient du bal des Vanderbilt.

— C'est donc ce qui te trouble à ce point. Ce bal stupide.

— Oh, Maman, pourquoi détestes-tu autant Mrs Vanderbilt ?

— Je ne la déteste pas, répondit Caroline en feignant l'indifférence. Simplement, je n'en ai que faire.

— Tu ne comprends pas. Alva Vanderbilt est rusée. Calculatrice. Tout le monde répète qu'elle cherche à conquérir la haute société. À te détrôner. Ils disent tous qu'elle a une vision différente. Charlotte aussi l'a entendu dire. Tu ne peux plus te permettre de l'avoir comme ennemie. Soit tu t'allies avec elle, soit tu perds ta position. Et, excuse-moi, que deviendrons-nous si tu perds ta position ? Nous ne serons plus rien.

— Oh, pff, fit Caroline en balayant les paroles de Carrie d'un revers de la main. Cela n'arrivera jamais.

— Mais ça commence déjà. Tous mes amis, tous, ont reçu leur invitation au bal Vanderbilt, sauf moi.

— Ton invitation a pris du retard, c'est tout.

— Non, tu ne comprends pas. Les autres l'ont reçue il y a plus d'une semaine. C'est clair, je ne suis pas invitée. Comment vais-je l'annoncer aux autres ? Je répète le quadrille depuis des semaines ! Tu dois trouver un moyen de recoller les morceaux avec Mrs Vanderbilt.

Caroline sentit une brûlure lui parcourir l'échine.

— Il y aura d'autres bals, dit-elle sans grande conviction.

Carrie leva les yeux. Elle était au bord des larmes. Caroline détestait que ses filles fassent preuve de faiblesse et Carrie le savait.

— Comme tu le dis, il y aura d'autres bals. Tout ira bien.

Une larme glissa le long de sa joue.

— Mais toi ? Quel sera ton avenir ?

Sur ces mots, elle couvrit son visage de ses petites mains pâles et sanglota si fort que ses épaules en tremblèrent.

Caroline sentit une boule dans sa gorge :

— Eh bien, il s'agit certainement d'une erreur.

Carrie hoquetait, secouée de nouveaux sanglots.

Caroline serrait les dents. Elle avait l'impression d'être une marionnette. Comment Alva osait-elle punir Carrie de cette façon ? Elle ne tolérerait pas ce genre de guerre sociale.

29

Caroline

Le lendemain, Caroline rendit visite à Ward McAllister. Nul n'était mieux au fait des subtilités de la société et il connaissait Carrie, qu'il aimait beaucoup. Ensemble, ils trouveraient bien une solution. Ils s'enfermèrent dans la bibliothèque, entourés de boiseries sombres et d'épaisses draperies en velours qui laissaient passer un fin rayon de soleil. Le thé, sur un plateau d'argent, était posé entre eux sur une table. Caroline voulait qu'ils obtiennent que toute la société boycotte le bal des Vanderbilt.

— Pour quel motif ? fit Ward, sceptique. Simplement parce que votre fille n'a pas été invitée ? Allons, Lina.

L'expression qu'elle lisait sur son visage lui prouvait le ridicule de sa démarche.

— Mais Carrie est désespérée. Je dois intervenir. Elle craint maintenant qu'Alva ne veuille prendre la tête de la haute société.

Caroline rit comme si l'idée était absurde.

— Eh bien… (McAllister prit un sucre à l'aide d'une pince dorée.) Ce n'est un secret pour personne, telle est bien son ambition. Elle est très habile. Il faut ouvrir l'œil.

C'était donc vrai. Quelque chose en elle vola en éclats. Caroline avait cru que Carrie exagérait, qu'elle dramatisait. Troublée, elle s'efforça de n'en rien laisser paraître mais ne put s'empêcher de lever les yeux au ciel. La mimique la plus vaine pour manifester son désaccord, un signe de faiblesse qu'elle détestait.

— Eh bien, si j'en crois ce qu'on dit, ce sera de toute façon un cirque plutôt qu'un bal.

Elle avait pour habitude de toujours garder ses opinions pour elle et regretta aussitôt ses propos. C'était une réaction mesquine, de pure défense.

— Ce sera peut-être un cirque, n'est-ce pas, dit McAllister en remuant son thé, mais il est difficile d'empêcher les bavardages à propos des costumes et des invitations.

Il approcha son fauteuil comme pour donner à leur conversation un tour plus confidentiel.

— Je suis passé au *New York Times*, ils m'ont dit qu'Alva Vanderbilt les avait invités à une visite en avant-première du Petit Château.

— Oh, cette maison est d'un ridicule, fit Caroline en frissonnant, sans parvenir une fois de plus à se contenir.

Elle n'y pouvait rien, Alva était pour elle comme une épine dans le pied. Caroline n'avait jamais beaucoup prêté attention aux autres femmes qui avaient cherché à la détrôner, mais Alva, et la colossale fortune Vanderbilt derrière elle, commençait à l'inquiéter.

— C'est une façon d'afficher son sentiment d'infériorité.

— Je ne peux pas être plus d'accord, dit McAllister, mais quel extraordinaire étalage de richesse ! Dès l'instant où j'ai franchi le seuil, j'ai vu combien…

— « Franchi le seuil » ? Vous êtes allé chez elle ? Vous voulez dire que vous avez rencontré Alva Vanderbilt ?

Ses yeux s'écarquillèrent malgré elle.

McAllister eut un geste de la main comme pour dire que c'était sans importance :

— Oh, Mrs Vanderbilt souhaitait simplement me demander mon avis sur le bal.

— Je vois.

À peine quelques semaines auparavant, Ward avait qualifié le bal masqué d'Alva d'artifice de mauvais goût. Elle éprouvait maintenant de la jalousie et un sentiment absurde de trahison. L'idée de rivaliser avec Alva pour l'attention de Ward lui faisait horreur. Elle avait déjà, sans succès, tenté ce petit jeu avec les diverses maîtresses de William. Comme son cœur se serrait, elle se réprimanda. *Arrête. Arrête tout de suite.* Pour l'amour du ciel, elle était Mrs Astor ! Elle ne rivalisait avec personne, c'était indigne d'elle.

— Je ne comprends toujours pas pourquoi Alva Vanderbilt cherche à punir Carrie de cette façon.

— Eh bien, si vous me posez la question, c'est tout à fait clair. Combien de fois votre majordome lui a-t-il fermé la porte au nez ?

— Qu'est-ce que cela change ?

— Cela change tout. Et je dois dire (il prit une profonde inspiration) que c'est un pari très audacieux de la part de Mrs Vanderbilt.

— Que voulez-vous dire ?

— Elle va vous obliger à venir à elle. Si vous souhaitez que votre fille assiste au bal, vous n'avez pas le choix, vous devez aller lui parler.

Caroline s'entendit étouffer un cri. De toute évidence, Carrie et Ward la considéraient comme la cause du problème et la seule en mesure de trouver une solution. Mais le prix à payer était trop élevé. Certes, le bonheur immédiat de Carrie dépendait d'une invitation au bal, néanmoins sa fille s'en remettrait, alors que la position sociale de Caroline exigeait la fermeté.

Ward, elle n'en doutait pas, comprenait sûrement ce qui se jouait, mais il était séduit par les extravagances d'Alva. Caroline avait perdu son pilier, c'était désormais à elle seule que revenait le devoir de préserver la haute société.

Il lui fallait trouver le moyen de convaincre Carrie que ce geste, si simple en apparence – aller rendre visite à Alva –, signifierait aux yeux de tous que Mrs Astor ouvrait aux Vanderbilt les portes du grand monde. Et si elle nourrissait déjà des craintes à propos des intentions de cette femme, une visite signerait sa chute. Si Carrie et les autres pensaient qu'Alva allait se hisser à la tête de la société, leur rencontre jouerait en sa faveur.

Elle ne parvenait pas à s'endormir. Le vent hurlait derrière les fenêtres de sa chambre, une branche grattait au carreau. Elle essaya de lire, mais elle préférait quand Thomas lui faisait la lecture et, même après que ses paupières se furent alourdies puis fermées, le bras de fer engagé entre sa fille et la société vint de nouveau envahir ses pensées.

En tant que reine de la haute société, elle prenait ses responsabilités très au sérieux. Les Knickerbockers s'en remettaient à elle pour préserver leurs coutumes et leurs valeurs. Sa mère ne lui aurait jamais pardonné de céder à la pression. Comment imaginer laisser entrer les Vanderbilt ? Surtout avec les horreurs qu'Alva répandait sur elle, et sachant à présent qu'elle cherchait à prendre sa place.

À une heure du matin, elle se leva et descendit. Ce clair de lune, la façon dont les ombres jouaient sur les murs lui étaient désormais familiers. Elle pénétra dans la bibliothèque et, comme elle l'avait prévu, y trouva Thomas, les pieds sur le pouf. À croire qu'il l'attendait. Comme il reposait ses pieds par terre, elle vit sur ses genoux un exemplaire des *Hauts de Hurlevent.*

— Un peu de lait chaud ?

Elle hocha la tête.

Pendant qu'il se dirigeait vers la cuisine, elle déplaça quelques figurines dans son cabinet de curiosités, posant son Hercule en bronze à la droite d'Alexandre le Grand avant de le remplacer par un lion en or quatorze carats. Mais, toujours insatisfaite, elle remit tout comme avant.

Thomas revint avec un pot de lait fumant, elle ferma la porte du cabinet et s'assit en lui faisant signe de s'installer à son tour.

— Les enfants, soupira-t-elle. Ils mettent votre patience à rude épreuve.

— Je suis bien d'accord. Mes filles sont désormais adultes, mais à une époque, elles m'en faisaient voir de toutes les couleurs.

Il posa une tasse délicate sur une soucoupe, versa le lait chaud et crémeux.

— Elles étaient très petites quand leur mère est morte.

— Et vous ne vous êtes jamais remarié ? demanda Caroline, ce qui les surprit tous les deux car elle n'avait pas pour habitude de se montrer indiscrète.

— Nous nous sommes très bien débrouillés tous les trois, dit-il en lui donnant sa tasse. J'ai appris à leur faire des nattes et nous avons organisé quantité de thés.

Il eut un sourire triste.

— Je parie que vous étiez un très bon père. William n'en a jamais fait autant.

— Ma foi, à quoi bon ? Il vous avait, vous.

Thomas se pencha en avant et, toujours souriant, ajouta :

— Je vous ai vue agir avec Carrie et avec tous vos enfants. Si je puis me permettre…

Il posa la main sur son cœur :

— Je ne connais pas de mère plus dévouée. Ni plus aimante.

Caroline posa sa tasse, touchée, peut-être même gênée par le compliment.

— Oh, Thomas, dit-elle, changeant de sujet, qu'adviendra-t-il de moi si vous guérissiez soudainement de votre insomnie et commenciez à dormir huit heures par nuit ?

— J'en doute beaucoup, Mrs Astor, dit-il avec un sourire chaleureux.

— Mais si cela arrive…

— Je ne vous abandonnerai jamais, dit-il d'une voix si tendre qu'elle sentit son cœur se serrer.

Pendant un moment le regard de Thomas plongea dans le sien sans le lâcher. Quand il avait prononcé ces paroles, son visage avait complètement changé et Caroline sentit vaciller les limites de leur relation. Les contours précis des règles qui gouvernaient leur monde devenaient flous. Il ne s'agissait certes pas d'un moment romantique, mais c'était bien une parenthèse d'une grande intimité.

Après cela, elle se retira, monta dans sa chambre et, pour la première fois depuis des semaines, dormit profondément le reste de la nuit.

Le lendemain, Caroline appela son cocher et fit préparer sa nouvelle calèche, une victoria attelée de deux étalons du Kentucky. Tout le monde connaissait sa voiture, avec ses gravures dorées, son intérieur violet et ses deux chevaux noirs racés. Si bien que lorsqu'elle s'arrêta au coin de la Cinquante-Deuxième Rue et de la Cinquième Avenue, personne n'ignorait l'identité de la visiteuse qui se présentait au Petit Château.

En regardant par la vitre de sa calèche, Caroline put constater que la maison était encore plus grande et plus somptueuse qu'elle ne le pensait. La façade blanche évoquait un bâtiment parisien. Des années auparavant, le vieux New York l'aurait qualifiée de monstruosité, mais l'époque et les goûts avaient changé et Caroline prit conscience que sa maison de grès rouge appartenait désormais au passé.

Elle donna à son cocher sa carte simplement gravée au nom de Mrs Astor en caractères Old English, puis le regarda franchir la grille majestueuse et tirer sur la sonnette. Elle se demandait ce qu'elle allait pouvoir dire à Alva lorsque le majordome vint répondre, vêtu de la livrée la plus raffinée qu'elle eût jamais vue. Caroline le regarda présenter un plateau d'argent au cocher pour recevoir sa carte et, après s'être incliné, refermer la porte.

Elle attendit. L'odeur des chevaux lui parvenait, portée par une brise légère. Les étalons piaffaient, renâclaient, tiraient sur leurs harnais. Quand le majordome des Vanderbilt revint ouvrir la porte, elle vit son cocher répondre par un simple hochement de tête puis regagner la voiture.

— Mrs Vanderbilt n'est pas disponible pour le moment.

Caroline crut défaillir. Il ne lui était pas venu à l'esprit qu'Alva pourrait ne *pas* la recevoir. Les joues enflammées, elle fut reconnaissante à son cocher d'avoir le bon sens de ne pas s'attarder, de grimper aussitôt sur son banc et de faire partir les chevaux. Ce qu'impliquait l'événement qui venait de se produire était trop complexe pour qu'elle en mesure l'ampleur. Elle venait de légitimer les Vanderbilt, leur ouvrant ainsi les portes de la haute société. Et elle l'avait fait pour rien. Carrie n'avait toujours pas l'assurance d'être invitée au bal. Et Caroline chancelait sur son piédestal.

À son retour chez elle, elle fut en proie à une violente agitation. Si, en surface, tout semblait identique, elle sentait son monde pris dans un tourbillon. Elle détestait le changement, l'incertitude. Les nerfs à vif, elle avait besoin, pour se calmer, de mettre de l'ordre dans sa maison. Elle commença par sa bibliothèque, et demanda à ses domestiques de classer ses livres par taille.

Elle resta debout au milieu de la pièce, entourée de volumes empilés sur le sol, la console et les guéridons. La bibliothèque terminée, elle se dirigea vers sa galerie de tableaux qui servait également de salle de bal.

Elle s'arrêta devant la cheminée pour embrasser la salle du regard, à côté de ses candélabres favoris, deux magnifiques pièces dorées offertes par William en cadeau de noces. Elle décida de procéder à un nouvel accrochage par artiste : tous les Jean-Baptiste-Camille Corot sur un mur, les Ferdinand Roybet à côté, les Emile van Marcke sur le mur sud auprès des Jules Lefèbvre et ainsi de suite, bien avant dans la nuit, jusqu'à ce que les cent peintures soient placées à l'endroit exact où elle le jugeait bon. Son personnel était épuisé, elle-même n'était pas en reste, et elle finit par se retirer vers deux heures du matin, en emportant une tasse de café et le nouveau feuilleton de Maupassant, *Une vie*, que Thomas lui lisait en français.

Le lendemain, celui-ci donna un coup léger à sa porte.

— Mrs Astor, pardonnez-moi, mais cela vient d'arriver.

Il lui remit une enveloppe en vélin ivoire.

— J'ai pensé que vous aimeriez la remettre vous-même à Carrie.

C'était l'invitation, adressée à Mrs Astor et rédigée dans une ravissante calligraphie.

Mr et Mrs William Kissam Vanderbilt seraient honorés de la présence de Mrs William B. D. Astor et de Miss Carrie Astor au bal masqué qu'ils donneront le vingt-six mars à dix heures au Petit Château.

30

Alva

Un coup de dés. Alva avait appâté Mrs Astor en semant des miettes de pain depuis la maison de la Grande Dame jusqu'au Petit Château. Elle avait réussi, mais à présent elle se sentait nerveuse et fébrile, tendue comme un arc. Elle s'adressait sèchement aux enfants et à son personnel, le regrettait aussitôt et la culpabilité redoublait sa tension.

Elle consulta l'horloge de la cheminée pour la quatrième fois en cinq minutes. À cet instant précis, Caroline recevait son invitation. Et ensuite ? Viendrait-elle au bal ? Allait-elle déchirer le carton ? Les paris étaient ouverts. Si seulement il y avait eu un journaliste, la veille, pour voir la calèche des Astor devant sa porte, c'eût été une forme d'assurance, mais les journaux du matin ne mentionnaient nulle part cet événement. Elle était tentée de le souffler elle-même aux journalistes, mais préféra s'abstenir, car si Mrs Astor venait au bal, Alva atteindrait son but, mais si elle ne venait pas, la provocation ruinerait totalement ses chances d'entrer dans le grand monde.

Comble d'ironie, Alva, qui avait espéré la visite de Mrs Astor pendant des années, n'avait pas pu la recevoir. Elle se trouvait en compagnie de Jeremiah à ce moment-là. Peu auparavant, elle l'avait aperçu devant la grille, mais n'avait pas reconnu l'homme élancé, maigre et barbu vêtu d'un costume mal coupé. Un rôdeur, avait-elle pensé, avant d'y regarder à deux fois.

— Que t'arrive-t-il ? demanda-elle en l'introduisant à la hâte avant qu'on ne le voie.

De près, il semblait en très piteux état. Il avait les cheveux hirsutes, les yeux cernés de noir, les joues et la mâchoire contusionnées.

— Tu t'es battu ? Tu vas bien ?

Il avait éclaté de rire et, sans répondre à sa question, avait levé les yeux vers le plafond voûté en sifflant entre ses dents :

— Il fallait que je vienne jeter un œil à ton palais avant le bal.

— Que se passe-t-il ? insista-t-elle.

Il avait regardé autour de lui, les yeux fureteurs, comme pour s'assurer qu'ils étaient seuls.

— Un jour, tu as dit que si j'avais besoin de quelque chose… Eh bien, j'ai besoin de *quelque chose*.

— De quoi ? Tout ce que tu veux.

— Mon héritage ? Tu te rappelles ces 200 000 dollars ? Eh bien… (Il eut un geste de bravade.) Il n'en reste rien.

— Rien ?

Elle l'avait regardé comme un parent déçu et, en vérité, elle était déçue. Il le savait, il n'avait pas d'autre argent pour vivre, et elle n'eut pas besoin de lui demander comment il l'avait dépensé.

— Je suis ruiné, avait-il lancé dans un grand rire. Maintenant, je n'ai plus aucun crédit dans cette ville.

Il s'assit, s'effondrant littéralement dans un fauteuil. Comme il laissait tomber sa tête dans ses mains, son attitude désinvolte fit place à la panique.

— Je dois beaucoup d'argent, à beaucoup de gens.

Un sanglot lui échappa – un long sanglot déchirant.

— Ils m'ont roué de coups, marmonna-t-il, et ils ont menacé de me tuer si je ne les payais pas. Ce ne serait peut-être pas une mauvaise idée. N'ai-je pas toujours dit que je valais davantage mort que vivant ?

— Combien leur dois-tu ?

— J'ai déjà emprunté ce que je pouvais – j'ai même dépouillé ce pauvre George. Je lui ai gâché la vie. Je n'ai jamais voulu lui nuire, je l'aime. Je le jure.

Elle lui avait saisi le poignet pour l'obliger à l'écouter.

— Combien leur dois-tu ?

Il secoua la tête.

— Dis-le-moi, Jeremiah. Nous parlons de combien ?

— Dans les 90 000 dollars. (Il haussa les épaules.) Grosso modo.

Connaissant Jeremiah, ce *grosso modo* aurait pu en représenter 90 000 de plus. Elle ouvrit sa boîte à chapeau et lui donna les 10 000 qu'elle y avait cachés au fil des ans.

— Voilà de quoi gagner du temps jusqu'à ce que je puisse trouver le reste.

— Et comment vas-tu te débrouiller ? Je sais que Willie ne te donnera pas un sou pour moi. Et puis tu as ton bal à préparer.

— Ne t'en fais pas pour ça. Je vendrai un tableau, ou un bijou.

Leur déménagement n'avait eu lieu que deux semaines auparavant. Et hormis une armoire commandée à Paris et une tapisserie à Nice, tout était en place. C'étaient précisément ces objets qu'elle pensait renvoyer afin de trouver de l'argent pour Jeremiah.

— Je te donnerai le reste, compte sur moi. Pendant ce temps, promets-moi de te tenir éloigné des bars, et plus de poker.

C'est ainsi que ce jour-là, lors de la venue de Mrs Astor, Alva était en compagnie de Jeremiah et avait ordonné à son majordome de ne la déranger *sous aucun prétexte*. Après le départ de Jeremiah, à peine informée de la visite de Mrs Astor, elle avait commencé à s'inquiéter, sûre d'avoir laissé filer sa chance. Mais tout bien considéré, avoir été indisponible se révélait un bien pour un mal. Ne pas recevoir la Grande Dame faisait d'Alva une femme inaccessible, et de surcroît rendait à Mrs Astor la monnaie de sa pièce.

L'après-midi suivant, Alva s'apprêtait à recevoir un groupe de journalistes du *New York Times*, de *Town Topics* et de divers autres journaux. Elle leur réservait une visite en avant-première du Petit Château afin d'assurer plus de publicité à son bal masqué. Ces journalistes s'étaient toujours montrés pleins de considération à son égard et pour sa part elle ne laissait jamais passer un anniversaire ou l'occasion de les gratifier d'une jolie montre, d'une paire de boutons de manchette, d'un brandy rare.

À deux heures cet après-midi-là, son majordome fit entrer une demi-douzaine de reporters qu'Alva accueillit l'un après l'autre, comme pour une réception solennelle. Quand on lui posa la question, elle répondit que Willie K. ne tarderait pas à se joindre à eux. Il avait dû se rendre dans les bureaux de son père, mais elle l'attendait d'un moment à l'autre. Elle commença la visite, détaillant les dorures, les plafonds à fresques, les colonnes corinthiennes, tandis qu'ils lançaient des questions sur l'invitée d'honneur, le costume que porterait l'hôtesse, sollicitaient des précisions sur la décoration et le menu.

La rencontre se poursuivit sans aucun signe de Willie. C'était déstabilisant, il savait pourtant ce que cette visite avait de crucial. Comme le flot des questions ralentissait, le groupe se retrouva à son point de départ. L'un après l'autre, les journalistes prirent congé sans que Willie soit apparu.

Et lorsque enfin il rentra chez lui, elle descendit, furieuse, jusqu'au moment où, parvenue au pied du grand escalier, elle vit l'expression de son visage.

— Qu'y a-t-il ? Qu'est-il arrivé ?

— C'est Oncle Jeremiah.

Alva se figea, l'esprit en ébullition, se demandant si Willie avait eu connaissance de ses efforts pour renflouer ses dettes de jeu. Ou peut-être l'avait-on de nouveau roué de coups. Peut-être était-il à l'hôpital…

— Je suis désolé, dit Willie en venant vers elle.

Elle plongea son regard dans le sien et son cœur cessa de battre. Son corps fut pris de fourmillements.

— Je suis désolé, répéta-t-il en secouant la tête. On a trouvé Oncle Jeremiah ce matin. Dans sa chambre d'hôtel. Il est mort.

Alva s'entendit étouffer un cri, l'air lui manqua, la douleur la frappa de plein fouet. Accrochée à la rampe, elle se laissa tomber sur la première marche.

— Comment ? Qu'est-il arrivé ?

Une seule explication lui venait à l'esprit : ses créanciers l'avaient rattrapé. Willie attendit un moment. Il parcourut le grand hall du regard avant de poser les yeux sur Alva :

— Il s'est tué.

Alva enfouit la tête dans ses mains, haletante, chancelant sur place. Elle n'avait pas souvenir que Willie se soit assis à côté d'elle, mais il lui enveloppait les épaules de ses bras et s'efforçait de la soutenir. *Pourquoi, Jeremiah ? Pourquoi as-tu fait ça ?*

Plus tard, ce jour-là, elle sut pourquoi en lisant la lettre qu'il avait laissée sur la table de chevet, dans laquelle il répétait ce qu'il lui avait confié à maintes reprises : il valait davantage mort que vivant. Dans l'esprit de Jeremiah, son seul véritable amour, George Terry – à qui il léguait les 400 000 dollars de son trust –, aurait assez d'argent pour payer ses dettes et vivre confortablement avec le reste. Alva avait le cœur brisé. Pour elle, les Vanderbilt, Billy en particulier, avaient du sang sur les mains.

Elle erra sans but toute la journée, luttant sans y parvenir contre le poids qui lui oppressait la poitrine, jusqu'au moment où ses forces l'abandonnèrent. Le seuil de sa chambre à peine franchi, elle laissa éclater ses larmes. Elle se jeta sur son lit, enfouit la tête dans un oreiller pour étouffer ses sanglots, puis ses cris, son chagrin mêlé à la colère. Comment Jeremiah avait-il pu la quitter ? Quel égoïsme. Quelle lâcheté. Si seulement elle avait su combien il souffrait. Aurait-elle pu le sauver ?

Depuis la mort de sa mère, elle n'avait pas éprouvé une telle détresse, un tel sentiment de perte. Avec qui allait-elle fumer et boire du whisky au beau milieu de l'après-midi ? Qui partagerait avec elle ses griefs contre sa belle-famille ? Comment croire que plus jamais ils ne marcheraient bras dessus bras dessous, dans le parc ou sur les trottoirs défoncés d'un quartier encore inconnu ? Et comment ferait-elle, privée de son humour grinçant ?

Elle se releva enfin, alla dans la salle de bains et s'aspergea le visage d'eau froide avant de sangloter dans une serviette. Lorsqu'elle parvint à se ressaisir, elle se rappela que son bal masqué avait lieu dans moins d'une semaine. Elle aurait dû, cet après-midi, donner confirmation au fleuriste, au cuisinier et au marchand de vin, mais tout cela ne comptait plus. Elle se fichait de son bal et n'imaginait même pas qu'il fût possible.

Voilà qu'elle pleurait de nouveau, terrassée à l'idée de tout arrêter brutalement. Elle ouvrit le robinet et s'aspergea de nouveau le visage. Quand elle regarda dans la glace, elle l'aurait juré, elle vit Jeremiah, les yeux posés sur elle, le front plissé : « Je t'interdis d'annuler ton bal », lui disait-il. « Je ne te le pardonnerais jamais. »

31
Caroline

Le bal des Vanderbilt commençait à dix heures, et les quadrilles à minuit. Tout comme Caroline n'arrivait à l'Opéra qu'à la minute précédant le deuxième acte, Carrie et elle ne franchiraient pas le seuil des Vanderbilt un instant plus tôt que nécessaire.

Tandis que leur calèche remontait la Cinquième Avenue, Caroline vit des groupes de gens agglomérés le long de la rue. Elle crut d'abord qu'ils étaient costumés – vestons et châles en laine –, avant de se rendre compte que c'étaient des habitants des quartiers populaires venus assister à l'arrivée des invités. Un pâté de maisons plus haut, la foule devint plus dense. Des policiers contenaient les badauds. Carrie regardait par la vitre, son excitation aussi palpable que la curiosité de Caroline.

Plus près encore, Caroline vit, alignés dans la rue, les attelages les plus raffinés de la ville. On aurait pu se croire à Paris, avec tous ces cochers en livrée et ces valets pour prêter assistance aux invités. Une immense marquise se déployait depuis l'entrée jusqu'au trottoir, au-dessus d'un épais tapis rouge destiné à protéger les souliers délicats.

Comme sa fille et elle faisaient leur entrée, Caroline entendit de la musique d'orchestre en provenance de la maison et, *Seigneur !* des gens dansaient dans le grand hall au pied de l'escalier. Une femme déguisée en guêpe, un diamant incrusté dans sa coiffe en triangle, voletait çà et là, piquant les invités et riant comme si elle était déjà tombée dans le punch. Un homme en Daniel Boone pourchassait la Mère l'Oye armé d'un tomahawk décoré de fleurs. Une femme, que Caroline reconnaîtrait plus tard comme l'autre Mrs Vanderbilt – la femme de Cornelius, Alice –, portait une robe blanche parsemée de diamants qui étincelaient comme de minuscules ampoules et tenait à la main une vraie lampe électrique qui s'allumait dès qu'elle pressait un bouton dissimulé dans l'une de ses poches. Il régnait une atmosphère de carnaval, la foule riait et perdait toute retenue. Les costumes offraient, semblait-il, tout loisir d'abolir les conventions. Caroline frissonna. Personne n'aurait osé se conduire de façon aussi indigne à l'un de ses bals. *Jamais !*

À la différence de presque tous les invités dissimulés derrière leurs déguisements, Caroline n'avait guère songé à un costume et n'avait pas eu le temps de se préparer. Elle s'était décidée à la dernière minute pour une robe de bal vénitienne de style rococo en velours violet, et arborait ses quatre colliers en diamants que le décolleté mettait en valeur. Elle sentit les yeux se tourner vers elle et inspira profondément. Les visages étonnés révélaient que nul ne s'attendait à ce qu'elle fût présente à cette soirée.

Comme Carrie s'excusait pour aller répéter son quadrille, Caroline vit que Puss Strong était venue vêtue en chatte, un chat empaillé sur la tête et plusieurs queues cousues au dos de sa robe. Elle avançait vers Caroline lorsque, Dieu soit loué, Ward McAllister lui barra la route, passa devant Puss et courut vers elle, abandonnant toute dignité.

— Bienvenue, bienvenue, dit-il, comme s'il était l'hôte.

Elle trouva cela irritant au plus haut point. Elle détestait sa façon de s'approprier cette mascarade.

— Ma Rose Mystique est arrivée, et, n'est-ce pas, le vrai bal peut maintenant commencer.

— Et qui, je vous prie, êtes-vous censé être ?

Elle examina son costume, sans trop savoir ce qu'elle trouvait le plus ridicule : sa perruque poudrée, l'énorme plume jaillissant de sa coiffe, les bas orange vif ou le gorgerin plissé qui lui encadrait le visage. Sans la *Rose Mystique* et le *n'est-ce pas*, elle ne l'aurait probablement pas reconnu.

— Un membre de l'aristocratie française, voyons !

Il fit une profonde révérence, très peu dans le style McAllister, qui lui valut un regard réprobateur lorsqu'il se redressa.

— Venez par ici, dit-il, continuant à jouer son rôle.

En passant du grand hall au salon, Caroline se força à ne pas lever les yeux pour admirer les lampes à acétylène qui illuminaient la pièce et les plus belles décorations florales qu'elle eût jamais vues, des flots d'orchidées et de bougainvillées partout où se posait le regard. De toute évidence, Alva Vanderbilt ne voulait pas non plus que son luxueux mobilier Louis XV échappe à un seul invité. Caroline fit de son mieux pour paraître indifférente. Il lui fallait ne pas se départir de son sentiment de supériorité et veiller à tout prix à ne pas montrer qu'elle était impressionnée, alors qu'en réalité elle l'était vraiment. La seule façon de s'en sortir consistait à feindre le dégoût – ne fût-ce que pour elle-même.

Soudain, des applaudissements retentirent, une trompette résonna et un vol de colombes blanches s'échappa de derrière un rideau. À l'instant où, battant des ailes, elles commencèrent à prendre leur essor apparut en grande pompe l'hôtesse en personne, Alva Vanderbilt. Caroline devina que cette princesse de Croÿ à son côté était la vicomtesse Mandeville.

Une fois les colombes sorties de son champ de vision, la première chose que vit Caroline fut qu'Alva aussi portait une robe de bal vénitienne. La sienne était en brocart jaune citron et blanc, et à son cou brillaient les perles de Catherine de Russie. Alva ressemblait à une princesse, mais Caroline n'oubliait pas qui était toujours la reine.

Au milieu de la foule des invités en adoration, les regards d'Alva et de Caroline se fixèrent l'un sur l'autre. Un matador et son taureau. Debout, Alva attendait d'accueillir ses invités aux côtés de la vicomtesse et Caroline se sentit propulsée vers elles. Les conversations avaient cessé. Les invités, impatients d'assister au moment où Caroline et Alva se retrouveraient face à face, avaient les yeux rivés sur elles.

Alva parla la première, avec son accent doux et sirupeux du Sud :

— Je suis si heureuse que vous ayez pu venir ce soir, Mrs Astor. Surtout au pied levé. J'espère que vous me pardonnerez de ne pas vous avoir reçue quand vous êtes passée l'autre jour.

Touché. Caroline mit un moment pour répondre :

— Mrs Vanderbilt, vous vous êtes surpassée ce soir, dit-elle avec un hochement de tête royal avant de s'éloigner.

Elle fut aussitôt saluée par un homme masqué en collants jaunes et cape touchant le sol.

— N'est-ce pas merveilleux ? Je suis ravi de vous voir ici.

Son accent le trahissait. James Van Alen était tout sourire.

— Quel bonheur que vous ayez pu laisser tomber vos chicaneries. Emily aurait été tellement contente !

Emily ! Une fraction de seconde, Caroline s'attendit à voir sa fille avec lui.

— Emily avait une reconnaissance infinie pour Alva. Ce jour-là, à Newport, nous l'aurions perdue si elle n'avait pas été là…

Oh, Emily. La douleur qui étreignait le cœur de Caroline l'empêchait de comprendre les paroles qu'avait prononcées Van Alen. Elle avait envie de parler de sa fille, pour garder présente sa mémoire, et s'apprêtait à lui demander des précisions lorsque Carrie apparut. Van Alen se volatilisa, enlevé par un autre homme masqué.

— Maman, puis-je te présenter Mr Wendell Perkins.

— Mrs Astor, c'est un grand honneur.

Il s'inclina cérémonieusement. Comme surgi de la cour d'Henri III, il portait une aigrette en diamants. Caroline eut l'impression que Carrie ne s'intéressait pas vraiment à ce jeune homme. À en juger par la façon dont elle l'avait, en passant, également présenté à Ward, elle devina que ce Wendell Perkins n'était qu'un admirateur de plus désireux de faire la connaissance de sa mère. Elle et Ward échangèrent pourtant quelques propos avec lui jusqu'au premier quadrille. Carrie et Wendel s'excusèrent afin de se préparer à leur présentation.

Dès qu'ils furent partis, la nature cancanière de Ward McAllister reprit le dessus.

— Que voulait dire Van Alen par cette allusion à Emily et Alva ?

— Je n'en ai pas la moindre idée.

— Eh bien, je vais tirer cela au clair tout de suite.

Et il disparut.

La tête de Caroline commençait à palpiter et, tandis que tout le monde refluait dans la salle de bal pour les quadrilles, les pulsations dans ses tempes semblaient suivre le rythme de l'orchestre. Les danses, pour la plupart, lui parurent médiocres, le quadrille sur Ma Mère l'Oye et les chevaux involontairement grotesque, et le quadrille de Dresde bien trop ténébreux. La dernière danse, celle que Caroline jugea la plus impressionnante, et en vérité la plus élégante, fut le quadrille en étoile de Carrie.

Il était près de deux heures du matin quand les valets commencèrent à circuler dans la foule en distribuant des cadeaux. Caroline et les autres femmes reçurent des broches incrustées de diamants et des bracelets assortis. Il fut un temps, songea-t-elle, ou les éventails ou les boutonnières en soie passaient pour être des cadeaux parfaits. Elle trouvait de très mauvais goût l'extravagance d'Alva ainsi que la joie exprimée par Ward

McAllister devant ses nouveaux boutons de manchette en rubis.

À mesure que l'heure avançait, de nombreux messieurs, comme bon nombre de dames, consommaient bordeaux et champagne en quantité excessive et se conduisaient de façon déplorable ; l'une des Marie-Antoinette distribuait des coups de sceptre sur les têtes, et la Petite Bergère l'imitait avec sa houlette. Napoléon Bonaparte faisait une partie de bras de fer avec Amadeus Mozart sous les cris et les applaudissements. Jamais de sa vie Caroline n'avait imaginé voir un jour les citoyens les plus respectés de la haute société se donner en spectacle de cette façon. Elle se surprit à regarder et même, à un certain moment, à rire, amusée et atterrée à la fois. C'était tout simplement grotesque.

Quand on les invita à descendre pour dîner, Caroline avait repris contenance et cherchait à deviner jusqu'où Alva avait décidé d'aller pour impressionner la société. Dans l'immense salle à manger au plafond voûté, on avait dressé plus d'une centaine de tables rondes, toutes ornées de porcelaine Royal Worcester bleu cobalt et or, d'une pléthore de verres en cristal et de couverts en or quatorze carats. Sur chaque table, un centre en roses rouges American Beauty, les fleurs favorites de Caroline depuis toujours. Elle les considérait comme *ses* fleurs et eut l'impression qu'on empiétait sur son territoire.

Un remue-ménage interrompit ses pensées, elle vit un valet bondir çà et là, manquant renverser l'une des Grande Catherine. Un couple des colombes qui avaient annoncé l'apparition d'Alva s'était échappé et volait à présent dans la salle à manger. Comme le valet s'efforçait d'attraper les volatiles, l'un d'eux se percha sur le chat empaillé de Puss. Celle-ci fit semblant de rien. *Quand on a bu assez de champagne, une créature de plus ou de moins sur la tête…*

Ward McAllister courut – *il courut* – vers Caroline, à bout de souffle et impatient de raconter ce qu'il avait appris.

— J'ai donc eu une conversation avec Van Alen, n'est-ce pas…

Il parla de Newport, de Cliff Walk, discourant jusqu'au moment où Caroline se figea, incapable de lui prêter l'oreille. Elle venait de s'apercevoir qu'on avait réservé sa place sur le podium, à côté d'Alva. Rien de surprenant, on la plaçait toujours à côté de l'hôtesse. Mais là, c'était différent. Elle servait d'accessoire, elle était là pour faire passer un message, pour être exhibée, et elle ne pouvait pas se dérober. Tous ceux qui la voyaient entrer s'effaçaient devant elle.

Ward prit le siège qui lui était attribué de l'autre côté de Caroline et entreprit de lui raconter comment Alva avait porté secours à Emily sur Cliff Walk.

— Quoi ? fit-elle en se tournant vers lui.

— Oui, Emily a glissé, elle est tombée, Alva passait par là et c'est elle qui lui a sauvé la vie…

Caroline écoutait tandis que le vacarme autour d'elle s'atténuait en un bruit de fond. Elle s'efforçait d'assimiler les propos de Ward mais sans parvenir à leur donner un sens. *Emily... sur Cliff Walk ? Avec Alva Vanderbilt ?* Une pensée en entraînant une autre, elle se rappela alors vaguement ce jour à Newport où Emily était rentrée en claudiquant, couverte d'égratignures et de bleus sur le visage. Alva l'accompagnait. Oui, elle se rappelait le maillot de bain rayé noir et blanc. *C'était vrai. Alva avait bel et bien sauvé la vie d'Emily.* Caroline porta une main à sa bouche, l'autre restant ouverte sur ses genoux. Elle sentait les battements de son cœur sous la pulpe de ses doigts.

Ward poursuivit en chuchotant, mais Caroline ne l'écoutait plus. Elle luttait pour concilier l'inimitié et la colère que lui inspiraient Alva et sa soudaine gratitude à son égard.

Une nouvelle salve d'applaudissements accueillit l'arrivée de l'hôtesse et de son mari – costumé en duc de Guise. Un souffle d'énergie accompagna le couple qui se dirigeait vers l'estrade. Elle était encore perdue dans ses pensées : il lui fallait l'admettre, elle était surprise, et même impressionnée, qu'Alva n'ait pas exploité l'incident avec Emily. Peut-être, au contraire de ce que pensait Caroline, possédait-elle une plus grande finesse de jugement. Elle n'en était pas moins détestable, mais Caroline sentit naître envers elle un sentiment de considération bien réel.

Quand Alva eut fait une révérence et que son mari se fut incliné, le couple s'installa et les valets servirent le premier plat. Caroline était assise si près d'Alva qu'elle sentait son parfum et pouvait admirer la taille et la pureté exceptionnelles de ses diamants. Il était plus que temps pour elles de se saluer et quand leurs regards se croisèrent, Caroline sut que c'était à elle de parler la première.

Avec n'importe qui d'autre, elle se serait excusée de sa conduite passée, car elle ne craignait jamais d'avouer une faute. Mais Caroline avait déjà ravalé son orgueil en venant au bal et à présent, en plongeant les yeux dans le regard bleu d'Alva, elle ne put se résoudre à exprimer ses regrets. « Merci », fut ce qu'elle trouva de mieux. Et pour montrer qu'elle ne la remerciait pas de son invitation au bal, elle ajouta : « Merci pour ce que vous avez fait pour Emily. Je l'ignorais. » Et sur ses mots elle prit une cuillerée de soupe à la tortue.

32

Alva

Alva mit un instant à comprendre à quoi faisait allusion Mrs Astor. James Van Alen avait probablement dû lui parler de Cliff Walk, car hormis Willie, personne d'autre ne connaissait l'histoire.

— J'ai été heureuse de pouvoir l'aider, dit-elle, sans trop savoir si la Grande Dame, qui gardait les yeux baissés sur sa soupe, l'avait entendue.

Et ce fut tout. Elles n'échangèrent plus un mot.

Au cours du souper, Alva promena son regard autour de la pièce, émerveillée par la transformation du gymnase des enfants en élégante salle à manger. Le souper comptait neuf plats, préparés par le chef du Delmonico's en personne, ce qu'aucune hôtesse n'avait encore obtenu jusque-là. À une époque, elle ne savait même pas de quoi serait composé son dîner ou si sa famille serait jetée à la rue. *Imagine, se relever d'une telle épreuve.* Cette soirée, Alva en avait rêvé. C'était un moment qu'elle voulait graver dans sa mémoire à tout jamais. Aujourd'hui, elle recevait dans son palais, assise à côté de Mrs Astor. Si seulement Julia avait été là, mais elle n'avait même pas répondu à son invitation. Aux dernières nouvelles, sa sœur avait déménagé à Brooklyn et se consacrait au mouvement des suffragettes. Alva chercha des yeux Jennie et Armide, espérant qu'elles au moins comprendraient l'importance de cette soirée. Malgré le jugement sans appel de Julia sur la maison, Alva ne doutait pas que sa mère aurait été fière. C'était ce genre de vie qu'elle avait toujours souhaité pour ses filles – *toutes* ses filles.

Certes, Alva avait atteint l'objectif qu'elle s'était fixé, ce qu'Alice elle-même n'aurait pu réussir. Grâce à elle, les Vanderbilt avaient forcé les portes de la plus haute société. Elle avait gagné et elle attendait maintenant cette validation, cette effervescence, la sensation des bulles de champagne dans sa gorge. Elle attendait… *Mais où était-elle ?* Étrangement, Alva se sentait un peu absente. Elle regardait le tourbillon des festivités – le festin, la danse, son mari et Duchy riant joyeusement – mais sans tirer une grande satisfaction de son triomphe.

Était-ce lié à la perte de Jeremiah ? À un moment, ce soir, elle avait cru le voir. Elle aurait juré qu'il était l'un des rois Lear. C'était si difficile de concevoir qu'elle ne le reverrait jamais, qu'elle n'avait pu lui dire adieu. Elle sentit les larmes lui monter aux yeux et se força à les ravaler.

Mamie Fish vint interrompre le cours de ses pensées. Elle était déguisée en Elizabeth Ire, avec une robe dorée, un vertugadin argenté et une fraise qui l'empêchait de tourner la tête.

— J'espère, dit-elle, dans le plus pur style Mamie, qu'après tout ça, Willie et vous ne finirez pas ruinés.

Elle éclata de rire, ce qui attira les regards.

— De grâce, Mamie, allez-vous-en, dit Alva sans le moindre sourire. Sérieusement. (Elle indiqua la direction de la salle de bal.) Allez-vous-en.

Mais Mamie resta plantée là, bientôt rejointe par Puss qui, dans ses mains gantées, tenait l'une de ses nombreuses queues.

— Je suis si contente que tu aies réussi à te débarrasser de l'oiseau perché sur ton chat, fit Mamie, éclatant de rire derechef.

Puss caressa sa coiffe pour s'assurer que son animal empaillé était bien en place.

— Alva, parlez-nous du nouvel Opéra. Son ouverture est toujours prévue pour le mois d'octobre ? Savez-vous déjà qui va se produire ? Êtes-vous satisfaite de la disposition…

Alva essuyait toujours une pluie de questions quand Oliver Belmont apparut, vêtu d'un collant jaune et rouge et d'une cape en velours noir.

— Mrs Vanderbilt, me ferez-vous l'honneur de la prochaine danse ?

Il s'inclina en chuchotant.

— Il me semble que vous avez besoin de secours.

C'était le cas.

— Je vous préviens, reprit-il en la conduisant vers la piste, je pars prestement.

En effet, Oliver Belmont avait le pied léger. Il dansait beaucoup mieux qu'elle ne s'y attendait. Et s'il éprouvait la moindre gêne d'avoir pour cavalière une femme plus grande que lui, il n'en laissait rien paraître.

— Vous avez ce soir remporté une éclatante victoire. Alors que se passe-t-il ? Le foie gras n'a pas tenu ses promesses ?

— Que voulez-vous dire ?

— Vous ne souriez pas beaucoup.

— Je suis épuisée.

Il hocha la tête, guère convaincu.

— Et ensuite ?

— *Ensuite ?* Vous trouvez que ce n'est pas assez ?

— Non, dit-il avec un sourire et en la faisant tournoyer, pas pour quelqu'un comme vous.

— Quelqu'un comme moi ? Qu'entendez-vous par là ?

— Rien. Rien du tout.

— Dites-moi !

— Très bien, soupira-t-il. Très bien. Vous, Mrs Vanderbilt, vous ne vous contentez jamais de ce que vous avez. Je le sais parce que vous me faites un peu penser à moi.

Elle le regardait en face et il plongeait son regard dans le sien. Elle n'avait jamais remarqué qu'il avait de beaux yeux. Ou qu'elle se sentait détendue en sa compagnie, ce qui aussitôt créa *une grande tension*.

À l'autre bout de la pièce, elle vit Willie K. danser avec Duchy, à ses yeux la plus majestueuse des princesses de Croÿ. Elle rayonnait, riait à une remarque de Willie et Alva, heureuse de voir son amie s'amuser, était reconnaissante à Willie de l'attention qu'il lui accordait, d'autant plus que le vicomte n'avait pu l'accompagner.

La danse terminée, Alva remercia Oliver, bien qu'elle n'eût pas dit non à une autre danse.

À peine retournée à ses devoirs d'hôtesse, elle vit venir Ward McAllister, impatient de lui annoncer que Mrs Astor avait quitté le bal de bonne heure, à trois heures et demie.

— Et, n'est-ce pas, les journalistes sont partis tout de suite après…

En l'écoutant, Alva songeait à tous ces reporters qui avaient dû se précipiter vers leurs bureaux pour rédiger les articles qui seraient imprimés dans les carnets mondains du lendemain. Elle observa le spectacle offert par ses invités : Oliver Belmont dansait à présent avec Puss ; l'interrupteur d'Alice Vanderbilt avait cessé de fonctionner et Cornelius essayait de le réparer ; Mamie et Tessie Oelrich se chamaillaient pour savoir qui avait eu en premier l'idée de venir en Elizabeth Ire. Ward parlait toujours de Mrs Astor quand Alva s'excusa pour emprunter Duchy à Willie. Au milieu de mille cinq cents personnes, elle se sentait seule et avait envie de passer un moment tranquille avec son amie.

À mesure que la soirée avançait, la fatigue s'empara d'Alva et, à la vérité, un certain ennui. Sa perruque était lourde et chaude, sa robe lui comprimait la taille. Willie faisait faire le tour du propriétaire, comme s'il avait été le génie à l'origine de tout. Partout où elle posait les yeux, elle voyait des pièces de costume abandonnées : un masque piétiné dans le hall, des plumes tombées d'un chapeau, des gants d'homme, une perruque poudrée qui se révéla être celle de Willie K. Il était tard. L'aube commençait à poindre. Bientôt son personnel installerait le buffet du matin, après quoi toute l'excitation des préparatifs et la fébrilité retomberaient, ce serait fini. Terminé.

Quelques heures plus tard, les derniers invités avaient quitté les lieux. À l'aube, un valet avait aidé Willie K., ivre mort, à monter l'escalier. Le soleil s'était levé, et hormis les domestiques chargés de remettre de l'ordre dans la maison, le Petit Château était étrangement silencieux. Alva le savait, malgré son immense fatigue, elle ne parviendrait pas à dormir. Elle revécut depuis le début le déroulement de la soirée, écrivant déjà ses propres commentaires sur le bal. Son esprit gomma les moments décevants ou insipides. Elle élimina les détails les moins spectaculaires, ou les plus imparfaits, jusqu'au moment où sa mémoire lui renvoya le tableau du succès sans précédent que son bal, ainsi qu'elle l'avait espéré, avait remporté. Mais naturellement, le dernier mot revenait aux journaux.

Il était près de huit heures du matin. Willie et les enfants dormaient encore et Alva, bien réveillée, sentait une énergie nerveuse fourmiller en elle. Lorsque le silence lui devint insupportable, elle prit son manteau et son sac, et sortit dans l'air du matin.

Le tapis rouge, immaculé la veille, avait été piétiné par des milliers de pas. Il faisait froid, une journée claire commençait : les gouvernantes emmenaient les enfants à l'école ; les hommes d'affaires se hâtaient, coiffés de leurs chapeaux melon, armés de leurs mallettes et de leurs cannes ; les calèches et les fiacres remontaient et descendaient la Cinquième Avenue.

Alva vit un petit vendeur assis à un coin devant des piles de journaux attachées avec de la vieille ficelle.

Son cœur s'accéléra. Elle se sentait comme une actrice ou une chanteuse d'opéra impatiente de lire les critiques de la représentation de la veille. Son sort se jouait là et, après avoir acheté un numéro de chacun d'eux, toujours vêtue de sa robe de bal vénitienne, Alva s'assit sur un banc et se mit à les parcourir un par un jusqu'à trouver l'article, le seul qui comptait vraiment.

C'était le commentaire de sa plus implacable critique, celle qui ne parlait que rarement aux journaux :

> *« Rien ne nous autorise à exclure ceux dont l'expansion de ce grand pays a permis l'éclosion, du moment qu'ils ne sont vulgaires ni à l'oreille ni aux regards », a déclaré Mrs Astor en quittant le Petit Château. « L'heure des Vanderbilt a sonné. »*

33

Alva

Plusieurs mois après son bal masqué, Alva découvrit qu'elle était de nouveau enceinte. Malgré les nausées matinales, elle refusa de ralentir son élan vers le but qu'elle s'était fixé : gagner du terrain dans le monde. Le Petit Château avait exaucé tous ses souhaits. On la priait depuis peu d'assister aux soupers, aux bals et autres réceptions dont on l'écartait auparavant. Grâce à une robe de bal et à la présence de Mrs Astor, Alva figurait en haut de presque toutes les listes d'invités.

Mais, au mieux, Mrs Astor demeurait tiède. Malgré sa déclaration à la presse, elle ne lui avait encore envoyé aucune invitation personnelle, ne fût-ce que pour un thé, sans parler de ses soupers ou de ses bals très fermés. Furieuse, Alva savait pourtant que Mrs Astor finirait par changer d'attitude. Tous les jours, les cartes de visite s'amoncelaient chez elle et son carnet de rendez-vous se remplissait des semaines et des mois à l'avance.

La société n'avait pas seulement ouvert ses portes à Alva ; tous les Vanderbilt tiraient profit de sa réussite.

Tout spécialement Willie. Sans qu'elle eût besoin de dire « Je le savais », les clubs commencèrent soudain à le solliciter, même le Knickerbocker, l'Union Club et le New York Yacht Club.

Maintenant que la construction du Petit Château était achevée, que le chantier de l'Opéra touchait à sa fin, elle avait hâte de se lancer dans un autre projet. Elle avait envie de construire une nouvelle maison à Newport, mais Willie n'était pas dans les mêmes dispositions, d'autant plus qu'elle attendait un enfant. Il ne dissimulait pas ses reproches : les chantiers accaparaient toute son attention et l'éloignaient des siens. Elle-même était bien forcée de l'admettre. Elle pouvait, en examinant les plans, perdre la notion du temps, oublier ses enfants qui l'attendaient pour déjeuner ou déboulaient dans son bureau, un livre à la main, pour qu'elle leur fasse la lecture. Willie lui demandait si elle venait se coucher. « Cinq minutes », répondait-elle, stupéfaite de le revoir une heure ou deux plus tard, déjà en peignoir, son épi dressé sur la tête laissant deviner qu'il avait déjà cédé au sommeil.

À présent, privée des plans qui l'absorbaient, elle était obsédée par l'ouverture du nouveau théâtre, le Metropolitan Opera House.

— Pour la saison inaugurale, dit Alva à l'adresse de Billy et des autres membres du conseil d'administration, il faut absolument que l'ouverture officielle se déroule le même soir que le premier spectacle de la saison de l'Académie de musique.

Les hommes la fixèrent, bouche bée, les yeux écarquillés. Quelqu'un – elle ignorait qui – étouffa un cri.

Alva refusa de regarder Willie et songea qu'il attendrait plus tard pour la réprimander.

Elle s'apprêtait à adoucir ses propos quand Billy s'exclama :

— Bon sang, pourquoi n'y ai-je pas pensé ?

— Mais… le même soir ? s'interrogea Willie. Comment est-ce possible ?

— Allons donc, dit J.P. Morgan. C'est une idée géniale.

— L'Académie ne pourra pas rivaliser avec notre nouvel Opéra, dit Cornelius. Tout le monde est impatient de le voir. Le soir de l'ouverture, ce vieux théâtre sera vide.

— Et toutes les vieilles fortunes grinceront des dents, ajouta Mr Gould.

— Mais, insista Willie, il nous faut trouver les talents.

Alva lui lança un regard courroucé. Pourquoi semait-il le doute quand tout le monde exprimait son approbation ? Lui en voulait-il ? Se sentait-il menacé ? Où était le garçon fou amoureux qu'elle avait épousé ? Elle voulait seulement qu'il se montre fier d'elle.

— Comprenez-vous, persista Willie, en ce qui concerne les talents, il ne nous restera que des seconds couteaux. J'ai entendu dire que Christine Nilsson a déjà été engagée pour chanter le soir de leur ouverture.

— Ne t'inquiète pas pour les talents, dit Alva. J'en fais mon affaire.

Par un beau lundi soir d'octobre, le 22, alors que les fidèles des vieilles fortunes de New York se rendaient à l'Académie de musique, l'attelage d'Alva s'arrêta devant le nouveau Metropolitan Opera House. Elle portait une robe bleu roi ornée d'une basque brodée de fils d'or et d'argent. La toilette avait été dessinée à Paris par Mme Buzenet et Alva avait fait lâcher les coutures pour faire de la place à l'enfant qu'elle portait. Elle s'avança au bras de Willie K., souriant pour la presse alignée de part et d'autre de Broadway, entre la Trente-Neuvième et la Quarantième Rue. Elle se demanda si les journaux couvraient les arrivées à l'Académie.

Une fois à l'intérieur, Alva marqua un temps d'arrêt pour regarder chacun admirer le grand hall. Il était si vaste que le premier étage aurait pu loger l'Académie tout entière. L'immense chandelier de cristal ayant été installé, on voyait mieux les détails des reliefs sur les moulures dorées. Elle se félicitait également de la sensation sous ses pas du somptueux tapis écarlate. Elle avait lutté pied à pied avec l'architecte, mais pour finir, le Metropolitan Opera House portait sa signature, et nul ne l'ignorait.

Elle regarda les gens pénétrer dans l'auditorium. Ils marquaient leur étonnement en découvrant non pas un, non pas deux, mais *trois* étages de luxueuses loges privées destinées à accueillir la meilleure société. Et cette fois, grâce à Alva, son cercle allait figurer parmi ceux qui auraient le privilège de les occuper. Selon ses instructions, Mr Cady avait conçu ces loges de façon à ce que chaque occupant soit offert à la vue autant que les artistes.

Le courant s'inversait et Alva voulait jouir de ce moment. Elle embrassa la salle du regard, elle vit Puss caresser Mr Fritzy assis sur ses genoux, son collier de diamants brillant de mille feux. D'une main, Ophelia agitait joyeusement son éventail de soie et de l'autre réveillait son mari. Lydia ne cessait de tripoter sa broche en topazes roses et brunes, créée, avait-elle confié à Alva, par son ami Louis Comfort Tiffany. Penelope était tellement enchantée d'être là qu'elle semblait ne pas s'inquiéter de voir son mari diriger ses jumelles sur une femme installée dans une loge en face. Alva regarda ces femmes assises un peu en hauteur sur leurs sièges en velours, épaules droites, tête haute. Elles n'occupaient plus un rang inférieur, elles se trouvaient exactement à l'endroit dont elles avaient toujours rêvé.

Alva se carra dans son fauteuil et regarda Christine Nilsson dans le rôle de la Marguerite de *Faust.* Quand elle lui avait proposé le double du cachet offert par l'Académie, la cantatrice avait accepté sur-le-champ.

Au cours de l'entracte, Alva et Willie furent rejoints par Oliver Belmont, qui escortait ce soir-là miss Louise Baldwin. Avec ses cheveux blond miel, c'était une débutante à la beauté frappante dont la popularité n'avait d'égale que celle de Carrie Astor. Alva trouvait qu'Oliver et Louise formaient un couple élégant, Oliver étant particulièrement séduisant avec son haut-de-forme et sa cravate de soie blanche. Au cours des quelques années écoulées, son visage rond avait acquis des traits plus affirmés et on sentait se dessiner des mâchoires fortes. Il avait vraiment de beaux yeux. Beaux et tristes, cependant. Elle se rappelait leur danse au cours de son bal, où il lui avait confié se reconnaître en elle, *jamais tout à fait satisfaite de ce qu'elle avait*. Elle aussi, maintenant, sentait en lui cette même fébrilité et se demanda dans combien de temps il lâcherait miss Baldwin pour la prochaine femme du monde.

— Mrs Vanderbilt, vous êtes ravissante.

Il s'inclina pour lui baiser la main, comme il l'avait fait à maintes occasions, mais cette fois elle ressentit un picotement inattendu, une étincelle.

— Mr Belmont ! Je ne m'attendais pas à vous voir ce soir. J'étais sûre que vous seriez avec votre père à l'Académie.

Elle sourit, pencha la tête et battit des cils, avant de se faire le reproche de flirter avec lui.

— Mes sincères félicitations pour cette inauguration, dit-il en adressant un bref hochement de tête à Willie. Mais soyez sans crainte, Mrs Vanderbilt, je ne manquerai pas de dire à Papa qu'il a affaire à forte concurrence.

En regardant Oliver se frayer un chemin dans le hall avec Louise, Alva se demanda quelle serait la réaction de Mr Belmont quand il apprendrait que son fils était venu à sa soirée d'ouverture. *Sa soirée d'ouverture.* C'était ainsi qu'elle voyait les choses. Et une part d'elle-même se demanda aussi si c'était pour elle qu'Oliver était venu.

Comme Willie et elle s'apprêtaient à regagner leurs fauteuils, Alva aperçut Mr et Mrs Stuyvesant Fish essayant de filer discrètement avant le quatrième acte.

— Mais où allez-vous donc ? demanda-t-elle à Mamie, ne plaisantant qu'à moitié.

Le visage de Stuyvesant s'empourpra et Mamie agita son mouchoir avec un rire sonore.

— Vous savez bien que je déteste l'opéra. Trois actes de *Faust*, je suis incapable d'en ingurgiter davantage.

Le sourire d'Alva s'élargit encore. *Trois actes* de Faust. Il y avait de quoi rire. Chacun le savait, si Mamie détestait l'opéra, elle se rendait aux spectacles du lundi aussi religieusement qu'à la messe du dimanche. Alva se doutait bien de l'endroit où allaient Mr et Mrs Fish. Ils avaient l'intention avec leurs amis, Puss comprise, de faire la navette entre les deux théâtres. Tous s'assuraient une couverture pour le cas où l'Académie volerait la vedette au nouvel Opéra. Tous voulaient être au bon endroit au bon moment.

— En faisant vite, dit Alva à Mamie, vous pourrez assister au quatrième acte. Oh, et bien sûr, saluez Mrs Astor pour moi.

34
La société

Ceux d'entre nous qui font désertion entrent dans la salle de l'Académie et se fraient un chemin jusqu'à leurs sièges au parterre. Nous remontons les nombreuses couches de tissu de nos luxueuses robes et, à pas chassés dans les rangées étroites, nous nous dirigeons vers nos fauteuils rabattables aux charnières grinçantes et aux ressorts usés un peu trop habitués à nos postérieurs.

Nous voyons Mrs Astor dans sa loge privée, accompagnée bien sûr de Ward McAllister. Elle porte une robe en velours vert forêt au corset incrusté de diamants. D'après quelqu'un qui l'a vue arriver au théâtre, sa traîne est ornée de perles en or quatorze carats. Même du parterre, on peut voir ses trois colliers en diamants et sa broche en forme de harpe également en diamants. Et pour ceux à qui cela aurait échappé, les diamants piqués dans sa perruque ne manqueront pas d'attirer les regards. Dès qu'elle remue dans son fauteuil, sa robe brodée de pierreries attrape la lumière et étincelle, de telle sorte qu'il est impossible de regarder ailleurs ou quelqu'un d'autre.

Au début de l'entracte, Mrs Astor et Ward McAllister restent assis tandis que les gens attendent leur tour d'entrer dans sa loge. La procession est visiblement beaucoup moins longue que d'habitude. Nous pensons bien que Mrs Astor et Ward McAllister feront comme si de rien n'était, et qu'ils ne parleront pas des fauteuils vides. Admettre que nombre de leurs abonnés ont choisi le nouvel Opéra plutôt que leur bien-aimée Académie doit être insoutenable. Et les remplir d'une grande nostalgie, car il fut un temps où l'on savait toujours où l'on serait le lundi soir. Mais c'est en train de changer, à cause d'Alva Vanderbilt.

Pendant des années, Alva a été intarissable sur le nouvel Opéra. Il fallait que tout le monde sache que l'inspiration venait d'elle. Elle n'avait pas le triomphe modeste. Elle a dû tenir bon contre son beau-père et les autres membres du conseil d'administration. À l'époque, nous nous étions moquées d'elle mais à présent, l'idée qu'elle a mené à bien ce projet, qu'elle a assumé une telle responsabilité, nous laisse sans voix. Jalouses, peut-être, mais aussi pleines d'espoir. Nous pouvons nous accorder une petite respiration et, pour le meilleur ou pour le pire, méditer sur le sens de notre vie.

Chacune d'entre nous, à sa manière, s'interroge sur son séjour sur terre. Nos maris et nos pères le passent en bateau, dans leurs clubs, ou enfermés dans leurs bureaux. Pendant ce temps, nous voulons nous convaincre de l'importance du travail qui nous échoit. Après tout, nos bals et nos soupers de neuf plats ne se font pas tout seuls, n'est-ce pas ? Et si nous n'étions pas si occupées à cela, à quoi emploierions-nous nos journées ? À étudier la philosophie et l'Antiquité grecque ? À écrire de grands textes littéraires ? À composer des opéras ? À trouver des remèdes contre la variole et la malaria ?

Si Alva a pu construire un Opéra, imaginez seulement ce dont nous serions capables si on nous laissait faire.

35
Alva

New York, 1884

En 1884, le 6 juillet, Alva et Willie accueillirent la venue au monde d'Harold Sterling. Et le 15 juillet, dès qu'elle en eut la force, Alva invita la presse au Petit Château afin de lui présenter le dernier-né des héritiers Vanderbilt. Telle fut du moins l'explication qu'elle donna à Willie et ce qu'elle mit au point avec les journalistes.

La grossesse avait été difficile et, au cours des trois derniers mois qui lui avaient paru durer trois ans, on avait fermement conseillé à Alva de se reposer. Chaque jour qui passait sans déjeuner, sans dîner, sans bal et sans spectacle l'éloignait davantage de la vie qu'elle avait connue. Elle redoutait de perdre le fruit de ses progrès dans la société. Et plus encore, elle craignait que Mamie et Tessie ne viennent lui ravir une place si chèrement conquise. Pour éloigner cette menace, elle avait décidé de convoquer les journaux et de refaire parler d'elle avant qu'on oublie son nom.

Les reporters du *New York Times*, du *World*, du *Sun*, de l'*Evening Telegram*, du *Town Topics* et de diverses autres gazettes se rassemblèrent dans le grand hall du Petit Château. Beaucoup d'entre eux étaient déjà venus, mais la grandeur solennelle de l'édifice les captivait encore. Alva, habituée à sa demeure, ne voyait plus sa splendeur. Son œil, au contraire, était devenu critique, elle relevait les défauts dans les moulures d'un des salons ou dans la manière dont les draperies étaient accrochées dans le bureau. Ces imperfections mineures l'obsédaient et envahissaient son esprit. C'était une bonne chose de voir sa création à travers le regard neuf de la presse. Ce jour-là, la lumière d'été entrait par les doubles fenêtres à ogives comme si elle avait veillé expressément à ce que les rayons du soleil y pénètrent de cette façon.

Alva se plaça devant le grand escalier, tenant dans ses bras le ravissant petit Harold au visage rouge, enveloppé dans une somptueuse couverture de cachemire. Consuelo, sept ans, à sa gauche et Petit Willie, six ans, à sa droite, elle répondit à la volée de questions : *Comment se sentait-elle ? De qui Harold tenait-il son nom ? Quels étaient les sentiments de Consuelo et du Petit Willie à l'égard de leur nouveau petit frère ?*

Le bébé perdait patience, commençait à s'agiter et à pleurer. Ses cris s'amplifièrent, et Petit Willie et Consuelo se couvrirent les oreilles. Pour finir, Alva dut le confier à sa nurse et éloigner les deux autres enfants. Elle se retrouvait seule face aux journalistes, comme elle en avait eu l'intention dès le début. Mais à mesure que leurs questions changeaient de cap et déviaient vers la société, Alva sentit aussi que le vent avait tourné.

Elle ne parvenait pas encore à se l'expliquer avec précision. Quand un journaliste lui demanda si elle avait l'intention de séjourner à Newport le reste de la saison, que d'autres l'interrogèrent sur sa participation au rallye des Livingston et au clambake annuel de Mrs Astor, elle se sentit gagnée par la lassitude. La lumière, qui l'émerveillait tant tout à l'heure, l'aveuglait. Elle s'entendait répondre mais les mots lui semblaient provenir d'ailleurs.

Elle comprit qu'elle ne désirait plus l'éclat des projecteurs. Soudain, tout ce dont sa grossesse l'avait tenue éloignée, à quoi elle croyait aspirer, revenait la frapper de plein fouet. Non, elle ne serait pas invitée au clambake de Mrs Astor, et à cet instant précis, elle s'en fichait. Elle en éprouvait même un certain soulagement. Alva commençait seulement à se rendre compte de toute l'étendue de sa fatigue. Ayant pris du recul sur la société, elle ne se sentait pas prête à remonter tout de suite sur les planches de son petit théâtre.

Elle remercia les journalistes et se retrouva seule. Le silence régnait dans la maison et elle se félicita de ce désert, désert dans lequel elle avait frôlé la folie mais qui lui apparaissait soudain comme un rempart et un refuge. Elle ne s'expliquait vraiment pas ce qui lui avait autant manqué ces derniers mois.

La ligne de la Troisième Avenue parvenait désormais jusqu'au Bronx, mais Alva détestait le métro aérien et préféra s'y rendre en calèche. Quelle journée torride ! La légère brise ne suffisait pas à rafraîchir l'air. Alva avait abandonné l'idée de retourner à Newport, en partie à cause du bébé mais surtout parce qu'elle ne se sentait pas encore la force d'affronter la haute société. Elle avait besoin de prendre du recul, loin de sa lumière corrosive. Elle était donc restée en ville, mais dans une telle chaleur, elle aurait aimé un souffle de vent marin.

On était le 18 août. Sa mère était morte à la même date, une semaine avant son cinquantième anniversaire, vieillie prématurément par la maladie. Alva aurait voulu se la rappeler en bonne santé, plutôt que les yeux enfoncés, les joues creusées, la poitrine décharnée, la respiration rauque et laborieuse. Elle secoua la tête pour dissiper ces images, tâchant de penser à autre chose. Willie et elle reparlaient de construire une nouvelle maison à Newport. Ou plutôt, c'est elle qui en reparlait. Il résistait encore, prétextant que celle qu'ils possédaient suffisait bien.

Alva soupira et ferma les yeux. Elle s'efforça de se remémorer la dernière fois qu'elle était allée sur la tombe de sa mère. Impossible. Si seulement celle-ci avait vécu assez longtemps pour connaître Willie K. et ses petits-enfants ! Elle aurait sans doute trouvé à critiquer le maintien de Consuelo. Elle pouvait entendre sa voix : *Ne la laisse pas s'avachir comme ça !* Elle lui aurait dit que les garçons tenaient du côté Smith de la famille, alors même que la belle-mère d'Alva s'entêtait à répéter qu'Harold ressemblait à son père au même âge. Alva ne voyait pas la ressemblance. Mais Harold était un bébé adorable, facile, qui dormait bien. De ce point de vue, oui, il tenait davantage de son père.

Quand Alva ouvrit les yeux, ils étaient parvenus devant le cimetière. Le cocher bondit à terre, défit la lourde chaîne attachant les grilles et les ouvrit. L'allée en terre battue se divisait en différentes artères, entourée de collines verdoyantes parsemées de sépultures.

Un bouquet de fleurs à la main, Alva descendit de la calèche et se dirigea vers la tombe de sa mère. En approchant de l'imposant monument en granit, elle vit sa sœur Julia à genoux, en prière. Elle n'en fut pas surprise. À une certaine époque, avant qu'Alva ne commence à passer l'été à Newport, elles allaient toutes ensemble se recueillir sur la tombe de leur mère le jour anniversaire de sa mort.

Julia se releva et se retourna à l'instant où Alva s'avançait pour déposer son bouquet sur la pierre.

— J'espérais te trouver là, dit-elle, debout à côté de sa sœur, épaule contre épaule.

— Armide et Jennie viennent de partir.

Alva hocha la tête. Elle se demandait si Julia s'était attardée dans l'espoir de la voir arriver. Il s'était passé deux ans depuis leur dernière entrevue, et toutes les deux étaient trop obstinées pour faire le premier pas. Une rencontre en apparence fortuite permettait à chacune de préserver son orgueil.

Elles restèrent silencieuses un moment.

— Tu te souviens, dit alors Alva, comment Maman nous habillait, nous mettait des gants blancs et nous faisait prendre le thé sur la véranda, devant tout le monde ?

— Je me rappelle surtout Maman en train de crier pour te faire descendre des arbres, répondit Julia en riant. *Alva ! Descends de là tout de suite, et cesse de montrer ton jupon à la terre entière !*

— Ah oui. Et ensuite elle me donnait le martinet.

— Et le lendemain, tu remontais et tout recommençait.

— Ma foi, j'*adorais* grimper aux arbres.
— Tu voulais voir jusqu'où tu pouvais aller.
— Peut-être.
Toutes deux souriaient. Alva prit Julia par la taille :
— C'est bon de te voir. J'aurais préféré que ce ne soit pas ici.
Julia, hochant la tête, se serra contre sa sœur :
— Tu es superbe.
— Non, je suis grosse. Je viens d'avoir un autre bébé.
— Je l'ai su. Jenny et Armide me l'ont dit. Félicitations.
— Tu ne voudrais pas venir le voir un jour ? Après tout, tu es sa tante.
Julia prit un moment pour réfléchir :
— J'en serais heureuse. Oui, j'en serais très heureuse.
Le silence retomba et Alva devina que Julia ne savait plus quoi ajouter. Elle avait oublié à quel point elle ressemblait à sa mère, avec ses cheveux roux un ton plus sombre que les siens et ses yeux d'un bleu plus foncé.
Julia regarda droit devant elle :
— Je te demande pardon pour ce que j'ai dit le jour où tu nous as fait visiter ta maison. On dit qu'elle est magnifique. J'ai lu ce qu'on a écrit à propos de ton grand bal…
Elle s'interrompit un instant avant de reprendre :
— Je suis vraiment désolée pour tout.
— Et toi ? Comment vas-tu ? demanda Alva, esquivant l'offre de paix de Julia pour ne pas avoir à son tour à demander pardon.
— Je suis en train d'écrire.

— Tu écris, alors ?

— De petits articles. Pour une revue féminine.

— Bien, je suis contente pour toi.

Un nouveau silence gêné. Alva vit les manches usées de la robe de Julia. Ses souliers étaient râpés ; l'une des fleurs brodées n'avait plus qu'un pétale.

— Je n'ai pas beaucoup sur moi, dit Alva, mais…

— Quoi ? fit Julia qui regardait toujours devant elle.

— Si tu passes demain à la maison, tu pourras voir les enfants. Faire la connaissance de mon petit Harold et je demanderai à Willie de te donner un peu d'argent.

— De l'argent ?

— Ce dont tu as besoin. Willie sera heureux de t'aider.

Alva pensa soudain à Jeremiah. Willie refusait de lui donner le moindre sou, mais c'était différent. Willie appréciait Julia, une femme responsable qui ne le dilapiderait pas…

Celle-ci ne disait rien, mais Alva sentit son corps se raidir.

— Qu'y a-t-il ? Qu'est-ce qui ne va pas ?

Julia se tourna alors vers elle :

— Pendant un instant, là, tu étais redevenue toi-même. Tout allait bien jusqu'à ce que tu parles d'argent. C'est plus fort que toi, n'est-ce pas ?

— Voyons, Julia…

— Tu as toujours eu honte d'être pauvre. Je n'ai jamais pu le comprendre. Nous étions les mêmes, simplement nous avions moins d'argent. Et nous n'étions pas pauvres parce que nous avions fait quelque chose de mal ou parce que nous l'avions mérité. Nous n'avons pas eu de chance, c'est tout. Cela aurait pu arriver à n'importe qui. Je croyais que tu en avais tiré une leçon.

— Oui, la leçon que j'en ai tirée, c'est que je ne veux plus jamais être pauvre.

— Tu ne comprends toujours pas.

— Allons, Julia. J'essaie seulement de t'aider…

— Je n'ai pas besoin de ton aide. Je ne t'ai rien demandé. Je ne veux pas de ton argent. Et ta grande maison ou tes belles toilettes ne m'impressionnent pas, inutile d'en faire étalage.

Elle tourna les talons et commença à s'éloigner.

— Julia… laisse-moi au moins te raccompagner.

— Non, merci. Je préfère prendre le train.

Sa sœur s'éloigna et seul l'orgueil l'empêcha de courir derrière elle. Julia croyait-elle qu'Alva avait oublié ce que c'était d'avoir faim, de se priver de tout ? Si elle n'avait pas épousé Willie, qui sait ce qu'elle serait devenue ?

Il fut un temps où son unique ambition était de prendre la place de Mrs Astor. À présent, elle se demandait vraiment pourquoi. Tout cela était un jeu stupide. Julia venait de lui démontrer qu'elle ne savait plus tendre la main. Elle s'appuyait toujours sur son argent, dans le but d'impressionner. C'était épuisant. Même pour une simple visite amicale, il fallait la robe et les bijoux adéquats. Elle songea à ce qu'elle avait dépensé pour le cadeau de noces d'Emily, pour tous les cadeaux d'anniversaire de ses enfants. Et pour les enfants de Tessie, pour les grands dîners en l'honneur d'Ophelia et de Mamie – pour qui elle n'éprouvait pas de réelle affection – et de tant d'autres qu'elle ne comptait plus. Quand Consuelo était devenue vicomtesse Mandeville,

Alva avait craint que Duchy ne la juge plus digne de son amitié. Elle avait en partie organisé ce grand bal masqué dans le but d'éblouir sa plus ancienne et plus chère amie. Elle avait même tenté d'acheter la presse. Malgré la solidité indubitable de ses liens avec Jeremiah, elle regrettait de ne pas avoir fait l'effort de comprendre l'origine de ses dettes plutôt que de lui proposer de les régler. Inutile de se voiler la face, son argent lui permettait de penser avoir au moins quelque chose de bon à offrir.

Elle se retourna vers les tombes, regarda les noms de sa mère et de son père brouillés par les larmes. Désemparée, elle tomba à genoux, pria pour que Dieu la guide, l'aide à retrouver le chemin qui la ramènerait à elle-même. Elle pria pour qu'en dépit de tout sa mère reste fière d'elle, et que son père comprenne, en fin de compte, qu'une fille valait autant qu'un fils.

36

Caroline

— Pourquoi ? demanda Carrie, debout dans la bibliothèque de son père, les mains sur les hanches. Donne-moi une seule raison valable.

Caroline leva les yeux de son ouvrage. Un pli s'était creusé entre les sourcils de sa fille. Willie s'éclaircit la voix sans rien dire. Orme Marshall Wilson venait de demander la main de Carrie, William avait refusé et fait raccompagner le jeune homme à la porte.

Orme avait beau être séduisant, intelligent et parfaitement éduqué, sa famille tirait sa fortune du chemin de fer, ce qui représentait un handicap. En outre, son père traînait une réputation d'escroc qui avait amassé des sommes rondelettes pendant la guerre de Sécession en vendant aux soldats des couvertures en laine qui s'étaient révélées être en coton. Et puis, les Wilson étaient reçus chez les Vanderbilt.

— Vous avez pourtant laissé Emily épouser James, dit Carrie, toujours calme et pondérée mais le regard inébranlable. Eh bien ?

Caroline regarda Willie, dont les doigts serraient l'accoudoir de son fauteuil club. Ils n'avaient jamais évoqué le duel devant les enfants. Ceux-ci devaient ignorer qu'ils avaient consenti au mariage d'Emily et de James pour éviter à leur père une mort certaine. Willie ne voulait pas, à leurs yeux, passer pour un lâche.

— Les choses sont différentes, dit Caroline.

— En quoi ?

Carrie croisait les bras sans élever la voix. Elle paraissait si mesurée, si sûre d'elle.

Caroline regarda Willie de nouveau. Il avait les phalanges presque blanches.

— C'est différent, c'est tout, dit-elle en poussant son aiguille à broder dans le tissu cerclé. D'abord, Orme Wilson est un coureur de dot.

C'était vrai. Tous les fils Wilson étaient connus pour s'enrichir en s'alliant à des familles fortunées – surtout à des nouveaux riches. On les surnommait *les Hommes à marier*.

— Ta mère a raison, dit William en se levant et en se dirigeant vers le buffet pour se servir un verre. Il ne s'intéresse qu'à ton argent.

— Je t'en prie, n'insulte pas mon intelligence ! Je sais que c'est *moi* qu'il aime. Et je l'aime.

Les doigts de Caroline s'immobilisèrent.

— Ton père et moi ne voulons que ton bien.

— Si c'est vrai, vous me laisserez épouser Orme.

— Ôte-toi cette idée de la tête, dit William. Tu ne l'épouseras pas.

— Cette conversation est inutile.

Carrie pivota et fit mine de se diriger vers la porte.

— Reviens ici, jeune fille, dit William.

Mais Carrie s'éloigna et s'arrêta devant le seuil.

— Mieux vaut que je parte maintenant, lança-t-elle par-dessus son épaule. Si je reste une minute de plus, je risque de regretter mes paroles.

Carrie ouvrit les deux battants, sortit dans le couloir puis, digne et intransigeante, gravit l'escalier. Elle n'exprima rien jusqu'au moment où, depuis la bibliothèque, ils entendirent claquer la porte de sa chambre.

Caroline se tourna vers William qui était allé se resservir.

— Je vais lui parler.

Devant sa chambre, Caroline redressa les portraits qui s'étaient penchés quand Carrie avait claqué la porte. Elle s'efforça de la raisonner, de la convaincre de lui ouvrir.

— Va-t'en, Maman. S'il te plaît, laisse-moi seule.

Elle frappa de nouveau.

— Carrie, laisse-moi entrer. Je veux te parler.

Caroline était sur le point d'abandonner quand elle entendit des pas légers puis un tour de clé. *Dieu soit loué*. Elle enjamba les chaussures abandonnées au milieu de la chambre en compagnie de bas lavande roulés en boule par terre. Carrie avait jeté sa robe sur le fauteuil près de la fenêtre ouverte dont la brise agitait les rideaux. Elle ne portait que sa combinaison et ses cheveux bruns nattés retombaient dans son dos. Si elle n'avait pas eu les yeux gonflés, le nez et les joues rougis par sa récente crise de larmes, Caroline n'aurait pas deviné qu'elle avait pleuré tant sa fille, devant elle, avait les yeux secs et semblait animée d'une volonté sans faille.

— Je sais, c'est difficile à comprendre, mais c'est pour le mieux.

— Je sais ce qui est le mieux pour moi. Je ne suis pas comme Helen et Charlotte. Helen a épousé Rosy pour te faire plaisir. Charlotte a épousé Coleman parce que tu ne lui as pas laissé le choix et elle est malheureuse depuis le début. Tu lui as brisé le cœur en congédiant Duncan et tu n'as aucune idée des souffrances qu'elle endure avec Coleman. Je suis désolée, Maman, mais je ne me laisserai pas faire. C'est impossible. Il s'agit de ma vie et *j'épouserai* Orme.

Carrie gardait un tel sang-froid que Caroline, désarçonnée, comprit qu'elle devait se montrer absolument impavide.

— Si votre décision est prise, dit-elle, calme, apparemment sereine, je vous suggère, à toi et à Mr Wilson, de vous marier en secret.

Carrie ne sembla pas surprise. Elle s'y était préparée.

— Nous n'en tirerons aucun bénéfice, Maman, et tu le sais. La société ne voit pas cela d'un œil bienveillant et je suis sûre que tu préférerais que la famille ne soit pas mêlée à un scandale. J'ai été élevée comme une Astor et je ne suis pas prête à renoncer à ce privilège. Je ne veux pas que la société me tourne le dos. J'ai l'intention d'épouser l'homme que j'aime *et* de garder ma place dans la société. Nous savons toutes les deux que c'est impossible sans votre bénédiction.

Caroline était abasourdie, sidérée par la rigueur du raisonnement de Carrie. Elle avait eu à subir la colère de ses filles, leurs crises, leurs caprices enfantins, mais cette fois, il s'agissait d'un échange réfléchi, d'égale à égale. C'était la leçon que Carrie avait tirée de sa mère.

Sa façon de soutenir son regard, sa logique irritante, le rythme cadencé de sa voix. Face à William, Caroline discutait avec les mêmes armes. Ne sachant comment réagir, elle laissa Carrie assise sur son lit, les yeux tournés vers le mur. Elle lui reparlerait plus tard.

À l'heure du dîner, Carrie refusa de descendre et ne toucha pas au plateau que Thomas lui avait monté dans sa chambre. Le lendemain, elle agit de même avec son petit déjeuner.

— Tu dois manger quelque chose, dit Caroline.

— Je n'ai pas faim.

Carrie n'avait rien avalé depuis trois jours. Pas même une goutte d'eau. On montait les plateaux dans sa chambre, d'où ils ressortaient intacts. Quand on lui apportait de l'eau et du thé, elle détournait la tête.

— Que fais-tu ? demanda Caroline. Qu'essaies-tu de prouver ?

— Je vais épouser Orme. Et *j'attends* que toi et Papa nous donniez votre bénédiction. C'est très simple.

C'était donc une épreuve de force. Caroline contre Carrie. Ce dont Caroline était sûre, c'est que Carrie avait l'avantage. L'issue dépendait d'elle, et Caroline ne pouvait qu'attendre la fin de l'orage.

Deux autres jours passèrent et Caroline commença à s'inquiéter. Carrie n'avait toujours rien avalé, elle se plaignait de terribles maux de tête mais refusait toujours de boire ou de manger. Le sixième jour, Carrie était fiévreuse, et Caroline fit venir le médecin.

— Votre fille souffre de déshydratation sévère, dit-il dans le couloir après l'avoir examinée. Elle est très faible. Son pouls est extrêmement bas et à moins de la convaincre de manger, je crains que nous ne soyons réduits à l'alimenter de force.

Après son départ, Caroline retourna dans la chambre de sa fille.

— Il faut te nourrir. Cela n'a que trop duré.

— Ai-je votre permission d'épouser Orme ?

Caroline ne céda pas et fit venir Charlotte, qui arriva en fin de journée.

— Peut-être réussiras-tu à lui faire entendre raison, dit Caroline en montant l'escalier derrière elle.

Charlotte s'arrêta et pivota sur ses talons, laissant entendre qu'elle voulait parler à sa sœur en privé.

— Maman.

Caroline leva la main en signe de capitulation mais, ainsi mise à l'écart, elle se sentait blessée. Lorsque Charlotte se glissa dans la chambre et referma la porte, elle se retrouva seule dans le couloir. Elle se dirigea vers sa garde-robe et commença à mettre de l'ordre dans ses épingles à chapeau. Une demi-heure durant, elle les organisa par taille, mais naturellement, tout fut remis en question quand elle voulut aller plus loin, les ranger selon leur style, les émeraudes et les saphirs sur tiges en or se mélangeant avec les tiges en argent. Elle abandonna cette tâche impossible et regagna le couloir. La porte de Carrie était toujours close et, de derrière, lui parvenaient les murmures des filles. Elle retourna dans sa chambre, tria le courrier du jour, attendit encore.

Au bout d'une heure, Charlotte apparut sur le seuil.

— Eh bien ? demanda Caroline en posant son stylo. Que dit-elle ? Est-ce qu'elle va manger ?

Charlotte secoua la tête. Elle semblait épuisée.

— C'est inutile, Maman. J'ai essayé, elle refuse d'écouter.

Le lendemain, le médecin était de retour, accompagné cette fois de son infirmière. Tous les trois entrèrent dans la chambre de Carrie.

— Jeune dame, commença le docteur, si vous ne voulez pas manger de votre plein gré, je serai dans l'obligation de vous nourrir de force. Ce ne sera pas agréable. Est-ce que vous comprenez ?

Bouche fermée, Carrie secoua la tête.

— Très bien. Allons-y.

— Attendez, fit Caroline, laissez-moi lui parler. Carrie, écoute ce que dit le docteur. Il faut que tu manges. Tu ne veux pas qu'il te force.

Pour toute réponse, Carrie regarda sa mère et secoua la tête.

— Comme vous voudrez, dit le médecin en ouvrant son sac. Vous ne me laissez pas le choix.

Une fois encore Caroline le freina.

— Elle va changer d'avis. Je le sais. Ne pouvons-nous pas attendre encore un peu ? (Elle regarda les instruments redoutables qu'il sortait de son sac.) Est-ce nécessaire ?

Le médecin leva la tête.

— C'est absolument nécessaire si vous ne voulez pas laisser votre fille mourir.

Mourir ! C'était donc grave à ce point ? Caroline, jusque-là, n'avait pas voulu voir dans cette grève de la faim une question de vie ou de mort. Elle n'avait pas la force d'endurer l'épreuve affreuse de la perte d'un autre enfant.

— Carrie, as-tu entendu le docteur ? Tu vas mourir, si tu ne manges pas, tu vas mourir.

— Il serait peut-être souhaitable que vous attendiez dans le couloir, dit le médecin, prêt à commencer.

Mais Caroline refusa de partir et, debout dans un coin, elle regarda l'infirmière immobiliser Carrie tandis que le médecin lui attachait les bras. Carrie donnait des coups de pied, luttait avec le peu de forces qui lui restait. Le médecin prit un horrible tube en métal.

— Maintenant, ouvrez.

Mais Carrie gardait les lèvres étroitement serrées.

— Allons, Carrie, dit-il.

Elle n'avait plus assez d'énergie pour se battre quand il lui écarta les mâchoires de force et glissa le tube métallique dans sa bouche. En actionnant les vis latérales, il écarta les parois du tube qui dilatait toujours plus l'ouverture de sa bouche. La panique dans les yeux de Carrie devint insupportable pour Caroline. Lorsqu'il sortit la sonde de son sac, elle voulut l'arrêter, mais se figea, désemparée. Quand il l'introduisit dans sa gorge, Carrie commença à étouffer, ses yeux se remplirent de larmes et le sang coula de sa bouche à cause des blessures infligées par les instruments. Dès qu'on commença à la nourrir, ses yeux s'agrandirent, son corps entravé se tordit et elle s'étrangla.

— Restez tranquille, dit le docteur. Du calme, sinon tout va remonter et il faudra recommencer depuis le début.

Carrie était si faible, si pâle. Tellement pâle.

Pendant un moment, Caroline se revit au chevet d'Emily, dont le visage était livide, le corps figé. Elle sentit quelque chose lui garrotter le cœur. Elle n'avait rien pu faire pour sauver Emily, mais Carrie… Carrie elle-même avait provoqué cette situation. Ou bien était-ce sa faute à elle ?

Elle ne voulait pas voir Carrie gâcher son avenir mais préférait être maudite plutôt que de laisser mourir une autre de ses filles sous ses yeux.

— Arrêtez ! Arrêtez ! Oh, mon Dieu, arrêtez !

Elle arracha la sonde des mains du médecin.

— Épouse Orme, dit-elle en l'écartant pour prendre Carrie dans ses bras et bercer son corps frêle. Va, épouse-le. Mais je t'interdis de mourir !

LES QUATRE CENTS

1890-1894

37
La société

New York, 1890

Au moment où nous entamons une nouvelle décennie, nous ne savons plus où finit le monde du gotha et où commence le nôtre. La frontière entre *eux* et *nous* se brouille et se franchit volontiers. Puss a été invitée au dernier dîner donné par Carrie Astor Wilson. Mrs Astor s'y trouvait et Puss a raconté qu'elle avait « de toutes petites dents ». Ward McAllister a promis à Lydia le premier exemplaire dédicacé de ses Mémoires. Et beaucoup d'entre nous ont été invitées à des déjeuners, des dîners et des bals où Mrs Astor est placée d'un côté de l'hôtesse et Alva de l'autre. C'est comme si nous avions deux reines à présent.

On ne peut pas dire qu'Alva ou Mrs Astor soient franchement satisfaites de ce nouvel ordre des choses. La guerre entre elles continue. Alva lance des insultes derrière le dos de Mrs Astor et Mrs Astor humilie Alva à coups de rebuffades hautaines.

On raconte cependant que Mrs Astor ne se montre pas aussi mesurée avec son neveu Waldorf. Le bruit court qu'ils sont engagés dans un conflit personnel, à cause d'une carte de visite !

L'affaire a commencé il y a plusieurs mois, quand Mrs Astor a fait imprimer sur ses nouvelles cartes *La Mrs Astor.* Waldorf a estimé que c'était un manque de respect à l'égard de sa mère et de sa femme, qui sont aussi des Mrs Astor. Franchement, c'est absurde ! Nous savons toutes qui est *La Mrs Astor.* Pas Augusta. Pas Mary. Mais Caroline Webster Schermerhorn Astor. Elle mérite son titre. Et pourtant, ces deux-là, Mrs Astor et son neveu, se sont violemment querellés à ce sujet. Nous pensions qu'ils en resteraient là. Mais non !

Au décès de son père, Waldorf a hérité d'une fortune qui fait de lui l'un des trois hommes les plus riches du pays. Un titre qu'il partage à présent avec Cornelius et Willie Vanderbilt, ce dernier ayant d'ailleurs reçu la plus grosse part des 232 millions du patrimoine de Billy Vanderbilt à la mort de celui-ci, il y a cinq ans.

Mais revenons au présent, Waldorf a décidé d'utiliser sa nouvelle fortune pour prendre sa revanche sur *La* Mrs Astor. Il a fait raser la maison de son père avec l'intention de construire un hôtel – *rien que ça* – au même endroit, juste à côté de la demeure de Mrs Astor. Or nous savons que *La* Mrs Astor protège jalousement son intimité. L'idée d'habiter à côté d'un hôtel a dû la faire sortir de ses gonds.

38
Caroline

Caroline ouvrit la porte de la bibliothèque et vit les grains de poussière danser dans le rayon de soleil qui filtrait entre les rideaux. Son personnel avait beau nettoyer la maison de fond en comble chaque matin, tous les jours, dès midi, une nouvelle couche de poussière recouvrait les meubles, le riche vernis des tables en acajou, les parquets et les boiseries. Même si les fenêtres étaient fermées, la saleté parvenait à s'insinuer, sans parler du bruit : le fracas assourdissant des ciseaux et des maillets contre les blocs de frappe, le grincement des mortaiseuses, le grondement ininterrompu des scies et des marteaux. Les travaux commençaient tôt le matin et se prolongeaient bien avant dans l'après-midi, à raison de cinq, parfois six jours par semaine. Elle sentait le martèlement incessant résonner dans sa poitrine, palpiter dans ses tempes. Il arrivait que les fondations de sa maison soient ébranlées, que les chandeliers de cristal tintent, et que ses précieux tableaux pendent de travers sur les murs.

Le vacarme devant ses fenêtres était implacable. Au moment où les coups semblaient adopter un rythme qui composait presque un bruit de fond, une secousse se produisait et tout recommençait. Si on pouvait associer un son à l'idée de chaos, c'était bien celui-là. Elle fit courir son doigt sur une table d'appoint, dessinant une trace nette dans la poussière. Elle n'en pouvait plus. On n'en était qu'aux premiers stades de la construction. Il faudrait sans doute un an ou deux avant que l'hôtel de Waldorf ne soit achevé.

Les coups de marteau et le pilonnage cessèrent soudain, remplacés par un calme inquiétant. Le silence devint tel qu'elle entendit un pépiement d'oiseau. Ce devait être la pause déjeuner, et Caroline en profita pour s'installer dans sa chaise longue et commencer les Mémoires de Ward McAllister, *Society as I Have Found It.*

Quand il avait annoncé à Caroline son intention de suivre les conseils des journalistes et de rédiger son autobiographie, celle-ci lui avait suggéré de marcher sur des œufs. Il l'avait assurée que le livre ne citerait aucun nom, mais elle nourrissait quelques appréhensions. Le jour de sa sortie, elle avait envoyé sa secrétaire à la librairie chercher un exemplaire qui était resté toute la semaine sur son étagère. Comme elle disposait de temps libre ce jour-là, elle tenait enfin l'occasion de s'y plonger.

L'ouvrage, comptant quatre cents pages, commençait par le récit de son enfance et de son éducation, le tout illustré de maints détails soporifiques. Au bout de seulement quatre pages, elle s'ennuyait ferme, mais elle persévéra dans sa lecture. Sa prose lui apparut de plus en plus narcissique et elle se sentit gênée pour lui. Ce qu'il relatait de ses souvenirs de voyages à l'étranger et de sa maîtrise des usages mondains la fit grimacer malgré elle. Le livre était si mal écrit qu'elle s'étonnait qu'un éditeur ait accepté de le publier. Fort heureusement, elle n'avait pas proposé à Thomas qu'il le lise à haute voix. *À quoi bon être deux à souffrir ?* Mais son sens du devoir lui imposait de toujours finir ce qu'elle avait commencé et de ne jamais abandonner un livre. Elle continua donc, même après que le vacarme du chantier eut repris.

Elle adopta un certain détachement et, malgré son ennui, parvint au chapitre XVII, « Un âge d'or de la fête ». Elle se reconnut aussitôt, avant même le paragraphe où il la désignait comme la « Grande Dame ». Des fragments se détachaient devant ses yeux, l'agressaient :

À cette période, un grand personnage... avait des filles à introduire dans le monde... elle disposait d'un grand pouvoir de décision... les circonstances la forcèrent à prendre la direction... jouissant d'une fortune considérable, elle disposait de tous les outils pour concevoir et mettre en œuvre des événements mondains... prompte à critiquer le moindre défaut d'éclairage, de décoration ou de mise en place, elle... a donné des bals qui ont marqué leur temps...

« Marqué leur temps » ? Caroline en était bouche bée. Mortifiée. Elle se sentit trahie. Il affirmait ne citer aucun nom, mais il l'avait pourtant désignée au public et violait son intimité. Plus elle avançait dans sa lecture, plus elle était furieuse.

Nous parvenons à la période où pour la haute société de New York une page s'est tournée. Avant cela, il suffisait d'un million de dollars pour être un homme riche, mais les temps changeaient. À New York, quand on parlait de fortune, on grimpait d'un coup à dix millions, cinquante millions, cent millions, et les nécessités courantes comme les produits de luxe suivaient le même mouvement.

Caroline était en proie à une telle agitation qu'elle dut arrêter sa lecture pour reprendre ses esprits avant de poursuivre par le passage qui relatait un certain bal masqué et le moment où « son hôtesse avait détrôné la reine ».

39

Alva

La veille de la fête donnée en l'honneur des treize ans de Consuelo, Alva entra dans la chambre de sa fille avec une grosse boîte somptueusement enrubannée de satin rose. Consuelo dormait à poings fermés et Alva posa la boîte sur son lit avant de la réveiller en la secouant doucement. Les yeux ensommeillés, ses cheveux noirs étalés sur l'oreiller, Consuelo commença à remuer.

— Joyeuse veille d'anniversaire ! dit Alva, perchée au bord du lit.

Consuelo devenait une jeune fille. Sa mère lui destinait quelque chose de spécial, quelque chose que sa fille devait découvrir en privé et qui ne pouvait pas attendre jusqu'au matin. Célébrer la veille d'anniversaire d'Alva et de ses sœurs était une tradition à laquelle leur mère avait toujours obéi. Elle se glissait dans leur lit ou les prenait sur ses genoux, ou encore, quand elles furent plus âgées, elle s'asseyait à table avec elles, servait le thé, et racontait leur naissance, récit qu'elle adaptait pour leurs jeunes oreilles. Alva était venue au monde tôt et vite. *Tu étais si pressée de commencer à me torturer*, disait sa mère joyeusement.

Consuelo s'assit contre ses oreillers.

— Eh bien, vas-y, ouvre.

En souriant, Consuelo défit soigneusement le nœud et écarta le papier de soie.

— Tu n'es plus une enfant, dit Alva en l'aidant à soulever le couvercle. Tu es une jeune dame, et c'est exactement ce qu'il te faut.

Consuelo mit la main dans la boîte et en sortit un étrange objet constitué d'une tige de métal et de lanières en cuir. Elle se tourna vers Alva :

— Maman ? Qu'est-ce que c'est ?

— C'est pour redresser ce dos. Maintenant lève-toi, tu vas le mettre.

Elle était tout excitée, comme s'il s'agissait de lui essayer une robe neuve.

— Allez, debout, fit Alva en ouvrant les couvertures. Il faut veiller à ce que ce soit bien serré.

Hésitante, Consuelo se leva et posa ses pieds nus sur le parquet. Alva la fit tourner, lui enfila les bretelles de cuir et positionna la tige de métal de façon qu'elle soit parallèle à sa colonne vertébrale.

— Oh, Maman, c'est froid.

— Ne bouge pas. C'est presque fini.

En maintenant la tige en place, elle ajusta le corset autour de ses hanches. Pour terminer, elle ajusta les bretelles en cuir sur ses épaules et la lanière autour de son front.

— Voilà. Comment te sens-tu ?

— Ça fait mal, Maman. Ça me pince.

— Oh, tu vas t'y habituer. C'est la meilleure façon de corriger ta posture.

Elle avait établi un lien entre la manière dont sa fille courbait le dos et sa façon d'obéir et de toujours se plier à la volonté des autres. Alva espérait que le corset, outre lui redresser les épaules, lui donnerait une colonne vertébrale, la dose d'assurance dont elle manquait pour s'imposer. Alva ne souhaitait pas nécessairement que Consuelo ressemble à l'enfant qu'elle-même avait été, mais elle voulait que sa fille sache se défendre, lui oppose un non, ne fût-ce qu'une fois.

— Un bon maintien est une nécessité pour une jeune fille à marier, dit Alva en vérifiant le bon ajustement du corset.

— Je ne cherche pas de mari !

— Pas encore. Mais il n'est jamais trop tôt pour songer à l'avenir. Tu feras un beau mariage. Il suffit de redresser ta posture.

Elle aida Consuelo à ôter le corset, grimpa dans le lit avec son aînée et, tout comme sa mère avant elle, raconta à sa fille le jour de sa naissance.

Quand elle eut terminé, Consuelo avait les yeux lourds de sommeil. Alva lui donna un baiser sur le front et éteignit la lampe.

— Bon anniversaire. Dors bien.

Après être allée voir les garçons, elle descendit dans son salon. Elle venait de commencer les Mémoires de Ward McAllister quand, soutenu par Oliver Belmont, Willie K. franchit la porte d'entrée. Tous les deux puaient le whisky. Les cheveux en bataille et les vêtements en désordre, la bouche pâteuse, Willie était incapable de parler clairement. Dégoûtée, Alva put à peine se résoudre à le regarder.

Quand le valet eut aidé son mari à se coucher, Oliver se tourna vers elle :

— Ne vous montrez pas trop sévère avec lui. Tout était *ma* faute.

— Je n'en doute pas, répondit-elle avec un rire rauque et en croisant les mains sur sa poitrine.

— Je vous vois troublée. (Il leva les mains.) C'est bien légitime, mais je vous jure que la fille était avec moi.

La fille ? Il y avait une fille ? Cela ne l'avait même pas effleurée. Alva sentit une boule se former dans son estomac.

— Je jure qu'elle était avec moi. Willie ne lui a pratiquement pas adressé la parole de la soirée.

— Vous protestez bien fort, mon ami.

— Non, non, s'esclaffa-t-il. Je jure que Willie s'est comporté en parfait gentleman, et moi, de mon côté, comme une vraie canaille.

Elle l'observa, lui, si arrogant, si convaincu de s'en sortir en usant de son charme.

— Vous ? Une canaille ? Mr Belmont ? Je voudrais bien voir ça.

— Oh, vraiment ? fit-il en haussant un sourcil suggestif.

Ce petit geste la désarçonna. Elle s'excusa, en espérant qu'il n'aurait pas le temps de la voir rougir.

Elle ne dormit pas bien cette nuit-là. La pensée de *cette fille* censée avoir accompagné Oliver l'obsédait. Il y avait eu d'autres filles dans le passé de Willie, une femme, en réalité. C'était cinq ans auparavant, juste après la mort de Billy, quand Willie avait hérité de tout cet argent. Alva avait appris qu'on l'avait vu au Sherry's avec elle. Une brune, de l'âge d'Alva. Willie, naturellement, avait tout nié, mais il avait aussitôt acheté ce bateau de 650 000 dollars puis l'avait baptisé *Alva* rien que pour se faire pardonner son infidélité.

Elle pensait que tout était oublié, mais l'inquiétude la taraudait à nouveau. Elle se tourna et se retourna dans son lit : Willie lui paraissait plus distant ces derniers temps, elle essayait de se rappeler la dernière fois où ils avaient fait l'amour. Et soudain, elle se surprit à penser à Oliver Belmont. Ce sourcil suggestif la provoquait, se soulevait et se soulevait encore.

Le lendemain, au cours de la fête, Alva observa la soirée avec un certain détachement. Les conversations la laissaient indifférente et elle resta en retrait à regarder Consuelo, l'invitée d'honneur, s'entretenir avec Mamie Fish et lady Paget, avec Ophelia Meade et Penelope Easton. Sous ses yeux, sa fille devenait une femme. Elle avait la beauté de son père, mais plus encore son propre style, réservé et pourtant affectueux. Alva vit combien Consuelo était gracieuse, visiblement à son aise. Elle avait naturellement l'étoffe d'une hôtesse. Tout ce qu'Alva avait maîtrisé à force de travail semblait chez elle inné. Alva aurait dû s'en féliciter, après tout elle avait dû se battre pour ouvrir à ses enfants les portes de la bonne société – à sa fille en particulier. Mais elle devinait déjà qu'un jour Consuelo l'éclipserait. Elle en ressentit une pointe de jalousie, indéniable et honteuse.

Malgré son sourire affiché, Alva se noyait. Oliver, qu'elle avait essayé d'éviter, vint la trouver, traversant la salle avec une telle arrogance qu'il lui parut immense.

— J'espère que votre cœur généreux m'a pardonné de vous avoir rendu votre mari aussi mal en point hier soir.

— Vous êtes pardonné, dit-elle sans en penser un mot. Juste une question : qui était la fille ?

— Un gentleman ne dit pas ces choses-là.

— Un gentleman ? rit-elle en s'oubliant un court instant. Je croyais que vous étiez une canaille.

Tu as vraiment dit ça ? Et pourquoi sourit-il ainsi ?

Elle s'excusa, puis recommença à s'inquiéter de Willie K., gardant constamment un œil sur lui. À qui parlait-il ? Se tenait-il trop près de Lydia ? Riait-il un peu trop fort à ce que venait de dire Tessie ? Où était-il maintenant ? Avec qui ? C'était une torture.

Quand on eut servi le gâteau et que les derniers invités eurent quitté le Petit Château, Willie K. vint vers Alva et se blottit contre son dos. Toute la soirée, elle avait attendu qu'il la rejoigne, lui témoigne un peu d'attention, et maintenant elle n'en voulait pas. Elle savait, avant même qu'il le fasse, qu'il allait poser ses mains sur ses épaules, et ce fut au prix d'un immense effort qu'elle s'empêcha de le repousser.

— Tu as été bien silencieuse, ce soir.

— Oui ?

Dieu merci, elle lui tournait le dos. Elle sentit une chaleur lui monter aux joues. Il se conduisait comme s'il n'avait rien à se reprocher, comme s'il n'avait pas passé la moitié de la nuit avec Oliver et *une fille*. Et même s'il s'était conduit en parfait gentleman et qu'Oliver était la canaille, n'aurait-il pas dû s'excuser ? S'expliquer ? Elle avait envie de l'attaquer de front, mais les femmes, les épouses, n'agissent pas ainsi.

Willie ne disait rien, il ne s'excusait pas, mais il avait dû deviner sa rancœur.

— J'ai repensé à Newport, dit-il en lui massant doucement les épaules. À ton projet de construire là-bas une nouvelle maison.

— Oh ?

Cela faisait des années qu'elle le suppliait. Elle avait essayé d'argumenter, de lui expliquer qu'elle s'ennuyait, qu'il lui fallait quelque chose de vraiment stimulant. Quelque chose à elle. Elle avait plaidé sa cause, s'était montrée particulièrement gentille, rien n'y avait fait. Elle avait même essayé de lui forcer la main, mais il avait refusé.

— Je pense que le moment est venu.

Si ce n'était pas là la preuve de sa culpabilité… Elle se tourna pour le regarder.

— Et si tu créais une maison toute neuve ? dit-il. Du sol au plafond ?

Elle ne put s'empêcher de lui sauter au cou et de le remercier. Ni l'un ni l'autre n'était dupe. Alva venait d'obtenir ce qu'elle voulait, c'était la récompense réservée à une bonne épouse obéissante.

40
Caroline

Caroline avait achevé la lecture de *Society as I Have Found It* depuis une semaine. D'autres l'avaient lu aussi, et les railleries à l'égard de Ward McAllister allaient bon train, aussi violentes que le vacarme du chantier au-dehors. La presse, sans pitié, publiait des manchettes telles que L'ARISTO EST UN RUSTAUD, et LE FRAPPÉ FAIT FLOP. Un article du *Town Topics* suggérait : « Mr McAllister fricote avec Mrs Astor. » Caroline était horrifiée. Pour maintes raisons, celle-là en particulier, elle évitait Ward, préférant renoncer à une semaine de bals, de dîners et d'opéras. Elle ne voulait pas être vue en sa compagnie et, de surcroît, ne savait pas quoi lui dire.

Un tel flot de critiques, outre la honte publique, aurait dû l'ébranler. Il n'en laissa toutefois rien paraître le jour où il finit par lui rendre visite.

Tiré à quatre épingles, il avait une fleur jaune à la boutonnière et une nouvelle canne à la main. Il se répandit en excuses, non pour ce qu'il avait écrit à propos d'elle, mais pour ne pas être venu plus tôt.

— Mais, n'est-ce pas, j'ai été très sollicité pour mon livre.

Sur le chantier voisin, les coups répétés ne laissaient aucun répit.

— Ce vacarme est à rendre fou, dit-il en pivotant vers la fenêtre avant de faire demi-tour. Maintenant, dites-moi, comment vous portez-vous ? Je suis en pleine forme, n'est-ce pas. Tout ce bruit autour de mon livre a été grisant.

Il souriait, comme s'il n'avait pas ouvert un journal ou franchi la porte d'un club au cours des deux semaines écoulées. Il fit les cent pas en jacassant avant de s'installer dans le fauteuil en face de Caroline. Elle se prépara à la question inéluctable qu'il allait lui poser et, en effet, il se pencha en avant, appuyé sur sa canne :

— Maintenant, dites-moi, qu'avez-vous pensé de mon livre ?

Caroline ne dit mot.

— Vous avez bien lu mon livre ? reprit-il, stupéfait d'avoir même à le demander.

Avec Ward, Caroline ne mentait jamais, et elle n'allait pas commencer.

— Oui.

Elle devinait combien il était avide d'entendre ses louanges. Elle plongea son regard dans le sien :

— Je crois que vous êtes allé trop loin.

— Oh, bien sûr, gloussa-t-il, ignorant visiblement son avertissement, ou peut-être choisissait-il de ne pas en tenir compte. Le livre se vend comme des petits pains !

Caroline le contempla avec étonnement. Il semblait perdu dans le nuage qu'il avait lui-même créé.

Elle s'apprêtait à faire voler ses illusions en éclats, à lui dire exactement ce qu'elle pensait de ses Mémoires prétentieux et à quel point ceux-ci l'avaient offensée, lorsque William et Coleman firent irruption dans le salon.

Elle sursauta. *Pourquoi ces deux-là sont-ils ensemble ?* William détestait la compagnie de Coleman. Elle sentit une poussée d'adrénaline.

— Qu'est-il arrivé ? Que se passe-t-il ? Charlotte ? Les enfants ?

William se tourna vers McAllister :

— Si vous voulez bien nous excuser, Ward.

— Oh, mon Dieu, non.

Caroline sentit le sol se dérober sous ses pieds et se laissa retomber dans son fauteuil.

— Je dois me hâter, de toute façon, dit McAllister en enfonçant son chapeau. J'ai rendez-vous avec mon éditeur.

Quand il fut parti et que Thomas eut refermé les doubles portes, Coleman prit un fauteuil à côté de Caroline et agita nerveusement la jambe. Ils regardèrent William se diriger vers la cheminée et poser le bras sur le dessus.

Leur silence n'annonçait rien de bon.

— Quelqu'un va me dire quelque chose ? Que se passe-t-il donc ?

William s'éclaircit la gorge :

— Coleman, dit-il enfin, a de mauvaises nouvelles à propos de Charlie et de leur mariage.

— Oh ?

C'était donc ça ? Elle se sentit soulagée. Tous les couples traversaient des épreuves. Son mariage avec William en était l'illustration. Se marier par amour était une idée tellement moderne. Inconcevable pour Caroline. Le mariage était une alliance pragmatique, le moyen de perpétuer la lignée familiale, la richesse familiale. Helen seule le comprenait. Rosy et elle avaient fait un beau mariage et fondé une belle famille. Mais Carrie avait écouté son cœur et Jack aussi. Son fils venait de se fiancer à miss Ava Lowle Willing. Caroline n'approuvait pas leur union, mais elle devait admettre que cette miss Willing avait un effet bénéfique sur Jack. Pour une fois, il s'intéressait à autre chose qu'à la nourriture et, de corpulent, il était devenu mince et élancé, comme tous les hommes de la famille Astor. Elle se rendait compte, non sans culpabilité, que c'était d'amour et d'affection qu'il avait besoin, pas de nourriture.

Charlotte et Coleman avaient des différends ? Pfff. Ils n'avaient donc pas fait un mariage d'amour et de passion ? Rien de plus banal. Charlotte, elle le savait, avait pu être malheureuse. Beaucoup de femmes étaient déçues par leur mari. D'où l'importance d'avoir des enfants. Pour être franche, Caroline s'étonnait que William et Coleman en fassent toute une histoire.

— Quelles mauvaises nouvelles ? s'enquit-elle enfin, un peu absente.

Coleman prit la parole pour la première fois :

— Votre fille est la maîtresse de notre voisin, Hallett Borrowe.

La maîtresse ! Caroline fut anéantie. Le choc l'assourdit. Que les maris brisent leurs serments, c'était courant, mais une épouse et une mère ? *Jamais !*

— Cela dure depuis un certain temps.

Caroline ne parvenait pas à le croire. Elle se tourna vers William, qui fuyait son regard.

— Comment le savez-vous ?

— Je préfère ne pas le dire devant une dame, rougit Coleman. Mais croyez-moi, j'en ai la preuve. Quand je les ai surpris ensemble, chez moi, ajouterai-je, j'ai menacé de divorcer.

— Oh, Seigneur, non !

Cette fois, lorsque Caroline se tourna vers Willie, elle le vit se frotter les tempes, les yeux fermés. Pour la famille Astor, un divorce représenterait un scandale.

— N'y songez même pas. On peut toujours trouver une solution.

— J'étais du même avis, dit Coleman. Quand j'ai appris leur liaison, Charlotte m'a écrit.

De sa poche de poitrine, il extirpa une feuille de papier à lettres appartenant à Charlotte, dont les trois plis marqués indiquaient qu'on l'avait lue à plusieurs reprises.

— Elle a avoué sa liaison avec Borrowe – c'est écrit là, de sa main.

Il lui tendit la lettre.

— Elle a promis de ne plus le revoir.

— Dans ce cas, tout va pour le mieux. Vous voyez ? Le problème est résolu.

— Je crains que non. Charlotte continue à voir ce scélérat. Et tenez-vous bien, c'est aussi un homme marié.

— Oh, mon Dieu, fit Charlotte pour qui la situation ne pouvait pas être pire.

— Je ne peux tolérer une telle conduite ou exposer mes enfants ainsi. J'ai tenté de faire entendre raison à Charlotte, mais elle prétend que c'est plus fort qu'elle.

Il secoua la tête et tira sur ses poignets de chemise.

— Je n'ai pas d'autre choix que d'entamer une procédure de divorce.

— Non, non, non, dit Caroline. Nous ne pouvons pas le permettre. Surtout à cause des enfants. Je vais lui parler.

Mais ce jour-là, quand elle tenta de raisonner Charlotte, celle-ci ne fit que répéter les paroles de Coleman :

— C'est plus fort que moi.

— Eh bien, jeune dame, il va te falloir apprendre à être *plus forte que toi*. Ton mari menace de divorcer.

Charlotte ne répondit rien. Elle semblait s'intéresser davantage au bouquet qui décorait son salon, et dont elle arrangea nonchalamment un lys dans son vase en cristal taillé.

— As-tu la moindre idée des conséquences d'un divorce sur ta réputation ?

— C'est tout ce qui te préoccupe ? Ma réputation ?

Elle enfonça une tige dans le vase.

— Et mon bonheur ? Je suis malheureuse avec Coleman. Je ne l'aime pas. J'ai souffert à cause de Duncan. Pendant des années. Et puis j'ai rencontré Hallett. C'est le seul bonheur que j'ai connu depuis mon mariage.

— Avoir envie de quelque chose ne signifie pas que tu puisses l'avoir. As-tu pensé à tes enfants ?

— Je sais, Maman, tu ne veux pas l'entendre, dit Charlotte en continuant à arranger ses fleurs, mais je suis contente que Coleman soit au courant pour Hallett. Je *voulais* qu'il soit au courant. Je *veux* que Coleman demande le divorce.

— Et ensuite ? Hallett est un homme marié.

— Il quittera sa femme, je le sais. Il ne l'aime pas. Il divorcera et nous nous marierons.

— Charlotte, tu ne sais pas ce que tu dis. Le divorce est hors de question.

Laissant enfin tomber ses fleurs, Charlotte regarda Caroline dans les yeux pour la première fois.

— Je ne peux pas m'enfermer dans un mariage aussi malheureux. Je ne peux pas.

Tu n'as pas le choix, voulut lui dire Caroline. Le plus gros problème de Charlotte, l'origine de sa souffrance, était qu'elle se *croyait* vraiment en droit d'obtenir ce que son cœur désirait.

— Si tu divorces, tu ne seras plus reçue dans le monde dans lequel tu as grandi. Outre la tienne, tu terniras la réputation de tes enfants. Tu vivras en paria, et cela, ma chère, te condamnera à une existence solitaire. Bien plus solitaire que si tu restais mariée à Coleman. Et ton père ne le tolérera pas. Il te déshéritera, j'en suis certaine.

Charlotte leva la tête, les yeux écarquillés, bouche bée :

— Vous n'allez pas recommencer. Vous ne pouvez pas.

Elle avait beau prétendre ne pas se soucier de la fortune familiale et répéter qu'elle ne voulait pas être une de ces petites filles riches, c'était pourtant toujours l'argent qui la ramenait sur le droit chemin.

— Je parle sérieusement, Charlotte. Tu n'auras pas un sou.

Charlotte comprenait enfin la gravité de son acte :

— Je suis donc piégée ? C'est bien ça ? Je suis piégée dans ce mariage ? À jamais ?

Elle enfouit son visage dans ses mains. Les épaules tremblantes, les larmes coulant à travers ses doigts, elle marmonnait de façon incohérente.

— Tu dois rester mariée – c'est tout. Si ton mari y consent, bien sûr.

Caroline le savait, la décision revenait entièrement à Coleman, qui avait toutes les raisons de vouloir le divorce.

Vingt minutes plus tard, Caroline se présenta au bureau de son beau-fils, joliment meublé et décoré de boiseries en noyer. Son propre buste en marbre trônait sur sa table et en écoutant son offre, il s'appuya dessus, les bras croisés.

— 5 000 dollars, dit-elle. Par an.

Coleman soupira et leva les yeux sur le plafond à caissons.

— En échange de *quoi* exactement ?

— Vous restez marié avec ma fille. Et vous promettez la discrétion.

Baissant le menton, Coleman décroisa les bras puis enfonça les mains dans ses poches. Il semblait réfléchir à sa proposition. Il n'ignorait pas les conséquences qu'un divorce pouvait avoir sur sa réputation et, bien sûr, Caroline savait qu'il pensait aux enfants.

— Et la discrétion de votre fille ?

— Charlotte m'a promis de ne plus le revoir. Elle est rongée de remords.

Il fit une moue.

— 7 000 dollars, dit-il en hochant la tête. 7 000 dollars par an et j'arrête la procédure de divorce.

— Très bien.

Il haussa les sourcils :

— Je pensais que vous voudriez prendre le temps de réfléchir. J'aurais dû en demander 10 000.

Caroline eut un sourire cruel.

— Je vous en aurais donné 20 000.

41
La société

Newport et New York, 1891-1892

Toutes, nous avons conseillé à Alva de renoncer. Nous lui avons répété que c'était une mauvaise idée. Que c'était, en réalité, une idée épouvantable. Mais nous a-t-elle seulement écoutées ? Elle voulait construire une nouvelle maison à Newport, et parmi tous les terrains disponibles, elle a acheté celui de Bellevue Avenue, juste à côté de Beechwood, la maison de Mrs Astor.

Clairement, elle a décidé de provoquer la Grande Dame, ce qui la met dans une situation embarrassante. Elle voudrait à la fois être acceptée par Mrs Astor et usurper sa place.

Alva a acheté le cottage – une maison fort modeste – il y a environ un an et a engagé Richard Morris Hunt, l'architecte qui a construit sa maison de la Cinquième Avenue. Elle n'en parle absolument pas, ce qui ne lui ressemble guère. D'ordinaire, elle se vante de tout, mais pas cette fois. Dès la démolition de la maisonnette, elle a demandé à Hunt d'entourer la propriété d'une palissade. Elle doit mesurer au moins trois mètres de haut. Rien ne se laisse voir derrière, et Dieu sait que nous avons essayé, au cours de nos promenades quotidiennes, de jeter un œil à travers les planches. En vain.

Nous sommes toutes de retour à New York, à présent. On est le troisième lundi de janvier, la veille du bal annuel de Mrs Astor. À notre réveil, il fait un froid glacial, les courants d'air balaient le plancher. Dans nos caves, les ballons d'eau chaude cliquettent, les chaudières à charbon sont en surrégime. Et il neige. De gros flocons gras trempent les journaux du matin. Malgré les efforts du personnel qui les sèche au fer à repasser, ils arrivent tout fripés sur les plateaux du petit déjeuner.

Nous feuilletons nonchalamment le *Town Topics* et le *World*, puis nous passons au *New York Times*. Un seul coup d'œil et nous voilà complètement réveillées. Un pot entier de café n'aurait pu nous donner autant de palpitations. Nous lisons la manchette une nouvelle fois : WARD MCALLISTER AFFIRME QUE LA HAUTE SOCIÉTÉ DE NEW YORK NE COMPTE QUE 400 PERSONNES.

L'article commence par le citer : « La société élégante de New York ne dépasse pas les quatre cents personnes. En dehors de ce cercle, on trouve des gens qui ne sont pas à l'aise dans une salle de bal ou dont la présence gêne les autres. » Quelle déclaration ! Un nombre fini. Une ligne de partage tracée sur le sable blanc privilégié de Newport. Nous nous interrogeons : cette coterie de quatre cents membres a-t-elle toujours existé ? Est-ce un secret qu'on n'a jamais jugé bon de nous révéler, comme tant d'autres choses de leur monde ? Cette liste de noms est-elle conservée dans un coffre quelque part, peut-être dans les entrailles de la maison de Mrs Astor ? Et pourquoi, précisément la veille du bal de Mrs Astor, Ward McAllister a-t-il décidé de publier les noms de ces membres de la haute société ?

Les pouls s'accélèrent tout au long de la Cinquième Avenue. Une chaleur se répand dans nos cous à mesure que nos regards balaient la liste. Celle-ci suit l'ordre alphabétique, nous commençons par les A et nous parcourons les colonnes à toute vitesse. Des noms nous sautent aux yeux : MR ET MRS JAMES L. BARCLAY, MR ET MRS CHAUNCEY, M. DEPEW, MR SHIPLEY JONES… Certaines d'entre nous, Puss, Mamie et lady Paget, soulagées, sont tout excitées d'en faire partie. Elles sont parmi les élus, sans avoir pourtant une seule goutte de sang knickerbocker. Mais Jay Gould n'est pas sur la liste. Ni Fanny et John Pierpont Morgan, et les Rockefeller non plus. Nos cœurs continuent de battre. Nous constatons que MR ET MRS CORNELIUS VANDERBILT y figurent. Ainsi que GEORGE W. VANDERBILT. Nous nous attendons à trouver ensuite Mr et Mrs William Kissam Vanderbilt, mais non, on saute à MRS A. VAN RENSSELAER. *Van Rensselaer ?* Attendez. Nous revenons en arrière, croyant avoir mal lu. *Alice et Cornelius sont sur la liste mais pas Alva Vanderbilt ?*

Le lendemain soir a lieu l'événement de la saison. Le bal de Mrs Astor ! Ceux d'entre nous qui, après des années, ont enfin reçu l'invitation tant convoitée pénètrent dans sa maison sans trop savoir à quoi s'attendre. Nous découvrons une entrée enchantée décorée de tulipes, de palmiers tropicaux et de roses rouges

American Beauty en quantités jamais vues. Un lierre grimpe le long de l'escalier en marbre, le premier salon baigne dans un océan de tulipes jaunes et une commode est ornée d'un autre énorme bouquet d'American Beauty.

Cette fameuse liste des quatre cents est sur toutes les lèvres. Les gens en parlent à mi-voix. Chacun semble guetter l'arrivée de Ward McAllister. La grande question occupe tous les esprits : *Mrs Astor savait-elle que Ward allait publier cette liste ?* Impossible d'y répondre, car elle est là, en hôtesse avertie, qui reçoit ses invités en faisant fi des rumeurs et des spéculations. Elle trône sur son estrade, sous son portrait grandeur nature. Sans surprise, elle est vêtue de velours, porte une grosse perruque, sa tiare en diamants, ses colliers en diamants, un pectoral en diamants et des bagues en diamants aux cinq doigts. Elle scintille, jette mille feux au moindre mouvement.

Vers onze heures, la file d'attente s'étire jusqu'au palier du premier étage. Pour ceux d'entre nous qui rencontrent Mrs Astor pour la première fois, le supplice est à son comble. Nous attendons ce moment depuis des lustres. Et maintenant nous allons patienter une bonne heure. Un à un, elle accueille ses invités par une poignée de main et un bonsoir cordial. Certains n'ont droit qu'à un hochement de tête. Elle parvient à dire quelques mots aux Livingston et aux Belmont, mais quand arrive le tour de Mamie Fish, Mrs Astor se contente de lui tendre la main.

C'est Mamie qui parle.

— Ward s'est vraiment surpassé, cette fois, *n'est-ce pas*. On va avoir besoin d'un escabeau pour parvenir à sa hauteur. Nous devrions changer son nom en Ward McAllisteur.

Mamie, qui s'amuse toujours de ses propres bons mots, se lance dans un de ses rires proverbiaux.

Mrs Astor n'esquisse pas même un sourire.

Ward McAllister ne tarde pas à arriver, l'air terriblement content de lui. Il va saluer Mrs Astor, mais elle lève la main pour l'arrêter. Elle est furieuse, cela ne fait aucun doute. De toute évidence, cette liste l'a prise au dépourvu. Ward recule malgré lui, il semble soudain avoir rétréci, ses épaules s'affaissent, toute son arrogance a fondu.

Pour être honnête, nous n'avons guère pitié de lui. Tout est sa faute. Et puis, il faut dire qu'il daigne à peine nous adresser la parole. Et quand il le fait, c'est en général pour nous critiquer. Il s'est acharné sur lady Paget, fustigeant son dernier dîner dans la presse parce qu'on n'a pas servi de plat de viande. L'article négligeait de préciser que lady Paget a embrassé le végétarisme. Le lendemain, elle lui a envoyé un poisson, avec la tête et la queue.

Comme nous nous mêlons aux conversations, une absence implicite se fait sentir : Alva n'est pas là. Après le bal masqué, Mrs Astor a peut-être été obligée de légitimer les Vanderbilt, mais cela ne signifie pas que sa porte leur soit ouverte.

Un peu plus tôt, ce matin, Alva a pris la peine de dire à lady Paget, à Ophelia, à Penelope, à Puss et à tous ceux qu'elle pouvait que Willie et elle avaient été appelés en urgence loin de New York. Voilà qui tombait à point nommé.

42
Alva

Longeant le couloir, Alva avançait à tâtons, mains tendues, dans l'obscurité. Elle aurait tout aussi bien pu avoir les yeux bandés. Elle était déjà sortie trop vite de son cabinet de toilette et s'était cogné l'orteil contre le bloque-porte. À tout moment, elle s'attendait à entrer en contact avec la rampe sculptée, sans y parvenir. Elle continua pas à pas, centimètre par centimètre, jusqu'au moment où enfin ses doigts rencontrèrent la balustrade. Elle gravit les marches lentement, prudemment. Dans toute la maison, elle entendait ses domestiques eux aussi aller et venir dans le noir.

— Willie ? appela-t-elle, parvenue à l'étage.

— Nous sommes là. Dans la salle de jeux.

Alva se laissa guider par sa voix jusqu'à l'endroit où les enfants et lui avaient décidé de passer la soirée. Un faible clair de lune luisait aux fenêtres, éclairant à peine leurs quatre silhouettes blotties les unes contre les autres. Willie racontait une histoire de fantômes et quand il poussa un grand *boo* sonore, le petit Harold, âgé de huit ans, cria et éclata en sanglots.

— Willie, regarde ce que tu as fait.

Alva ne distinguait pas le visage de son fils, mais elle connaissait ce cri, elle devinait sa lèvre inférieure tremblante, ses paupières étroitement closes.

— Moi ? répliqua Willie. C'est toi qui nous obliges à rester dans le noir.

— Tu vas leur faire faire des cauchemars, dit Alva en prenant Harold sur ses genoux.

— Allume donc une lampe. Ou au moins une bougie, pour l'amour du ciel !

— Non.

— C'est ridicule. Une seule lampe. Une seule bougie.

— Je t'avertis, Willie K., dit-elle, les dents serrées. Si tu touches à cette lampe, je te brise les doigts.

Il était onze heures. À quelques pâtés de maisons plus au sud, le bal de Mrs Astor battait son plein et Alva avait donné l'ordre qu'on éteigne toutes les lumières dès quatre heures, juste avant le crépuscule. Pas une seule lampe ne brillait dans toute la maison.

— Tout ça est idiot, fit Willie.

Pas aux yeux d'Alva. Dès qu'elle avait constaté que son nom ne figurait pas sur la liste, elle avait fait savoir à qui voulait l'entendre que Willie et elle devaient quitter New York de toute urgence pour se rendre à Mobile. Ils prenaient le train de cinq heures, autrement bien sûr ils se seraient rendus au bal de Mrs Astor.

— Tout le monde sait que nous ne sommes pas sur la liste, dit Willie.

— Cette liste est pleine de trous et d'erreurs.

Quantité de noms que Ward avait donnés au *New York Times* étaient parfaitement aberrants. Mr Stanley Dunn avait succombé à une crise cardiaque l'année précédente, et Mr Herbert Franklin aussi était mort ; Marjorie Blundt était inscrite une première fois sous son nom de jeune fille et une deuxième fois sous le nom de son mari.

— Tout le monde sait qu'elle n'est pas exacte. On peut encore penser que nous étions *censés* y figurer.

— C'est absurde. Et personne ne va croire que tous les domestiques sont partis aussi, raisonna-t-il. Ils ne resteraient pas dans la maison sans lumière.

— Nous leur avons donné congé, grommela-t-elle.

— Et comment vas-tu expliquer ton retour dès demain ?

Oh, tu as vraiment le chic pour me provoquer, toi !

— Nous dirons que nous sommes rentrés tôt, répondit-elle, sachant pourtant qu'elle ne pourrait pas montrer le bout de son nez avant le soir.

— Je ne te comprendrai jamais, Alva.

— Et *moi*, je ne comprendrai jamais pourquoi *tu ne peux pas comprendre* que je préfère rester dans le noir toute la nuit plutôt que de laisser Mrs Astor m'humilier. Une fois de plus.

43
Alva

Alva remonta le col de fourrure de son manteau et enfonça les mains dans son manchon. Il avait neigé un peu plus tôt et, sous le ciel redevenu clair, la couche toute fraîche étincelait au soleil, peignait les arbres en blanc. Elle venait de sortir du bureau de Hunt dans le Village où elle avait révisé les derniers plans pour la maison de Newport. Comme elle passait devant Washington Square, elle tomba sur une foule massée près de l'arc ; une majorité de femmes, jeunes, âgées, certaines à la peau claire, d'autres, noire. Certaines vêtues pauvrement, le visage ridé, les mains abîmées par le travail. D'autres habillées plutôt comme elle, de fourrures élégantes et de chapeaux à large bord. Alva remarqua une poignée d'hommes, des officiers de police pour la plupart. Derrière une congère, une fanfare au complet se lança dans une interprétation vigoureuse d'« Hallelujah ». Parmi les femmes, certaines avaient passé des écharpes par-dessus leurs manteaux et exhibaient des pancartes : DROIT DE VOTE POUR LES FEMMES.

Devant la foule se dressait une oratrice dont la voix tonitruante contrastait avec la petite stature. Alva avait froid. Elle n'avait pas l'intention de s'arrêter mais ses paroles lui firent changer d'avis : « Nous, les femmes, nous devons nous unir afin de changer les lois qui nous maintiennent sous le joug de nos maris… » Alva passa les vingt minutes suivantes à écouter. « … Nous contestons les lois qui interdisent à une femme mariée de posséder ses propres terres. Nous contestons les lois qui décrètent qu'une femme ne peut pas signer un contrat légal. Nous contestons les lois obligeant une épouse qui travaille – qui gagne son argent toute seule – à remettre son salaire à son mari. Nous ne sommes pas la propriété des hommes ! » Alva s'émerveilla des acclamations et des cris qui éclataient. Soulevée par l'enthousiasme, elle ne put s'empêcher de sortir les mains de son manchon et d'applaudir à son tour.

« On dit que la vocation d'une femme est d'être une épouse et une mère, de s'occuper de son foyer. Nous rétorquons "insanité". On prétend que si nous, les femmes, obtenons le droit de vote, nous deviendrons des hommes, il nous poussera de la barbe et de la moustache. Nous clamons "pure insanité". Nous obtiendrons le droit de vote, nous leur montrerons de quoi nous sommes capables, ce qu'est notre véritable vocation. »

Alva applaudit si fort que ses mains lui cuisaient. N'était-ce pas ce qu'elle essayait de prouver depuis le jour où elle avait trouvé son père en pleurs, demandant à Dieu pourquoi il avait choisi de prendre son fils unique et non l'une de ses filles ? La fanfare recommença à jouer et, en embrassant du regard les femmes venues de toute la ville, Alva comprit qu'elles étaient toutes semblables. Riches ou pauvres, jeunes ou vieilles, elles étaient d'abord et avant tout des femmes. Et toutes entravées, toutes rabaissées. Ni l'argent ni le statut social n'avaient le pouvoir de les libérer.

La foule commença à se disperser et, décidant de braver le froid, Alva prit la direction de la Cinquième Avenue. Elle avait beau avoir les orteils et les doigts engourdis, elle se sentait euphorique, pleine d'une énergie téméraire qu'elle ne dépenserait pas en allant chez Tiffany's ni en emmenant ses enfants au parc faire du patin à glace ou de la luge. Même le travail qui l'occupait avec Hunt et la maison échouait à calmer sa fébrilité. Elle aspirait à quelque chose d'autre, sûre que *quelque chose* l'appelait. Peut-être la lutte pour le droit de vote.

En marchant le long de la Cinquième Avenue, elle se découvrit un engouement pour l'architecture et les transformations de la ville. Chariots et calèches se suivaient lentement, de la vapeur montait des tas de crottin. Devant leurs charrettes, emmitouflés dans des manteaux mal taillés, en mitaines, des marchands ambulants se tenaient presque à tous les coins de rue. Parvenue à la hauteur de la Vingt-Troisième Rue, elle aperçut la marquise bleue familière du Glenham Hotel et son cœur s'arrêta. *Jeremiah*. Il lui manquait, lui et ses conseils audacieux, les heures passées dans cette chambre décatie à se plaindre et à conspirer. Il était parti depuis huit ans, et elle pensait à lui tous les jours.

Cédant à un coup de tête, elle décida d'entrer, sans trop savoir si elle cherchait à gâcher sa bonne humeur, à chasser cet optimisme par la mélancolie et la nostalgie. *Sabotage ou punition ?* Elle l'ignorait. Elle gravit les marches protégées par un tapis et salua discrètement le portier qui poussait la porte du hall. Comme dans son souvenir, celui-ci était sombre et sinistre, silencieux, presque désert, hormis un homme qui lisait le journal installé dans une bergère. Alva se demanda si George Terry vivait encore là. Elle songeait à se renseigner, à demander s'il se trouvait chez lui, lorsque son regard tomba sur le grand miroir doré accroché au-dessus de la cheminée. Charlotte Astor – Charlotte Astor Drayton en personne – pénétrait dans le lobby.

Que vient-elle faire dans un hôtel comme le Glenham ?

Elle ne tarda pas à avoir sa réponse. L'homme dans la bergère posa son journal et traversa la pièce pour la rejoindre. Grand, séduisant, le front légèrement dégarni. Alva n'avait aucune idée de qui il était, mais ce n'était *pas* Coleman Drayton. Elle sentit un courant électrique passer entre eux quand leurs regards se croisèrent, quand leurs lèvres dessinèrent un sourire. Et bien sûr, impossible de ne pas voir le geste subtil de sa main au bas du dos de Charlotte, l'entraînant dans l'ascenseur.

44

Caroline

Dans sa naïveté, Caroline avait espéré que les remous provoqués par la liste de Ward McAllister allaient se calmer naturellement, remplacés par d'autres ragots grivois, mais la fascination du public semblait ne pas vouloir faiblir. Au contraire. Il était impossible d'ouvrir un journal sans tomber sur cette liste. *Cette liste* avait acquis une vie propre. On lui donnait même un nom, les *Quatre Cents*.

Le bruit courait que Ward McAllister n'avait en réalité fourni que trois cent dix-neuf noms. Qu'avec les doublons et autres erreurs, le chiffre réel atteignait à peine cent soixante-neuf familles. Il manquait donc quatre-vingt-un noms, et tout le monde s'excitait de nouveau, avide de connaître ces personnes *manquantes*. C'était fastidieux et médiocre. Lasse de regarder, Caroline repoussa les journaux du matin sur son plateau. Tournant la tête vers la fenêtre de sa chambre, elle vit l'arrière de l'hôtel de Waldorf, toujours en chantier.

Il tenait absolument à ouvrir son établissement l'an prochain, et aux dernières nouvelles, ce serait un immeuble vertigineux de treize étages. Il lui masquerait entièrement la vue et ne manquerait pas de nuire au voisinage. Techniquement, c'était peut-être un hôtel, mais pour elle il s'agissait d'une taverne. Une taverne avec des chambres à coucher.

Heureusement, la saison s'achevait dans deux semaines et elle pourrait quitter New York, comme tous les ans. La dernière semaine de février, elle se réfugierait dans son appartement de Paris, où elle régnait également au sommet de la bonne société. Elle y resterait jusqu'en juillet, au moment de s'installer à Newport pour l'été. Et elle ne désirait pas seulement échapper au chantier, mais aussi à Ward McAllister qui venait chez elle presque tous les jours, la suppliant de lui pardonner.

— Tout le monde me tourne le dos, avait-il dit en faisant les cent pas dans son salon, son orgueil évanoui, au désespoir. On se moque de moi, on m'évite, n'est-ce pas. Vous êtes la seule qui puisse me faire regagner les faveurs de la société. S'il vous plaît, ma Rose Mystique, ayez pitié.

— Je ne peux et je ne veux rien faire.

Elle détestait se montrer cruelle, mais il s'était très mal conduit. Elle l'avait soutenu quand il avait publié ces Mémoires ridicules, mais cette fois, il en demandait trop. Elle était toujours en colère ou, peut-être pire encore, déçue. Malgré tous ses ragots et toutes ses prétentions, c'était à lui seul, hormis Thomas, qu'elle s'était confiée. Mais elle ne le ferait plus. Elle avait perdu toute confiance en lui et se justifiait ainsi de ne pas voler à son secours.

On frappa à la porte. À sa grande surprise, c'était William. Il avait revêtu une veste de chasse en Harris Tweed et, avec ses joues rouges, il semblait revenir d'une promenade au grand air.

— Puis-je entrer ?

— Oui.

Caroline était stupéfaite. Elle était incapable de se rappeler la dernière fois qu'il avait franchi le seuil de sa chambre. Soudain intimidée, elle remonta le col de son peignoir. Elle n'aimait pas qu'il la voie sans sa perruque, avec ses cheveux gris, fins et mous. Elle croyait pourtant avoir cessé de s'inquiéter de ce qu'il pensait.

À le voir tenir serré son bras contre lui, elle devina que son épaule le faisait souffrir. Signe qu'un temps humide et froid allait s'installer. Autrefois, elle l'aurait massé pour apaiser la douleur, mais à présent ce geste l'aurait embarrassée, et sans doute n'en aurait-il pas voulu.

Il prit un fauteuil en face d'elle dans le petit salon, devant la cheminée.

— Je viens de parler avec Coleman. Il semble que la liaison de Charlie se poursuive.

— Mais elle y a mis un terme. Elle me l'a dit. Elle m'en a fait le serment.

— Eh bien, d'après Coleman, elle continue et il est à bout. Il a mis Borrowe face à ses responsabilités et l'a provoqué en duel.

— Oh, mon Dieu, non.

— Et quoi d'autre ? dit William en haussant les épaules. Selon Coleman, le *New York World* tient la preuve que Charlie et Borrowe ont été vus ensemble au

Delmonico's, et de nouveau au Sherry et au Glenham Hotel.

— Non.

— Le *World* se prépare à publier son papier, comme tu le sais, ce n'est qu'une question de temps avant que les autres journaux n'en fassent leurs choux gras.

William ne s'était pas trompé. Les manchettes s'étalaient partout, dans une surenchère d'invectives : LE SCANDALE DE LA FILLE ASTOR, disait le *New York Times*. MRS J. COLEMAN DANS LES BRAS DE MR HALLETT BORROWE EN PUBLIC, disait le *Town Topics*. LE MARI JALOUX PROVOQUE EN DUEL L'AMANT DE SA FEMME, écrivait le *New York Sun*.

Caroline et William n'étaient pas tombés d'accord depuis des lustres, mais ils savaient qu'ils ne pouvaient rester les bras croisés. Caroline annula son voyage à Paris afin de raisonner sa fille et le jour où le *New York Times* publia un article titré UN NOUVEAU SCANDALE ÉCLABOUSSE LA FAMILLE ASTOR, Charlotte fut convoquée par son père dans la bibliothèque.

Le chantier voisin, les coups de marteau et de burin incessants les assourdissaient. Charlotte était venue vêtue d'une robe ajustée dont la ceinture en satin mettait sa poitrine en valeur, ce que Caroline jugeait indécent. Quand sa fille ne portait pas de hardes, elle paradait dans *cette tenue.* Mais ce n'était pas le moment d'aborder ce sujet. Assise droite dans son fauteuil, Caroline agrippait les accoudoirs et regardait William faire les cent pas, le visage rouge de colère.

— Tu sais que ton mari a provoqué Borrowe en duel. Tu auras du sang sur les mains, jeune dame.

Charlotte restait impassible. Même avec les journaux sous le nez – que William, à voix haute, avait lus consciencieusement –, Charlotte continuait à regarder droit devant elle, impénitente. C'est à peine si elle cillait.

— Je te rappelle que j'ai payé ton mari – une belle somme – pour ne pas mettre un terme à cette parodie de mariage.

William élevait la voix et Caroline ne pouvait dire si c'était un exutoire à sa fureur ou une tentative pour dominer les martèlements du dehors.

— Tu dois penser à tes enfants.

— Que voulez-vous que je fasse ? répondit enfin Charlotte, d'une voix égale, comme si la situation lui échappait. Je suis amoureuse. N'ai-je pas droit au bonheur ?

La question paraissait si simple. Elle la posait comme si c'était une requête toute naturelle. Peut-être était-ce le cas, songea Caroline, qui n'avait jamais cru à l'évidence du bonheur. Le bonheur était le fruit d'un travail, il n'allait pas de soi.

— À quel prix ? demanda-elle ayant à l'esprit ses trois petits-enfants, âgés de quatre à douze ans. Pense à ceux qui vont souffrir à cause de tes aspirations égoïstes.

— Charlie, je ne vais pas le répéter. Cette liaison avec Borrowe doit cesser séance tenante.

Charlotte posa le regard sur son père et, dans une attitude de pur défi, lui lança :

— Je mettrai un terme à ma liaison, Père, si tu mets un terme à la tienne.

— Ça suffit, dit William en levant les bras au ciel et en grimaçant à cause de sa douleur à l'épaule. Tu ne recevras plus un sou de moi. Tu m'entends. Plus un sou.

— Ça m'est égal. Vas-y, déshérite-moi.

— Oh, tu ne parles pas sérieusement, dit Caroline.

Charlotte ne pouvait pas parler sérieusement. Cette menace de la priver de son héritage constituait leur dernier recours. Quand sa fille sortit précipitamment de la bibliothèque, Caroline demeura bouche bée. Elle la regarda s'en aller et ce fut comme si une autre part d'elle-même se brisait. L'argent – l'héritage de Charlotte – était le dernier lien qui la retenait à eux. Elle ne pouvait pas supporter l'idée de perdre une autre fille, de surcroît à cause d'un homme.

Une semaine plus tard, en ouvrant le journal, Caroline tomba sur ces mots : MRS ASTOR A PAYÉ À MR COLEMAN J. DRAYTON 7 000 DOLLARS POUR QU'IL RETIRE SA DEMANDE DE DIVORCE. Horrifiée, elle prit le *New York Sun* et lut : LA FILLE ASTOR DÉSHÉRITÉE À CAUSE D'UNE LIAISON.

Le lendemain, William étant parti pour les Everglades afin d'échapper à cette situation, Coleman se rendit chez Caroline. Dès qu'il fut introduit dans son salon par Thomas, elle devina qu'il y avait du nouveau.

— Ce bon à rien, ce lâche de Borrowe a quitté la ville, dit-il en lui tendant le journal qu'il avait roulé et tordu dans sa fureur.

Celui-ci arborait une nouvelle manchette : BORROWE REFUSE LE DUEL ET S'ENFUIT EN EUROPE.

— Il est parti à l'étranger, dit Coleman. On dit qu'il a décidé de se réfugier en Europe pour ne pas se battre en duel.

Caroline, guère surprise, se demandait pourquoi Coleman était si étonné. Ses allées et venues énergiques la rendaient nerveuse.

— Voulez-vous du thé ?

— Et ce n'est pas tout ! fit Coleman comme s'il ne l'avait pas entendue.

— Asseyez-vous donc. Je vais demander à Thomas de vous apporter du thé. Ou du café, peut-être ?

Mais Coleman continuait à récriminer, expliquant qu'il était allé voir un match des Giants au Polo Grounds le matin et qu'à son retour, Charlotte avait disparu.

— Comment ça, *disparu* ?

— Disparu, *disparu* ! Elle a pris la fuite.

— La fuite ?

Caroline faillit lâcher sa tasse.

— Elle est partie. Elle m'a quitté.

Il secouait la tête comme si lui-même n'arrivait pas à le croire.

— Et elle a abandonné ses enfants.

Cette fois, Caroline serra sa tasse entre ses mains pour la poser. Impensable. Sa fille ne ferait pas cela – une épouse et une mère ne faisait pas une chose pareille. Ce n'était pas vrai. C'était impossible.

— Ma fille n'est pas parfaite, je vous l'accorde, mais Charlotte ne vous quitterait jamais, vous et ses enfants. C'est au-delà…

— Je vous dis qu'elle est partie retrouver son amant, ce lâche.

— Non, non, vous devez faire erreur. Peut-être est-elle allée à Newport plutôt. *Oui, c'était ça.* Charlotte a toujours aimé le calme et le silence qui…

— J'en ai la preuve.

Sombre, Coleman glissa la main dans sa poche et tendit une lettre à Caroline.

Elle la prit. C'était plutôt un message. Quelques mots griffonnés de la main de sa fille.

Cher Coleman,

Je suis partie retrouver Hallett. Ne cherche pas à me suivre.

Charlotte

— Et pour couronner le tout…

— Oh, Seigneur…

Le cœur de Caroline avait cessé de battre.

— Vous devriez jeter un coup d'œil au *New York Sun* d'aujourd'hui.

La nausée l'envahit tandis qu'elle serrait le billet de Charlotte. *Pas d'autre article. Par pitié, plus d'article dans la presse.*

— On m'a fait savoir que le *Sun* a obtenu les lettres d'amour de Charlotte…

— Les lettres d'amour ?

— Il semble que le majordome de Hallett Borrowe ait trouvé les lettres d'amour qu'elle a adressées à Borrowe. Il les aurait vendues au *New York Sun*. Ils en ont déjà publié une dans l'édition d'aujourd'hui. Il est fort heureux, ajouta-t-il en grimaçant, que Charlotte ait pris la fuite. Ce qu'elle a écrit à ce séducteur est ignoble. Indigne. Une dame de bonne famille ne devrait pas concevoir de pensées aussi licencieuses.

Caroline ne s'évanouissait jamais, mais son dernier souvenir, avant que le monde ne disparaisse, fut le billet de Charlotte qui lui tombait des mains.

45

La société

Tous les journaux de New York publient les lettres d'amour de Charlotte Astor Drayton – mot pour mot, jusqu'aux plus croustillants. Rouges de honte, nous lisons et relisons ses confessions intimes. Charlotte BRÛLE DE LE TOUCHER, elle RAFFOLE DE SON GOÛT, avec lui, son corps FAIT ET RESSENT DES CHOSES QU'ELLE NE CROYAIT PAS POSSIBLES. Elle raconte que SON CORPS TOUT ENTIER RONRONNE PENDANT DES HEURES APRÈS QU'IL A QUITTÉ SON LIT.

Ronronne ? Nos corps, eux, ne ronronnent pas. Nous ne savions même pas que nos corps pouvaient ronronner. Nous sommes en haleine, impatientes de lire la suite du *Scandale de la fille Astor*. Lydia s'en repaît comme d'un de ses romans sentimentaux. Pour être honnêtes, nous aussi, même si, avouons-le, nous n'avons pas la moindre idée de ce dont parle Charlotte Astor Drayton – *brûler de toucher un homme ? Raffoler de son goût ?*

Nous n'osons pas entrer dans les détails, mon Dieu non, mais notre curiosité est piquée au vif. Il nous vient seulement à l'esprit que quelque chose nous échappe. Que le devoir conjugal recèle bien plus que ce qu'on veut bien nous laisser croire.

46

Alva

Pendant que tout New York faisait des gorges chaudes du scandale des lettres d'amour de la fille Astor, la plus chère amie d'Alva, Duchy, désormais duchesse de Manchester, vint lui rendre visite accompagnée de son fils et de ses jumelles. Son mari, George Victor Drogo Montagu, huitième duc de Manchester, venait de mourir brutalement. Âgé de trente-neuf ans à peine, il laissait pour tout successeur son fils de quinze ans.

Duchy était déprimée et irritable. Elle ordonnait sèchement à ses filles de se tenir droites, de ne pas gigoter. Elle tapait sur les doigts de son fils dès qu'il les portait à sa bouche. Elle s'était montrée particulièrement froide à l'égard de Willie quand il l'avait accueillie d'un baiser sur la joue. D'ordinaire, ces deux-là veillaient jusque tard dans la nuit, buvaient du whisky, fumaient le cigare et chantaient tandis qu'elle jouait du banjo. Mais pas cette fois. Son banjo était resté dans son étui, bien qu'Alva ait insisté pour qu'elle joue un ou deux airs.

— Peut-être plus tard, avait concédé Duchy en secouant la tête.

Le dernier jour, Duchy se tourna vers Alva et lui confia :

— Tu sais, je ne l'aimais pas.

Les deux amies prenaient le café quand elle ajouta, de but en blanc, avec un rire triste :

— Sa Grâce était sans grâce. Tu vas trouver ça horrible, et promets-moi de ne pas le répéter, mais je ne le pleure pas. Vraiment pas. Je pense même parfois que sa mort est un soulagement.

Alva écarquillait les yeux :

— C'*est* horrible et, heureusement pour toi, je ne le répéterai pas.

— J'ai eu des amants, cela aussi tu dois le savoir.

Elle fit une moue qui creusa les ridules autour de sa bouche.

— Je m'en doutais, dit Alva.

— Tout le monde fait tout un drame de ce qui se passe avec la fille Astor. Ne savent-ils donc pas que cela arrive tous les jours ?

— Non, pas aux enfants de la Grande Dame, fit Alva en prenant sa tasse.

Elle s'apprêtait à la porter à ses lèvres quand elle devina au visage de son amie, paupières baissées et lèvres serrées, la tempête qui l'agitait.

— Qu'y a-t-il ? Qu'est-ce qui ne va pas ?

Duchy prit un long moment pour reposer sa tasse.

— Je vais te dire quelque chose. Et je te demande de garder ton calme.

Alva sentit son cœur s'emballer. Ses pensées s'entrechoquaient : *Duchy est-elle malade ? Est-ce l'un des enfants ?*

Duchy lui prit la main, ce qui rendait plus angoissant ce qu'elle s'apprêtait à dire.

— Je ne voulais pas que tu l'apprennes de quelqu'un d'autre.

— Mon Dieu, de quoi s'agit-il ?

— Il s'agit de Willie.

Un temps d'arrêt.

— Alva, il y a une autre femme.

Un petit frisson traversa Alva. Elle voulut retirer sa main mais Duchy la retint fermement.

— Elle vit à Paris.

Le frisson devint plus violent. Willie était rentré de Paris un mois auparavant. Il était allé bourlinguer, disait-il.

— Elle s'appelle Nellie Neustratter.

Alva libéra sa main. Prise de tremblements, elle agrippa l'accoudoir de son fauteuil.

— Il l'a installée à Paris. Un château magnifique. On dit qu'il est immense. Avec des domestiques. Tout le tralala.

Alva se leva, se dirigea vers la fenêtre et appuya le front contre la vitre. Elle avait soupçonné l'existence d'autres femmes, persuadée de sentir leur parfum sur lui. Il avait toujours nié, et elle avait fait en sorte de ne plus y penser. Mais cette fois, c'était différent. Une maîtresse. Un foyer à Paris. Des domestiques et Dieu sait quoi encore. Voilà qui expliquait la froideur de Duchy à l'égard de Willie.

— Et tout le monde le sait ? demanda Alva qui commençait à se sentir bafouée.

— Suffisamment de monde.

Alva se frappa le front contre le carreau, puis pivota et fit face à Duchy.

— Depuis combien de temps le sais-tu, *toi* ?

Duchy haussa les épaules et pencha la tête sur le côté.

— C'est un butor. Il ne te mérite pas.

— Et tu as attendu le dernier jour pour me le dire ?

— Je voulais être loin quand tu le mettrais au pied du mur.

— Et qu'est-ce qui te dit que je vais le mettre au pied du mur ? La plupart des femmes regardent ailleurs. Elles n'en parlent pas.

— Mais tu n'es pas comme la plupart des femmes.

Duchy avait à peine franchi le seuil qu'Alva fonça à la recherche de Willie pour exiger des explications. Elle le trouva dans sa bibliothèque, sur une échelle à roulettes, en quête d'un roman sur l'étagère supérieure. Elle attendit qu'il soit descendu et lui arracha le livre des mains.

— Hé ! fit-il en reculant d'un bond, le regard courroucé. J'étais…

— Nellie Neustratter, asséna-t-elle en jetant le volume par terre.

Elle ne lâcha pas Willie des yeux et vit son visage prendre une couleur de cendre.

— Alva, je… je…

— N'essaie pas de nier.

Il baissa la tête et chercha appui contre une étagère de livres.

— Eh bien ?

Il y eut un long silence.

— Je te demande pardon, marmonna-t-il.

— Cela dure depuis combien de temps ?

Il secoua la tête, caressa le tapis du pied et marmonna de nouveau :

— Je ne sais pas. Un an, peut-être plus.

Une brusque nausée saisit Alva.

— Et tu l'aimes ?

Il leva la tête, comme sous le choc, comme si sa question était absurde.

— Non. Non, je ne l'aime pas. C'est toi que j'aime.

Alva eut un rire amer :

— Tu lui achètes une maison, tu paies des domestiques… et ce n'est pas de l'amour ?

— Ce n'est que de l'argent, Alva. Ça ne veut rien dire.

— Comment espères-tu me faire croire ça ?

— Alva, allons.

Il s'avança et lui prit les épaules.

— Je t'aime, toi.

— Alors pourquoi ?

Son regard se voila :

— Tu me repoussais. Tu rendais tout si difficile. J'avais l'impression de te décevoir. Je n'étais pas capable de te construire une maison assez grande ou de t'acheter un bateau assez grand. Je ne parvenais pas à te satisfaire malgré tous mes efforts. Et elle… eh bien, Nellie était là, je pouvais me tourner vers elle. Mais c'est tout. Je le jure… je n'ai jamais cessé de t'aimer.

Ils restèrent dans la bibliothèque et parlèrent jusqu'à ce que la lumière du dehors change, que les ombres s'allongent avec le soleil couchant. Alva le savait, elle était difficile, exigeante, mais elle détestait passer pour une idiote.

Ils parlèrent encore, leurs voix tantôt rivalisant de cris, tantôt réduites à des chuchotements. Il se faisait tard. Ils étaient épuisés. Ils se retrouvèrent assis dans le noir. La pensée de son mari en train d'embrasser une autre femme, de toucher une autre femme, emplissait Alva de dégoût. Elle avait aimé cet homme de toutes ses forces. Et à cause de cette Nellie Neustratter, elle ne savait plus si elle pourrait encore ressentir pour lui le même amour.

Devant Dieu, elle avait fait le serment de l'aimer, de l'honorer et de lui obéir, et ce n'était pas une promesse qui s'oubliait aisément. Mais comment tolérer ça ?

— Je veux que tu partes. Je veux que tu quittes cette maison et que tu sortes de ma vie. Je vais prendre un avocat. Je vais demander le divorce…

— Allons, Alva, sois raisonnable. Je ne veux pas te perdre, dit-il en lui prenant les mains. Je vais rompre avec elle, me débarrasser de cette maison… de tout. Je te le promets, je ne retournerai plus à Paris sans toi.

Alva ne connaissait pas une seule femme qui eût demandé le divorce de son mari. *Le divorce.* Un scandale public. En aurait-elle la force ? Elle était orgueilleuse, mais cet orgueil risquait de tourner à son désavantage. C'était déjà assez dur de savoir que la moitié de Paris se faisait l'écho de la liaison qu'entretenait son mari ; tôt ou tard, la rumeur parviendrait jusqu'aux États-Unis et finirait dans les journaux. La chronique mondaine se délectait des hommes riches et de leurs maîtresses. Ce serait déjà terrible. Mais le divorce, surtout si c'était elle qui le demandait, provoquerait un scandale bien plus terrible.

Pour finir, Alva décida de rester avec Willie, pour sauver la face plutôt que son mariage.

47
Caroline

Newport et Londres

Les coups de marteau sous ses fenêtres réveillèrent Caroline en sursaut. Elle s'était assoupie dans le solarium et se crut un instant de retour à Manhattan, mais on était en juillet et elle se trouvait à Beechwood, sa maison de Newport, où elle avait eu la surprise de se voir de nouveau cernée par d'autres chantiers. Avec celui de la nouvelle maison d'Alva Vanderbilt, la poussière et le bruit poursuivaient Caroline jusqu'à Rhode Island.

Elle fit ce qu'elle put pour rester indifférente au vacarme, but le thé que Thomas venait de lui apporter et feuilleta son carnet de rendez-vous. Tournant une page, elle tira un trait en diagonale sur les quatre traits précédents et fit le compte : cent quarante-cinq. Cent quarante-cinq jours s'étaient écoulés depuis que Charlotte s'était volatilisée. Il lui était presque difficile de croire que cela faisait aussi longtemps – le choc se prolongeait, aussi douloureux qu'une blessure à vif. Et c'était pourtant comme si Charlotte avait disparu de toute éternité, les jours passaient au ralenti, ponctués de crises d'angoisse.

Elle se félicitait que les ragots au sujet de la liaison de sa fille aient disparu avec elle. La société était versatile et après la publication des lettres d'amour, un autre scandale avait vu le jour.. C'était maintenant au tour de Willie Vanderbilt et de sa maîtresse, Nellie Neustratter.

Peu après le départ de Charlotte, Caroline et William s'étaient rendus chez Coleman, en lui proposant cette fois 20 000 dollars pour ne pas demander le divorce et empêcher qu'un nouveau scandale ne fasse la une des journaux. Il avait accepté, non sans réticence, « mais seulement pour mes enfants ».

Caroline porta les doigts à ses tempes. Si seulement quelqu'un savait où était Borrowe, ils pourraient suivre sa piste et ramener Charlotte à la maison. Quelque part en Europe – on ne savait rien de plus. Il pouvait être allé en France, en Angleterre ou en Italie. Caroline avait beaucoup de mal à ne rien tenter pour retrouver sa fille. Elle avait déjà annulé son voyage à Paris mais songeait déjà à revenir sur sa décision. Pourquoi ne pas partir à sa recherche ? Mais quelles étaient ses chances de succès, si le détective de l'agence Pinkerton avait échoué jusque-là ?

Caroline referma son carnet de rendez-vous et le posa sur le côté. Si Charlotte lui manquait, elle n'en était pas moins furieuse : comment avait-elle pu infliger cela à sa famille et à ses enfants ! Pourtant, Charlotte demeurait sa fille et aucune faute, si grave fût-elle, n'y changerait rien. Pour Caroline, il n'existait pas de force plus puissante sur terre que l'amour maternel. Elle en avait éprouvé toute l'étendue au cours des nuits sans sommeil au chevet de ses enfants quand ils étaient malades, trouvant l'énergie nécessaire pour raconter une nouvelle histoire qui dissiperait une autre crise de colère. Comment se faisait-il que Charlotte ne sente pas ce lien avec ses propres enfants ? Comment pouvait-elle supporter de rester éloignée d'eux ? Et par quel mystère Caroline avait-elle six petits-enfants privés de mère ? Chaque fois qu'elle pensait à eux, son cœur se brisait.

Un martèlement assourdissant reprit à côté, lui irritant les nerfs. Bellevue Avenue était l'adresse la plus élégante de Newport, il lui déplaisait infiniment qu'Alva ait cru bon de faire construire juste à côté de chez elle. C'était une intrusion insupportable, et les coups et la poussière ne lui accordaient aucun répit. Thomas l'avait informée qu'une plaque de marbre de chez les Vanderbilt était tombée dans ses rosiers.

Elle n'en doutait pas, la maison de sa rivale promettait d'être grandiose et il était difficile de rester indifférent à l'excitation qui se répandait dans Newport. Même à Bailey Beach, on parlait de la nouvelle maison d'Alva et du bal qu'elle prévoyait de donner au mois d'août, à la fin des travaux. D'ordinaire, Caroline organisait son clambake en août, mais cette année, avec la disparition de Charlotte, sans parler de Ward McAllister, elle ne pouvait s'y résoudre.

Thomas entra avec le courrier et les cartes du jour. La première enveloppe, celle de Ward McAllister, alla rejoindre les précédentes, restées cachetées. En vérité, peu importait qu'elle lui répondît ou non, il continuait à se présenter chez elle, même après que Thomas, sur son ordre, lui eut fermé sa porte. Si Ward avait abandonné la partie, sans doute aurait-elle fini par lui pardonner un jour, mais ces suppliques et ce harcèlement constants faisaient de lui un importun pathétique et obséquieux. Ils le savaient tous les deux, seule Caroline possédait l'influence nécessaire pour assurer son retour en grâce auprès de la bonne société, mais cela ne faisait pas partie de ses obligations.

Parmi les nombreuses invitations à des bals, garden-parties, dîners et galas de charité, elle trouva une lettre de Consuelo Yznaga, devenue lady Montagu, duchesse de Manchester. Caroline crut d'abord à une erreur, que la lettre était destinée à Alva, à côté, car elle les savait amies. Or la missive était bien adressée à Mrs Astor. Elle décacheta l'enveloppe et commença à lire.

Chère Mrs Astor,

Je voulais vous informer que j'ai, il y a peu, rencontré Charlotte, votre fille, ici, à Londres. Au risque de paraître trop familière, je dois vous dire que les circonstances ne jouaient pas en sa faveur. Il semble que sa venue en Europe n'ait pas eu les développements espérés. Son ami gentleman n'est, de toute évidence, pas un gentleman. Je ne veux même pas écrire son nom, il me suffira de dire qu'il a abandonné Charlotte de façon indigne. Je regrette d'ajouter que je l'ai trouvée dans un état déplorable, sans argent ni rien d'autre que les vêtements qu'elle portait. En vérité, à la voir, rien n'indiquerait qu'elle fait partie de la famille Astor. Je lui ai donné le peu d'argent que j'avais sur moi – et j'ai dû insister pour qu'elle le prenne. Elle a refusé de me dire où elle habitait et quand je lui ai proposé de lui acheter un billet de retour, elle a craqué, elle a éclaté en sanglots et déclaré qu'il lui était impossible de retourner en Amérique après ce qu'elle avait fait. Au moment où je vous écris, elle se trouve ici, à Londres. Je vous prie d'excuser mon intrusion mais, en tant que mère, je n'ai pas pu m'empêcher de vous écrire. Je prie pour la santé de Charlotte.

Très sincèrement vôtre,
Consuelo Montagu

Caroline resta assise, la lettre à la main, incapable de chasser de son esprit l'image de Charlotte à Londres, abandonnée, sans argent, et n'osant pas rentrer. Elle devait aller la chercher, mais elle n'y parviendrait pas seule. Quand William serait rentré ce soir, après les tournois au Polo Club, elle lui montrerait la lettre.

— Je pars pour Londres et tu viens avec moi, lui annonça-t-elle avant qu'il ait prononcé un mot. C'est la seule façon de ramener Charlotte, et tu le sais. Elle a toujours été ta préférée, elle a besoin de savoir que tu lui pardonnes. Il faut qu'elle l'entende de ta bouche.

Le lendemain, Caroline et William embarquaient pour l'Europe. C'était la première fois depuis plus d'une décennie qu'elle posait le pied sur le bateau de William, l'*Ambassadress*. Il avait fait construire ce Yacht de 235 pieds en 1877 et la presse l'avait baptisé « le palais flottant ». Ne reculant devant aucune dépense, son mari avait fait importer du bois de teck pour les ponts supérieur et inférieur, du noyer français pour le grand escalier, et des manteaux de cheminée en marbre et or pour le fumoir et la bibliothèque.

Le temps n'était pas favorable ce jour-là mais Caroline, qui avait toujours prétexté le mal de mer pour ne pas rejoindre William à bord de l'*Ambassadress*, ne se laissa pas impressionner par les eaux tumultueuses. Au contraire, elle se tenait sur le pont-promenade, les mains au chaud dans ses gants de chamois, agrippée à la rambarde de cuivre, et observait le spectacle des vagues écumeuses. Le ciel était gris, l'horizon fermé par un épais banc de nuages. Elle pensait à Charlotte tandis que le vent soulevait son chapeau et que les embruns lui mouillaient le visage.

Elle entendit des bruits de pas sur le pont. Elle se retourna et vit Thomas, les yeux rivés sur l'horizon, plissés comme s'il regardait le soleil en face alors que le ciel s'obscurcissait.

— Mrs Astor, vous devriez peut-être rentrer.

— Je ne vais pas tarder.

Quelque chose dans le spectacle de la mer démontée lui donnait une perspective nouvelle et une leçon d'humilité. Son monde était finalement peu de chose comparé à l'immensité de l'océan, à ses constantes fluctuations, à sa puissance absolue. Quelques minutes plus tard, le tonnerre gronda et un éclair zigzagua dans le ciel, entraînant un torrent de pluie dont les gouttes s'écrasèrent sur le pont, grosses comme des pièces de monnaie. Thomas accourut avec un parapluie et l'entraîna à l'intérieur.

La tempête gagna en force et en fureur au cours des heures qui suivirent, et plus tard cette nuit-là, Caroline écouta les vagues déchaînées frapper contre la coque. La mer secouait le bateau, les lampes vacillaient et il lui était presque impossible de lire. Elle avait songé à demander à Thomas de lui faire la lecture mais il ne se serait sans doute pas mieux débrouillé qu'elle. Elle marqua donc sa page et posa le livre. De toute façon, elle avait du mal à se concentrer, et pas seulement à cause de la tempête. Les mains posées sur les bras du fauteuil, elle promena son regard dans la chambre et admira les meubles Louis XV incrustés d'ivoire et d'or, en s'efforçant de ne pas penser aux différentes maîtresses de William qui l'avaient occupée avant elle.

Quand on frappa à la porte, elle pensa qu'il s'agissait de Thomas ou de l'un des stewards.

C'était William. Il avait le visage un peu pâle.

— Puis-je entrer ?

— Tout va bien ?

Il demeura appuyé contre le chambranle, tandis que le bateau tanguait sous la houle. Il avait passé une grande partie de la journée et de la soirée dans sa bibliothèque. Elle s'attendait à le voir imbibé de whisky mais pas la moindre odeur d'alcool n'émanait de lui. Il semblait parfaitement sobre.

— Je voulais voir si tu allais bien. Si tu avais peur ou…

— Oh, je n'ai pas peur.

— Tu n'as jamais peur, n'est-ce pas ?

Elle le regarda sans répondre. *Voyait-elle un sourire flotter sur son visage ?*

— Tu n'as peur de rien, n'est-ce pas ? Tu es vraiment aussi forte qu'on le dit.

Interloquée, Caroline ne sut pas comment prendre cette déclaration. Pendant des années, elle avait souffert de son manque d'attention, et maintenant qu'il lui témoignait de l'intérêt, elle ne savait qu'en faire. Elle s'apprêtait à changer de sujet, quand il la prit de court :

— Lina, j'ai échoué auprès des filles, j'en ai peur.

— Échoué ?

Sa voix monta d'un cran.

— Que se passe-t-il, ce soir ?

Sans qu'elle le remarque, il s'était glissé à l'intérieur de sa cabine et se tenait à présent tout près d'elle. Elle songea à l'inviter à s'asseoir puis jugea cela précipité. Peut-être avait-il simplement eu l'intention de dire ce qu'il avait sur le cœur puis de s'en aller. Comme il hésitait, elle ne fit rien et il resta debout devant elle.

— En vieillissant, reprit-il, un homme a forcément des regrets. Regardons les choses en face : je n'ai pas été un très bon père. Ni un très bon mari, d'ailleurs.

Elle n'aurait pu affirmer le contraire.

— Tu as été très généreux avec nous, fit-elle, pour être aimable.

— Généreux, hein ? s'esclaffa-t-il, le regard mélancolique. Tu as toutes les raisons de m'en vouloir.

Cette fois, ce fut au tour de Caroline de rire tristement. Les lampes vacillèrent, faillirent s'éteindre puis retrouvèrent leur éclat.

Portant une main à sa bouche, William lissa sa moustache en fer à cheval :

— Dieu sait que tu méritais mieux.

— Oh, voyons, nous n'allons pas nous appesantir là-dessus maintenant.

Le silence retomba à l'instant où une puissante vague s'écrasait à tribord. Le thé jaillit de la tasse de Caroline et inonda la soucoupe.

— Tu as bien fait.

— À propos de quoi ?

— Tu as bien fait de laisser Emily et Carrie épouser les hommes qu'elles aimaient. Nous avons vu ce qui arrive quand les familles arrangent les mariages, n'est-ce pas ? Nous n'aurions pas dû forcer Charlie à épouser Coleman.

— *Nous* ne l'avons pas forcée, corrigea Caroline. C'est *moi* qui l'ai forcée.

Il remua la tête, mais ne releva pas.

— Peut-être, poursuivit-il après un long silence, le choix du cœur ne convient-il pas à la société, mais au bout du compte, le cœur a toujours raison.

Elle n'aurait pu l'affirmer, mais il lui sembla voir ses yeux s'embuer.

— Si c'était à refaire avec Charlie… avec Emily…

Il secoua la tête, incapable d'achever.

Elle se leva et, ressentant le besoin de le réconforter, lui prit la main. Elle était touchée de le voir aussi vulnérable. Une autre vague secoua le bateau, Caroline fut projetée en avant et contre lui. Un profond malaise s'ensuivit. Ils marmonnèrent des excuses, elle recula mais il fit un pas en avant. Elle vit sa propre surprise reflétée dans les yeux de son mari, quand soudain il la serra dans ses bras et l'embrassa. Elle fut d'abord effrayée mais lui rendit son baiser. Elle en rêvait depuis tant d'années. Il lui fallut un moment pour y trouver du plaisir et accepter le réconfort dont elle avait désespérément besoin, le désir qui l'animait de nouveau. Quand il lui ôta son peignoir, elle réagit avec la timidité d'une écolière. Elle n'osa ni parler ni demander *pourquoi – pourquoi maintenant* –, de crainte qu'il n'arrête.

Plus tard, fatigué, il demanda s'il pouvait rester là, étendu à côté d'elle, et fermer les yeux un moment. La tête sur son épaule charnue, le corps exhalant sa chaleur, il s'endormit tandis qu'elle demeurait éveillée, désorientée, les sens attisés, l'oreille tendue vers le fouettement de la tempête qui se déchaînait à tribord.

Au matin, la mer était redevenue tranquille et William se plaignit d'avoir pris froid. Il ne se sentait pas bien, dit-il en quittant la cabine de Caroline, comme s'il ne s'était rien passé cette nuit-là. Elle n'y fit pas davantage allusion. Elle ne voulait pas s'exposer, lui laisser deviner sa déception. Elle considéra la situation sous tous les angles. Elle songea même qu'il *l'aimait* peut-être encore mais qu'elle lui avait laissé penser l'inverse et qu'à présent il feignait l'indifférence.

Au déjeuner, elle se lança, lui demanda comment il se sentait et s'il voulait un cataplasme à la moutarde.

— Je serais heureuse de te le mettre.

— C'est inutile.

Il se montrait cordial.

Elle se sentit découragée.

Même s'il jugeait le cataplasme à la moutarde inutile, n'aurait-il pu profiter de la situation pour se retrouver avec elle ? Mais il avait décliné, terminé son repas et était reparti dans sa cabine, ou sa bibliothèque, il n'avait pas dit où. Il était parti, simplement.

Elle se fit des reproches. Il avait beau être son mari, elle aurait pu le repousser, et conserver ainsi sa dignité. Il avait ranimé en elle des sensations dont elle se croyait affranchie. Son cœur recommençait à battre comme un cœur de jeune fille et elle ne pouvait se le permettre. Elle était furieuse contre lui, mais plus encore, furieuse contre elle-même d'avoir laissé pareille chose se produire.

Quand l'*Ambassadress* accosta à Londres, Caroline et William avaient repris leurs rôles habituels. On ne parla pas de ce qui s'était passé à bord. Leur préoccupation, à présent, était de retrouver Charlotte.

En attendant d'avoir des nouvelles du détective, Caroline et William passèrent deux jours à battre le pavé, visiter des amis et se renseigner discrètement. Comme ils se rendaient sur les quais de la Lower Thames, Caroline pressa un mouchoir sur son nez et sa bouche dans l'espoir d'éloigner les odeurs saumâtres du marché aux poissons de Billingsgate. Plus tard, dans la gare de Fenchurch Street, elle scruta le flot des passagers qui descendaient des wagons du train à vapeur, sans apercevoir l'ombre de Charlotte. Cette nuit-là, elle serait hantée par le souvenir de la marchande de fleurs de Ludgate Circus, redoutant que Charlotte ne finisse comme elle, sur le trottoir, entourée de paniers de marguerites, de jonquilles et de pétunias.

Le lendemain, Caroline céda à l'abattement. Elle perdait espoir à mesure qu'elle parcourait les rues populeuses à la recherche de sa fille disparue. Arrivée à Piccadilly Circus, elle aperçut une femme et son cœur fit un bond. Oh, Dieu soit loué ! La voilà ! Charlotte !

Elle se tenait près de la statue d'Eros, le visage dissimulé par ses boucles blondes, mais, Caroline le savait, c'était elle. Elle en était certaine. Elle s'apprêtait à l'appeler quand un souffle de vent souleva les cheveux de la femme. Son cœur se serra. Une étrangère. Une étrangère qui ne ressemblait en rien à Charlotte. Ce jour-là, à leur retour à l'hôtel, Caroline, brisée, se retira dans sa chambre.

Le lendemain, le détective, un homme de petite taille, à fine moustache et barbe parfaitement taillée, demanda à Caroline et William de le suivre à l'hôtel St Pancras. William demeurait particulièrement silencieux. Il prétendait avoir mal dormi et souffrir d'une indigestion. C'était la nourriture, disait-il, il ne supportait pas la cuisine anglaise.

La tour gothique de l'hôtel se voyait à plusieurs pâtés de maisons de distance. C'était le dernier endroit où Caroline aurait eu l'idée de chercher Charlotte : l'établissement était cossu, et la duchesse avait dit dans sa lettre que Charlotte n'avait pas un sou.

À leur arrivée, le détective précéda Caroline et William dans une porte à tambour qui les projeta dans un hall feutré aux tapisseries dorées et à l'escalier monumental. Dépassant les chambres luxueuses du premier étage, avec leurs tapis Axminster et leurs lits démesurés, le détective les entraîna dans un labyrinthe d'escaliers et de couloirs étroits menant au dernier étage. Inondé de sueur, William respirait avec difficulté. Il s'appuya au chambranle de la porte dont l'homme tourna la poignée.

Le cœur de Caroline fit un bond. Charlotte était là, dans une chambre minuscule, assise sur une sorte de lit-cabine, et leur tournait le dos. Quand Caroline entra, elle heurta un pot de chambre en bois posé dans le coin. Charlotte se retourna. Voyant ses yeux se voiler aussitôt, Caroline étouffa un cri. Sa fille avait une mine épouvantable, les traits pâles et tirés, les yeux cernés de demi-lunes violettes. Lorsqu'elle se leva, Caroline la prit dans ses bras, effrayée de sentir ses os. Elle avait tellement maigri que sa robe pendait tristement sur elle. Caroline lui prit les mains et vit qu'elle ne portait plus son alliance. Elle apprendrait plus tard qu'elle l'avait mise au clou avec ses autres bijoux afin de pouvoir rester dans cette chambre.

William, toujours appuyé contre le chambranle, congédia le détective.

— Nous aimerions un peu d'intimité, si vous permettez.

L'homme quitta la chambre, mais William n'avait toujours pas parlé à Charlotte. Pour finir, il franchit le seuil et, avec beaucoup de difficulté, referma la porte.

Charlotte alla se rasseoir au bord du lit, enfouit son visage dans ses mains et se mit à pleurer.

— Allons, allons, dit Caroline qui attendait que William rassure leur fille.

Mais il ne semblait pas encore prêt. Entêté, il gardait les bras croisés, le menton rentré.

— L'important, c'est que tu ailles bien, dit Caroline.

— Mais je ne vais pas bien, Maman. Tu ne vois donc pas ?

Elle leva les yeux, les cils bordés de larmes.

— J'ai tout gâché. Tout. Je n'ai plus rien. Je n'aurais jamais dû venir ici. J'ai su que c'était une erreur dès que je suis arrivée. Selon Hallett, notre relation était devenue trop compliquée, trop chaotique. Il a dit que j'avais terni sa réputation et que le duel était de ma faute. Il a dit qu'à cause de moi, il ne pourrait plus remettre les pieds à New York sans être obligé de brandir un pistolet. Oh, il me déteste à présent et…

— Assez ! tonna William. Pour l'amour du ciel, Charlie, cesse de t'apitoyer sur toi-même. Je ne veux plus entendre ces jérémiades. Remue-toi, ma fille. Il est temps de quitter ce trou. Ramasse tes affaires. Nous te ramenons à la maison, à ton mari et à tes enfants.

— Non, je ne peux pas… je…

— Tu n'as pas ton mot à dire, jeune dame.

William était furieux. Des gouttes de sueur lui couvraient le front, il était pâle.

— Tu rentres à la maison.

Charlotte secoua la tête.

— Je ne peux pas retourner auprès de Coleman. Je ne l'aime pas. Je ne l'ai jamais aimé. Pourquoi faudrait-il que je retourne auprès de lui ?

— Parce que tes enfants ont besoin de toi, répondit Caroline.

— Mais je suis déshonorée. Je ne peux plus me montrer à New York.

— Charlie, écoute, j'ai entendu…

Mais William s'arrêta brutalement au milieu de sa phrase. Caroline pensa qu'il allait céder, changer d'avis. Jamais il ne s'était comporté ainsi envers Charlotte. Soudain, voyant ses yeux s'écarquiller, Caroline comprit qu'il était sous le coup d'une violente émotion. Il se passait quelque chose d'anormal et, avant qu'elle ait pu s'approcher, suffoquant, il porta une main à sa poitrine. Il y eut un bruit de chute, et toute la pièce trembla quand le corps de William s'abattit sur le sol.

Sur le pont-promenade de l'*Ambassadress*, Caroline regardait l'océan. Les eaux, calmes et paisibles, contrastaient radicalement avec la tempête que William et elle avaient subie le jour où ils avaient appareillé. New York paraissait si loin, et malgré la présence de Charlotte à ses côtés, Caroline ne s'était jamais sentie aussi seule. Elle ne pouvait chasser l'image de son mari gisant dans la cale à l'intérieur d'un cercueil.

Tout ce temps perdu, dilapidé pour des détails qui, au final, avaient si peu d'importance. Pourquoi n'avaient-ils pas davantage tenté de se donner une place dans la vie l'un de l'autre ? Pourquoi chacun n'avait-il pas, fût-ce un tout petit peu, infléchi sa façon d'être ? Elle serait allée aux Everglades s'il avait accepté d'aller à l'Opéra. Ils auraient trouvé un équilibre. Elle en était sûre à présent. Un sixième sens ou une intuition lui disait que William, d'une certaine manière, savait qu'il allait mourir. Comment expliquer autrement son comportement sentimental et méditatif au cours des jours précédents ? Pourquoi, sinon serait-il une dernière fois venu dans son lit ? Mais quel mufle ! L'abandonner après lui avoir laissé entrevoir qu'ils pouvaient redresser la barre. Elle avait tant reçu, et tout avait disparu en un éclair.

— Maman ?

Caroline s'éclaircit la gorge et regarda au loin, écoutant la brise s'engouffrer dans les voiles, le bruit de l'eau contre la coque.

— Tu *pleures* ? demanda Charlotte, comme si c'était une chose impossible.

— Oh, ce n'est que l'air de la mer.

Même à la mort de sa mère ou au décès d'Emily, elle avait refusé que quiconque, et surtout ses filles, la voie pleurer.

Six jours plus tard, quand l'*Ambassadress* accosta à New York, Jack vint chercher Caroline et Charlotte sur la jetée 12 des quais de l'Hudson. C'était une journée ensoleillée, les docks grouillaient de marins, de débardeurs, de pêcheurs et de passagers. Les mouettes criardes descendaient en piqué et partout où Caroline portait son regard, elle voyait d'autres Yachts et d'autres paquebots. *La vie continue*. Et elle eut envie de hurler : *Ne savez-vous pas que mon mari est mort !*

Lorsque Jack déposa Caroline et Charlotte devant la maison de la Trente-Quatrième Rue, on avait déjà accroché les rubans de deuil. La vue de ces crêpes noirs soulignait la réalité de la mort de William. En gravissant les marches du perron, Caroline se sentit remonter dans le temps, à l'époque où elle avait perdu sa mère. Et Emily. Elle n'avait jamais cru possible de revivre si tôt une telle tragédie. Et déjà, elle se sentait écrasée par le poids des deux années de deuil à venir.

48

La société

Newport

La saison de Newport touche à sa fin, et nous avons nos invitations. Non pas pour le clambake de Mrs Astor – elle est toujours en deuil, et il a été annulé. Non, cette année, l'événement de la saison est celui d'Alva. Entouré de mystère. Nous n'avons pas idée de ce qui se prépare. Nous savons seulement qu'elle organise un grand bal afin de célébrer l'achèvement de sa nouvelle maison. Elle l'a baptisée Marble House, et aucune d'entre nous n'a rien pu voir encore. D'où le mystère. Tout reste caché derrière cette palissade exaspérante.

Alva s'est également montrée très discrète et silencieuse à propos de la liaison de Willie. On dit qu'il a une maîtresse. À Paris. Nellie quelque chose. Nous attendions mieux de sa part, mais enfin, nous attendons mieux aussi de nos maris.

Ces hommes nous sous-estiment. Ils croient que nous ignorons tout de leurs maîtresses, ou qu'elles nous laissent indifférentes. Nous leur réservons donc le châtiment qu'ils méritent. Nous glissons les billets neufs dans nos poches et leur présentons ensuite le registre hebdomadaire des dépenses qu'ils approuvent benoîtement. Petites victoires, mais au fil des ans, ces billets s'additionnent. Tessie a mis assez d'argent de côté pour s'acheter une ravissante paire de Julien Mayer en satin à bouts carrés et quand elle porte ces souliers, elle fait la fière parce qu'elle sait qu'elle les a gagnés. En un sens.

Pourquoi donc Alva, au beau milieu d'un scandale conjugal, préparerait-elle une grande soirée ? *Et pourquoi pas ?* Combien sommes-nous à avoir agi de même, en organisant un dîner ou une réception, en louant l'attachement de nos maris pour faire mentir les ragots sur nos mariages ? Nous dévions, nous détournons l'attention et nous nous arrangeons pour farder la réalité.

Il va sans dire que si Mrs Astor n'avait pas été en deuil, elle aurait agi de même. Elle aurait donné un bal magnifique ou un dîner en l'honneur de Charlotte pour rétablir la réputation de sa fille. Mais son mari étant décédé, la Grande Dame a les mains liées, et puis, le mal est irrémédiable. Aucune fête ne pourra racheter le désordre provoqué par le divorce de Charlotte Astor Drayton.

Les journaux peinent à suivre. Nous les lisons tous les jours. Certaines d'entre nous se régalent de voir le nom des Astor traîné dans la boue dans seize d'entre eux. On dit déjà que cette histoire sordide salit jusqu'à la réputation de Mrs Astor elle-même. Et naturellement, Mamie, Tessie et Alva se battent pour prendre sa place.

Une tempête éclate le jour du bal d'Alva, et quand il cesse de pleuvoir, le brouillard s'installe. Sur le trottoir d'en face, Ophelia s'efforce d'apercevoir la maison, mais Alva a fait venir des gardes qui stationnent tout autour pour éloigner les curieux et les empêcher de jeter le moindre coup d'œil. Lorsque le soleil commence à descendre, les moustiques, gros comme des taons, sont partout, prêts à festoyer. Cornelia Martin regarde par la fenêtre de sa chambre et voit plus de deux douzaines d'ouvriers commencer à démonter la palissade qui entoure Marble House. Les planches sont retirées une à une et on s'en débarrasse dans un bois de cèdres en attendant de les faire enlever. Cependant, à cause du brouillard et de l'obscurité, la maison demeure cachée et baigne plus que jamais dans le mystère.

Ce soir-là, à onze heures, nous nous présentons chez Alva, mais on nous oblige à rester dehors sur la pelouse. Nous sommes des centaines à attendre tout le long de Bellevue Avenue. Il fait humide, la chaleur est étouffante, le ciel nocturne charbonneux et sans étoiles. À l'intérieur, Alva n'a allumé aucune lampe. Seuls la musique d'orchestre et les domestiques en élégantes livrées qui nous servent le champagne et les alcools laissent deviner qu'une fête se prépare. Quand les derniers invités sont arrivés, nous voyons Alva faire signe au majordome, qui lui-même fait signe au premier laquais d'actionner un bouton. C'est alors qu'en un éclair tout Marble House s'illumine. Émerveillées, nous applaudissons et lançons des *ooh* et des *aah* tandis que l'orchestre joue.

Les portes s'ouvrent et nous nous engouffrons avec enthousiasme dans le grand hall, impatientes de découvrir les lieux. Si le Petit Château nous avait paru impressionnant, Marble House est sans comparaison. Cinq ans de travaux, et le résultat est là. Le marbre de Tuckahoe étincelle, nous en restons bouche bée. Nous traversons un hall voûté austère qui mène à un salon volontairement obscur de style médiéval qu'Alva appelle la chambre gothique. Les hauts vitraux qui colorent les précieuses antiquités, les sculptures et les vases offrent un spectacle stupéfiant.

Nous pénétrons plus avant, et Puss est ébahie par toutes ces guirlandes dorées sur les plafonds et par la fontaine en bronze. Peggy est folle des tapisseries et Tessie est visiblement sous le charme du marbre de Sienne, omniprésent. Au moment où nous pensons nous trouver au faîte de la splendeur, nous découvrons les murs et les plafonds étincelants de la salle de bal tapissés d'or vingt-deux carats. Mamie Fish s'approche d'Alva et lui lance en riant : « Félicitations, savoir jusqu'où ne pas aller trop loin permet d'éviter les fautes de goût. » Nous sommes persuadées qu'aux oreilles d'Alva, la réflexion de Mamie passe pour un immense compliment.

49
Caroline

New York, 1893

C'était un après-midi froid de janvier, huit mois après la mort de William, et un courant d'air glacé semblait parcourir la maison. À son bureau, Caroline s'occupait de sa correspondance lorsque Charlotte entra dans la pièce. Elle se réchauffa les mains devant la cheminée en marbre et annonça qu'elle retournait en Europe.

Caroline posa son stylo et la considéra, interloquée.

— Mais pourquoi donc ?

— Il n'y a rien pour moi à New York, répondit-elle en serrant son châle autour de ses épaules. Je n'ai le droit de participer à aucune réunion politique ou pour le vote féminin, je n'ai le droit d'aller nulle part, ni de faire quoi que ce soit. Je m'ennuie à mourir. Je n'ai pas reçu une seule invitation à un bal ou à un dîner depuis des mois.

— C'est parce que tu es en deuil.

— Ce n'est pas la seule raison, et tu le sais.

Caroline le savait. Après la mort de William, elle avait renvoyé une Charlotte très réticente chez Coleman et avait prié ce dernier d'implorer son pardon. Mais le mari offensé ne l'avait pas entendu ainsi, et Caroline avait eu beau lui proposer de l'argent, aucune somme n'était parvenue à l'apaiser. Coleman avait demandé le divorce pour adultère et abandon du domicile conjugal, privant Charlotte de la garde de ses enfants et ternissant à jamais sa réputation.

Avec un rire amer, Charlotte se laissa tomber dans un fauteuil devant le bureau de Caroline.

— Quelle dérision. Je n'ai jamais aimé ces réceptions. Ça m'était égal, et à présent je donnerais tout pour être invitée à l'une de ces soirées stupides.

— Certes, c'est une épreuve très difficile pour toi. Mais tu ne peux pas t'enfuir. Tu es en deuil. Cela ne ferait qu'entretenir les ragots.

Charlotte croisa les bras, laissant son châle glisser sur ses épaules :

— Très bien. Je resterai jusqu'à la fin du deuil. Mais ensuite je retournerai en Angleterre.

Et tes enfants ? Tu n'auras plus aucun espoir de les revoir si tu t'en vas. Caroline préféra tenir sa langue, rassurée par le fait que cette fois Charlotte ne partirait pas sans un sou et ne finirait pas dans un bouge. Malgré ses menaces, William n'avait pu se résoudre à la déshériter. La lecture de son testament révéla qu'il lui léguait la maison de la Cinquième Avenue ainsi que 850 000 dollars. La même somme revenait à Helen et à Carrie, et Jack, son seul héritier mâle, avait reçu ce qu'il restait des 50 millions de dollars de William.

Une bûche s'écroula dans la cheminée, projetant des braises sur le sol en marbre où elles se changèrent aussitôt en cendres. Exaspérée, Caroline regarda Charlotte.

— Tu es une femme adulte, dit-elle enfin. Je ne peux pas t'empêcher d'agir à ta guise. Mais je te prie instamment de réfléchir à ce que tu laisses derrière toi – la chair de ta chair.

— Il faut que je quitte New York. Pour tout oublier et repartir de zéro.

Caroline débattait encore avec sa fille quand Thomas frappa à la porte et annonça des visiteurs. Il s'effaça devant Jack et Carrie.

— Quel bon vent vous amène ?

Caroline était heureuse de les voir mais l'expression sur leurs visages la fit s'asseoir, le cœur battant.

Carrie ferma les yeux et ses épaules se mirent à trembler. Impossible de savoir si elle pleurait ou riait. Puis Jack s'avança et posa la main sur le bras de sa sœur, comme pour dire *Laisse-moi.*

— Maman, dit-il, nous avons une terrible nouvelle.

Il s'essuya les yeux avec ses doigts et appuya son poing contre sa bouche – exactement comme le faisait William quand il étouffait. Jack était livide, et voyant son regard se voiler, Caroline sentit un frisson glacé lui parcourir l'échine.

— C'est Helen. Elle est…

— Pas Helen.

Non, ça ne pouvait pas être Helen. Elle venait de la voir.

— Elle nous a quittés.

Elle avait attrapé froid. *Un simple refroidissement. Une mauvaise toux, rien de…*

— Nous venons de chez Rosy. Elle est morte ce matin.

Caroline poussa un cri. Elle se sentit tomber, se retint, cramponnée aux accoudoirs de son fauteuil. Tout le monde parlait en même temps. Quelqu'un pleurait – elle s'essuya les joues mais ses doigts étaient secs. Tout se passait en dehors d'elle, et elle ne savait plus si le temps s'était figé ou s'il courait trop vite, insaisissable. Une flaque noire se répandait sur la table. *Quand mon encrier s'est-il renversé ?* Elle voulut nettoyer, elle ouvrit un tiroir, chercha frénétiquement un chiffon comme si c'était de la plus haute importance. Elle ne pensait plus qu'à une chose : réparer les dégâts. Mais elle ne pouvait pas davantage remettre l'encre dans son flacon que ramener Helen à la vie.

La mort d'Helen avait dévasté Caroline. Elle avait failli s'évanouir, Thomas et Jack l'avaient aidée à se coucher, puis elle était restée alitée des jours entiers, incapable de manger, de penser à autre chose qu'à la mort d'une autre de ses enfants. Ce n'était pas un événement naturel. Les enfants ne mouraient pas les premiers. Carrie et Charlotte vinrent la voir le lendemain et le surlendemain. Rien n'y fit.

Après la mort d'Helen, une colère inconnue s'empara de Caroline. Emily. William. Et maintenant Helen. Elle en était convaincue, Dieu la punissait. Sa famille était maudite. Elle redoutait d'être condamnée à vivre le même malheur que sa mère et savait qu'elle ne supporterait pas une autre perte. Tous les jours, deux années durant, elle se vêtit de noir, enveloppant son corps de chagrin.

Le premier hiver dura une éternité. L'une après l'autre, les longues nuits glacées se succédaient comme dans un brouillard. Le sommeil la déserta, et si elle se rappelait Thomas qui lui faisait la lecture à voix haute, elle ne gardait le souvenir d'aucun livre, d'aucun personnage ou d'aucune intrigue. Le printemps arriva, puis l'été, mais la chaleur n'apportait que des journées plus longues à endurer avant que le cycle ne recommence.

Ce contre quoi elle se débattait le plus, c'était le caractère définitif de la mort. Son irrévocabilité. Ceux qu'elle aimait s'étaient effacés, effacés pour toujours. En repensant à ces jours sombres, elle ne savait pas comment elle avait pu les traverser. Elle avait l'impression d'avoir été absente à sa propre vie.

Perdre une autre fille avait bouleversé l'ordre de ses priorités. Comme la vie était insaisissable et fragile, et dans le grand ordonnancement des choses, qu'importait si on prenait la mauvaise fourchette ou si on servait le mauvais vin ? Sa fille était divorcée ? Et alors ? Valait-il mieux pour Charlotte vivre une existence malheureuse ? À la fin, quelle importance revêtaient ces *détails* ? Peut-être William avait-il eu raison depuis le début, la société était frivole. Et pourtant ç'avait été le socle de son existence, elle ne connaissait rien d'autre. Au cours des heures les plus noires, elle se demandait si Helen avait su qu'elle mourrait jeune. N'avait-elle pas dit, à la mort d'Emily : *Si c'est arrivé à Emily, cela m'arrivera à moi aussi* ?

Encore et encore, Caroline se demanda si sa chère et douce Helen, toujours prompte à agir comme il se devait, à satisfaire tout le monde, à calmer les esprits, avait réellement vécu la vie qu'elle désirait. Ou si elle n'avait vécu que pour Caroline, comme Caroline elle-même n'avait vécu que pour sa mère.

Elle ne pouvait défaire le passé, mais elle savait que le moment était venu de les laisser partir – tous. Que les défunts reposent en paix ; que les vivants aillent en paix.

50

Alva

Newport

C'était le quarantième anniversaire de Duchy, et Alva décida de donner un dîner en son honneur. Rien de trop compliqué ni de trop somptueux. Juste une poignée d'amis. D'amis véritables. Après la mort de Sa Grâce, les dernières années avaient été difficiles pour Duchy, et elle passait de plus en plus de temps aux États-Unis. Il lui arrivait de venir avec les enfants ; mais généralement elle venait seule. Alva s'efforçait de ne pas la juger, même s'il lui paraissait impensable d'être séparée aussi longtemps des siens.

Duchy redoutait cet anniversaire. Outre le dîner, dont Alva espérait qu'il lui remonterait le moral, elle offrait à Duchy un nouveau banjo, fabriqué spécialement pour elle, au manche incrusté de nacre, avec des frettes dorées et une caisse en ronce de noyer.

— Oh, Alva ! Il ne fallait pas. Il est magnifique. Il est tout simplement magnifique, s'extasia Duchy en jouant quelques accords. Quel son merveilleux !

Elle remercia Alva de nouveau puis remisa le banjo dans son étui doublé de velours.

C'est tout ? Après un instant de perplexité, Alva se renfrogna. Si seulement Duchy savait tout le mal qu'elle s'était donné, sans parler de la somme considérable qu'elle avait dépensée. Un peu plus d'enthousiasme n'aurait pas été déplacé. Elle avait espéré que son amie enchaînerait les chansons, comme c'était le cas autrefois, quand tous le lui réclamaient.

Alva s'efforça de mettre sur le compte de la pudeur ce manque d'empressement et fit de son mieux pour oublier sa déception, sans toutefois y parvenir. Elles paressèrent à la maison avant de se rendre à la plage et de rentrer à temps pour se préparer à la soirée.

Duchy portait une ravissante robe bleue parée de plumes assorties et de saphirs. Elle paraissait radieuse, heureuse et à son aise. À la perspective d'un dîner en son honneur, elle semblait avoir retrouvé sa bonne humeur.

Vers huit heures ce soir-là, tous étaient réunis dans la chambre gothique. Il faisait chaud et humide et, pour servir les apéritifs, on avait laissé les portes grandes ouvertes. Alva ne put s'empêcher de remarquer que Duchy et Oliver étaient assis très près l'un de l'autre. Il venait de dire quelque chose qui la faisait rire et on sentait qu'il y avait entre eux une certaine intimité, une connivence. Alva se détourna pour entamer une conversation avec Puss et Ophelia, Penelope et Lydia, mais elle bouillait. Elle se refusait à croire qu'elle était jalouse de Duchy.

Si son amie avait exprimé un peu plus de plaisir à propos du banjo, Alva n'aurait peut-être pas ressenti un tel malaise. Elle éprouvait même de la colère, et ce n'était pas seulement lié au banjo. Depuis quelque temps déjà, Duchy n'était plus la même. Elle l'avait blessée à plusieurs reprises en ne répondant pas à ses lettres, en portant un jugement sur le mobilier de Marble House, en se moquant du choix de Carolus-Duran pour peindre son portrait. On eût dit que Duchy testait la solidité de leur amitié. Ce lien qui les unissait depuis toujours semblait près de se rompre.

Alva s'excusa, prétextant vouloir vérifier quelque chose en cuisine. Elle avait besoin d'air, de reprendre ses esprits. Elle finit par passer voir les enfants et, en redescendant, elle vit Duchy sortir d'une alcôve obscure ; une de ses plumes bleues s'était détachée et flottait au-dessus du sol. Quelque chose dans cette plume atterrit lourdement sur le cœur d'Alva. Elle pressentait qu'Oliver allait sortir derrière elle. *Eh bien, quel mal y a-t-il ?* Qu'Oliver poursuive d'autres femmes ne devait pas l'émouvoir. Pourquoi envier son bonheur à Duchy – surtout après la perte de son mari ? Et puis, qui était plus instable qu'Oliver, sinon précisément Duchy ? Ça ne durerait pas…

Elle s'efforçait de s'en convaincre lorsque émergea de l'alcôve non pas Oliver Belmont, mais Willie, les cheveux en désordre, une plume bleue collée à son revers. Alva en eut le souffle coupé. La pièce chavira, elle vit des étoiles danser devant ses yeux, son pouls s'accéléra. *Willie K. et Duchy*. Figée sur place, elle tenta de comprendre. *Petite imbécile si confiante.* Certes, il avait rompu avec Nellie, mais il avait maintenant une liaison avec sa meilleure amie.

Réfléchis, Alva. Réfléchis. Il lui fallait trouver le moyen le plus judicieux de réagir. Le majordome interrompit le cours de ses pensées.

— Pardonnez-moi, Mrs Vanderbilt. On vous attend dans la salle à manger. Tous vos invités sont assis.

Alva, qui était encore dans la tourmente, avait besoin d'un peu de temps.

— Je viens tout de suite.

En se dirigeant vers la salle à manger, elle vit le banjo posé dans un coin. Elle le prit, plaqua un sourire sur son visage et fit son entrée dans la salle inondée par la tiédeur du marbre rose. Tous les invités avaient pris place dans des fauteuils de bronze Louis XV pesant trente kilos, enracinés dans l'épais tapis. Aucun d'entre eux ne risquait ainsi de se déplacer, de se rapprocher de la table ou de se lever sans l'aide d'un valet.

Avec une fougue qui signalait quelque chose d'anormal, Alva se tourna vers Duchy :

— Pourquoi notre invitée d'honneur ne nous jouerait-elle pas un petit air avant le premier plat ?

Un murmure embarrassé parcourut la table ; quelle curieuse façon de commencer un dîner. Alva ne parvenait pas à regarder Willie. Elle tendit le banjo à Duchy, qui le prit comme s'il s'était agi d'un bâton de dynamite.

Hésitante, dévisageant Alva pour tenter de deviner ce qu'elle préparait, Duchy joua les premiers accords de *Ole Dan Tucker*.

— Oh, non, non, l'interrompit Alva. Ça ne va pas, il est désaccordé. Là…

Elle tendit la main vers l'instrument.

— Je vais arranger ça.

L'arrachant des mains de Duchy, elle s'en saisit comme d'une hache et l'écrasa contre le buffet de marbre. Un cri s'éleva, mais Alva continua. Le bas du manche et le chevalet volèrent en éclats ; la caisse se cassa en deux. Duchy tressaillit, voulut s'extraire de son fauteuil, mais elle était coincée. Prisonnière et impuissante.

Quand le manche se brisa et qu'Alva ne tint plus que le haut, elle se tourna vers sa meilleure amie :

— La prochaine fois, quand tu voudras flirter avec mon mari, tu auras la décence de le faire ailleurs que sous mon toit.

51
Alva

Alva quitta en hâte la salle à manger, courut dans le hall et redescendit l'escalier qui menait dans les entrailles de Marble House. Malgré les gros chaudrons de cuivre sur le feu et le ballet des servantes et des cuisinières, les murs de pierre ne laissaient pas passer la chaleur et il y faisait plus frais que là-haut. Et plus encore dans la cave à vin. Profonde et obscure, la pièce n'était éclairée que par les lampes qui dessinaient des ombres sur les étagères en bois garnies de bordeaux, de bourgognes, de champagne et de vins doux du Portugal.

Une fois là, elle s'assit sur un banc, les coudes sur les genoux, les doigts sur le front. Venait-elle vraiment de réduire ce banjo en miettes ? Oui. Regrettait-elle ? Non. Il lui sembla alors évident que la liaison entre Willie et Duchy durait depuis un certain temps. La fois où Duchy leur avait rendu visite et qu'elle s'était montrée froide envers Willie, quand elle lui avait parlé de Nellie, c'était pour punir Willie. Non seulement il trompait sa femme, mais il trompait aussi sa maîtresse. Alva se repassait leur conversation lorsqu'elle entendit des pas devant la cave.

La porte s'entrouvrit. C'était Oliver.

— Ça va ?

Il entra et s'accroupit pour l'obliger à le regarder.

Elle se força à sourire :

— Je crois que je ne peux pas descendre plus bas.

— Ne dites pas cela : vous me battez de dix centimètres.

Il se redressa en riant. Elle ne riait pas.

— Il ne faut pas.

— Il ne faut pas quoi ?

— Vous tourner en ridicule.

Il haussa les épaules, se frotta le menton :

— Oh, je me suis dit : pourquoi ne pas lancer ma petite blague avant qu'on me prenne de vitesse ?

Sa candeur la touchait, l'entraînait elle-même à se montrer plus honnête :

— Je me suis conduite comme une idiote, ce soir, n'est-ce pas ?

— Naaan. Mais je dois vous dire une chose, vous jouez du banjo comme une championne !

Elle eut un rire triste.

— Mon mari est un salaud et Duchy est pire encore. Elle m'a planté un poignard dans le dos.

Oliver prit une bouteille, épousseta l'étiquette du bout des doigts.

— Je crois que cela mérite un petit verre.

— Ici ?

— Quel meilleur endroit pour boire du vin qu'à la cave ?

Il prit le tire-bouchon accroché à une chaîne à côté de la porte.

— Je ne crois pas qu'il y ait de verres, dit-elle pendant qu'il débouchait la bouteille.

— Je ne crains pas vos microbes, si vous ne craignez pas les miens.

Il prit une rasade et lui passa la bouteille.

— Vous êtes vilain, monsieur Belmont, le savez-vous ? dit-elle en buvant une gorgée de vin.

Ils restèrent assis, se passant la bouteille, discutant de Willie et de Duchy, du mariage sans lendemain d'Oliver avec Sara ; de tout ce qu'ils n'auraient jamais abordé s'ils n'avaient pas vidé cette première bouteille. De temps à autre, ils entendaient les domestiques aller et venir. Ils s'en fichaient ; ils continuaient de parler.

Oliver ouvrit une seconde bouteille. Quand elle fut à moitié vide, il tendit la main et du pouce recueillit une petite goutte de vin sur la lèvre inférieure d'Alva, en frottant doucement. Ce geste insignifiant remua cependant quelque chose en elle. Craignant d'abord de le regarder dans les yeux, elle se concentra sur sa bouche, sur ses lèvres légèrement entrouvertes, sur leur forme pleine. Lorsqu'elle ne put résister davantage, elle se pencha vers lui et fit ce qu'elle savait désirer depuis très longtemps : elle l'embrassa. Elle embrassa le meilleur ami de Willie.

Le lendemain, Alva agit comme aucune épouse ne l'avait fait jusqu'alors : elle annonça à son mari son intention de divorcer.

— Divorcer ?

Willie, qui avait quitté Marble House la nuit précédente, probablement accompagné de Duchy, venait de rentrer. Il n'avait même pas ôté son manteau et son chapeau. Alva n'avait pas la moindre idée de l'endroit où il était allé et s'en moquait.

— Peux-tu au moins, par courtoisie, me laisser m'asseoir et me servir un verre avant de t'en prendre à moi ?

— Je ne te dois aucune courtoisie.

Elle le suivit d'un pas furieux dans le couloir et jusque dans le salon.

— Je parle sérieusement. Je veux divorcer.

— Ne dis pas ça.

Il se prépara un verre et but une longue gorgée.

— Écoute, je le sais, tu es bouleversée et je comprends…

— Non, tu ne comprends pas. Je *veux* divorcer.

— Alva, calme-toi. Ce que j'ai fait est mal, je le sais. Elle est écœurée. Moi aussi. C'est arrivé.

— Tu mens. Ce n'est pas *arrivé*. Cela dure depuis Dieu sait combien de temps.

Il leva les mains, le visage défait :

— Cela n'arrivera plus. Je le promets. C'était une erreur. Nous pouvons surmonter cela. J'en suis sûr.

— Eh bien, moi, je ne peux pas. Je ne peux pas surmonter cela. Je ne veux pas surmonter cela. Je ne t'aime plus et je ne veux plus de toi dans mon lit – je ne veux plus de toi dans ma vie.

Willie chancela comme si elle l'avait frappé. Et quand il retrouva ses esprits, il devint méchant :

— Tu as perdu la tête. Tu es une femme. Une femme ne divorce pas de son mari. Et n'oublie pas, Alva, tu ne peux pas divorcer sans aller à ta perte. Tu as trop d'orgueil, tu ne le feras jamais. La société te chassera à une vitesse telle que tu en auras le vertige.

— Tu as peut-être du mal à le comprendre, Willie, mais je préfère risquer ma place dans la société que rester mariée avec toi contre ma volonté.

LA SOCIÉTÉ TELLE QUE NOUS L'AVONS CONNUE

1894-1908

52
Alva

New York, 1894

Au cours de l'année écoulée, Alva et Willie avaient vécu séparés. Il avait quitté la maison et, hormis pour voir les enfants, il n'était pas revenu au Petit Château ni à Marble House.

Les efforts, nombreux et assidus, de Duchy pour se faire pardonner étaient restés vains. Les larmes, les suppliques, les télégrammes et les lettres n'avaient pas réussi à la réhabiliter. Aux yeux d'Alva, leur amitié était irréparablement brisée. Elle savait qu'une fois consumées, la colère et l'amertume ne laisseraient plus que des regrets, et elle voulait repousser ce moment le plus longtemps possible. En s'adoucissant, la tristesse la rendrait aussi plus encline à pardonner, mais ni l'un ni l'autre ne le méritaient. Surtout pas Duchy. À dire vrai, la trahison de Duchy était pire que celle de Willie. Les amies ne s'infligeaient pas cela.

Elle songea à l'amitié qui liait Willie à Oliver. Au début, elle avait mis le baiser sur le compte du vin. Cela l'avait aidée à se venger de Willie et de la liaison qu'il entretenait avec *sa* meilleure amie. Mais les baisers recouvraient quelque chose de bien réel, de magique. Encore maintenant, elle se sentait bouleversée. Ce qu'elle éprouvait pour Oliver l'aidait à panser ses plaies, mais c'était aussi l'expression d'un désir violent pour un homme entré par surprise dans sa vie. Elle rêvait d'un avenir avec lui, et cela seul lui donnait le courage d'aller jusqu'au bout.

Elle n'avait toutefois pas imaginé qu'un divorce serait si douloureux. Son avocat avait tenté de l'en dissuader en lui expliquant que sa réputation souffrirait davantage que celle de son mari. *Si vous divorcez, plus une seule hôtesse dans tout New York ne vous recevra chez elle.*

En effet, nombre d'entre elles ne recevaient pas de femmes divorcées. Elle s'y attendait et s'y était préparée du mieux qu'elle pouvait. En revanche, elle n'avait pas prévu la visite que lui rendirent un jour Tessie et Mamie. Elle avait d'abord été heureuse de les voir, mais comme elles refusaient même de franchir le seuil de sa maison, elle sentit une moiteur et un frisson glacé s'emparer d'elle.

— Je vais être brève. Étant donné la nouvelle de ton divorce, nous, *nous toutes*, avait dit Tessie en embrassant d'un geste un chœur de femmes imaginaire, sommes convenues que ta présence n'est plus souhaitable à l'avenir à nos thés et à nos soirées.

— Oh, et inutile de répondre à aucune des invitations que tu as reçues récemment, avait ajouté Mamie. Ton nom ne figure déjà plus sur nos listes d'invités.

Alva avait senti son visage s'empourprer malgré ses efforts pour rester de marbre.

— Dans ce cas, avait-elle répondu en s'éclaircissant la gorge, je suggère que vous partiez avant que je vous fasse chasser de chez moi.

Ce n'était que le début. Pas une journée ne passait sans qu'Alva essuie une rebuffade. Une simple visite chez A. T. Stewart & Company avait donné lieu à une humiliation publique. Un jour, sous le dôme du grand magasin, au sixième étage, elle n'avait pas pu ignorer les femmes qui, cachées derrière leurs éventails, échangeaient des chuchotis à son propos. Puis Peggy Cavendish s'était détachée du groupe pour lui lancer, d'une voix sonore et bégayante :

— C-c-c-omment oses t-t-t-tu entrer i-i-i-ci c-c-c-comme si d-d-d-de rien n-n-n-n'était ?

Alva avait pivoté sur ses talons, le dos raide, le menton levé, et quitté le magasin à pas lents et mesurés. Parvenue à la mezzanine, elle s'était pliée en deux, le visage inondé de larmes.

Elle ne comprenait pas ce qui les offensait à ce point. Pour chaque femme qui ne ménageait pas ses critiques, deux souffraient dans un mariage sans amour. Combien d'épouses avaient été humiliées et brisées par l'adultère de leur mari ? N'avaient-elles donc jamais entendu parler des orgies qui se déroulaient chez John Jacob Astor pendant que sa femme dormait à l'étage ? Et Charlotte Astor Drayton était-elle la seule femme qui désirait un autre homme que son mari ? Ou simplement la seule assez courageuse pour prétendre l'obtenir ? Ne comprenaient-elles pas qu'Alva avait créé un précédent – que si elle pouvait divorcer de son mari, elles pourraient à leur tour entrevoir cette possibilité ?

53

La société

Tous les jours, pressées d'en savoir davantage sur le divorce d'Alva et de Willie, nous sautons les nouvelles de la crise financière qui semble interminable. Encore qu'on ne devinerait rien à nous voir. La dépression n'a pas entamé notre appétit pour les belles choses. Au contraire, il semble plus aiguisé que jamais.

Nous sommes nombreuses à être allées au bal des chapeaux de Carrie Astor Wilson, où nous sommes arrivées coiffées des créations les plus originales qu'on puisse imaginer. On a vu un haut-de-forme de plus d'un mètre ; une femme portait des plumes si gigantesques qu'elles se sont prises dans le lustre et qu'il a fallu les couper. Pour ne pas être en reste, Mr et Mrs Henry Clews ont organisé un bal des domestiques où nous sommes venus vêtues de haillons méticuleusement coupés dans du satin et de la soie. Plusieurs d'entre nous avaient pris un seau en guise de sac du soir, tandis que les hommes s'étaient fait des cannes avec des manches à balai. Puis Tessie Oelrich avait organisé son bal blanc où, de la nourriture aux fleurs, tout était blanc. Nous, les dames, étions en blanc, coiffées de perruques de la même couleur, tandis que les hommes avaient pour consigne de ne porter que du noir. Si un invité se présentait avec une chemise blanche, ou s'il portait des gants blancs, il ne franchissait pas la porte.

Puis ce fut le bal rouge, le bal bleu roi et un bal ayant pour thème toutes les autres couleurs imaginables. Nous avons eu fort à faire avec nos couturières. Pour son bal, toutes les couleurs primaires ayant été prises, Puss opta pour quelque chose de vraiment original : elle fit venir un éléphant et donna à chacun un seau en or quatorze carats rempli de cacahuètes pour que nous puissions nourrir l'animal quand il passait parmi nous.

Le divertissement sans doute le plus insolite fut le bal des chiens, donné par le flamboyant Harry Lehr. Les épagneuls, les setters anglais, les fox-terriers, les saint-bernards et les danois arrivèrent parés de colliers en diamants, de nœuds de satin et de chapeaux perchés entre les oreilles. Tandis que les bêtes se réunissaient autour d'une table à l'écart, nous, les propriétaires, les observions en train de boire et de manger, chacun dans sa gamelle individuelle. L'un des petits pointers mangea trop de mouton et s'endormit sous la table. Hormis une tentative d'accouplement à cause d'une chienne épagneule en chaleur et un accident provoqué par un collie surexcité, le bal des chiens fut un immense succès et défraya la chronique.

Il est difficile d'imaginer ce qui pourrait le surpasser mais, nous le savons, quelque chose se prépare déjà de plus extraordinaire, de plus invraisemblable encore.

54

Alva

Jadis, la presse adorait et célébrait Alva. Mais ce temps-là était révolu. Ceux-là mêmes qui avaient présidé à son ascension et l'avaient aidée à prendre sa place dans la société étaient désormais en première ligne pour provoquer sa chute. Elle pouvait à peine croire ce qu'on écrivait à son propos – elle était avide et impitoyable, menteuse et manipulatrice. Ils conseillaient fortement aux autres femmes de ne pas suivre son exemple, afin de ne pas *mettre en péril l'institution du mariage et causer des dommages irréversibles à la famille américaine.*

Après l'avertissement de Mamie et de Tessie, ne pouvant plus se montrer en public, Alva cessa d'assister aux événements mondains. L'habituelle pluie d'invitations s'était d'ailleurs brutalement tarie.

Oliver prétendait ne pas s'en soucier et elle inclinait à le croire. En ce qui le concernait, ils pouvaient aussi bien partir pour l'Europe et y attendre que le soufflé retombe, ou passer toutes leurs soirées sans sortir. Il ne voulait qu'une chose, être auprès d'elle. Peu lui importait qu'elle fût reçue dans la société ou non. Il s'en fichait, mais pas elle. Alva sombra peu à peu, passant presque toutes ses journées au lit, ne venant plus, comme elle le faisait toujours, déjeuner avec ses enfants. Elle se demandait parfois si tout cela en valait la peine, s'il n'eût pas été plus judicieux de rester mariée. Cependant, le mal était fait et elle ne pouvait plus rétablir sa réputation.

Un jour, les sœurs d'Alva au complet se présentèrent au Petit Château. Elles venaient lui apporter leur soutien, espérant la réconforter et la distraire.

— Quand es-tu sortie pour la dernière fois ? s'enquit Jennie.

— Mets ton chapeau et tes gants, dit Armide. Tu viens avec nous.

— Où allons-nous ?

— Tu verras, fit Julia en lui prenant la main.

Elles partirent à pied, traversant le sud de Manhattan, des rues où elle n'était jamais allée encore, Pearl Street, puis Doyers. C'était crasseux : partout des monticules de crottin, des ordures balayées par le vent, des enfants sales qui jouaient dehors. Les pierres disjointes qui servaient de trottoirs étaient couvertes de mousse et l'air empestait l'odeur des feuilles qu'on brûlait.

Elles parvinrent devant un immeuble en grès délabré, couvert de suie, à la façade tachée de rouille à cause d'un tuyau d'écoulement percé. Une fois la porte franchie, elles montèrent jusqu'à une salle bondée de femmes et d'hommes assis sur de longs bancs de bois. L'air sentait le cèdre et le cigare, même si Alva ne voyait personne fumer. Un homme, debout devant l'auditoire, parlait de journées de travail de huit heures et donnait des instructions pour une manifestation prévue le lendemain. Alva regarda autour d'elle, les femmes surtout, leurs visages durs, leurs yeux rougis et cernés. Elle les imaginait femmes de chambre. Ou peut-être couturières, trimant dans des usines sales et surpeuplées. Elles exigeaient des journées de huit heures. Combien d'heures travaillaient-elles en ce moment ? Elle se les représenta, debout ou, pire, à genoux, frottant les sols, nettoyant la saleté des riches. Elle se sentit coupable – comme si elle était leur ennemie – mais aussi galvanisée par ces gens qui se battaient. Ils ne se posaient pas en victimes. Ils essayaient de changer le cours des choses.

— Et selon toi, dit Alva à Julia tandis qu'elles rentraient à pied, des réunions comme celle-là ont lieu dans toute la ville ? Il se dégageait une telle énergie !

— Tu vois, fit sa sœur en riant, la vie ne se résume pas à tes dîners compassés et à tes bals costumés.

Au cours de la semaine suivante, les sœurs d'Alva l'emmenèrent à des lectures de poésie et à des conférences sur les sujets les plus divers, depuis la fin des monopoles jusqu'au droit de vote des femmes. Tout l'intéressait, la fascinait. C'était comme d'escalader un mur et de découvrir de l'autre côté un monde nouveau qui l'attendait – riche de possibilités.

Mais ses sœurs, l'une après l'autre, durent rentrer à Mobile, dans le New Jersey et à Brooklyn. Abandonnée à elle-même, Alva régressa dans l'obscurité où elles l'avaient trouvée.

Les jours et les semaines passant, elle prit conscience que la vie – la haute société tout spécialement – continuait à très bien se porter sans elle. Elle lut les chroniques de tous les bals en se demandant si les gens se rappelaient que c'était elle, plus de dix ans auparavant, qui avait lancé l'idée des bals à thèmes, avec son bal masqué. Savaient-ils que tout cela était né de son ingéniosité et de sa créativité ?

Les chroniqueurs se gargarisaient des fêtes. Tandis que les unes de tous les journaux se faisaient l'écho de l'effroyable crise économique, les rubriques mondaines, elles, rendaient compte de réceptions grandioses. Alva essayait de se mettre à la place de ces gens rencontrés avec ses sœurs, entassés dans des pensions, lisant les comptes rendus de bals somptueux et de dîners de neuf plats alors qu'ils parvenaient à peine à se nourrir. Les journaux faisaient plus de publicité aux modes et aux caprices des mondains qu'aux anarchistes et aux prolétaires qui critiquaient les riches en soulignant les disparités croissantes entre ceux-ci et les démunis.

L'ironie, constatait Alva, c'était que plus le fossé s'agrandissait entre les nantis et les pauvres, moins l'abîme séparant les Knickerbockers et les nouveaux riches semblait infranchissable. Plus Mrs Astor s'efforçait de maintenir la césure entre les deux mondes, plus des femmes telles qu'Alva s'ingéniaient à les rapprocher. Ils tendaient aussi à former un seul corps, une haute société unie contre les masses grondantes et hostiles.

Bien que redevenue une paria assistant au spectacle de l'extérieur, Alva admettait que la société avait atteint un degré d'extravagance, que même les plus fortunés n'étaient pas en mesure de soutenir. Elle se demandait si les fastes dont ils se gavaient ne finiraient pas par les étouffer.

Alva quittait les écuries, encore imprégnée de l'odeur de crottin et des chevaux qu'elle venait de panser, quand son majordome annonça qu'elle avait une visite.

— Excusez ma tenue, dit-elle en s'époussetant les mains. Je n'attendais personne.

— Oh, allons, ce n'est que moi.

« Que moi » était lady Paget.

— On ne vous voit plus depuis quelque temps, dit-elle en lui passant le bras autour de la taille tandis qu'elles pénétraient dans le salon.

— En ce moment, je redoute de mettre le nez hors de chez moi, dit Alva en prenant un fauteuil. Mais, je vous en prie, racontez-moi tout ce que j'ai manqué.

En riant et en faisant tinter ses bracelets comme des carillons éoliens, lady Paget se laissa tomber sur une bergère en velours mordoré.

— Je suis sûre que vous avez entendu parler du bal des chevaux donné au Sherry's.

En effet. Qui aurait pu imaginer que l'un des établissements les plus élégants de New York aurait un jour logé des chevaux ?

— C'était comment ?

— Il y avait une mangeoire remplie de caviar. Dans leur sac de selle, les chevaux avaient une bouteille de champagne et des verres en cristal. Les choses ont bien commencé mais – elle leva les mains – quel désastre ! Ils se sont laissé déborder par le crottin, et puis une table s'est trouvée balayée d'un coup de queue. Le bal s'est terminé de bonne heure. Je suis rentrée à trois heures.

En soupirant, Alva retira un fétu de paille accroché à ses culottes de cheval.

— Dites-moi, comment allez-vous ? s'enquit lady Paget.

— Honnêtement, j'ai connu mieux. Tout le monde m'avait prévenue, dit Alva en tordant le bout de paille. Willie est encore la coqueluche de la ville et moi, une réprouvée. Pourquoi condamne-t-on toujours les femmes ? Je suis détruite. Pour dire les choses comme elles sont, je vous trouve courageuse d'être venue ici et j'espère que personne ne vous a vue.

— Oh, ne dites pas de bêtises. C'est loin d'être terminé pour vous. Vous oubliez votre arme secrète.

— Ah oui ? Et laquelle ?

Lady Paget sourit et pencha la tête de côté :

— Votre fille.

— Consuelo ? Non, non. Je m'efforce de tenir mes enfants en dehors de tout ça. Je ne veux pas les mêler à cette histoire, surtout pas Consuelo.

— Mais elle est ravissante. Il est temps de lui trouver un mari.

Lady Paget se targuait d'être une sorte de marieuse et prétendait, en ce domaine, posséder un sixième sens.

— Je ne vois pas le rapport avec la nécessité de trouver un mari pour Consuelo. Et puis, je sais qu'elle apprécie beaucoup Winthrop Rutherfurd. Hélas.

— Winthrop Rutherfurd ? s'esclaffa lady Paget. Winthrop Rutherfurd ne vous rendra pas votre place dans le monde. Mais un duc, oui.

— Un duc ? fit Alva en scrutant le sourire espiègle de lady Paget. Qu'êtes-vous en train de manigancer ?

— Si je vous disais que mon ami Charles Richard John Spencer-Churchill, neuvième duc de Marlborough, cherche une femme ?

Alva se pencha en avant :

— Continuez.

— Sunny – le duc – voudrait s'établir. Il est temps.

— Et pour vous, Consuelo serait la candidate idéale ?

— Résumons : il a hérité du palais de sa famille – un mastodonte – et il manque cruellement d'argent pour l'empêcher de tomber en ruine. Il a besoin d'une épouse, d'une épouse riche.

Elle pencha la tête :

— Et vous, ma chère, vous pouvez la lui offrir.

Alva retomba dans son fauteuil :

— Vous me demandez de *vendre* ma fille ?

— Oh, non, bien sûr. Ne soyez pas ridicule. Sunny est un homme merveilleux. Très charmant. Et séduisant. C'est un bien meilleur parti que ce Winthrop Rutherfurd.

— Je ne vous le fais pas dire.

Alva n'appréciait guère Winthrop. Il était trop vieux pour Consuelo, trente-trois ans, et elle dix-huit. Il traînait une réputation de coureur de dot et tournait autour des dames de la haute société délaissées par leurs maris. En outre, c'était un joueur, et Alva avait déjà vu ce qui était arrivé à Jeremiah. Elle ne voulait pas que sa fille pâtisse de ce genre de vie.

— Et, vous le savez, Winthrop est stérile, ajouta lady Paget.

— Non ! fit Alva, sous le choc.

— Oui.

Sa visiteuse hocha la tête, comme si c'était pire que tout le reste. Alva ne se donna pas la peine de demander comment elle avait connaissance d'un détail aussi intime.

— Regardez les choses en face, dit lady Paget. Vous avez l'occasion d'épargner à votre fille un sort peu enviable. Et c'est pour vous l'unique façon de rentrer dans les bonnes grâces de la société. Voyez ce qu'un titre a réussi à faire pour moi. Et naturellement, épouser un duc a apporté davantage à qui vous savez – nous ne prononcerons pas son nom – que tous ses talents au banjo. Et ai-je besoin de vous rappeler que les Américains perdent la tête dès qu'on leur parle de noblesse anglaise ? Si Consuelo se fiance au duc, toutes les hôtesses de la ville se bousculeront pour vous recevoir. Mon Dieu, elles se marcheraient sur la tête pour être invitées au mariage…

Lady Paget continua à énumérer ce que le duc ferait pour elle, mais Alva se préoccupait plutôt de ce que le duc ferait pour Consuelo. Sa fille, si jeune, avait mis tous ses espoirs en Winthrop. Alva voulait lui ouvrir les yeux, lui montrer qu'il y avait d'autres hommes, bien plus dignes d'elle. Et si le duc attirait son attention ? Peut-être le trouverait-elle aimable ? À tout le moins, Alva pouvait éloigner sa fille de Winthrop, et il y avait toujours la possibilité pour *elle* d'épouser un titre – de posséder le statut ultime pour une femme dans la société. L'avenir de Consuelo serait assuré. Cette perspective remplissait Alva d'un sens du devoir et d'une grande appréhension. Elle savait que si Consuelo épousait le duc, elle-même se retrouverait à jamais dans l'ombre de sa fille, la duchesse de Marlborough. Sa fille, et non plus elle, attirerait toute la lumière. Qu'Alva pût songer à sacrifier ce qui avait un jour été sa raison d'être donnait la mesure de son amour pour Consuelo. Ce qui lui avait paru absurde quelques instants auparavant lui semblait maintenant pertinent.

— Mais comment allons-nous nous y prendre pour aboutir à cette union ? demanda-t-elle.

Lady Paget leva sa main parée de bijoux.

— Laissez-moi faire. Il se trouve que Sunny vient à New York en vacances. J'organiserai un dîner et, en temps voulu, un entretien avec vous pour que vous puissiez passer les détails en revue. Mais quoi que vous fassiez, ne proposez pas un sou de plus que deux millions de dollars. C'est bien assez pour sauver Blenheim Palace – et votre réputation.

Le dîner avec le neuvième duc de Marlborough se passa mieux qu'Alva ne l'avait espéré. Il se montra charmant et dûment impressionné par le Petit Château, surtout par le chandelier en cristal de Baccarat et les murs tapissés de platine de la salle à manger. Il était plutôt séduisant. Un peu trop sérieux pour commencer, mais à mesure que la soirée avançait il se détendit et osa même une plaisanterie ou deux.

— J'en ai entendu une bonne, dit-il au cours du dîner, entre le *bouillon d'huîtres* et la soupe à la tortue. Dites-moi, quelle est la différence entre un ciseau et un chien ?

Tous les convives échangèrent des regards.

— Je ne sais pas, dit Alva. Oui, quelle est la différence entre un ciseau et un chien ?

— Aucune, le ciseau à bois et le chien aussi.

Consuelo éclata d'un rire si sonore qu'Alva fut un instant horrifiée, trouvant ces manières vulgaires. Mais quand Sa Grâce raconta une autre blague, Alva comprit que telle était son habitude à la table du dîner. Consuelo s'en ferait une raison, et pourrait à son tour concocter quelques plaisanteries de son cru.

Après le repas, ils s'étaient retirés dans le salon de musique et Consuelo avait charmé le duc en jouant la *Sonate au clair de lune* de Beethoven, puis des morceaux de Chopin et de Strauss. Alva fut satisfaite. Consuelo et Sunny semblaient s'entendre à merveille.

Le lendemain, le duc vint prendre le thé et, deux jours plus tard, il accompagna Alva et Consuelo au Metropolitan Opera House à la représentation de *Fidelio*. La semaine suivante, Alva l'invita à une réception et à un autre dîner. Après chaque nouvelle rencontre, elle se pelotonnait dans son lit avec Consuelo, la couverture remontée sur leurs épaules et elles échangeaient leurs impressions. *Il m'a apporté des fleurs. De toute évidence, il n'aime pas l'Amérique. Il a un si beau sourire. Il s'est visiblement ennuyé à l'Opéra. À la réception, les dames l'ont trouvé charmant.* Bientôt, Consuelo cessa de prononcer le nom de Winthrop.

Six semaines plus tard, deux jours avant le retour prévu du duc en Angleterre, Alva le reçut dans le bureau qui était autrefois celui de Willie. Quand le duc exprima son désir d'épouser Consuelo, Alva prit les rênes en main.

— Si nous parlions de la dot ? demanda-t-elle, les doigts croisés sur le bureau.

— Comme vous le savez, Blenheim Palace se heurte à quelques difficultés financières.

Il poursuivit en dressant la liste de ses besoins, y compris en personnel, et évoqua naturellement le palais proprement dit, qu'il était grand temps de rénover de fond en comble.

Alva battit des cils et, gardant à l'esprit le conseil de lady Paget, commença par une proposition basse, un million et demi de dollars.

Le duc soupira.

— J'espérais obtenir un peu mieux.

Alva réfléchit aux options qui s'offraient à elle. Pas question de laisser échapper cette occasion, d'autant que l'idée du mariage semblait de plus en plus séduire Consuelo.

— Je suppose que je peux monter un *peu* plus haut.

Le duc se révéla un négociateur coriace et à la fin, la veille de son départ pour l'Angleterre, un accord fut conclu : Alva paierait deux millions de dollars et demi, auxquels s'ajouteraient 50 000 actions Vanderbilt et 200 000 dollars de rente annuelle à vie. Une fois réglé l'aspect financier, il ne restait plus qu'à attendre que le duc fasse sa demande.

Alva triait le courrier, dont la quantité augmentait depuis son association avec le duc ; il y avait des invitations et des messages de Mamie, de Tessie et quelques autres.

En les posant sur le côté, elle vit une enveloppe adressée à Consuelo. Une écriture masculine. Alva espéra qu'elle venait de Sunny. Sans égard pour l'intimité de sa fille, elle coupa l'enveloppe, qui révéla une longue missive de Winthrop Rutherfurd, en voyage en Angleterre où il rendait visite à des membres de sa famille. Poursuivant sa lecture, Alva eut un haut-le-cœur quand elle parvint au passage où il évoquait *son amour et son affection éternels* pour Consuelo. La situation la laissa perplexe. Selon Consuelo, ils avaient rompu juste après la rencontre avec Sunny, qu'elle semblait décidée à épouser. Avait-elle voulu seulement rassurer sa mère ? Jouait-elle la comédie ? Sa fille n'était tout de même pas sournoise à ce point ? Comme ses yeux passaient au paragraphe suivant, elle sentit se resserrer le nœud à son estomac. Winthrop lui faisait part de ses projets de mariage. *De mariage ! Seigneur !* Ils prévoyaient de s'enfuir, à un mois de là.

La lettre glissa de sa main. Prise d'angoisse, elle crut qu'elle allait se trouver mal. Il était hors de question que sa fille épouse Winthrop Rutherfurd. Un homme qui était la risée de tous. Un séducteur, un coureur de dot, un joueur compulsif. Elle voyait déjà les manchettes : L'HÉRITIÈRE VANDERBILT VICTIME D'UN ESCROC... Elle eut soudain très chaud. Alva se sentit gagnée par la fièvre et la nausée. Un mariage avec Winthrop provoquerait le scandale et les moqueries, elle devait protéger sa fille. Celle-ci n'aurait pas la force de résister à ce genre de pression. Winthrop pouvait lui briser le cœur. Et puis, Alva s'était déjà engagée auprès du duc au nom de Consuelo.

Elle ramassa la lettre et la fourra dans sa poche. Plus tard, quand Consuelo demanda s'il y avait une lettre pour elle, Alva plongea son regard dans les yeux de faon de sa fille et mentit. Elle lui mentit le lendemain et le jour suivant. À la fin de la semaine, Alva avait cinq lettres de Winthrop – chacune débordant de langueur et de désir romantiques –, toutes au secret dans le tiroir de son bureau.

Le lendemain, Alva intercepta une lettre que Consuelo avait écrite à Winthrop. Cette fois encore, au mépris de toute discrétion – la limite avait été franchie depuis longtemps –, elle l'ouvrit, et le sol se déroba sous ses pieds quand elle prit connaissance de leurs plans de fuite. *J'ai choisi ma robe... je suis impatiente de fuir cette ville... Je suis si heureuse de commencer ma vie avec toi...* En terminant sa lecture, Alva tremblait de tous ses membres. Il lui fallait agir. Elle ne pouvait rester les bras croisés et laisser Consuelo compromettre son avenir. Il fallait la sauver malgré elle.

Au bout d'une heure passée à se tourmenter, Alva fut incapable de contenir plus longtemps son angoisse. Elle sonna son majordome et lui réclama la clé de la chambre de Consuelo.

Il n'était pas encore midi et sa fille dormait quand Alva ferma la porte à clé. En se tordant les mains, elle fit les cent pas dans le couloir. Elle ne savait absolument pas ce qu'elle était en train de faire – même à ses yeux, tout cela paraissait absurde. Elle allait sortir le passe de sa poche et tourner la serrure, comme si de rien n'était. Consuelo n'en saurait rien. C'est alors qu'elle l'entendit actionner la poignée, une fois, deux fois, et toutes ses craintes reprirent le dessus. Au troisième essai, Consuelo secoua la poignée plus fort avant d'appeler sa femme de chambre.

— Boya ? Boya ! Viens m'aider ! Ma porte est bloquée.

Le cœur d'Alva battait violemment, de sa main moite elle tripotait la clé de cuivre dans sa poche. La tête lui tournait. Elle avait du mal à respirer. En d'autres circonstances, elle aurait juré que c'était une crise cardiaque.

— Boya ?

La poignée s'agitait frénétiquement.

— *Boya !*

Alva lâcha la clé dans sa poche.

— La porte n'est pas bloquée, dit-elle. Elle est fermée, et tu n'iras nulle part avant d'avoir renoncé à cette folie avec Winthrop Rutherfurd. Je suis au courant de tout. Et je vais y mettre un terme tout de suite, tu comprends ?

Il y eut un silence avant que Consuelo ne commence à taper violemment sur la porte.

— Je l'aime. Je l'aime et je vais l'épouser.

— Tu n'en feras rien, tu m'entends ? Tu vas épouser le duc.

— Je n'épouserai pas Sunny. Je ne l'épouserai pas !

— Dans ce cas, tu resteras dans ta chambre jusqu'à ce que tu aies retrouvé tes esprits.

Alva s'éloigna tandis que Consuelo recommençait à donner des coups contre la porte, en exigeant de sortir.

Plus tard dans l'après-midi, le silence revenu, Alva retourna la voir.

— Eh bien, dit-elle devant la porte. Es-tu prête à obéir ?

— Je vais épouser Winthrop.

— Je ne joue pas, Consuelo. Tu n'épouseras pas cet homme.

— Oh, si ! Il viendra me chercher.

— S'il ose, je le ferai arrêter pour violation de domicile.

— Je ne te crois pas.

En soupirant, Alva appuya la tête contre la porte.

— Consuelo, je te préviens, ne me pousse pas à bout.

Elle entendit les pas de sa fille approcher et ses pieds frapper le sol. La poignée tourna :

— Laisse-moi sortir !

— Si tu veux sortir, tu sais ce qu'il te reste à faire.

Alva marqua un temps d'arrêt.

— Eh bien, vas-tu obéir ?

Alva se représentait le visage crispé de sa fille quand Consuelo lui répondit :

— Je vais épouser Winthrop.

— Très bien. Bonne nuit, Consuelo.

Elle partit, laissant Consuelo hurler et taper du poing contre la porte.

Alva dormit à peine cette nuit-là. À deux reprises, elle se leva avec l'intention d'ouvrir la porte puis se ravisa. Le lendemain, tiraillée, elle s'efforça de prendre une décision. Consciente de ne pas pouvoir cloîtrer sa fille éternellement, elle finit par entrer dans sa chambre. Elle trouva Consuelo étendue sur son lit, les yeux fixés au plafond, sans ciller, comme si sa mère n'était pas là.

— Tu ne sais pas dans quoi tu t'engages avec cet homme. C'est un bon à rien. Il n'est pas fait pour toi. Je ne te laisserai pas. Tu ne peux pas épouser Winthrop.

— Tu ne le connais même pas.

— Je sais qu'il est trop vieux pour toi. C'est un joueur, il ne sera jamais capable de te donner des enfants, il…

— Quoi ? fit Consuelo en écarquillant les yeux.

Comment, « quoi ? ». Ne savait-elle pas ? Alva sentit une fêlure minuscule dans la détermination de sa fille. Avait-elle enfin avancé l'argument qui la ferait céder ?

— Oui, dit-elle. Il est stérile. Ne t'es-tu jamais demandé pourquoi il n'était pas marié ? C'est parce que aucune femme n'a voulu de lui.

Consuelo battit des paupières, ses yeux s'emplirent de larmes.

Il suffisait donc de si peu de chose ? Lui dire qu'il était stérile ? Pourquoi ne l'avait-elle pas fait plus tôt ?

— Je sais à quel point tu désires avoir une famille. Si tu épouses cet homme, tu n'auras jamais d'enfants. Jamais.

— Mais… ce n'est pas vrai. C'est impossible.

Alva prit la main de Consuelo et la porta à sa joue, trempée de ses propres larmes.

— Je voudrais tellement que ce ne soit pas vrai. Je n'ai rien contre Winthrop, vraiment, mentit-elle. Mais il ne t'offrira pas la vie que tu mérites. Pourquoi crois-tu que je préfère te voir épouser Sunny ?

Consuelo renifla et laissa échapper un flot de larmes avant de se blottir dans les bras de sa mère.

— C'est injuste. Pourquoi faut-il qu'il en soit ainsi ? C'est injuste…

Deux mois plus tard, les fiançailles de Consuelo avec le duc furent annoncées dans la presse à travers tout le pays. La date avait été fixée pour le 6 novembre et les préparatifs commencèrent pour ce que le *New York Times* qualifiait déjà de « mariage du siècle ».

Alva avait donc eu gain de cause, mais sa victoire avait un goût amer. C'était le mariage de sa fille – de son unique fille –, et tous ses rêves, concevoir avec elle sa robe de mariée, choisir avec elle son trousseau et les fleurs de son bouquet, tombèrent à plat. Jamais

Alva n'avait vu mariée si indifférente. Tout le monde le remarquait.

Willie supplia Alva d'annuler le mariage.

— Ne vois-tu pas que ta fille est malheureuse ? Ne la force pas. C'est injuste. Un titre ne le justifie pas.

— C'est facile à dire pour toi. Tu n'as jamais été banni publiquement. Tu as pris une maîtresse et personne ne t'a fermé sa porte. Sais-tu ce qu'il m'a fallu faire pour que cette porte s'entrouvre ? Même un tout petit peu ?

En vérité, c'était plus qu'un tout petit peu. Comme l'avait prédit lady Paget, les invitations pour des bals, des déjeuners, des dîners et des thés pleuvaient de nouveau. Même les détails connus de son divorce imminent – elle exigeait la garde des enfants et s'apprêtait à recevoir au moins 200 000 dollars par an ainsi que Marble House – n'intéressaient plus ses critiques.

À titre officieux, Willie lui avait donné le Petit Château, mais elle n'en voulait plus. Elle ne voulait plus rien garder de lui, sinon son meilleur ami. Oliver Belmont, voilà ce qu'elle voulait. Ardemment. Et elle l'aurait. Peu lui importait qu'il fût juif, il l'aimait et souhaitait l'épouser dès que son divorce serait prononcé.

Quand il avait parlé de mariage, Alva avait d'abord ri et l'avait presque fait tomber du lit.

— Ne sois pas ridicule. Nous avons chacun un mariage raté derrière nous.

— Raison de plus pour recommencer. Nous savons déjà ce qu'il ne faut *pas* faire.

Alva s'était appuyée sur un coude :

— Tu es la dernière personne au monde que j'épouserais. Tu ne te satisferas jamais d'une seule femme.

— Je suis satisfait avec toi.

Elle s'apprêtait à lancer une autre plaisanterie quand elle remarqua son regard :

— Tu es sérieux ?

— Tu ne vois donc pas ? Je comprends enfin pourquoi je ne *pouvais* me satisfaire d'aucune femme. Je cherchais toujours celle qui viendrait ensuite, car ce que j'avais ne me convenait pas. Pour la première fois de ma vie, je n'ai pas envie de partir en courant. Avec toi, je suis où je veux être, là où est ma place. Quand nous sommes ensemble, je ne pense pas au passé, je ne m'inquiète pas de l'avenir. Je ne pense qu'à toi et à ce que nous avons, ici, en ce moment précis. Et je veux passer ma vie avec toi.

Elle se rendit compte alors qu'il venait de mettre en mots ses propres sentiments. Ses sentiments exacts.

Ils décidèrent de se marier l'année suivante. Elle pourrait enfin goûter au repos. Elle serait la femme d'Oliver, sa fille serait duchesse et elle aurait renversé le dernier tabou.

55
Caroline

New York, 1895

Après plus de deux ans, Caroline quittait le deuil de William et d'Helen ; le bal annuel qu'elle donnerait sous peu marquerait son retour dans la société et la première occasion pour elle de rétablir la réputation de Charlotte. D'ailleurs il serait donné en son honneur. Caroline allait démontrer à tous que, malgré les rumeurs, un jour nouveau, une ère nouvelle, se levait pour les femmes. Il fallait que tout le monde comprenne qu'elle soutenait sa fille.

Certes, avec le divorce prochain d'Alva Vanderbilt, c'était une position plus facile à tenir. Selon toute probabilité, Alva allait obtenir la garde de ses enfants, alors que la pauvre Charlotte avait perdu cette bataille-là. Pour Caroline, la défaite s'était révélée plus cruelle que pour Charlotte, ce qui l'avait laissée perplexe. Malgré tous ses efforts pour comprendre, elle ne s'expliquait pas le détachement de sa fille à l'égard de ses enfants.

Elle se lança dans les préparatifs de son bal, écœurée par la tournure absurde et extravagante que les réceptions avaient prise. Comme si les cadeaux sous forme de bijoux et d'animaux exotiques pouvaient pallier les insuffisances de l'hôtesse. Le bal de Caroline serait de bon ton et montrerait à la haute société ce qu'était une véritable hôtesse new-yorkaise.

Deux jours avant le grand événement, alors qu'elle passait en revue la liste des morceaux de l'orchestre, Charlotte et Carrie vinrent lui rendre visite, le regard voilé par la tristesse.

— Maman, dit Charlotte en pénétrant dans le salon, talonnée par Carrie. Oh, Maman, as-tu appris la nouvelle pour McAllister ?

Quoi encore ?

— Qu'a-t-il encore fait ? demanda-t-elle en retournant à sa liste.

— Il est mort, déclara Charlotte sans ménagement.

— Quoi ?

La liste lui échappa des mains.

— Il se trouvait à l'Union Club hier soir, dit Carrie. Il dînait seul, et brusquement il s'est effondré sur la table. Il serait mort sur le coup.

Caroline porta une main à sa poitrine. Il lui fallut un moment pour reprendre sa respiration.

— Oh, Maman, je suis désolée, dit Carrie. Il te faut supporter un nouveau coup du sort.

Abasourdie, Caroline conserva néanmoins son calme – sans doute parce qu'elle avait déjà été frappée par des pertes bien plus tragiques. Les larmes aux yeux, ses deux filles s'efforçaient de ne pas pleurer devant elle, pour ne pas la décevoir.

— Est-ce qu'on annule le bal ? demanda Carrie en regardant sa sœur, qui manifestait déjà son approbation.

— Je comprendrais parfaitement, Maman, dit celle-ci. Nous pourrons l'organiser après ses obsèques. Ou peut-être attendre jusqu'au printemps.

Caroline secoua la tête, sans même prendre la peine d'y réfléchir.

— N'y pensons pas.

Il était essentiel que ce bal eût lieu. Il représentait trop d'enjeux, en premier lieu la réputation de Charlotte.

Après le départ de ses filles, Caroline resta seule jusqu'au coucher du soleil. Elle n'avait pas revu Ward McAllister depuis des mois. Leur amitié, si elle pouvait l'appeler ainsi, avait été brisée par ses Mémoires avant d'être anéantie par les Quatre Cents. L'affection qui les unissait n'avait-t-elle pas disparu depuis longtemps ? Dans la pièce silencieuse, elle sut qu'il n'en était rien.

Il avait, à une époque, été son seul confident, et elle, sa Rose Mystique. Il avait, le premier – même si elle le devait à son héritage –, reconnu son autorité sur la haute société. D'une certaine façon, il avait été, plus que son mari ou ses enfants, un membre de sa famille. C'était lui qui l'avait couronnée reine de la société new-yorkaise, et ensemble ils avaient conçu un monde qui les servait, les flattait, les rendait puissants.

Une boule grossissait dans sa gorge tandis qu'elle évoquait ses morts, d'abord Emily, puis William et Helen, et à présent Ward. Elle songea à l'au-delà. Caroline croyait au paradis et à l'enfer et craignait le jugement de Dieu. Était-Il aussi impitoyable que

Caroline et Ward quand ils sélectionnaient leurs invités ? Il lui vint à l'esprit qu'avec l'instauration du bal des Patriarches, son propre bal annuel, et surtout les Quatre Cents, ils avaient exclu nombre de personnes sur la base de leurs critères, du hasard d'une naissance, d'une lignée. Comme cela maintenant lui paraissait insignifiant. Elle eut conscience, avec horreur, qu'elle et Ward avaient défié Dieu. Et que Dieu se vengeait.

Deux jours après la mort de Ward, Caroline donna, ainsi qu'elle l'avait prévu, son bal annuel où, en pleine lumière et avec détermination, elle honora sa fille *déchue*. Charlotte à son côté, elle accueillit ses invités sous son portrait royal.

Quand ce fut au tour de Mamie Fish, celle-ci prit la main de Charlotte : « Je ne doute pas que vous irez partout, ma chère. Et je vous souhaite que ce soit loin, très loin d'ici. » Elle s'éloigna en riant, sûre d'avoir décoché une flèche adroite. Même à l'aune de la personnalité de Mamie, Caroline jugea ses paroles grossières.

Il fut un temps où celle-ci n'aurait jamais osé s'exprimer ainsi, de crainte d'être bannie de la société. De toute évidence, la réputation ternie de Charlotte avait également amoindri l'autorité de Caroline. Charlotte rougit et, pour la première fois, Caroline se demanda si son influence suffisait encore à sauver la réputation de sa fille. Visible de tous, sur l'estrade, Charlotte aurait pu tout aussi bien avoir une lettre écarlate imprimée sur la poitrine.

Elle voulut se lever, et Caroline allait la laisser partir, quand arriva Alva Vanderbilt. Elle l'avait invitée surtout pour Charlotte. À présent, au moins deux divorcées – ou bientôt divorcées – assistaient au bal. D'une certaine manière, elle se servait d'Alva comme Alva s'était servie d'elle, plusieurs années auparavant, pour passer un message lors de son bal masqué. À voir les gens se presser pour saluer Alva, il était clair que la société, non seulement acceptait son divorce imminent, mais accueillait sans réserve la future belle-mère du neuvième duc de Marlborough. Les invités de Caroline s'effaçaient devant Alva, tout comme autrefois devant elle. Cette femme forçait son admiration et son magnétisme éveillait en elle une pointe de jalousie.

Au moment de l'accueillir, Caroline tendit la main :

— Mrs Astor, sourit Alva. C'est une grande joie de vous revoir.

— Vous connaissez ma fille ?

Alva prit la main de Charlotte.

— Mais naturellement. Charlotte, ma chère, vous êtes ravissante.

Elle se pencha vers elle et ajouta à voix basse :

— Tenez bon, vous m'entendez ? Le divorce n'est pas la fin, c'est un nouveau commencement.

Puis, s'adressant à Caroline :

— Puis-je vous emprunter votre fille un moment ?

Sans lui laisser le temps de répondre, Alva se tourna vers Charlotte :

— Allons faire une petite promenade, vous et moi.

Caroline regarda Alva aider Charlotte à descendre de l'estrade et les invités s'écarter sur leur passage. Alva, tout sourire, s'arrêtait ici et là pour saluer les uns et les autres, et témoigner de sa complicité avec Charlotte. Elle restait à ses côtés et les matrones qui, il n'y avait pas si longtemps, la rejetaient se pressaient maintenant pour lui parler. Bientôt, ce fut comme si une deuxième file s'était formée où les gens attendaient leur tour pour saluer Alva. Et Charlotte.

Tout en continuant d'accueillir ses hôtes, Caroline voyait bien que l'attitude d'Alva avait infléchi le cours de la soirée en faveur de Charlotte. Debout à son côté, celle-ci se tenait droite, la tête haute, et son sourire avait retrouvé un peu de l'éclat perdu au fil des ans. On eût dit qu'un mauvais sort avait été levé, qu'un nuage s'était dissipé. À une époque, seule Caroline aurait eu le pouvoir d'obtenir un tel résultat. Mais ce soir-là, elle devait admettre que c'était Alva Vanderbilt qui avait le vent en poupe.

56
La société

L'aube est presque levée quand nous rentrons du bal de Mrs Astor. Après que nos femmes de chambre nous ont aidées à ôter nos robes, à ranger nos bijoux dans nos coffres, à défaire nos cheveux et à les natter, nous nous couchons dans nos lits de plumes. Enfin, notre cage thoracique libérée, bien que marquée encore par les baleines de notre corset, nous pouvons, pour la première fois de la journée, respirer à notre aise. Nous gonflons d'air nos poumons et notre ventre, et nous pensons à la consécration d'Alva.

Difficile d'imaginer qu'il s'agit de la même Alva bannie à cause du scandale de son divorce. Elle s'est rachetée et, ce faisant, nous ouvre un boulevard. La question demeure cependant : *Qu'allons-nous faire de cette liberté qui nous est offerte ?*

On ne nous a pas habituées à choisir ; c'est presque trop. Et sur le moment, nous suffoquons. Mais il nous suffit de respirer profondément pour commencer à nous détendre, à permettre à notre esprit de vagabonder…

Penelope envisage avec courage de divorcer de son mari, de repartir de zéro. Ophelia se demande quel effet cela ferait d'acheter une babiole sans l'autorisation de son époux. Quel soulagement si on n'avait plus à lui soumettre un cahier hebdomadaire des dépenses. Lydia se rêve en train de vivre l'existence d'une de ses héroïnes de roman. Peggy a le sentiment qu'obtenir le droit de vote est un projet trop ambitieux, elle se laisse aller plutôt à imaginer le plaisir de fumer une cigarette en public, voire une pipe, si l'envie lui prenait de laisser le parfum du tabac tournoyer autour de sa tête comme elle le fait pour le brandy dans son petit ballon. Ce serait merveilleux d'avoir nos clubs de dames pour aller déjeuner, jouer au poker, parler politique et échanger des ragots. Nous voulons tout cela, et plus encore, et nous finissons par nous assoupir en égrenant ces possibles comme on compte les moutons.

57
Caroline

Le lendemain du bal, Caroline s'éveilla à son heure habituelle, huit heures et demie. Après son petit déjeuner apporté par sa femme de chambre avec les journaux du matin et après sa toilette, Thomas, un peu agité demanda à lui parler.

— Quelque chose ne va pas ?

— Eh bien… bafouilla cet homme élégant et toujours si maître de lui. Il y a encore des problèmes, je le crains.

Caroline attendit, quelque peu irritée. Perdue dans son deuil, elle avait vécu dans le brouillard, sans même remarquer que son neveu avait finalement ouvert l'hôtel Waldorf. Puis soudain il lui était apparu que d'étranges attelages s'arrêtaient devant sa maison et que des gens de toute espèce traînaient dans son jardin.

Il se racla la gorge. Elle comprit qu'il hésitait.

— Eh bien, que s'est-il passé *cette fois* ?

— J'ai le regret de vous dire que des clients de l'hôtel Waldorf se sont soulagés dans le jardin la nuit dernière.

Elle fut atterrée. Les gens civilisés ne faisaient pas cela.

— Pardonnez-moi, Mrs Astor, mais j'ai pensé que vous voudriez le savoir.

Il s'interrompit et s'éclaircit la voix.

— Il y a autre chose.

— Autre chose ?

Elle croisa les bras, redoutant le pire :

— Un valet a découvert qu'un autre client du Waldorf – un parfait inconnu – est entré hier au cours du bal avec l'un de vos invités. Hélas, il s'est endormi dans une chambre d'amis et y a laissé ses vêtements.

Caroline grimaça. C'était intolérable. Elle donna à Thomas l'instruction de faire préparer sa voiture et se rendit aussitôt chez son neveu pour exiger qu'il ferme son hôtel.

— Ne comptez pas là-dessus, Tante Lina.

Ils étaient dans la salle de jeux où Waldorf, en pleine partie de billard, se concentrait sur ses coups et daignait à peine lever les yeux en lui parlant.

— L'hôtel rapporte beaucoup d'argent. Et puis, ajouta-t-il en réussissant une bande avant, votre maison est triste à voir. Vous nous rendriez service en déménageant. En ce qui me concerne, j'aimerais que vous la fassiez raser et remplacer par quelque chose qui soit digne de ce pâté de maisons.

— Méfiez-vous de vos souhaits, Waldorf, et de ce à quoi ils pourraient mener.

Elle gardait son calme, sa lenteur et sa grâce habituelles, mais intérieurement elle était furieuse. Elle quitta la salle de jeux, remonta dans sa voiture et s'éloigna en réfléchissant au moyen de se venger.

À son retour, elle annonça à Thomas qu'elle songeait à déménager et à transformer sa maison en écuries.

— Ce sera une bonne leçon ! Imaginez un peu l'odeur de crottin dans toutes les chambres du Waldorf ?

— Sauf votre respect, Mrs Astor, ce que je n'imagine pas, ce sont des écuries portant votre nom.

Elle sourit.

— Êtes-vous allée au Waldorf ? demanda-t-il.

— Certainement pas !

Elle le regarda comme pour dire : *Comment osez-vous poser la question ?* Mais elle réfléchit un moment.

— Pourquoi ? Vous y êtes allé ?

Il haussa les épaules d'un air penaud.

— Une seule fois. C'est assez réussi, mais je pense que vous pourriez mieux faire.

— Que voulez-vous dire ?

— Eh bien, si Mr Waldorf souhaite voir quelque chose de plus admirable à côté de son hôtel, allez-y.

— Que suggérez-vous ?

— Construisez un autre hôtel. Plus grand. Plus beau.

Il sourit en lissant sa moustache.

— Thomas, fit Caroline en ouvrant de grands yeux. Vous m'étonnerez toujours.

Le lendemain Caroline demanda l'aide de Jack et, ensemble, ils engagèrent Richard Morris Hunt pour bâtir une nouvelle maison au coin de la Soixante-Cinquième Rue et de la Cinquième Avenue, assez grande pour abriter également son fils et sa famille.

Et au printemps commenceraient la démolition de l'ancienne maison et la construction d'un nouvel hôtel sur la Trente-Quatrième, juste à côté du Waldorf. L'hôtel de Caroline serait plus haut, dix-sept étages au lieu des treize du Waldorf. Il y aurait une salle de bal, plus grande, plus somptueuse, à même d'accueillir mille six cents invités, et un toit-terrasse. Richard Hunt prévoyait deux ans de travaux, mais Caroline s'en moquait, du moment que chaque détail serait conçu pour éclipser et écraser le Waldorf. Elle le baptiserait hôtel Astoria.

58

Alva

— Prends-les, dit Alva à Consuelo la veille de son mariage en refermant les doigts de sa fille autour du sautoir de perles.

— Mais Maman, pas celles-là. Ce sont les premières perles que Papa t'a offertes.

Alva avait donné à Consuelo tous les autres bijoux reçus de Willie. C'était le collier qui avait jadis appartenu à la Grande Catherine.

— Je ne peux pas les accepter, dit Consuelo en les rendant à sa mère.

— Mais si, bien sûr. Tu en auras besoin après ton mariage. N'oublie pas, tu vas devenir duchesse.

— Duchesse, fit Consuelo comme si ce mot lui pesait.

— Ah, qu'est-ce qui ne va pas ?

— Pardonne-moi, Maman. C'est que... voilà, je commence à avoir des doutes.

— C'est normal, dit Alva un peu sèchement en jouant avec les perles.

— Je ne peux pas m'empêcher de penser à Winthrop – je l'ai tellement fait souffrir.

Alva se figea.

— Et… je l'aime encore, Maman. Je l'aime.

Alva laissa échapper les perles.

— Je sais, nous n'aurions pas eu d'enfants. Mais il y a des orphelinats. Tellement d'enfants sans foyer…

— Tu aurais voulu adopter des enfants ?

— Ce n'est pas la même chose, mais…

— Tes enfants auront du sang Vanderbilt, c'est sans appel.

Consuelo ne répondit pas tout de suite, elle dut réunir le courage nécessaire :

— Mais toi, tu as divorcé de Papa parce que tu ne l'aimais plus.

Alva jouait avec une paire de boucles d'oreilles en émeraudes. Quelque chose lui rongeait l'estomac. Elle avait mauvaise conscience. Jusque-là, elle avait trouvé le moyen de se justifier : *Consuelo ne pouvait pas comprendre. Elle était jeune, elle n'avait que dix-huit ans. Elle ne savait pas ce qu'était l'amour…*

— Je n'aime pas Sunny. Et il ne m'aime pas, je le *sais*.

Un grand calme s'empara d'Alva, qui reposa les boucles d'oreilles. C'était une évidence qu'elle avait cherché à se dissimuler en feignant de ne pas remarquer la tristesse dans le regard de sa fille. Les critiques étaient venues de Willie, de sa famille, de ses sœurs, et même d'Oliver. Depuis des semaines et des mois, ils l'avaient suppliée de renoncer. Et maintenant elle ne pouvait plus échapper à cette réalité : elle était la seule à vouloir ce mariage. Le prétendant aurait donné le titre de duchesse à n'importe quelle jeune fille suffisamment dotée. C'était une transaction financière, pas un mariage.

Après toutes les épreuves qu'elle avait traversées en se répétant et en répétant aux autres qu'elle avait enduré l'opprobre du divorce dans l'intérêt de toutes les femmes à travers le monde, qu'en était-il de sa propre fille ? Comment avait-elle pu laisser les choses dériver à ce point ? Elle avait pris fait et cause pour les femmes, des femmes sans nom, des femmes sans visage, mais elle s'était reniée et avait vendu sa fille.

— Écoute-moi, dit-elle en prenant les mains de Consuelo. Je t'aime plus que tout au monde. Je veux ton bonheur.

Consuelo battit des paupières et laissa couler des larmes.

— Si tu es sûre de toi, si tu juges vraiment que c'est au-dessus de tes forces, nous annulerons le mariage. Mais…

Consuelo sembla interdite.

— Mais si ce mariage n'a pas lieu, tu n'auras pas la liberté d'épouser Winthrop. Ce serait une immense erreur, et je ne peux pas le permettre. Et puis, tu dois savoir une chose : ce ne sera pas facile pour toi. Les gens jaseront, se moqueront. Sois sûre que toute la presse en parlera. Avec le risque qu'il te soit plus difficile à l'avenir de faire un bon mariage. Te sens-tu capable de résister ?

Consuelo sanglotait dans ses mains, ses épaules tremblaient.

— Maman, je suis tellement perdue, j'ai tellement peur. Je ne sais pas quoi faire.

Alva la laissa pleurer dans ses bras et ses larmes lui mouillèrent l'épaule. Elle se répétait encore et encore : *Seigneur, pardonne-moi pour ce que j'ai fait à cette pauvre enfant !*

— Je ne dirais pas que je n'éprouve *aucune* affection pour Sunny, fit Consuelo en s'efforçant de se ressaisir. J'éprouve de l'*affection* pour lui, mais je ne l'*aime* pas.

— Parfois, l'amour n'est pas tout. J'ai follement aimé ton père, dit Alva en se rappelant le jour où Willie et elle s'étaient rencontrés, le moment où son regard s'était posé sur lui. Pour nous, l'amour n'a pas suffi. Au moins, avec Sunny, tu auras une chance d'être heureuse. Tu auras un titre, ton avenir et celui de tes enfants seront assurés. C'est pourquoi j'ai tellement désiré ce mariage.

Consuelo sécha ses larmes en reniflant.

— Sunny et moi, nous nous entendons bien, dit-elle, comme se parlant à elle-même.

— C'est une base solide. L'amour peut venir ensuite.

Consuelo laissa de nouveau couler des larmes.

— À ma place, Maman, que ferais-tu ?

Alva ne répondit pas tout de suite. La réponse n'était pas facile. Mère et fille étaient si dissemblables. Elle pensa à ce qu'elle avait enduré pour divorcer de Willie. La presse l'avait vouée aux gémonies. Il lui était arrivé de trouver des reporters installés dans son jardin, prêts à bondir. Certains jours, Alva n'avait pu quitter son lit, manger, s'empêcher de pleurer. Si sa fille rompait son engagement – à un duc qui plus est ! – devant l'autel, son nom et sa personne seraient traînés dans la boue. Elle n'avait pas le cran d'Alva. Elle n'aurait jamais la force de faire face aux attaques et aux indiscrétions.

Alva inspira profondément et prit le visage de Consuelo dans ses mains.

— Honnêtement, *à ta place*, même avec mes doutes, même avec mes craintes, *à ta place*, j'épouserais le duc.

C'est ce que fit Consuelo. Le lendemain, elle épousa Sa Grâce, Charles Richard John Spencer-Churchill, neuvième duc de Marlborough.

59
Caroline

Newport et New York, 1896

Sa maison étant démolie pour laisser place au chantier du nouvel hôtel Astoria et les travaux de sa future demeure exigeant encore plusieurs semaines, Caroline était en villégiature à Newport. C'était bon de s'éloigner de la ville, de respirer l'air de la mer et, après des années de deuil, ce rythme lent lui permettait de revenir tranquillement sur la scène sociale.

Un après-midi, elle accepta une invitation à la garden-party des McVickar. Enchantée de l'avoir chez elle, l'hôtesse, Maud McVickar, s'était installée avec Caroline sur des fauteuils en osier à l'ombre d'un grand parasol d'où elles pouvaient suivre une partie de croquet. Pendant qu'elles devisaient de tout et de rien, une balle roula dans leur direction. Maud arrêta la balle du pied et, dès qu'elle se leva pour la renvoyer, un beau jeune homme se présenta.

Ôtant son canotier, il s'inclina galamment.

— Où, mais où donc, Lina, étiez-vous passée tout ce temps ?

Caroline écarquilla les yeux. On ne l'avait plus appelée Lina depuis des siècles.

Puis il cligna de l'œil.

Elle se sentit secrètement ravie quand il se pencha, lui baisa la main et prit place, sans y avoir été invité, dans le fauteuil de Mrs McVickar. Il s'appelait Harry Lehr. Il avait vingt-sept ans, il était splendide, plein de charme et d'esprit. C'était un homme qui ne prenait pas trop au sérieux ni lui-même ni la société. Avant sa mort, tout le monde avait senti que Ward McAllister avait perdu les faveurs de Caroline, et nombre de messieurs avaient cherché à l'évincer. Caroline était restée de marbre. Mais il y avait quelque chose chez ce Harry Lehr. À la différence des autres, la Grande Dame ne semblait pas l'intimider. Il demeura à ses côtés tout l'après-midi sans cesser de lui accorder son attention. Après le deuil de William puis celui d'Helen, Caroline trouvait la compagnie de Harry aussi rafraîchissante que la brise de Newport.

La semaine suivante, il vint lui rendre visite à Beechwood, où l'on servit le thé avec des biscuits au chocolat dans le jardin d'hiver. Harry fureta partout, s'intéressant aux plantes, redressant les cadres, examinant chaque chose avec une attention débonnaire. Alors qu'ils étaient assis, bavardant et buvant leur thé, Caroline n'aurait su dire en voyant Harry, sans vergogne, se lécher les doigts si elle était choquée ou attendrie.

Il surprit son regard et sourit.

— C'est un crime de gâcher ne fût-ce qu'une miette de chocolat. Non ? Allez-y, essayez.

À son grand étonnement, elle suivit son conseil.

Au cours des semaines et des mois suivants, Harry rendit souvent visite à Caroline, à Newport puis à New York. Chaque jour qui passait, ses articulations raidies, son dos et ses pieds douloureux rappelaient à Mrs Astor que le temps était précieux. Elle se sentait le devoir d'être heureuse par égard pour ses deux filles dont la vie avait été fauchée si tôt. Elle était convaincue que Harry avait fait irruption dans sa vie pour l'en convaincre. Et c'est ainsi qu'à l'âge de soixante-six ans, Caroline Astor découvrit quelque chose de nouveau et d'inconnu : ce qu'on appelait s'amuser.

Seul Harry osait lui dire certaines choses. Par exemple qu'elle était empruntée et se conduisait comme une snob, ce qui la faisait rire. Quand il observa : « Vous avez élevé la grossièreté au rang d'œuvre d'art », elle gloussa telle une écolière et lui donna une tape sur la main.

Ce fut lui qui finit par la persuader d'aller au Metropolitan Opera House. N'ayant pas accepté l'effondrement de sa bien-aimée Académie de musique, et bien qu'elle y ait acheté une loge plusieurs années auparavant, elle n'avait jamais mis les pieds dans le nouvel Opéra. Comme à son habitude, elle arriva tard, au cours du deuxième acte de *Tannhäuser*. Aux côtés de Harry, elle se sentait insouciante, comme jamais depuis une éternité. Elle passa une soirée absolument délicieuse.

Harry Lehr l'avait également accompagnée à l'inauguration de l'hôtel Astoria, voisin du Waldorf, sur le site de son ancienne demeure. Ce soir-là, à son bras, elle avait cherché Thomas et l'avait aperçu en compagnie non pas d'une, mais de deux ravissantes jeunes femmes : ses filles. Le tableau lui avait rappelé celui que William formait avec Emily et Helen.

Quand elle avait organisé la soirée d'ouverture de l'hôtel, Caroline avait invité son majordome à y assister.

— Et emmenez vos filles. Après tout, cet hôtel était votre idée.

Il avait respectueusement décliné.

— J'insiste.

— Mais ni mes filles ni moi-même n'aurons les toilettes qu'exige ce genre d'événement.

Caroline y avait remédié. Malgré les protestations de Thomas, elle avait acheté non seulement un costume raffiné pour lui, mais aussi deux robes magnifiques pour ses filles, rehaussées de pierres et de perles, ainsi qu'un sautoir de perles pour chacune. Thomas était superbe, et elle remarqua que plusieurs femmes se demandaient qui était ce mystérieux gentleman. Amusée, elle avait hâte de lui décrire l'impression qu'il avait faite sur la société. Elle comprit aussi que ses filles n'avaient pas été introduites dans le monde ni exposées à une atmosphère d'une telle opulence. Si elles avaient éprouvé la moindre nervosité, nul ne s'en serait aperçu. Elles possédaient la même grâce et la même aisance que les autres invités. Preuve s'il en était que la bonne société était plus ouverte qu'elle ne le pensait autrefois.

Un soir, en visite chez Caroline dans sa nouvelle maison, Harry eut un sourire espiègle.

— Venez, dit-il en lui faisant signe de l'index. Nous allons dîner dehors.

Caroline le regarda, stupéfaite.

Thomas, qui se tenait à l'écart, prit la parole :

— Mrs Astor, j'en ai bien peur, décline toute activité sociale le dimanche soir.

— Allons, Lina, dit Harry en croisant les jambes et en balançant son pied. On est en 1896. Cessez de vous comporter comme une vieille dame.

— Eh bien…

Elle sentit le regard de Thomas pendant qu'elle s'adressait à Harry.

— Je suppose que je peux faire une exception. Mais seulement cette fois.

— Merveilleux ! applaudit Harry en se levant d'un bond. Mon nouvel attelage est juste devant. Vous allez voir ça ! Et s'il vous plaît, pas ce stupide voile. Il faut vous montrer dans toute votre splendeur.

Un instant plus tard, elle se tenait dehors devant l'attelage en question, ou du moins ce qui en tenait lieu.

— Où sont passés vos chevaux ? demanda-t-elle, croyant qu'on les avait volés.

— Ceci est une voiture Schloemer. Elle n'a pas besoin de chevaux. Elle est motorisée. Imaginez un peu !

— Motorisée ?

Elle en était bouche bée.

— On dit que cette machine va bientôt remplacer le cheval.

— Impossible. Je n'y crois pas une seconde.

Sceptique, elle lui donna la main pour monter. Après quelques coups de manivelle, la voiture fit un bruit atroce et s'ébranla, comme poussée par une force invisible. Caroline était terrifiée.

— Où allons-nous ? demanda-t-elle, agrippée au bras de Harry.

— Au Sherry's. Nous allons souper. Au restaurant. Comme des gens tout à fait normaux.

Caroline n'en croyait pas ses oreilles. Elle n'avait mangé au Sherry's qu'à l'occasion d'un bal ou d'une soirée privée. Elle avait déjà vu des gens souper en public, mais cela ne lui était jamais arrivé et elle ne savait pas comment on s'y prenait.

Le maître d'hôtel les conduisit à une table raffinée, dressée avec élégance. Caroline eut l'impression que tous les regards se tournaient vers elle. Ou peut-être remarquait-on la beauté de Harry Lehr. Quoi qu'il en soit, il ne devait pas être difficile de la reconnaître sans son voile, avec tous ses diamants et sa perruque de taille disproportionnée. Caroline fut enthousiasmée par la jolie table préparée pour deux et par le serveur qui répondait à leurs demandes comme l'aurait fait un majordome.

Quand on lui présenta un menu dans sa pochette en cuir, Caroline y jeta un coup d'œil et s'étonna :

— Oh, mon Dieu. Vous avez vu ? Ils ont mis un prix à côté de chaque plat. Comme c'est étrange.

Hormis la course en voiture à moteur, l'expérience, bien qu'inédite, lui plut beaucoup. Elle en apprécia chaque détail et se promit de dîner dehors plus souvent. Le lendemain, la nouvelle paraissait dans tous les journaux : MRS ASTOR À LA TABLE D'UNE SALLE À MANGER PUBLIQUE. Pour une fois, elle fut ravie de l'attention que lui accordait la presse.

Plus son amitié avec Harry se développait, plus Thomas se montrait protecteur avec Caroline, au point qu'elle aurait pu le croire jaloux. Et si son majordome faisait figure de confident loyal, Harry, jamais à court de surprises, lui apportait un vent de fraîcheur.

Seul inconvénient de son amitié avec Harry, elle voyait fréquemment Mamie Fish. Il appréciait le sens de l'humour de Mamie et, plus étonnant, le rire de cette femme ne lui donnait pas la migraine. Quand elle reçut une invitation au bal qu'elle donnait en l'honneur du prince del Drago de Corse, Caroline annonça à Harry qu'elle ne voulait pas y aller.

— Je n'ai jamais entendu parler de ce prince del Drago, précisa-t-elle.

Mais Harry se montra insistant, et quand il posa sur elle ses yeux adorables et lui adressa un sourire charmant, elle ne put résister.

Elle se rendit donc au bal de Mamie. Harry, qui connaissait tout le monde, était très sollicité, et elle se retrouva à faire la conversation avec Alva et son nouveau mari, Oliver Belmont. Caroline dut reconnaître que ce second mariage lui réussissait. La rousse au tempérament de feu semblait s'être adoucie, ou peut-être Caroline était-elle devenue plus affable.

Alva demanda des nouvelles de Charlotte.

— Est-elle heureuse à Londres ?

— Elle est ravie d'être retournée en Europe, répondit Caroline.

Il y avait dans sa voix un accent méconnaissable, elle n'avait pas l'habitude de bavarder ainsi, et encore moins de parler de ses enfants – en particulier de Charlotte, qui venait de rencontrer l'homme *sans qui elle ne pouvait vivre*, George Ogilvy. Ils devaient se marier dans le courant de l'année.

— Je suis sûre, sourit Alva, qu'elle vous manque beaucoup, comme ma Consuelo me manque.

Naturellement, Charlotte lui manquait, mais savoir que sa fille avait quitté New York la tête haute – et pour une grande part grâce à Alva – lui apportait un certain réconfort.

Pendant ce temps, Mamie tenait sa cour, recevait ses invités. La procession avançait vite. Harry et Caroline ne tardèrent pas à attendre leur tour derrière un gentleman que Mamie considéra en disant :

— Oh, bonsoir. J'avais tout à fait oublié que je vous avais invité. Mais faites comme chez vous, ajouta-t-elle en riant. Et croyez-moi, ici, personne ne souhaite plus que moi vous voir chez vous.

— Quel humour merveilleux, n'est-ce pas ? dit Harry.

C'était leur tour.

— Nous étions en train de prendre des paris pour savoir si vous alliez venir, dit Mamie, la main tendue vers Caroline.

— Mais nul ne peut dire encore combien de temps je vais rester.

En riant, Mamie se tourna vers Harry, qui prit ses deux mains dans les siennes.

— Vous êtes d'une grande beauté, ce soir.

Beauté ? Certes, Mamie n'était pas dénuée de qualités, mais la beauté n'en faisait pas partie. Caroline sentit une pointe de jalousie. Dieu lui vienne en aide. *Jalouse de Mamie Fish !* Absurde. Et puis Harry était si jeune, trop jeune pour elle – comme pour Mamie.

Caroline avait entendu parler d'un portrait d'homme nu dans sa chambre à coucher, mais quelle importance. Il ne s'agissait pas d'une histoire d'amour. Il lui donnait un sentiment de jeunesse et de liberté d'esprit, de vitalité nouvelle. Grâce à lui, elle ne s'était jamais autant amusée de sa vie. Elle le soupçonnait aussi de s'enorgueillir d'être le seul capable de faire ressortir son côté enjoué.

Le jeu était une chose, mais au moment de rencontrer l'invité d'honneur, le mystérieux prince del Drago, Caroline ne s'attendait pas à être présentée à un chimpanzé. Un chimpanzé ! En smoking rouge, un costume minuscule avec queue-de-pie et haut-de-forme. Elle resta sans voix. Tout le monde riait et guettait la réaction de la Grande Dame. Eh bien, elle ne ferait rien. Elle demeura figée et terrifiée devant l'animal, qui la regarda en penchant la tête d'un côté puis de l'autre. Quand Caroline commença à reculer, le chimpanzé poussa un cri de protestation aigu et lança son chapeau à travers le salon.

Caroline hurla et manqua se prendre les pieds dans sa robe en cherchant à éviter le projectile. Son cœur battait très vite.

— Je crois bien que je vais partir, dit-elle à Harry.

— Mais non, Lina, il n'en est pas question. Allons, avec moi vous êtes en sécurité. Je vous protège.

La réception suivit son cours : Caroline vit les invités venir les uns après les autres caresser le prince à poils et lui offrir des gorgées de champagne. Mamie riait sans arrêt, surtout quand le singe alla s'accrocher au lustre. Il se balançait et le mari de Mamie grimpa sur la table, marchant sur la pointe des pieds entre les verres et les assiettes en porcelaine, pour faire descendre le petit bonhomme. Le prince cria et se vengea en faisant pleuvoir une averse de pampilles en cristal et d'ampoules sur les invités. Ceux-ci sautaient et couraient partout pour les attraper comme si c'étaient des cadeaux.

Quand une ampoule atterrit sur la perruque de Caroline, elle hurla pour la deuxième fois de la soirée, peut-être la deuxième fois de sa vie. Sous le choc, elle faillit tomber de sa chaise mais personne ne sembla rien remarquer. Tout le monde, Harry inclus, était trop excité par le jeu avec le chimpanzé.

Seule Alva vint à son secours.

— Là, dit-elle en aidant doucement Caroline à se lever. Allons un peu nous remettre de nos émotions.

Trop heureuse d'échapper au chahut, Caroline se laissa emmener dans un cabinet de toilette. Le vacarme, les cris et les rires lui parvenaient encore quand elle s'assit et se regarda dans la glace. Mortifiée, elle vit qu'une mèche de cheveux blancs s'était échappée de sa perruque et ne remarqua l'ampoule prisonnière dans ses cheveux que lorsque Alva voulut l'en dégager.

— Je dois reconnaître que ce petit chimpanzé a un beau lancer, rit-elle en rentrant délicatement les mèches blanches sous la perruque. Voilà. On n'y voit que du feu.

Elle pressa l'épaule de Caroline, tandis que leurs deux visages s'encadraient dans la glace.

Il apparut à Caroline qu'elle ne pouvait plus continuer à haïr cette femme qui s'était montrée si bonne pour Emily et pour Charlotte. Et maintenant pour elle. Elle voulut demander pardon pour son attitude passée, mais les mots ne venaient pas. Elle fit donc de son mieux, elle lui prit la main et la serra, en regrettant qu'Alva n'ait jamais su, toutes ces années, que sa bonté, plutôt que son argent, ses somptueuses maisons ou ses bals fastueux, avait eu le pouvoir d'impressionner *La Mrs Astor*.

Quand elles regagnèrent la salle de réception, Caroline constata que l'atmosphère s'était encore détériorée. Au mépris des convenances, des dames attendaient leur tour pour danser avec le petit prince à poils tandis que les hommes applaudissaient, lançaient des vivats et faisaient tinter leurs verres de vin et de champagne. Lorsque l'animal échappa à Wilhelmina Browning, la moitié des invités se lancèrent à sa poursuite, renversant la vaisselle et les chaises par terre.

Caroline était lasse. Elle avait beau adorer Harry Lehr, elle n'avait plus l'âge, elle ne pouvait pas suivre. Elle ne voulait pas être associée à ces bouffonneries, et la société telle qu'elle l'avait connue lui manquait. Ainsi que Thomas. Il lui manquait, et plus que tout, elle aspirait à se retrouver chez elle, dans son salon, à l'écouter lui faire la lecture.

60
Alva

New York, 1897

Il avait neigé trois jours durant. Le mercredi 10 février 1897, la tempête se calma mais les températures chutèrent brutalement. Comme ils approchaient de l'hôtel Waldorf où se donnait le bal Bradley-Martin, Alva se retourna et put voir, dans la lunette arrière de son landau, une ville couverte d'un manteau de neige étincelant sous la lune. Il faisait si froid qu'elle avait les mains raides et glacées dans son manchon de vison. La Cinquième Avenue était encombrée d'attelages et, étrangement, une foule d'hommes et de femmes à mi-cuisse dans la neige bravaient les températures glaciales, vêtus de manteaux usés jusqu'à la corde et coiffés de bonnets en laine. Tous – membres du parti populiste – manifestaient en brandissant des pancartes : LE MIEUX POUR LE PLUS GRAND NOMBRE. LA JUSTICE, C'EST LA TEMPÉRANCE. À BAS LES BARONS VOLEURS. Des policiers s'efforçaient de les contenir. La foule en colère criait et psalmodiait « Honte à vous » en lançant des poignées de neige et des bouteilles en direction des élégantes voitures qui s'arrêtaient devant l'hôtel.

À un moment, Alva croisa le regard d'une femme debout sur le trottoir. Les yeux enfoncés, les lèvres gercées, tremblante de froid, elle tenait une pancarte : LES BARONS VOLEURS SE GOINFRENT, et la menaçait d'un poing furieux, ce qui l'atteignit moralement. Soudain, Alva eut terriblement honte de sa robe de duchesse du Devonshire à 25 000 dollars et de l'armure d'Oliver, avec ses incrustations d'or, à 10 000 dollars. Depuis le départ de la maison, il n'avait cessé de répéter à quel point elle était inconfortable, et il avait même dû enlever ses spallières, son flancart et ses gantelets pour pouvoir simplement s'asseoir dans la voiture.

Après les critiques acerbes publiées dans les journaux à l'encontre de ce bal indécent, Alva, et d'autres avec elle, avaient décidé, plutôt que d'aller en Europe, d'employer des tailleurs et des couturières sur place, afin de donner de l'ouvrage aux travailleurs de la ville. Mais de toute évidence, les manifestants ne voyaient pas les choses ainsi. Et qu'auraient-ils pensé s'ils avaient su qu'Alva, pas plus qu'Oliver son déguisement, ne porterait sa toilette plus d'une fois ?

Dehors, la femme agita le poing de nouveau et Alva, dont le cœur s'emballait et les oreilles bourdonnaient, dut détourner les yeux. Quelque chose s'écrasa contre le flanc de leur landau. Elle sursauta, s'agrippant à Oliver. Terrifiée, elle vit deux valets – revêtus d'une livrée XVIe siècle complète avec perruque poudrée – se frayer un chemin dans le chaos pour les accompagner à l'intérieur du Waldorf et les abriter des projectiles sous de grands parapluies.

En pénétrant dans l'hôtel, en découvrant les décorations et les toilettes fastueuses, Alva ne put oublier la vision des manifestants. Envahie par un sentiment de culpabilité, elle suivit un autre valet jusqu'au deuxième étage où, dans une série de cabinets de toilette privés, une femme de chambre attendait les dames pour les aider à ajuster les costumes et les coiffures qui auraient pu souffrir du voyage jusqu'à l'hôtel. À une époque, elle aurait tout donné pour être invitée à un bal comme celui-ci, mais ce soir, assise devant la coiffeuse, elle avait du mal à se regarder dans la glace.

Une part d'elle-même pensait que sa place était dehors, avec les manifestants. En songeant au Petit Château et à Marble House, à tous ses bals et à toutes ses réceptions, aux toilettes et aux bijoux, elle dut reconnaître que Julia disait vrai. Rien de tout cela ne l'avait rendue heureuse. Elle avait eu faim autrefois, comme ces gens dans la rue.

Malgré son éducation privilégiée, Alva n'avait pas été mieux lotie, et pourtant elle avait épousé une fortune, elle s'était servie de l'argent de Willie pour grimper dans l'échelle sociale. Et pourquoi ? Un jour, elle l'avait fait pour sa mère, plus tard pour ses enfants, mais la volonté d'être utile s'était depuis longtemps estompée. Gagner du terrain était devenu un jeu, une compétition avec Mrs Astor, le modèle auquel Alva avait refusé de prêter allégeance.

61
Caroline

Caroline n'avait pas eu l'intention de se rendre au bal Bradley-Martin. Les bals récents, en particulier celui de Mamie en l'honneur de son chimpanzé, l'avaient horrifiée et elle ne voulait plus avoir affaire à ces insanités. Sans compter qu'elle en voulait encore aux Martin d'avoir préféré donner le leur au Waldorf plutôt qu'à l'Astoria.

Les deux hôtels, au coude à coude, en constante rivalité, se disputaient la même clientèle et les mêmes événements mondains. En apprenant la décision des Martin de choisir le Waldorf, Caroline avait été très déçue, et la jubilation de son neveu l'avait écœurée.

Elle était donc résolue à décliner l'invitation, mais lorsque Harry proposa de l'y accompagner, et bien qu'elle se défendît de lui trouver un charme irrésistible, elle accepta. Et puis, le bal Bradley-Martin promettait d'être une soirée masquée fidèle à la tradition. Avant le bal des Vanderbilt, une quinzaine d'années auparavant, Caroline aurait jugé ce genre de réception artificielle et scandaleuse. Mais à présent, comparé à un bal d'animaux, un bal costumé lui semblait civilisé et convenable.

Le soir venu, Caroline avait recouvert son costume de Marie-Antoinette d'un long pardessus en vison. Pour sa tenue, désireuse de plaire à Harry, elle en avait fait un peu trop, outrepassant ses propres limites. La robe était lourdement incrustée de diamants et, ayant lu dans le journal que le costume de Marie reine d'Écosse de Cornelia Martin avait coûté 30 000 dollars, elle s'aperçut qu'elle en avait dépensé 2 000 de plus. Mais quand Harry Lehr vint la prendre chez elle, l'admiration et la surprise qui se lisaient sur son visage justifièrent le moindre cent.

Naturellement, ce soir-là, elle trouva Harry plus splendide que jamais en George Washington, avec sa perruque blanche poudrée sous son tricorne. Son gilet était entièrement brodé, son épée pointait sous son manteau en castor. Elle avait refusé de monter une nouvelle fois dans son engin à moteur et ce fut en attelage qu'ils se rendirent à l'hôtel Waldorf.

En chemin, Harry lui détailla tout ce qu'il avait glané au sujet du bal.

— Ils ont envoyé mille invitations, et vous n'allez pas le croire, chaque couple disposera de son propre valet. Et…

Il se pencha, tel un conspirateur, si près qu'elle sentit le merveilleux parfum de son savon à barbe.

— … je sais de source sûre que Bradley Martin a fait venir quatre mille bouteilles de Moët & Chandon. Deux pour chaque invité. Imaginez-vous ce que cela a dû coûter…

Dans la bouche de Harry, ces propos n'avaient pas l'air de potins, et il la tint sous le charme, indifférente au froid mordant et aux changements qui s'étaient opérés dans son ancien quartier. Ainsi captivée, elle n'eut que vaguement conscience des foules qui s'étaient rassemblées le long des trottoirs couverts de neige.

Une fois dans le hall du Waldorf, Caroline eut l'impression de pénétrer dans le château de Versailles. Partout où son regard se posait, ce n'étaient que dames costumées en reines et princesses, messieurs en rois, ducs et anciens présidents. On eût dit que tous surgissaient des pages d'un livre d'histoire.

D'ordinaire, Caroline se tenait aux côtés de l'hôtesse qui recevait ses invités – marque de l'approbation de la reine de la société –, mais le caractère scandaleux des récents bals et dîners lui avait fait refuser cet honneur, de crainte de connaître un naufrage de plus. Le bal Bradley-Martin semblait cependant bien éloigné de tout cela. Il y régnait une véritable majesté et Caroline, enchantée, se sentit de retour au sein de la société telle qu'elle la connaissait et l'approuvait. Après avoir été reçus par Cornelia Martin, Harry et elle allèrent se mêler aux autres invités.

Harry ne la quittait pas et, au début, comme ils s'associaient aux conversations des uns et des autres, tout se passa pour le mieux. Vers une heure du matin, Caroline commença à se fatiguer. Ses cors la faisaient souffrir, et ses reins protestaient sous le poids de sa robe. Elle alla s'installer dans un fauteuil Louis XV qui servait d'élément de décor. En regardant autour d'elle, elle aperçut Jack, élégant et mince dans son costume Henri IV. Carrie était là aussi, en Elizabeth d'York, avec son mari Orme en Henri VII. Malgré les circonstances dramatiques qui avaient entouré leur union, sa fille était heureuse en mariage. Ils bavardaient avec John Morgan. Caroline supposa qu'il était déguisé en duc de Guise, mais sans pouvoir l'affirmer. Elle reconnut l'architecte Stanford White, qui déambulait dans la tenue de l'un des nombreux bouffons du roi.

Bien qu'elle n'eût jamais imaginé voir arriver ce jour, Caroline devait se rendre à l'évidence : la démarcation entre les Knickerbockers et les nouveaux riches s'était totalement estompée. Les deux communautés n'en formaient plus qu'une. Ensemble, ils représentaient le dessus du panier – l'élite, ainsi qu'on l'appelait désormais. Elle en conçut une nostalgie qui, comme toujours, lui fit penser à Ward McAllister.

Hormis son valet personnel, qui lui avait apporté un verre de champagne, nul ne semblait s'être aperçu que Caroline était assise à l'écart. Situation étrangement inquiétante. Elle avait pour habitude, lors d'une réception, de ne jamais rester seule, fût-ce un instant. La tradition voulait qu'on vienne la saluer, profiter de l'occasion de lui parler sans patienter dans une longue file d'attente. Elle but une gorgée de champagne, attendit, mais tous semblaient absorbés par leurs conversations. Elle déploya son éventail, l'agita lentement d'avant en arrière, et se ranima en voyant Penelope Easton venir vers elle. Elle allait dire bonjour, quand Penelope passa sans s'arrêter pour rejoindre un groupe d'autres femmes debout non loin de là. Caroline eut honte de sa présomption. En face se tenaient Puss Strong et lady Paget – l'une en Catherine d'Aragon, l'autre en Anne Boleyn. Caroline se surprit à leur adresser un sourire, ce qu'elle faisait rarement. Un sourire de Mrs Astor équivalait à une onction, que d'autres femmes auraient reçue comme telle et dont elles se seraient gargarisées plus tard auprès de leurs amies. À la stupeur de Caroline, elles répondirent par un simple salut et s'éloignèrent. Se pouvait-il qu'elles ne l'aient pas reconnue dans son costume ? Non, bien sûr, elles savaient parfaitement qui elle était.

En retrait, seule et devenue invisible, elle pouvait à loisir observer le monde.

Pour une fois, elle était la spectatrice plutôt que le spectacle. Elle trouvait cette situation libératrice et amusante – tellement amusante ! Tout dans cet apparat, cette frivolité, la ravissait. Et, désormais anonyme, elle aurait voulu pouvoir se lever et se mêler à la fête. Mais le poids de sa robe, de ses innombrables diamants et de ses broderies d'or l'avait arrimée au fauteuil et, sans aide, elle serait incapable de s'en extraire quand on servirait le souper.

62
Alva

Après avoir été annoncés au bal Bradley-Martin et reçus par leur hôtesse, Alva et Oliver pénétrèrent dans la grande salle de bal où un orchestre hongrois jouait des airs de cour. Le sol était jonché de pétales de rose dont le suc écarlate, écrasé sous les pas, s'incrustait dans les tapis et le marbre.

Alva songeait encore aux manifestants dans la rue quand lui parvint la conversation d'un groupe de femmes en train d'évoquer le souper divin qui les attendait : *chaud-froid de pluvier*, *filet de bœuf jardinière*, *canard*, *terrine de foie gras*, *galantine à la Victoria*, *mayonnaise de volaille*… Vingt-huit plats en tout. *Comment peut-on dévorer à ce point ?* Et les gens dehors dans le froid qui avaient à peine de quoi manger ? Elle ressentit l'horreur qu'il y avait à se trouver dans cet hôtel somptueux, à regarder les gens se pavaner dans des tenues dont le coût était bien supérieur à ce que les manifestants gagnaient en un an, voire plus. C'était injuste. Et tout aussi injuste qu'Oliver reçoive en cadeau un cigare

Figurado enveloppé dans un billet de 100 dollars, et elle un bracelet en diamants. Elle le fourra dans sa poche, prévoyant de le donner en sortant à l'une de ces femmes sur le trottoir, qui pourrait le revendre ou l'échanger contre de la nourriture ou des vêtements chauds.

Avant même de la voir, Alva entendit le caquetage de Mamie Fish.

— Oh, pardonnez-moi, disait Mamie en levant son face-à-main doré pour examiner l'une des nombreuses madame Pompadour de la soirée. Je vous ai prise pour une autre. Je n'ai aucune envie de vous parler.

Le caquetage se poursuivit tandis que Mamie s'avançait vers Alva. En se détournant pour l'éviter, celle-ci tomba sur Mrs Astor, assise à l'écart, solitaire.

Elle ne l'avait pas vue depuis le bal de Mamie en l'honneur du petit prince del Drago. Déconcertée et peinée de la trouver ainsi esseulée, elle s'excusa pour aller la saluer.

Mrs Astor, s'animant à l'approche d'Alva et levant une main frêle, lui fit signe de venir s'asseoir dans le fauteuil Louis XV à côté du sien.

— Voulez-vous un peu de champagne ? s'enquit-elle en appelant le valet mis à sa disposition comme s'il était véritablement son domestique.

— Comment trouvez-vous le bal ? demanda Alva peu après en portant le Moët & Chandon à ses lèvres.

— J'aurais préféré qu'il ait lieu à l'Astoria.

— Eh bien, sourit Alva, au moins nous épargne-t-on les éléphants et les chimpanzés.

Caroline la regarda un long moment avant de lui répondre par un sourire imperceptible et un haussement de sourcils.

— Vous avez de l'humour. Je l'ignorais.

— Et j'ignorais que *vous* pouviez sourire.

— Chut, protesta Caroline de façon enjouée, ne le dites à personne !

Sur ces mots, elles rirent toutes les deux.

— Oh, Alva, si seulement j'avais vingt ans de moins.

Alva ? Jamais Mrs Astor ne l'avait appelée par son prénom.

— Prenez soin de vos pieds – portez des souliers plus confortables, dit-elle en pointant du doigt ses talons. On ne m'a pas prévenue quand j'avais votre âge.

Alva hocha la tête en souriant.

— Je m'en souviendrai.

Caroline but une autre gorgée.

— Je n'ai jamais compris ce qu'Emily vous trouvait, vous savez.

— Oh, je m'en étais rendu compte, dit Alva, plus charmée qu'offensée par la candeur de Mrs Astor. Et maintenant ? Avez-vous changé d'opinion ?

— À votre avis ?

Mrs Astor n'eut pas besoin de répondre. Déjà, Alva sentait qu'un soupçon de complicité s'ébauchait entre elles.

La sonnerie métallique de la cloche retentit, il était temps de passer dans l'éclatante salle à manger pour le dîner. Alva se leva et tendit la main à Mrs Astor. L'usage voulait qu'une dame entre dans la salle à manger au bras d'un homme mais, dans un geste sans précédent, quand Alva eut aidé Mrs Astor à quitter son fauteuil, celle-ci posa une main gantée sur son bras et les deux femmes s'escortèrent dans la salle où les attendait la table d'honneur.

63
Caroline

New York, 1905

Le réveil de Caroline s'accompagna de ses douleurs coutumières, mais ce matin-là, il y avait autre chose. Elle ne se sentait pas bien. Un court instant, elle se crut à Beechwood, à Newport, puis se rappela qu'elle était dans sa nouvelle maison sur la Cinquième Avenue. Une demeure magnifique qu'elle partageait désormais avec son fils Jack et sa famille. Elle regarda autour d'elle en se demandant pourquoi tout semblait brumeux, voilé, plus onirique que réel.

Malheureusement, cet état de confusion n'était pas nouveau. Depuis cette chute dans son escalier de marbre, elle se sentait environnée d'un brouillard épais. Thomas l'avait trouvée ce jour-là inconsciente au bas des marches. Il avait appelé le médecin et, lorsque enfin elle avait recouvré ses esprits, elle ne se souvenait pas être tombée. Ses mains et sa robe étaient tachées de sang, sa tête palpitait, au moindre mouvement une douleur aiguë lui traversait le crâne et la colonne vertébrale. Elle aurait pu se briser le cou, mais elle n'avait pas eu de fracture, pas la moindre foulure. La commotion l'avait pourtant laissée nauséeuse, épuisée, prise d'une envie de sommeil irrépressible. Il lui avait fallu des semaines pour se rétablir, et elle se demandait parfois si elle était réellement guérie.

Toujours couchée, elle saisit la cordelette et sonna Thomas, se préparant déjà pour la journée chargée qui l'attendait. Il restait tant à faire avant le bal qu'elle donnait ce soir-là. Elle devait voir sa secrétaire et Thomas pour finaliser le menu et confirmer la décoration florale, l'orchestre et les cadeaux destinés aux invités. Dans sa tête, elle cochait chaque élément de la liste quand la porte s'ouvrit sur William, chargé du plateau du petit déjeuner.

— Que fais-tu ? Où est Hade ?

— Ici même, Mrs Astor. Je vous apporte votre thé et vos toasts.

Il posa le plateau devant elle.

Elle le regarda de nouveau, irritée et honteuse de sa méprise. *Bien sûr, c'était Thomas.* William était mort.

— Avez-vous pensé à confirmer l'orchestre ? demanda-t-elle aussitôt, dans l'espoir de détourner l'attention.

Thomas porta ses doigts à son menton. Il ne la regardait pas.

— Eh bien ? Vous les avez prévenus, n'est-ce pas ? Il faut qu'ils soient prêts à neuf heures.

Thomas hocha la tête et quand il leva enfin les yeux, elle le vit hésiter. Depuis quelque temps, il ne se montrait pas toujours déférent. Elle lui en toucherait un mot.

Quand il se fut retiré, Caroline sentit le brouillard commencer à se dissiper. À ses moments d'égarement succédait une vague lucidité, mais elle ne faisait plus la distinction. Avant de lui donner congé, elle avait demandé à Thomas de lui apporter son courrier et les journaux du matin. Elle avait récemment remarqué que le nombre de cartes de visite qu'elle recevait chaque jour diminuait. Elle en blâmait la presse et les bruits qui avaient couru à propos du bal Bradley-Martin la saison dernière. *Non, une minute – le bal Bradley-Martin avait eu lieu il y avait des siècles, n'est-ce pas ?*

Un courant d'air souleva les rideaux de sa chambre et Caroline se sentit dériver de nouveau. Une fois encore, l'égarement la saisissait. Elle secoua la tête, comme si son geste avait le pouvoir de le tenir à distance, et appela sa femme de chambre pour qu'elle l'aide à faire sa toilette.

Le miroir lui renvoya l'image d'une vieille femme. Le peu de cheveux qui lui restaient avaient depuis longtemps pris une teinte neigeuse, les rides sur son visage n'avaient jamais été plus creusées, les cernes sous ses yeux plus foncés. Elle ne se reconnut vraiment qu'une fois sa perruque en place. Au moment de choisir ses bijoux, elle regarda le dos de ses mains, les doigts noueux, les articulations si gonflées que ses bagues en diamants favorites se coinçaient aux jointures. En soupirant, elle prit ses gants en cuir Boucicaut pour les soustraire à sa vue.

Une fois habillée, elle vit apparaître Thomas qui lui demanda si elle désirait faire sa promenade en calèche.

— Oh, je n'ai pas le temps, Hade. Pas aujourd'hui. Le bal a lieu ce soir.

— Naturellement.

Il s'inclina cérémonieusement et la conduisit dans le salon où, ses doigts tordus peu enclins à coopérer, elle ouvrit son carnet de rendez-vous. Une fois à la bonne date, elle vit une page blanche.

— Hade ? appela-t-elle. Hade, venez ici !

Il se précipita dans la pièce.

— Mrs Astor.

— Que se passe-t-il avec mon carnet de rendez-vous ? J'avais un déjeuner aujourd'hui.

— Non, pas aujourd'hui, Mrs Astor.

— Et le bal de ce soir, pourquoi n'y figure-t-il pas ? Il y avait un déjeuner aujourd'hui. J'en suis sûre.

Elle referma le carnet et le poussa sur la table.

Thomas posa une tasse de thé devant elle.

— Je vous ai apporté d'autres biscuits au chocolat.

Elle voulut en prendre un mais il l'arrêta.

— Permettez-moi, Mrs Astor.

Et sans un mot de plus, il l'aida à ôter ses gants.

— Voilà. C'est mieux ainsi, n'est-ce pas ?

Elle hocha la tête. En buvant son thé, elle entendit Hade parler à quelqu'un dans le couloir, marmonner… *elle n'est pas dans un bon jour.*

À qui parlait-il ? Jack ? Carrie ? Charlotte était-elle rentrée d'Europe pour la voir ? Charlotte s'était remariée, elle était heureuse et essayait de rétablir des liens avec ses enfants, en particulier avec sa fille. *Patience*, lui avait dit Caroline. *Un peu de patience*, mais, de son côté, elle craignait de ne plus avoir beaucoup de temps à perdre et ne voulait rien manquer. Pour l'instant, du moins, elle demeurait la matriarche, la force motrice de la famille. De même qu'elle avait créé la société, elle avait, plus encore, créé cette famille, son héritage : trois enfants survivants, douze petits-enfants et sept arrière-petits-enfants. Ils perpétueraient le nom des Astor, les traditions des Astor. C'était de sa famille qu'elle tirait sa force et son désir de tenir sa place.

Thomas était encore dans le couloir quand elle l'appela :

— Oui, Mrs Astor ?

Elle ne se souvenait plus de ce qu'elle avait voulu lui dire.

— Peut-être aimeriez-vous faire une partie de rami ? suggéra-t-il en s'asseyant devant elle, muni d'un jeu de cartes.

— Avec plaisir, dit-elle en mordant dans un biscuit. Avec grand plaisir.

Pendant qu'il battait les cartes, Caroline réfléchissait en silence. Dans une certaine mesure, elle avait pleinement conscience que les choses lui échappaient. Sa tête, elle le savait, lui faisait défaut, la trahissait. Elle avait parfois l'air d'une vieille femme sénile. C'était terrifiant, cela lui rappelait les inepties que sa mère proférait au cours de ses dernières années, appelant Caroline d'un autre nom, répétant qu'on lui avait pris sa canne, volé ses bijoux…

Caroline n'y voyait plus clair. Elle n'osait plus parler, redoutant les mots qui allaient franchir ses lèvres. Elle était au bord de l'abîme, une pensée la séparait de la pure démence. Son cœur commença à s'emballer, sa respiration devint laborieuse et la sueur perla sur son front et dans sa nuque.

— Thomas, dit-elle dans un souffle. Thomas, je n'en ai pas fini. Je ne suis pas prête à mourir.

— J'espère bien que non.

Il lui adressa un de ses bons sourires, s'efforçant de donner de la légèreté à ce qu'elle venait de dire, et commença à distribuer les cartes.

Laissant tomber son biscuit, elle enfouit son visage dans ses mains.

— Oh, Seigneur, que m'arrive-t-il ?

— Vous êtes fatiguée, Mrs Astor. Vous n'avez pas beaucoup dormi, mais je vous assure, tout va parfaitement bien.

— Oh, Thomas, que pourrais-je faire sans vous ?

— Ne vous souciez pas de cela.

Il posa ses cartes retournées, lui prit la main et lui serra doucement les doigts.

— Je suis là, Mrs Astor. Je serai toujours là.

Il lâcha ses doigts, saisit ses cartes et ouvrit son jeu.

Au bout d'un moment, sa respiration redevenue normale, elle sentit reculer les murs de son ravissant salon. Elle prit ses cartes et, à la fin de la partie, elle eut l'impression d'aller mieux, de reprendre un certain contrôle.

Elle émit alors le souhait de prendre l'air.

— Faites préparer la calèche, Thomas, je voudrais sortir.

Une fois dehors, son sentiment de bien-être s'accentua. Sur la Cinquième Avenue, Thomas assis à ses côtés, elle s'abandonna à la petite brise et au soleil léger. La quantité d'automobiles qui roulaient sur l'avenue était incroyable.

— Harry, je m'en souviens, prédisait il y a des siècles que ces machines remplaceraient le cheval. Je ne crois toujours pas que…

Peu après, ils tournaient dans le parc où des enfants patinaient au loin, où partout hommes et femmes étaient juchés sur des bicyclettes. Elle avait dû s'assoupir, car brusquement les cloches carillonnaient et ils n'étaient plus dans Central Park. Sa tête reposait sur l'épaule de Thomas. Stupéfaite, elle regarda autour d'elle et demanda l'heure.

— Il est un peu plus de quatre heures, Mrs Astor.

— Oh mon Dieu. Il faut faire vite. Les invités arrivent dans quelques heures et il reste tant de choses à faire.

— Rassurez-vous, Mrs Astor. La situation est bien en main.

Elle ordonna au cocher de rentrer et, le thé ayant été servi, ce fut l'heure de passer à sa toilette du soir. La robe de Worth violette qu'elle avait choisie était l'une de ses préférées et convenait à merveille pour le bal. Elle voulut absolument porter sa tiare en diamants et, comme ses bagues favorites ne lui allaient plus, elle opta plutôt pour l'un de ses plastrons en diamants.

Avant de quitter son cabinet de toilette, elle appela Thomas.

— L'orchestre est-il prêt ?

— Vous êtes ravissante ce soir, Mrs Astor, répondit-il en s'inclinant légèrement.

Caroline se tourna vers le miroir pour voir ce qu'il voyait – et elle découvrit la jeune Lina, promise à un avenir magnifique.

Là-dessus, elle quitta son cabinet de toilette, monta jusqu'à la dernière marche de son escalier, l'escalier du haut duquel elle était tombée, prit le fauteuil placé sous son portrait et, sereine, attendit l'arrivée de ses invités.

64

Alva

Newport, 1908

Le soleil était au zénith, le ciel d'un bleu très vif. Dehors, l'orchestre entamait *We as Women*. Alva prit l'ombrelle en mousseline noire assortie à sa robe en pensant : *Comme c'est affreux d'être obligée de porter du noir quand il fait si chaud.*

Elle traversa le long couloir et sortit par les portes-fenêtres grandes ouvertes pour laisser entrer la brise marine et rafraîchir la maison. Des policiers, postés à l'entrée de chaque pièce, surveillaient ses collections inestimables d'objets d'art et d'antiquités, tandis que des milliers d'inconnus venaient visiter Marble House.

Bien avant la mort d'Oliver, quand elle n'accomplissait pas ses devoirs mondains, Alva consacrait déjà son temps libre à visiter des taudis, des hôpitaux et des orphelinats. Après le décès soudain, en juin dernier, de son mari, elle avait lutté contre le chagrin pour ne pas se laisser engloutir. Armée de son pouvoir financier, elle s'était jetée dans le combat pour le droit de vote des femmes. Elle avait déjà trouvé un local pour abriter la National Suffrage Association, au coin de la Quarante-Deuxième Rue et de la Cinquième Avenue et donné au propriétaire 5 000 dollars représentant un an de loyer.

Elle vivait toujours à Belcour, la maison d'Oliver située juste en face de la sienne sur Bellevue Avenue. N'ayant pu se résoudre à se séparer de Marble House, Alva avait gardé sa luxueuse demeure et s'en servait principalement pour abriter les collections qu'elle avait réunies. Aujourd'hui, pour la première fois depuis des années, elle en ouvrait les portes. Quant à ceux qui la critiquaient parce qu'elle *recevait* en pleine période de deuil, ils ne comprenaient pas qu'il ne s'agissait pas d'un événement mondain, mais d'une manifestation importante qu'Oliver aurait approuvée sans réserve.

Consciente du nombre de curieux qui avaient envie d'entrer dans Marble House, elle avait décidé d'y organiser sa levée de fonds. Les billets de un dollar donnaient accès aux jardins et aux discours, tandis que ceux de cinq dollars incluaient la visite de l'intérieur. D'autres policiers montaient la garde devant les cordelettes rouges interdisant l'entrée aux pièces qui, selon sa volonté, demeuraient privées – dont sa chambre à coucher.

Les drapeaux blanc et bleu des suffragettes claquaient sous la brise devant la grande tente et l'orchestre jouait des airs de ralliement. Plus d'un millier de femmes – riches, pauvres, jeunes, vieilles, blanches, noires, américaines, européennes – allaient et venaient dans le jardin, achetaient des brochures et des cocardes, des écharpes et des bannières, tout ce qui pouvait soutenir la cause.

Puss et lady Paget, les amies d'Alva, étaient là, ainsi que ses sœurs. Même Tessie Oelrich et Mamie Fish faisaient acte de présence.

— Nous revoilà, dit Mamie avec un geste blasé de la main, des visages *vieux* et des robes *jeunes*.

— Quelle surprise, répondit Alva. Je ne vous imaginais pas militer en faveur des droits des femmes !

— Oh, ne croyez pas cela ! Selon moi, un bon mari, c'est tout ce qu'il faut à une femme.

— Eh bien, fit Alva en montrant la foule, je crains que personne ici ne partage votre avis.

Elle regarda toutes les femmes venues aujourd'hui. Que leurs talents, leurs passions, leurs ambitions puissent être occultés du simple fait qu'elles étaient femmes la consternait. Et il y en avait tellement d'autres, partout, qui luttaient pour ne pas être victimes de leur sort. Elles devaient pouvoir voter, avoir le droit de propriété, celui de quitter leurs maris violents, d'étudier et de réaliser leurs rêves.

Femme d'ambition elle-même, Alva n'avait pu envisager d'autre carrière que le grand monde. On ne lui avait pas laissé le choix. Elle avait jadis été une enfant privilégiée dont la famille avait connu des revers de fortune, et elle avait dû se battre bec et ongles pour revenir dans les bonnes grâces de la haute société. Elle y était parvenue, s'était hissée au sommet, mais elle n'en avait pas terminé.

Laissant Mamie et Tessie, Alva fit tournoyer son ombrelle et se dirigea vers la tente, impatiente d'écouter le premier discours. La société survivrait à Mrs Astor et à Alva. La société n'avait que faire d'Alva Vanderbilt Belmont. Mais les femmes – les femmes ordinaires, partout – avaient besoin d'elle !

65
La société

New York

Nous traversons Peacock Alley, ce long et ravissant corridor qui réunit l'Hyphen, le nom que tous donnent à l'hôtel Waldorf-Astoria. Son opulence est sans limites. Nous passons devant quelques couples assis sur des banquettes en velours disposées autour de colonnes corinthiennes, et chacun de nos pas résonne sur le sol en mosaïque d'onyx.

En pénétrant dans le café de l'hôtel avec ses splendides fresques et ses tables élégantes où brillent le cristal et la porcelaine, nous constatons que Penelope et Ophelia sont arrivées avant nous. Cela fait des siècles que nous n'avons pas été réunies pour déjeuner. La dernière fois, c'était au Delmonico's, au début de l'été, juste avant le grand départ pour Newport. Nous avions dîné dehors, entourées des géraniums rouges et des pivoines écarlates qui débordaient des jardinières. Nous avions passé une merveilleuse journée et répété que nous devions nous retrouver plus souvent, mais nous étions tellement occupées.

Pussy est membre du conseil d'administration de la ménagerie de Central Park et se démène pour conserver le zoo en ville. Deux fois par semaine, Peggy Cavendish travaille comme bénévole auprès d'enfants souffrant de problèmes d'élocution. Ophelia fait de même dans un orphelinat, et Penelope siège au conseil d'administration de la bibliothèque Astor, plutôt décatie.

Cornelia Martin ne sera pas parmi nous. Elle et son mari ont fui New York peu après leur bal Bradley-Martin. Lorsque divers membres du clergé, ainsi que les populistes et les anarchistes leur ont reproché leur extravagance, ils ont commencé à recevoir des menaces de mort. Quand ils ont trouvé leur maison et leurs attelages saccagés, ç'a été le coup de grâce. Ils vivent maintenant en Écosse ou en Angleterre – nous avons perdu leur trace.

Depuis, naturellement, nul n'a plus donné de telles fêtes. On dit que le bal Bradley-Martin a marqué la fin du Gilded Age, de l'Âge d'or. C'est vrai, à ceci près que l'étalage des bijoux et des robes autour de notre table, sans parler du prix des menus, prouve que l'argent ne manque pas.

Nous dégustons un ragoût de mouton, une langue de bœuf froide, de l'agneau grillé à la menthe et du ris d'agneau à la sauce piquante. Lady Paget, qui se targue de n'avoir pas touché à la nourriture carnée depuis seize ans, a commandé une alose grillée et ses œufs, ainsi qu'un tartare de homard froid.

Elle considère avec beaucoup de dédain le filet mignon béarnaise de Mamie.

— Comment peux-tu manger de la chair ?

— Très simple. Avec une fourchette et un couteau, dit-elle en montrant ses couverts.

La conversation se poursuit et nous parlons du divorce de Penelope et de sa fille qui étudie à l'université. Lydia évoque pour nous l'intrigue de son prochain roman sentimental. Nous avons toutes juré le secret sur son nom de plume, Louis W. Sterling. Nous rions, nous bavardons, nous échangeons.

La dernière fois que nous nous sommes trouvées toutes réunies, c'était aux funérailles de Mrs Astor, en novembre. Elle est morte à soixante-dix-huit ans, chez elle, entourée de son fils Jack, de sa fille Carrie et de son majordome, Thomas Hade. On dit que les dernières années, celui-ci est toujours resté à ses côtés, qu'il l'accompagnait chaque jour lors de ses promenades en calèche dans le parc. On les a vus souvent dîner ensemble au Sherry's et au Delmonico's. Même ici, au Hyphen. On dit aussi qu'elle n'a jamais été plus heureuse.

Mrs Astor est morte et c'est la fin d'une époque. La société existe toujours, mais elle n'est plus ce qu'elle était.

Il fut un temps où nous suivions aveuglément le protocole, comme une saison suit l'autre. De New York à Newport et vice versa. Les restrictions et les limites d'hier étaient largement de notre fait. La société dont nous voulions si désespérément faire partie était celle-là même qui décrétait : pas de diamants avant le coucher du soleil, pas de visites avant deux heures de l'après-midi, on ne se refuse pas à son mari et on ne divorce pas non plus. Il est parfois difficile d'admettre qu'à maints égards nous étions délibérément entrées dans la cage qui nous retenait prisonnières.

Avec le recul, nous sommes tentées de dire qu'une existence répétitive donne un sens à la vie. À présent, l'étiquette nous paraît désuète. Dépassée. La nouvelle génération est plus indulgente et *la société telle que nous l'avons connue* ne reviendra plus. Il est intéressant, toutefois, de remarquer qu'il faut maintenant trois femmes pour parvenir aux résultats que Mrs Astor a obtenus à elle seule au cours de trois décennies.

Tessie, Mamie et Alva ont repris les rênes de la société. Mais ce n'est un secret pour personne que Mrs Astor, avant sa mort, a passé le sceptre à Alva. Elle avait, disait-elle, les meilleures qualités pour prendre sa place, mais à ce moment-là, Alva ne voulait plus vraiment le trône. Elle a donc décidé de partager cet honneur avec les deux hôtesses qui mouraient d'envie de s'en emparer. Tessie et Mamie gouvernent leur empire sur le déclin, et si Alva reste bien la reine de la société, elle s'intéresse plutôt aux droits des femmes – de toutes les femmes.

Force est de reconnaître que nous n'avons pas toujours été généreuses avec Alva. De son côté, elle ne s'est pas tout le temps bien conduite envers nous. Nous nous sommes moquées d'elle, nous lui avons tourné le dos, nous avons jasé à son propos ad nauseam. Nous la jugions trop impétueuse, despotique, et c'est ce qu'elle était bien souvent. Mais en d'autres circonstances, à d'autres moments, elle faisait preuve d'une audace et d'un courage spectaculaires. Nous n'avions pas nécessairement, à l'époque, la clairvoyance indispensable pour comprendre ce qui l'animait, et vers quoi elle nous entraînait. En fin de compte, son courage nous a rendues plus courageuses à notre tour. Elle a entrouvert la porte et, depuis lors, nous ne cessons plus d'en franchir le seuil.

Nous sommes les épouses et les filles d'hommes riches, mais ce n'est plus ce qui constitue notre identité. Ni celle de nos filles. Regardez le chemin que nous avons parcouru et attendez de voir jusqu'où nous sommes prêtes à aller.

Note de l'auteure

L'un des défis qu'il m'a fallu relever en écrivant ce livre a été de redonner vie à Caroline Astor et à Alva Vanderbilt, de faire en sorte que le lecteur puisse s'identifier à elles. Sur le papier, elles paraissaient obsédées à la fois par la haute société et par des sujets franchement frivoles et risibles. Il m'a fallu aller chercher loin pour découvrir ce qui animait ces femmes et pour les rendre humaines.

Dans certains cas, des documents étaient disponibles, avec parfois de nombreuses contradictions concernant les « faits ». Fréquemment, n'ayant pas trouvé l'information, j'ai dû remplir moi-même les blancs, et c'est dans cet esprit que j'ai tenté de faire la part entre réalité et fiction dans ce roman.

La relation de Caroline avec sa mère a été un ressort vigoureux dans son développement. S'il est vrai que sa mère a perdu six de ses neuf enfants, les forces en jeu entre la mère et la fille proviennent de mon imagination, et non d'événements ou de découvertes documentés.

Les filles de Caroline lui ont réellement donné du fil à retordre. Emily n'a épousé James Van Alen que parce que le général Van Alen avait provoqué William Astor en duel. James Van Alen était un personnage un peu ridicule qui, en effet, s'exprimait en imitant l'accent britannique et portait un faux monocle. Malheureusement, Emily est morte en couches en 1881. Helen a été la seule, selon les critères de Caroline, à faire un mariage « respectable », et elle aussi est morte jeune, en 1883, de cause inconnue. Charlotte était un esprit rebelle. Sa relation avec Duncan Briar est fictive, mais son histoire d'amour scandaleuse avec Hallett Borrowe est authentique. Elle a connu un franc succès, très Âge d'or, avec la publication dans les journaux de ses lettres d'amour. Elle a effectivement abandonné ses enfants pour s'enfuir en Europe et William est vraiment parti à sa recherche pour la ramener à New York. Il est moins sûr que Caroline l'ait accompagné. Pour nourrir la fiction, j'ai décidé de l'introduire à ses côtés. William est bien mort à Londres en essayant de récupérer sa fille. Ce qui nous amène à la plus jeune, Carrie. La fille éponyme de Caroline a servi de pion lors du célèbre bal masqué d'Alva et a été instrumentalisée par celle-ci pour obtenir de Caroline la reconnaissance des Vanderbilt. Carrie a également entamé une grève de la faim parce que ses parents s'opposaient à son mariage avec Orme Wilson. Je ne sais pas si elle a été nourrie de force, mais je sais en revanche que Caroline a cédé, que Carrie a épousé Orme Wilson et qu'ils ont été heureux.

La vie et les Mémoires de Ward McAllister sont largement documentés, et nombre des phrases les plus grotesques qui lui sont attribuées proviennent de lui mot pour mot. Il appelait réellement Caroline « ma Rose Mystique » et il a été son complice pour tout ce qui avait trait à la haute société, jusqu'à la publication des Quatre Cents et de *Society as I Have Found It*.

Caroline Astor ne se trouvait pas à New York le soir de l'inauguration du Metropolitan Opera House, sans doute parce qu'elle savait que l'Académie de musique ne pourrait rivaliser avec le nouvel Opéra. Cependant, afin d'illustrer la juxtaposition des deux événements, j'ai pris la liberté de placer Mrs Astor à l'Académie le même soir.

En ce qui concerne le Metropolitan Opera, j'ai attribué à Alva une grande part de sa conception et, s'il est vrai que Billy Vanderbilt, son beau-père, en était l'un des membres fondateurs, Alva a plutôt joué un rôle mineur dans son édification. Elle a cependant veillé jusque dans leurs moindres détails à la création du Petit Château, de Marble House et d'autres propriétés Vanderbilt. Elle se considérait comme une architecte sans diplôme.

La série des scandaleux bals à thèmes a bien existé. Le bal du chimpanzé a été attribué à diverses hôtesses, principalement à Mamie Fish et à Alva Vanderbilt. Là encore, les sources apportent des éléments contradictoires et donc, en conformité avec sa personnalité, il m'a semblé plus vraisemblable de faire de Mamie l'hôtesse de cette réception.

Cornelius Jeremiah Vanderbilt était le mouton noir de la famille. Il souffrait d'épilepsie, et son père, le Commodore, l'a fait interner. C'était un joueur compulsif et il a effectivement contesté le testament du Commodore quand il a appris qu'il n'héritait que de 200 000 dollars. Homosexuel, il s'est donné la mort. Si tout cela est vrai, j'ai pris quelques libertés en décrivant sa relation avec Alva. Je les représente comme des outsiders ayant forgé un lien solide. Il n'existe aucun document rapportant qu'ils aient été proches. Dans le roman, également, par souci de rythme, j'ai déplacé la mort de Jeremiah d'avril 1882 à mars 1883.

On a beaucoup spéculé sur l'union d'Alva avec Willie K. Vanderbilt. Nous savons qu'il a eu plusieurs liaisons au cours de leur mariage et, là encore, les faits manquent de précision. Certains affirment que Nellie Neustratter servait à détourner l'attention de sa véritable liaison avec la meilleure amie d'Alva, la duchesse de Manchester. Outre Nellie, il a eu de nombreuses maîtresses. J'ai choisi de suivre le récit historique selon lequel il a été l'amant des deux femmes. Il est à noter également que le surnom de Duchy est de mon invention, afin de distinguer les deux Consuelo du roman. Les diverses chroniques ne s'accordent pas sur la date à laquelle a commencé la liaison entre le meilleur ami de Willie, Oliver Belmont, et Alva. Je l'ai située à l'endroit où j'estimais qu'elle fonctionnait le mieux dans la narration, il n'en demeure pas moins vrai qu'après son fracassant divorce elle a épousé Oliver.

Quant au mariage de Consuelo Vanderbilt et du neuvième duc de Marlborough, il est parfaitement documenté. C'est pourquoi j'ai préféré, non seulement souligner les incongruités auxquelles Alva a dû se plier pour orchestrer le mariage, mais aussi approfondir la question et tenter de comprendre comment une mère qui adorait sa fille avait pu en arriver là.

Les dames qui apparaissent dans les chapitres « La société » sont un mélange de personnages réels et fictionnels. Il faut noter que l'histoire évoque deux lady Paget : Minnie Stevens, une héritière américaine appartenant à la haute société, et la lady Paget de ce roman. On ne trouve nulle part mention de son végétarisme. Ce trait a été emprunté à l'autre lady Paget (née comtesse Walburga Ehrengarde Helena von Hohenthal), qui a beaucoup écrit sur le sujet.

L'écriture et la correction de ce livre sont étayées par mes lectures et divers documentaires et films sur cette époque (voir la liste complète ci-dessous) et par mon déplacement à Newport pour voir les maisons – elles sont extraordinaires. Durant mon séjour, je me suis risquée sur Cliff Walk, passant outre aux avertissements des panneaux RESTEZ SUR LE CHEMIN GOUDRONNÉ, FALAISES À PIC, DANGER ÉLEVÉ DE BLESSURE, VOUS PASSEZ À VOS RISQUES ET PÉRILS. Je ne portais pas les chaussures adaptées et je l'ai échappé belle à plusieurs reprises. Je serais vraisemblablement restée paralysée sur place si John, mon complice, ne m'avait pas littéralement portée sur ce terrain accidenté. C'est cette expérience qui est à l'origine de la scène où Alva vient au secours d'Emily.

On pourra se référer aux arbres généalogiques des familles Astor et Vanderbilt au début de cet ouvrage. Les dynasties étant très larges et les noms si souvent repris, j'ai limité les individus figurant sur les arbres à ceux que l'on rencontre dans le livre.

Si vous souhaitez en apprendre davantage sur l'Âge d'or, Caroline Astor et Alva Vanderbilt, je vous recommande vivement les documentaires et ouvrages suivants :

American Experience: New York: A Documentary Film, Ric Burns.

The Gilded Age in New York, 1870-1910, Esther Crain.

The Vanderbilts and the Gilded Age: Architectural Aspirations, 1879-1901, John Foreman et Robbe Pierce Stimson.

Alva, That Vanderbilt-Belmont Woman, Margaret Hayden Rector.

Alva Vanderbilt Belmont: Unlikely Champion of Women's Rights, Sylvia D. Hoffert.

The Astors: An American Legend, Lucy Kavaler.

A Season of Splendor: The Court of Mrs Astor in Gilded Age New York, Greg King.

Society as I Have Found It, Ward McAllister.

The First Four Hundred: New York in the Gilded Age, Jerry E. Patterson.

The Vanderbilts, Jerry E. Patterson.

What Would Mrs Astor Do? The Essential Guide to the Manners and Mores of the Gilded Age, Cecelia Tichi.

The Glitter and the Gold, Consuelo Vanderbilt Balsan.

Remerciements

Lorsque j'écris un roman, je m'appuie sur quantité de gens pour leurs connaissances, leur soutien et leurs encouragements. C'est donc avec une immense gratitude que je remercie les personnes suivantes : Andrea Peskind Katz, Lauren Blank Margolin et Mary O'Malley pour leurs commentaires judicieux dès la première ébauche de ce roman. Vous m'avez aidée à trouver la bonne direction.

Brenda Klem et Mindy Mailman, qui ont toujours été là pour moi. Vous êtes mes sœurs !

Merci également à mes amis et collègues : Tasha Alexander, Stacey Ballis, Julia et Len Elkun, Lisa Kotin, Pamela Klinger-Horn, Jill Miner et Amy Sue Nathan. Et un grand merci aux membres du Berkeley Chicks and Lyonesses – c'est un honneur de connaître ces femmes si talentueuses.

Je crains de ne plus savoir comment remercier l'extraordinaire Kevan Lyon, mon agente, qui est une vraie Superwoman ! Il ne te manque que la cape ! Il n'y a rien que tu ne puisses dire ou faire qui ne soit fait à la perfection. Alors une fois de plus, Kevan, merci ! À mon éditrice Amanda Bergeron, mon Maxwell Perkins à moi ! Tu t'es surpassée pour m'aider à donner forme à ce livre, et merci pour ta patience et ta foi en moi pendant que j'écrivais et réécrivais. À ma famille de Berkeley chez Penguin Random House – en particulier à Ivan Held, Claire Zion, Craig Burke, Jeanne-Marie Hudson, Tara O'Connor, Fareeda Bullert, Elisha Katz, Sareer Khader et, naturellement, Brian Wilson. Vous m'avez offert un foyer merveilleux dans le monde de l'édition, et je vous suis infiniment reconnaissante de votre soutien et de votre travail acharné.

Et enfin, mon amour et ma gratitude à ma famille : Debbie Rosen, Pam Rosen, Jerry Rosen, Andrea Rosen, Joey Perilman, Devon Rosen, et John Dul, qui a lu, et parfois relu, chaque mot et m'a sauvé la vie sur Cliff Walk.

Composition et mise en pages
FACOMPO, Lisieux

Achevé d'imprimer en février 2023 par
La Nouvelle Imprimerie Laballery
58500 Clamecy (Nièvre)
N° d'impression : 301721

S33218/01

Pocket, 92 avenue de France, 75013 PARIS

Imprimé en France